レーン最後の事件

エラリー・クイーン
越前敏弥＝訳

角川文庫
17036

DRURY LANE'S LAST CASE
1933
By Ellery Queen
Translated by Toshiya Echizen
Published in Japan
by Kadokawa Shoten Publishing Co., Ltd.

目次

著者覚書　八

プロローグ――ヨセフの顎《あご》ひげ　一〇

1　青い帽子の男　二九

2　十七人の教師　四〇

3　十九番目の男　五一

4　ロウ青年　六一

5　ジャガード版の展示ケース　七八

6　協力要請　八五

7　『情熱の巡礼』　九八

8　気前のよい泥棒　一一〇
9　司書の語った話　一二三
10　ウィリアム・シェイクスピア登場　一三二
11　3HS wM　一五一
12　協力態勢　一六七
13　エールズ博士の物語　一七三
14　愛書家たちの争い　一八七
15　大騒動　二〇〇
16　馬蹄《ばてい》型の指輪　二一六
17　第二の告発　二二八
18　期間のちがい　二三五
19　謎の家　二四四
20　顎ひげと綴り替え《アナグラム》　二五八

21 ウェストチェスターでの蛮行 二六八
22 斧《おの》の襲撃者 二七九
23 記号列の問題 二九〇
24 全焼と発見 三〇五
25 殺　人 三一四
26 生　還 三二四
27 三百年前の犯罪 三三六
28 ベルの手がかり 三四六
29 視覚上の誤解 三六〇
30 ドルリー・レーン氏の解決 三七四
訳者あとがき 三九七

《主な登場人物》

ジョージ・フィッシャー　観光バスの運転手
ドノヒュー　ブリタニック博物館の警備員
アロンゾ・チョート　ブリタニック博物館館長
ゴードン・ロウ　ブリタニック博物館研究員
ハムネット・セドラー　ブリタニック博物館新館長
サミュエル・サクソン（故人）　英文学愛好家
リディア・サクソン　サミュエルの妻
クラップ　サクソン書庫の司書
エールズ博士　愛書家
マクスウェル　エールズの使用人
ジョー・ヴィラ　泥棒
ボーリング　タリータウン警察署署長
サム　私立探偵、元警視
ペイシェンス・サム　サムの娘
ドルリー・レーン　最後の挨拶《あいさつ》をおこなう名優

《そのほかの登場人物》

ジョン・ハンフリー＝ボンド卿《きょう》（故人）、

ジェイムズ・ワイエス（名前のみの登場）、博物館の職員たち、

警察官たち、地方検事、リヴォリ・バス会社の社員たち、

インディアナ州の十七人の教師たち、ほか

舞台　ニューヨーク市とその近郊

時　近い将来

著者覚書

食通の諸氏に旺盛《おうせい》な食欲を取りもどしていただくために――手にはいる凡々たる料理をもどかしく口にしてきた諸氏に、思いがけぬ珍味と邂逅《かいこう》してもらうために――ここに、演劇界の大長老ドルリー・レーン氏が並々ならぬ力を注いだ最後の事件を記録する。

レーン氏が果たした数々の偉業の静かな記録者として尽くすことは、わたしにとって大きな特権だった。『Xの悲劇』、『Yの悲劇』、『Zの悲劇』と題した事件の捜査で氏が見せた思考が驚くほど柔軟であったことには、(本人だけは例外かもしれないが) だれひとり異を唱えまい。だが、このすばらしい人物が活躍した最後の事件 (これには『一五九九年の悲劇』という副題をつけたが、理由は本書を読み進めればおわかりになるだろう) を記録することは、特権であると同時に義務でもある。というのも、すでに記録した三つの事件においては、レーン氏はその卓越した思考過程で同時代人や大衆に驚きを与えたものだが、法の守護者を自認してきた氏の経歴に幕をおろした今回の事件では、まちがいなく人々を驚倒させたからだ。そして、これまで忍耐と声援と、ときに熱狂をもってドルリー・レーン氏の運命を見守ってきた読者諸氏に、この奇異なる事件を伝えないとしたら、それは嘆かわしいほど残酷なことだろう。

偏った私見であることを承知で言えば、本書におさめられた事件は、その不思議さと奇抜さにおいて犯罪史に前例のないものである。

エラリー・クイーン

プロローグ——ヨセフの顎《あご》ひげ

奇妙な顎ひげだった。型破りで、滑稽《こっけい》でさえあった。形はフランス人の使う先割れの鍬《くわ》のようで、隠れた顎からなんとも珍妙に波打って垂れさがり、整えられたふたつの先端が襟もとをすっかり覆っている。完璧《かんぺき》な巻き毛の房は繊細さといかめしさを兼ね具《そな》え、ゼウス像の堂々たるひげを思わせた。けれども、見る者の目を奪うのは、鋭くふた股《また》に分かれた形状の美しさでも、曲線の律動の心地よさでもない。真に驚嘆すべきはその色だった。

それはヨセフの衣のように濃淡や綾《あや》や縞《しま》が目立つ、まさにヨセフの顎ひげで、黒や青や緑に気まぐれにきらめいていた。日差しのいたずらで色褪《いろあ》せたのだろうか。それとも、この顎ひげの主は、何やら計り知れぬ目的のために、おのれの肉体を厳然と実験台に横たえて、みごとなひげを薬液に浸したのだろうか。オリンポスの神々に似つかわしいほどのひげだから、途方もないいわれがあっても不思議はない。歴史の重みが感じられ、博物館に収蔵して後世の人々に讃《たた》えられるべきものだった。

ニューヨーク市警を先ごろ退職したサム警視は、いまは私立探偵業を営むことで、休まらぬ心に癒《いや》しを与えていた。四十年に及ぶ警察勤めのおかげで、奇人変人のたぐいには動じなくなっている。ところが、そんなサムでさえ、穏やかな五月の月曜の朝に現れた依頼人の異様な顎ひげには、最初は仰天し、それから実のところ魅了された。これほどまで彩り豊かな織毛の驚くべき塊には、お目にかかったことがない。サムはいくら見ても足りないとばかりに、それを凝視していた。

そしてようやく口を開いた。「おかけください」小声でそう告げて、机のカレンダーへ目をやり、物忘れの術か何かのせいでエイプリル・フールの日を失念したのではないかとたしかめる。それから椅子に深く沈みこみ、いかつい青い顎をなでながら、畏敬《いけい》の混じった驚愕《きょうがく》のまなざしで相手を見つめた。

虹色《にじいろ》のひげの男は平然と腰をおろした。

長身痩軀《そうく》、とサムは見てとったが——観察がそこで終わったのは、ほかの部分が顎ひげに劣らず謎めいていたからだった。分厚い布で幾重にもくるんだかのように、ひどく着ぶくれしている。サムの鍛えられた目がとらえたのは、手袋からのぞくすらりとした手首と、細いと思われる脚で、やせ形なのはまちがいなかった。両の瞳《ひとみ》は青いサングラスで覆われている。頭に載せたなんとも言いがたい中折れ帽は、部屋にはいるときにうっかり脱ぎ忘れたらしく、頭の形や髪の色を巧妙に隠していた。

男はゼウスのように超然と黙したままだった。

サムは咳払《せきばら》いをした。「それで？」返答を促す。

男の顎ひげがいかにも楽しんでいるかのように揺れた。

「それで、ご用件はなんでしょうか」

唐突に、細い脚がすばやく組まれ、手袋をした両手が骨張った片膝《かたひざ》をかかえた。「まちがいなくサム警視ですね？」男はややかすれた声で言った。サムは落ち着きなく身を震わせた。まるで彫像の声を聞いたかのようだった。

「そうです」サムは小声で答えた。「で、あんたは――」

男は手を振った。「名前など重要ではありません。実は――なんと言うべきか――いくぶん変わったことを依頼したくて」

そりゃ変わったことだろうよ、とサムは思った。そうでなければ――そんな妙な姿で来るものか！　持ち前の明敏さが瞳のなかの驚愕を掻《か》き消した。片手をさりげなく机の陰へと動かし、小さな取っ手をひねる。ほとんど聞こえないほどのうなりを発したが、色鮮やかなひげの男は気づいていないようだった。

「その席にすわるかたは、たいていそうです」サムは快活な調子で言った。

男のとがった舌先が唇を覆うひげの密林から少しのぞいたが、茂みの奇抜な色合いに怯《おび》えたかのように、あわてて引っこんだ。「実を言うと、警視さん、あなたについて調べさせてもらいました。あなたはどうやら――そう――ありきたりの探偵とはちがうらしい。そこが気に入りましてね」

「みなさんに満足していただくのが目標です」

「ええ、もちろん。そうでしょうとも……。ところで――こちらは文字どおり私立の探偵事務所ですか。つまり、いまは警察とのつながりはありませんね?」サムは男を見据える。「確認しなくてはならないのですよ。この件はなんとしても内密に願いたいので」

「わたしはめっぽう口が堅くてね」サムは不機嫌な声で言った。「親しい友人に対してもけっして口外しません。どうぞその点はご安心を。ただし、やましいことなら話は別です。不正は容赦しません。サム探偵事務所は悪党どもと馴《な》れ合いはしませんよ」

「いえいえ、とんでもない」虹色のひげの男はあわてて言った。「けっしてそのようなことではありません。ただ少しばかり――風変わりでして」

「奥さんの浮気の調査でしたら、お引き受けしかねます。うちはその手の探偵事務所でもない」

「ちがいますよ、警視さん。夫婦間の揉《も》め事《ごと》などではありません。そういった件ではなく、お願いしたいのは――つまり」虹色のひげの男は言い、荒い息で顎の密林を揺さぶった。「あるものを預かっていただきたい」

「ほう」サムはわずかに体を動かした。「預かるとは何を?」

「封筒です」

「封筒?」サムは険しい顔をした。「中身はなんですか」

意外にも、男は頑《かたく》なな態度を見せた。唇を引き結ぶ。「いや、それは申しあげますまい。差し障りはないはずです」

サムの冷たい灰色の瞳が、奇妙な依頼人をしばし見据えた。青いサングラスの奥は相変わらずうかがい知れない。「なるほど」そうは言ったものの、まったく得心していなかった。「つまり――ただ預かってくれと?」

「厳重に保管していただきたい。わたしが取りに来るまでのあいだです。いわば管理委託ですよ」

サムは大きく口を開いた。「おいおい、ここは貸金庫じゃないんですよ。なぜ銀行に頼まないんです。費用だってずっと安あがりでしょうに」

「ご理解いただけていないようですな、警視さん」男は注意深く言った。「銀行では話になりません。どなたかの手に預ける必要があるのですよ。信頼できる人物の手に」猛々《たけだけ》しい元警視の誠実さを値踏みするかのように、武骨な顔をじっと観察する。

「わかりました」サムは言った。「話はよくわかりました。では、実物を拝見しましょう、名なしどの。さあ、見せてください!」

男はしばらく反応を示さなかったが、考え抜いたすえに意を決したのか、ひとたび動きだしてからはすばやかった。手袋をした右手が重ね着のなかを探り、つぎの瞬間、茶色く細長い大型のマニラ封筒が現れた。サムが目を輝かせて手を伸ばすと、ためらいがちにその封筒が手渡された。

どこの文具店でも売っていそうな、ごくふつうのマニラ封筒だった。表にも裏にも何も記されていない。好奇心にもろい人心を警戒したのか、垂れ蓋《ぶた》に糊《のり》づけして封をするだけでなく、妙な形にちぎった六枚の白い紙片を上から貼って、さらに守りを固めてある。

「簡単なものですな」サムは感想を述べた。「簡単で、なんともそっけない。ふむ」さりげなく封筒を指でなでる。眉間《みけん》に皺《しわ》が寄った。男は静かに坐《ざ》したままだ。「中身はなんですか。まさかそれも――」

男は微笑を浮かべたらしく、口の両端のひげがにわかに引きつった。「その頑固さ、大いに気に入りましたよ、警視さん。噂どおりだ。あなたの評判は実にすばらしいです。その用心深さは――」

「それはどうも、で、中身は？」サムは太い声で言った。

男は――ほんとうに男なのか、というばかげた疑問がサムの脳裏をふとよぎったが――身を乗り出してきた。「仮に」小さなかすれ声で言う。「こう申しあげたらどうなさいますか。あなたが手にしているその封筒には、ある秘密につながる手がかりがはいっている。その秘密は大変重大で、途方もないものであり、世界じゅうのだれにも真相を打ち明けられない、と！」

サムは目をしばたたいた。どうして気づかなかったのか。顎ひげ、サングラス、体つきを隠す重ね着、奇怪な言動――この妙な依頼人は精神科病院から逃げてきたにちがいない！　世界中のだれにも、だと？　かわいそうに、この男は頭がおかしい。

「まあ――落ち着いて」サムは言った。「そう興奮なさらないでください」腋《わき》の下のホルスターにおさまっている小型の拳銃《けんじゅう》をすばやく手で探る。この異常者は凶器を持っているかもしれない！

驚いたことに、男はうつろな笑い声を発した。「わたしが正気ではないとお思いですね。無理もありません。いまの話は少しばかり――その――疑わしく聞こえたでしょう。でも、はっきり請け合いますが」怪しげなかすれ声が、ごく自然で淡々とした声へと変わる。「いま申しあげたことはまぎれもない真実であり、なんの脚色も施していません。それに、拳銃に指をかける必要はありませんよ、警視さん。嚙《か》みついたりしませんから」サムは上着から手を引き抜き、顔を赤くして相手をにらみつける。「そう、そのほうがずっといい。では、よく聞いてください。あまり時間がありませんが、事情をしっかり理解していただきたい。もう一度言いますが、この封筒には途方もない秘密につながる手がかりがはいっています。しかも」男は穏やかな声で付け加えた。「その秘密には何百万ドルもの価値があるのです!」

「なるほど、あんたの頭がおかしくないとしたら」サムはとがった声で言った。「おかしいのはわたしの頭らしい。そんな戯言《たわごと》を信じさせたいなら、もっとくわしく話してもらいませんとね。あんたの言う――何百万ドルもの価値がある秘密というのは? それがこの薄っぺらい封筒にはいっていると?」

「そのとおりです」

「政治がらみの秘密ですか」

「いいえ」

「石油を掘りあてたとか? 脅迫状――それとも恋文? 財宝? 宝石? さあ、はっきり言ってください。得体の知れないまま引き受けるつもりはありませんよ」

「しかし、それは言えません」男は声に苛立《いらだ》ちをにじませて言った。「どうかご理解ください、警視さん。誓って申しますが、封筒の中身には、なんらやましいところはありません。あくまで法に則《のっと》ったものです。いま並べ立てていらっしゃったような凡々たるものはまったくの的はずれで、それよりはるかに興味深く、はるかに価値の大きな秘密なのですよ。そして、封筒の中身は秘密そのものではなく、秘密へと導く単なる手がかりでしかないことも、どうかお忘れなく」

「こっちの頭もあと少しでおかしくなりそうだ」サムはうなり声で言った。「どうして何もかも秘密にするんですか。なぜそれを預けると？」

「しかるべき理由がありましてね」男は赤い唇をすぼめた。「わたしは目下、その秘密に関して、封筒にはいった手がかりの――いわば〝根源〟となるものを探しています。言うまでもなく、まだ発見には至っていませんが、あと少し、あとほんの少しのところまで来ています！　見つかるのはまちがいありません。そこで、万が一――その――わたしの身に何か起こった場合に、これを開封していただきたいのです」

「ほう」サムは言った。

「わたしの身に何かあったとき――そしてあなたがこの封筒をあけたとき――ささやかな手がかりが得られます。それをご覧になれば、いくぶん遠まわりながらも、わたしを――いや、わたしの運命を理解してもらえるでしょう。報復心から不測の事態に備えているのではないことをぜひわかっていただきたい。仇討《あだう》ちなどより、秘密の根源となるものを守ることのほうがはるかに大切なのです。納得していただけましたか」

「いや、まったく！」

虹色《にじいろ》のひげの男はため息を漏らした。「この封筒の中身はただの手がかりにすぎず、それ自体はとるに足りないものです。しかし、まさにそのことがわたしの狙いどおりでして、不完全だからこそ安心していられるのです。失礼ながら警視さん、あなたが――あるいは封筒を手にしたほかのだれであれ――好奇心を起こして、わたしに無断で開封したとしても、中身はまったく無意味なものに感じられるでしょう」

「ああ、もうたくさんだ！」サムは立ちあがって叫んだ。顔が赤黒く染まっている。「わたしをからかうつもりなのか。いったいだれから頼まれて、こんなばかげた子供だましをやらかすんだ。こういうことに付き合ってる暇は――」

机の上でけたたましい音が響いた。男は微動だにしない。サムは怒りを抑えて内線電話の受話器をつかみあげた。女の声が耳をつんざく。苦々しい顔でしばし聞き入ったのち、サムは受話器をもどしてすわりなおした。

「つづきをどうぞ」押し殺したような声で言った。「さあ、話してください。食らいつくことにしますよ。釣り針も糸も重りも、全部飲みこんでやる。それで？」

「まあ、まあ」男はためらいがちに小さく舌打ちした。「そんなつもりはまったく……。お願いしたいのはそれだけです」

「冗談じゃない」サムはぞんざいに言った。「だまされて引き受けるにしても、しっかりやりたいですよ。まだ何かあるはずです。ただでさえばかげた話だが、これで終わりじゃあまりにもふざけている」

　男は奇妙な顎《あご》ひげをなでた。「あなたがますます気に入りました」小声で言う。「ええ、たしかにもう少しあります。約束していただきたいのですが、この封筒を開くための条件は——」

そこでことばを切った。

「条件は？」サムは太い声で言った。

　男は唇をなめた。「きょうは五月六日です。二週間後の二十日にあなたへ電話をかけます。まちがいなく、その日にここへね。同じように六月二十日にも、七月二十日にも——例の秘密を見つけ出すまで、毎月二十日にずっとです。そうして予定どおり連絡があるかぎり、わたしは無事で、不測の事故などに巻きこまれていないと思ってください」かすれた声が活気づく。

「その状況がつづくあいだは、わたしが返却を求めるまで、封筒は金庫に保管しておくだけでけっこうです。逆に、もし二十日の夜半までに電話がなかったら、わたしはどうしても連絡をとれない状態にあるということです。そのときは——そのときにのみ——封筒をあけて中身を読み、ご自身の卓越した判断力に従って行動してください」

　サムは不機嫌な顔で椅子に深く腰かけていた。ボクサーのようにひしゃげた鼻は冷笑をたたえているが、表情には頑《かたく》なさとひねくれた好奇心が混じっている。「その秘密を知るのはずいぶん厄介なことのようですな。ほかにも探している者がいるんですか。秘密を手にする前、あるいは手にしたあとに、だれかに殺されそうだとでも？」

「いえ、いえ」男は声を張りあげた。「それは誤解です。わたしの知るかぎり、これを——この秘密を追っている者はいません。ただ、目的も正体もわからぬだれかが探っている可能性がないとは言いきれない。だから、まさかの事態に備えている――それだけのことです。まずありえないからこそ、わたしは自分の名前を――そしてほかのどんな情報も――明かしていないのです。何も起こらないなら――起こるはずがありませんが――あなたにもだれにも、秘密へ確実につながる手がかりを知られたくはありませんからね。説明はこれでじゅうぶんでしょう、警視さん……」

「とんでもない」サムは不満の声をあげた。「これでじゅうぶんだと？　いいか、よく聞け」机を叩《たた》く。「最初はあんたの頭がおかしいと思った。つぎに、だれかの差し金でからかいに来たと思った。いまはこれだけだ――あんたがいますぐここから出てってくれたら、せいせいするにちがいない！　さあ、とっとと失《う》せろ！」

男が困り果ててうなだれたちょうどそのとき、また内線電話の音が鳴り響いた。サムはリンゴを盗むところを見つかった少年のようにぎくりとして赤面し、こぶしをポケットに突っこんだ。「わかった、わかったよ」呼び出し音へつぶやいてから、男に告げた。「失礼しました。どうも――けさは目覚めがよくなかったもんでね。つまり、慣れていないんですよ」――非難がましく言う――「こういう依頼にはね。ごくふつうの探偵なんで、封筒のお守り役になるなんて考えにはなじめなくて……。わかりましたよ、こっちも変人になって、お付き合いしましょう！　二十日の電話では、どうやってあんただと確認すればいいんですか」

男は安堵《あんど》で深々と息を吐いた。「ああ、よかった。実に聡明《そうめい》なかたですね、警視さん。そのことは何も考えていませんでした」小さく笑いながら、手袋をはめた両手をこすり合わせる。

「わくわくしますよ！　まるであの怪盗ルパンの冒険のようです」

「だれの冒険ですって？」サムは疑わしげに尋ねた。

「不滅のアルセーヌ・ルパンですよ。そうですね。合いことば……そう、合いことばだ！　理の当然ですね、警視さん。電話でわたしはこう言います――そう――〝どこからともなく現れた男だ。何百万もの財宝よ！〟。それによりて汝《なんじ》はわれを知るべし――などと、かのマタイは言っていませんがね。はっはっは」

「はっはっは」サムも言った。「〝どこからともなく現れた――〟」かぶりを振りつつ考える。つぎの瞬間、瞳《ひとみ》に希望の光がきらめいた。「でも、おそらく報酬が折り合わ――」

「ああ、報酬ですね」男は言った。「そうそう、忘れるところでした。今回のように風変わりな依頼は、いくらでお受けいただけますか」

「この封筒を金庫で預かるだけの仕事に対して？」

「そうです」

「報酬は」サムは自棄《やけ》になって告げた。「五百スマッカーいただきましょう」

「スマッカー？」男が不思議そうに尋ね返す。

「アイアンマンでも、シモリオンでも、バックでもいい（すべてドルの俗称）。とにかく五百です！」サムは叫んだ。男の顔を熱心に見つめ、驚きの色を探る。あの顎が珍妙なひげとともにがくりと落ち、突きつけられた法外な請求ゆえに男がすぐさま退散してくれたら、どれほど痛快だろう。

「ああ、ドルのことですね」男はあいまいな笑みを漂わせて言った。特段驚いた様子はない。重ね着のなかを探って分厚い財布を取り出し、折り目のない紙幣を一枚引き抜いて机にほうり投げた。

　手の切れそうな真新しい千ドル紙幣だった。

「思うに」男はそっけなく言った。「今回の報酬としてはむしろ千ドルが妥当でしょう。お願いするのはまちがいなく一風変わった――その――尋常ならざる仕事ですし、わたしにとってそれだけの価値があります。気持ちの余裕、安心感が――」

「はあ」サムは生唾《なまつば》を呑《の》み、呆然《ぼうぜん》として指で紙幣にふれた。

「では、決まりですね」男は言って立ちあがった。「約束していただきたいことがあとふたつだけあります。どうかお願いしたい。第一に、わたしがここを出たあと――ええと、なんと言いましたか――そう、追尾しないこと、そして二十日に電話がなかった場合以外には、わたしの居場所を探らないこと」

「ええ、けっして」サムの声は震えていた。千ドル！　石のような目にはうれし涙がにじんでいる。近ごろは苦しい日々がつづいている。薄っぺらな封筒を金庫に預かるだけで千ドルとは！

「第二に」男はそう言って、戸口へと足早に歩いた。「もし二十日にわたしから電話がなかった場合、開封にあたっては、かならずドルリー・レーン氏が立ち会うこと」

　サムの口が疑念の洞窟《どうくつ》のように大きく開いた。とどめの一撃だった。まさに完敗だ。虹色のひげの男はあざけりの笑みを浮かべ、小走りにドアを抜けて姿を消した。

ペイシェンス・サムは二十一歳を超えた金髪の白人独身女性で、父親にとっては目に入れても痛くないひとり娘だった。控えの間にいたペイシェンスはあわててヘッドフォンをはずし、机の最下段の抽斗《ひきだし》にすばやく片づけた。その抽斗は、最新の設備を誇るサム警視の執務室に直結する受話装置の役割を果たしている。しばらくして執務室のドアが開き、青いサングラスと異様な顎ひげの目立つ、着ぶくれした長身の男が現れた。あいにくこの男には、ペイシェンスの姿が目にはいらなかったらしく、ただやみくもに、サングラスや顎ひげや奇妙奇天烈《きてれつ》な自分の姿を、サム探偵事務所から一刻も早く消し去りたいらしい。男が玄関扉から出ていくや、たいがいの女性より道徳心の枷《かせ》にとらわれていないペイシェンスは――なんと言っても、本人と約束を交わしたわけではない！　――扉に駆け寄って外を見やったが、みごとなふた股《また》のひげの一方が廊下の角からちょうど消えたところだった。男はエレベーターには目もくれずに非常階段を駆けおりていった。ペイシェンスは下唇を嚙《か》んで貴重な三秒間を無駄に過ごしたが、それからかぶりを振って道徳心を取りもどし、急いで控え室へもどった。父親の執務室に跳びこんだとき、その青い瞳は興奮で熱くなっていた。

サムはいまだに茫然自失《ぼうぜんじしつ》のていで、片手に細長いマニラ封筒を、反対の手に千ドル紙幣を持ったまま、机の前に力なく腰かけていた。

「パット」しゃがれ声で呼びかける。「パット、いまのを見たか？　聞いたか？　あいつは偽札使いなのか？　いかれちまってるのはおれなのか、それともあいつなのか」

「よしてよ、お父さん」ペイシェンスは大声で言った。「ばかを言わないで」目をきらめかせて封筒を手にとる。指で押すと、中で何やら音がした。「ふうん。封筒がもう一通はいってる。形はちがうけど。真四角じゃないかしら。いったい何が——」

「こら、やめろ」サムはあわてて言い、娘から封筒を取りあげた。「依頼料を受けとったのを忘れたのか。おい、パット、千ドルもの大金だぞ！」

「意地汚いのね」ペイシェンスは不満げに言った。「きっと想像もつかないような——」

「いいか、これはおまえの新しいドレスになる。それだけだ」サムはうなるように言って、執務室にある金庫の奥深くに封筒をしまいこんだ。鉄の扉を閉めてから机にもどり、腰をおろして額の汗をぬぐった。

「あんな野郎、蹴《け》り出してやればよかった」サムはつぶやいた。「こんな妙ちきりんな仕事ははじめてだよ。おまえが内線電話をかけてこなければ追っ払ってたさ。さっきのやりとりを本に書いたところで、だれも信じちゃくれないだろうよ！」

ペイシェンスは夢見るようなまなざしで言った。「すてきな依頼だわ。ほんとうにすてき！」

「精神科医にとってはな」サムはうなった。「千ドルでなければ、ぜったいに——」

「ちがうわ！　あの人は——ただの奇人よ。まともな頭脳を持った大のおとなが——でも、異常なんじゃないわよ、お父さん——あんなおとぎ話から抜け出してきたような恰好《かっこう》ができるなんて、思いもしなかった……。あの顎《あご》ひげには深く感動したでしょう？」ペイシェンスはだしぬけに問いかけた。

「あのひげに？　あれは染めた毛糸と呼んだほうがいい」

「芸術作品よ。奇抜な芸術だわ。あの絶妙の巻き毛ときたら！　ただ、たしかに変なところはある」ペイシェンスはつぶやいた。「変装の必要を感じたのはわかるんだけど——」

「おまえもそう思ったか。あれはまちがいなく変装だ」サムは不機嫌な声で言った。「だが、あんなわけのわからない変装にはお目にかかったことがない」

「それはそうね。あの顎ひげ、サングラス、それに重ね着——どれもほんとうの姿を隠すためのものよ。だけど、どうしてひげをあんな色にしたのかしら」

「だから、やつはいかれてるんだよ。緑と青の顎ひげだぞ！」

「何かを伝えようとしていたのかも……」ペイシェンスは深く息をついた。「でも、やっぱり変ね。きっと変装を解いたら、背が高くてやせ形で、鋭い目鼻立ちをした中年男性ね。それに声は鼻にかかっていて——」

「声まで作っていたか」サムは小さく毒づいた。「だがそのとおりだ。あの声には鼻にかかるような調子がたしかにあった。しかし北東部の人間じゃないぞ、パット。訛《なま》りの質がちがう」

「もちろんよ。お父さんも気づいたでしょう？　あの人はイギリス人よ」

サムは膝《ひざ》を叩《たた》いた。「そうか、パット、それだ！」

「隠しきれなかったのね」ペイシェンスは眉《まゆ》をひそめて言った。「イギリス風の言いまわしも混じっていたし。あのことばづかいは、ケンブリッジじゃなくてオックスフォード大学の出身者のものよ。それに、お父さんがドルを古くさい俗語で言ったとき、わからなかったもの。もっとも、わざとそうした可能性もあるけど」肩をすくめる。「教養人なのはまちがいないわ。どことなく教授めいた雰囲気があったと思わない？」

「変人めいた雰囲気ならあったよ」サムは不快そうに言った。葉巻をくわえて娘をひとにらみする。「とにかく、気になることがひとつある」声をひそめる。「二十日に電話がかかってこなくて、こっちが封筒をあける必要が生じたときには、ドルリー・レーン氏を立ち会わせろってやつだよ。いったいどうして？」

「そうね、どうしてかしら」ペイシェンスは怪訝《けげん》な顔で繰り返した。「今回の依頼で大きな謎はそれよ」

ふたりはだまって坐《ざ》したまま、互いに顔を見合わせて考えをめぐらせた。変装したイギリス人が去り際に口にした異様な要求は、ほかの謎をすっかり霞《かす》ませていた。ドルリー・レーン氏は華やかな人物ではあるものの、世界で最も謎の少ない老紳士だ。舞台を去って十年以上が経ち、七十歳を過ぎたいまは、ウェストチェスター郡北部の広大な土地で、愛してやまぬエリザベス朝時代のイギリスを忠実に模して建てられた城や、数々の庭園や、小村落に囲まれて、老芸術家として裕福な隠遁《いんとん》生活を送っている。ハムレット荘と名づけられたその私有地は、主《あるじ》の好みに合わせて設《しつら》えられている。ドルリー・レーン氏はかつて、世界で最も高名なシェイクスピア俳優だったが、舞台人として熟練の極みにあった六十歳のとき、聴力をすっかり失うという悲劇に突然見舞われた。比類なき健全な思考の持ち主であるレーン氏は、冷静沈着に読唇術の習得に取り組み、完璧《かんぺき》なまでにそれを身につけた。ハムレット荘に隠退してからは、莫大《ばくだい》な個人資産に基づく収入で暮らしながら、恵まれぬ同業者たちや、縁の深い仕事を志す貧しい仲間たちに憩いの場を提供してきた。ハムレット荘は演劇研究の聖地となった。敷地内の劇場は実験演劇の研究の場であり、エリザベス朝時代の二つ折本やシェイクスピアにまつわる蔵書が並ぶ図書室は、大志ある学者たちの憧憬《しょうけい》の的だった。偉大なる老優レーン氏は、まったくの好奇心から、自身の鋭敏で疲れを知らぬ知性を犯罪の捜査へ向けはじめた。この趣味を追い求めているときに出会ったのが、そのころニューヨーク市警刑事部の現役警視だったサムであり、両者の奇妙な交遊はそのときはじまった。ふたりは効率よく力を合わせていくつもの殺人事件の捜査に取り組み、その間柄はサムが市警を引退して私立探偵事務所を開いてからもつづいている。やがて、サムの娘であるペイシェンスがそこに加わった。十代の時期を目付役の婦人とともにヨーロッパ各地で過ごし、生まれ故郷に帰るや、たぐいまれなる情熱をもって、父親と老優が協力し合う捜査の現場に飛びこんだのだった。

サムの目にはとまどいが浮かんでいた。何百万ドルもの価値がある秘密などという、オッペンハイムの小説顔負けの謎を持ちこんできた胡散《うさん》くさい訪問者と、耳がまったく聞こえず、体調に翳《かげ》りはあるものの（近年、レーンは寄る年波に屈しつつあった）高潔で人望の厚い、才気あふれる旧友とのあいだに、どんなつながりがあるというのか。

「レーンさんへ手紙を書こうかしら」ペイシェンスは小声で言った。

サムは不愉快そうに葉巻を投げ捨てた。「やめておけ。パティ、この依頼はまったくの茶番だよ。われわれとレーンさんとの付き合いはよく知られているから、あのつけひげのいかさま野郎は、気を引こうとしてあの人の名前を出しただけさ。何か悪巧みをしているに決まってる！　目下のところは、まだレーンさんを煩わせないほうがいい。二十日まで待ってみようじゃないか。その日になっても、電話がかかるとは思えない——向こうは端《はな》からそんな気はないのさ。封筒をあけさせたいんだよ。何やら仕組まれてるようで気に食わんが……。レーンさんに知らせるのはもっとあとでいい」

「なら、そうする」ペイシェンスは素直に応じた。けれどもその視線は施錠された金庫の扉へ向けられ、眉間《みけん》には深い皺《しわ》が刻まれていた。

ところが、サムの予想はみごとにはずれ、それゆえひどく驚かされることになった。五月二十日の正午きっかりに事務所の電話が鳴った。ややしゃがれたイギリス訛りの声が聞こえた。

「サム警視ですか」

「そうですが」

内線電話でやりとりを聞きながら、ペイシェンスは心臓が激しく鳴るのを感じた。

「どこからともなく現れた男だ。何百万もの財宝よ！」イギリス訛りの声はそう告げた。電話の向こうから忍び笑いが聞こえ、呆然《ぼうぜん》としたサムがわれに返る前に、カチリという音がして、電話は切れた。

1　青い帽子の男

五月二十八日の火曜日、勤務時間に特に決まりのないペイシェンス・サムは、十時少し前にサム探偵事務所の控え室にやってきて、さびしげでまるい目をした秘書のブロディ嬢に明るく微笑みかけた。それから奥の執務室へ駆けこんだとき、父親は訪問者が熱っぽく話すのに耳を傾けていた。

「ああ、パティ」サム警視は言った。「いいところに来てくれた。こちらはジョージ・フィッシャーさんとおっしゃって、なかなか興味深い話を持っていらっしゃった。娘です、フィッシャーさん。いわば父親の監視役ですな」小さく笑う。「当事務所の参謀でもありますから、どうか話してやってください」

訪問者は音を立てて椅子を後ろに引き、おずおずと立ちあがって帽子をいじりまわした。山が柔らかく前庇《まえびさし》のついた帽子で、庇の上の小さなエナメルの札には〈リヴォリ・バス会社〉と記されている。長身で肩幅が広く、見るからに感じのよさそうな赤毛の青年だった。薄紺色のしゃれた制服が堂々たる体軀《たいく》によく似合っている。胸には黒い革紐《かわひも》が斜めに走って腰のあたりで幅広のベルトと合流し、たくましいふくらはぎは革の長靴に包まれている。

「はじめまして、お嬢さん」フィッシャーは口ごもりながら言った。「たいしたことじゃないんですが――」

「どうぞおかけください、フィッシャーさん」ペイシェンスはハンサムな若い男だけに見せるとっておきの笑顔を作った。「何があったんですか」

「はい、いま警視さんに打ち明けたんですけど」フィッシャーは耳を赤く染めてつづけた。「深刻なことなのかどうか。でも、何かあるかもしれなくて。知り合いにドノヒューって男がいるんですが、それがどうも――」

「ちょっと待って」サムが割ってはいった。「最初から説明したほうがよさそうだ。フィッシャーさんはタイムズ・スクエアのあたりでよく見かける大型観光バスの運転手なんだ、パティ。リヴォリ・バス会社といってな。知り合いの男の安否を気になさっている。ここを訪ねたのは、ドノヒューというその知り合いから、わたしの名前をよく聞いていらっしゃったからだそうだ。ドノヒューは警察官だったんだよ。気のいい大柄な男で、評判もなかなかだったように覚えている」

「いまはあなたと同じ会社にお勤めなんですか」話のありきたりな出だしにひそかにため息をつきながら、ペイシェンスは尋ねた。

「いいえ。ドノヒューは五年前に警察を定年退職したあと、五番街と六十五丁目通りの角にある博物館――ブリタニック博物館で警備員をしています」ペイシェンスはうなずいた。ブリタニック博物館と言えば、小規模ながらも、イギリスの古い写本や書物の保存と展示で高く評価されている施設だ。同館の後援者のひとりであるドルリー・レーン氏とともに、ペイシェンスも何度か訪れたことがあった。「父がドノヒューの同僚だったんで、子供のころから知ってるんです」

「そのかたに何かあったんですね」

フィッシャーは帽子をもてあそんだ。「それが――姿を消してしまったんです！」

「まあ」ペイシェンスは言った。「だとしたら、わたしよりお父さんの専門分野じゃないかしら。中年を過ぎた評判のいい紳士が姿を消すのは、たいてい女性がらみでしょう？」

「まさか、とんでもない」フィッシャーは否定した。「ドノヒューにかぎってありえません！」

「失踪《しっそう》人捜査課には届けたんですか」

「いえ。どうも――そうすべきかどうかわからなくて。たいした理由もなく騒ぎ立てたら、ドノヒューが怒るかもしれませんからね。そうでしょう、お嬢さん」フィッシャーは真剣な面持ちで言った。「たぶんなんでもないんです。よくわかりません。ただ、どうも気になってしまって」

「そう、気になるな」サムが言った。「事のはじまりが妙なんだよ、パット。フィッシャーさん、さっきの話を娘に聞かせてやってください」

フィッシャーの話はたしかに不可解だった。インディアナポリスの学校教師の団体が合同研修を兼ねた休暇でニューヨークを訪れ、リヴォリ・バス会社の大型バスを一台貸し切って、事前に知らせた旅程表に沿って市内各所をまわっていた。きのうの月曜日、フィッシャーはこの団体を市内めぐりに連れていくよう命じられた。教師たちを乗せたバスは正午きっかりに、四十四丁目通りとブロードウェイの角にあるバス会社指定の発着所を出発した。この日の最終目的地はブリタニック博物館だった。本来ならブリタニック博物館は、ある明白な理由からリヴォリ・バス会社の通常の観光コースには含まれていない。どう見ても〝お高くとまった施設〟だからだ、とフィッシャーはなんの感情も交えずに説明した。たいがいの観光客は、チャイナタウン、エンパイア・ステート・ビル、メトロポリタン美術館（目当ては古風な外観のみ）、ラジオシティ、イーストサイド、そしてグラント将軍の墓をまわれば満足するものだ。ところが今回の一行は並みの観光客とはひと味ちがっていた。全員が美術や英語学を専門とする田舎教師であり、フィッシャーの不届きなことばを借りれば〝お高くとまった連中〟だった。名高いブリタニック博物館見学は、ニューヨーク旅行の目玉のひとつとして、この芸術愛好家たちがずいぶん前から計画してきたものだったが、当初はそれが挫折《ざせつ》しそうになった。博物館は大規模な修繕と内装工事のために数週間前から閉館しており、ふたたび一般に公開されるのは少なくとも二か月先の予定だったからだ。しかし最後には、館長と理事会の特別なはからいにより、市内滞在中に博物館を見学する許可が与えられた。

「ここからが奇妙なんですよ、お嬢さん」フィッシャーはゆっくりと言った。「あの人たちがバスに乗りこむとき、頭数を確認しました――その必要はなかったんですけどね。今回みたいな特別な場合、段取りは発車係がしてくれるんで、ぼくは運転するだけでいいんです。でもいつもの癖で数えたら、十九人いました。男女合わせて十九人……」

「内訳は？」青い瞳《ひとみ》を輝かせてペイシェンスが尋ねた。

「覚えていません。とにかく、出発したときは十九人いました。それがどうなったと思います？」

ペイシェンスは笑った。「見当もつかないわ、フィッシャーさん。あなたにはわかるの？」

「ええ、もちろん」フィッシャーは真剣な顔で言った。「バスは午後遅くに発着所にもどりました。うちの会社では、出発も終着もかならず四十四丁目通りの発着所と決まってるもんでね。到着後、バスをおりた連中をひとりひとり数えてみると、なんと十八人しかいなかったんです」

「なるほど」ペイシェンスは言った。「たしかに妙ですね。だけど、それがドノヒューの失踪とどんな関係が？」

「ドノヒューはもうすぐ出てくる」サムが言った。「こみ入った話なんだよ。フィッシャーさん、つづきを」そう促して、窓からタイムズ・スクエアの灰色のビル群をながめた。

「消えた乗客はだれだったんですか」ペイシェンスは尋ねた。「残りの人たちに確認しましたか」

「いえ、あっという間のことだったんでね。でも、あとで考えてみて、いっしょにもどらなかった男がいたのを思い出したんです」たくましい上半身を乗り出して、フィッシャーは言った。「変な恰好《かっこう》の男だったんで、乗車のとき目を引いたんですよ。中年で、灰色のもじゃもじゃした口ひげがありました。映画でよく見るひげで、形はごくふつうです。背が高い男で、そう、おかしな帽子をかぶってもいました――青っぽい帽子をね。一日じゅうむっつりしていて――いま考えると、ほかの仲間と打ち解けた感じもなかったし、話しかけもしませんでした。そして、そいつが姿を消して――そのまま帰ってきませんでした」

「妙な話だろう？」サムが言った。

「ほんとうね」ペイシェンスは答えた。「それで、ドノヒューはどうなったんですか、フィッシャーさん。まだつながりが見えませんけど」

「つづきはこうです。バスがブリタニック博物館に着くと、ぼくは一行をチョート博士にまかせて――」

「ああ、チョート博士」ペイシェンスは明るく言った。「お会いしたことがあるわ。館長ですね」

「そうです。チョート館長はその人たちを引き連れて館内の案内に出ました。ぼくは帰りまでお役ご免なんで、入口でドノヒューと立ち話をはじめたんです。会うのは数週間ぶりで、それで、ゆうべのガーデンでの一戦をいっしょに見にいくことに――」

「一戦？」

フィッシャーは不思議そうな顔をした。「ええ――マディソン・スクエア・ガーデンでやってたボクシングの試合です。ぼくもグラブをつければけっこうな腕前なんですよ。小気味いい試合っぷりが好きで……。まあ、それはともかく、夕食のあと迎えにいくと約束しました。ドノヒューはひとり者で、チェルシーのダウンタウンで下宿してるんです。で、そのあと、ぼくは一行のあとについて館内をまわり、見学後にみんなを発着所へ連れ帰りました」

「博物館を発つとき、ドノヒューは玄関口にいたかね」サムが思案顔で尋ねた。

「いいえ。気づきませんでした。それで、ゆうべは仕事のあと、さっと夕食をすませて——その、ぼくも独身なもんで」フィッシャーは顔を赤らめてつづけた。「それからドノヒューの下宿屋へ迎えにいきました。ところが留守で、大家さんに訊《き》くと、まだ仕事からもどってないということでした。何かで残業してるんだろうと思ったんで、あたりをぶらついて一時間ほどつぶしたんです。それでも帰宅した様子がなかったから、何人かの知り合いに電話しました。だけど、姿を見た者も連絡をとった者もいません。そのころには、ぼくも少しばかりこわくなってきて」

「大の男なのに」ペイシェンスはつぶやいて、フィッシャーに鋭い視線を向けた。「それで？」

フィッシャーは少年のように大きく息を呑《の》んだ。「ブリタニック博物館に電話しました。係に——門衛のバーチという男ですが——尋ねたところ、きのうの午後、教師の団体が帰る前、ぼくがまだ館内にいたときに、ドノヒューが外へ駆けていくのを見かけたと言うんです。それっきりもどってこない、と。ぼくはどうしていいかわからず、とりあえずひとりで試合を観に出かけました」

「大変でしたね」ペイシェンスがいたわるように声をかけると、フィッシャーは急に雄々しさを取りもどして見つめ返した。「話はそれで終わりですか」

フィッシャーの広い肩が落ち、目から雄鶏《おんどり》のたくましさが消えた。「忌々しい話はこれで全部です。けさもここに来る前にもう一度下宿に寄りましたけど、ひと晩じゅう留守だったようです。博物館にも電話しましたが、まだ出勤していないと言われました」

「だけど」ペイシェンスは食いさがった。「ドノヒューの失踪と、いなくなった乗客にはどんな関係があるんですか、フィッシャーさん。けさはわたし、血のめぐりが悪いのかしら」

フィッシャーの大きな顎《あご》がこわばった。「わかりません。ただ」頑《かたく》なな口調で言う。「青い帽子の男がいなくなったのとドノヒューが消えたのはだいたい同じ時分なんで、何かつながりがあるように思えてならないんです」ペイシェンスは考えながらうなずく。「こちらへうかがったのは、さっきも言ったとおり」フィッシャーは重苦しそうにつづけた。「もし警察に届けたら、ドノヒューが怒るかもしれないからです。世間知らずの子供じゃあるまいし、自分の身ぐらいは自分で守れるでしょう。でも――心配でしかたがなかったんで、昔なじみの警視さんに、あのアイルランド系の頑固者の身に何が起こったのかを調べてもらえたらと思って」

「さあ、警視さん」ペイシェンスが小声で言った。「こんなふうに見こまれて、ことわれる?」

「無理だろうな」サムはにやりとした。「金にはならんし、きびしいご時世だが、少しばかり探ってみましょう」

フィッシャーの少年のような顔が魔法のように輝いた。「よかった!」大声で言う。「恩に着ます、警視さん」

「さてと、では」サムはきびきびと言った。「事件の話にもどろう。以前にもその青い帽子の男を見かけたことはありましたか、フィッシャーさん」

「ありません。まったく見知らぬ男です。そして」フィッシャーは眉間《みけん》に皺《しわ》を寄せて言った。「それはドノヒューも同じだと思います」

「どうしてそんなことがわかるの？」ペイシェンスは驚いた顔で尋ねた。

「ぼくがほかの十九人と館内へはいっていったとき、ドノヒューはひとりひとりの顔をじっくり見ていました。知り合いがいるなんてひとことも言わなかったし、もし見つけたらぼくに教えたでしょう」

「かならずしもそうとは言えないが」サムがそっけなく言う。「だとしてもそれが事実でしょうな。ドノヒューの人相や風体を教えてください。ぼんやりとしか思い出せなくてね――かれこれ十年は会ってないんで」

「体つきはがっしりしていて、体重は百七十五ポンドほどです」フィッシャーは即答した。「身長は五フィート十インチぐらいで、六十歳。雄牛みたいに頑丈な男です。いかにもアイルランド人らしい赤ら顔で、右の頬に弾痕《だんこん》があります――思い出したでしょう、警視さん。一度会ったら忘れられない男ですよ――威張ったように歩くさまは、なんというか……」

「肩で風を切る感じ？」ペイシェンスが助け舟を出す。

「そう、それです！　半白頭で、灰色の鋭い目をしています」

「おみごと」サムが感心した様子で言った。「優秀な警察官になれますよ、フィッシャーさん。思い出しました。いまでも古ぼけた陶製のパイプを吸ってますか。あれはやつの悪い癖のひとつだった」

「吸ってますよ」フィッシャーはにこやかに答えた。「休みのときにね。それを忘れてました」

「よし」サムは急に立ちあがった。「この件はわたしどもにまかせていただき、どうぞ仕事にもどってください、フィッシャーさん。調べてみて、何かおかしな点があった場合には警察の手に委ねましょう。本来なら警察の仕事ですから」

「ありがとうございます、警視さん、ほんとうに」フィッシャーはそう言って、ペイシェンスへぎこちなく頭をさげ、大きな足音を立てて執務室から出ていった。控え室にいたブロディが、通り過ぎていく大柄で筋肉質の若者を、ひそかに胸を高鳴らせて見送った。

「感じのいい人ね」ペイシェンスはささやいた。「ちょっとがさつなところがあるけど。お父さん、あの肩を見た？　ブレーキレバーじゃなくてラテン語の本を手にしていたら、大学でフットボールのラインバッカーとして活躍していたでしょうに」

サム警視はひしゃげた鼻から荒々しく息を吐いて、大きな肩をすくめ、それから電話帳を調べた。ダイヤルをまわす。「もしもし、リヴォリ・バス会社ですか。こちらはサム探偵事務所のサムといいます。責任者を……ああ、あんたがそうですか。お名前は……えっ？　セオフェルさん？　ではセオフェルさん、そちらにジョージ・フィッシャーという運転手は在籍していますか」

「はい」警戒気味の声が答える。「何か不手際でもございましたか」

「いえ、いえ」サムは明るく言った。「ちょっとお尋ねしただけです。大柄で髪の赤い、正直そうな若者ですね」

「ええ、はい、そうです。わが社でも指折りの模範運転手です。あの男にかぎって——」

「ええ、わかっています。あくまで確認をとりたかっただけですから。ところで、きのうフィッシャーは地方から来た教師の団体を担当しましたね。その一行の宿泊先はわかりますか」

「パーク・ヒル・ホテルです。プラザ・ホテルの裏手の。いったい何が——」

「では失礼」サムはそう言って電話を切った。立ちあがり、コートに手を伸ばす。「鼻の頭に白粉《おしろい》でもはたいてこい、パット。会ってみようじゃないか、その連中——インテルだかインテレだかに」

「インテリゲンチャよ」ペイシェンスはため息混じりに言った。

2　十七人の教師

そのインテリゲンチャの集団は多彩な男女から成り立っていたが、全員が四十歳以上だった。大多数は女で、ちらほら見える男はみな枯れて生気がなく、ばつの悪そうな顔をしている。パーク・ヒル・ホテル内の食堂で、和やかな朝の食卓に居並んで甲高くさえずるさまは、春に芽吹いた最初の枝に留まるスズメの群れを思わせた。

朝食には遅い時間であり、食堂にはこの団体のほかに客はいなかった。給仕長《メトル・ドテル》がおざなりに親指を向けて、休暇を楽しむその男女の群れを指し示した。サムは臆《おく》することなく食堂《サラマンジェ》（このホテルは料理だけでなく、何もかもフランス風だ）に足を踏み入れて、きらめく空きテーブルの茂みを突き進み、ペイシェンスは忍び笑いを漏らしつつ、その後ろをついていった。

威圧感のあるサムの接近に、さえずり声がにわかに落ち着きを失い、小さくなり、ついには静まり返った。いくつもの驚いた目――眼鏡の奥のいかにも教師らしい陰鬱《いんうつ》なまなざし――が、整然とした砲列さながらに侵入者へ向けられる。サムの顔はこれまで幼い子供や気弱な大人の好感を勝ちえたためしがなかった。大きな赤ら顔は骨張っていかめしく、おまけにひしゃげた鼻がどことなく残忍な印象を醸し出すせいだ。

「インディアナからいらっしゃった先生がたですね」サムは太い声で言った。

一同に戦慄《せんりつ》が走った。女たちは胸に手をやり、男たちは品のよさそうな唇を湿らせる。テーブルの上席にいた、はち切れそうな服を着た五十がらみの丸顔の男――この集団のボー・ブランメル（十九世紀前半のイギリスで活躍したファッションの権威者）であり、代表者でもあると目される人物――が椅子を後ろへ引き、腰を半分浮かせて身をよじるや、椅子の背もたれを握った。顔から血の気が失《う》せている。

「そうですが」男は震える声で尋ねた。

「サム警視といいます」サムは荒々しく太い声のまま名乗った。それを聞いた瞬間、父親の広い背中の陰に半分隠れていたペイシェンスは、女たちがいっせいに失神するのではないかと思った。

「警察！」男は息を呑《の》んだ。「警察ですって！　わたしたちが何かしましたか」

サムは笑いを噛《か》み殺した。この小太りの男が現役時代の名残りである〝警視〟の肩書きを〝警察〟の同義語と早合点したのなら、そのほうが都合がいい。「それを調べにきたんですよ」

サムはきびしい口調で言った。「いまここに全員いますか？」

男は呆然《ぼうぜん》とテーブルを見まわした。二十五セント硬貨並みの大きさにまるく見開かれた目が、サムのいかめしい顔へもう一度向けられる。「どうしてまた――いえ、はい、そろっています」

「だれかいなくなっていませんかね」

「いなくなる？」男はぼんやりした顔で言い返した。「もちろんです。なぜそんなことが？」

いくつかの首が前後に振られた。やせぎすで怯《おび》えた顔の女ふたりが不安げに小さく叫んだ。

「訊《き》いてみただけです」サムは答えた。首をはねる大鎌のごとく、冷たい視線を教師たちに走らせる。「きのうの午後、みなさんはリヴォリ・バスでちょっとした観光に出かけましたね」

「そのとおりです。ええ、たしかに」

「全員そろって出かけた？」

「はい、もちろんです！」

「全員そろって帰った？」

突然の悲劇に圧倒されたかのように、小太りの男は椅子に沈みこんだ。「ええ、そう——だったと思います」哀れっぽい声で告げた。「フ、フリック先生、全員そろって帰りましたよね」呼びかけられたのは、高い襟に糊《のり》を利かせたシャツ姿の、茶色い瞳《ひとみ》を潤ませた小柄のやせ男だった。びっくりしてテーブルクロスを握りしめ、救いを求めるような視線を周囲に走らせたのち、小さな声で答えた。「はい、そうです、オンダードンク先生。まちがいありません」

「ほう、そうかね」サムは言った。「あんたら、だれかのことを隠してるんじゃないか。いなくなったのはだれだ」

「たしかに」驚きと緊張でたちまち沈黙に陥った一同の前で、ペイシェンスがつぶやいた。「この善良な先生がたは真実を話してくださっていないようね」

サムは鋭い視線で娘をたしなめたが、ペイシェンスはにっこりと笑ってつづけた。「ねえ、わたし、人数をかぞえてみたの」

「それで？」サムは即座に言い、テーブルをすばやく見まわした。

「十七人だったわ」

「いったいどうなってるんだ」サムはぼそぼそと言い、強面《こわもて》の演技をしばし忘れて、驚くべき事実をじぶんでもたしかめた。「フィッシャーの話では十九人だったぞ……おい、あんた」オンダードンクの耳へ怒鳴った。「最初からずっと十七人だったのか」

オンダードンクは意気ごんで唾《つば》を呑んだが、うなずくだけで精いっぱいだった。

「おい、おまえ！」サムは食堂の隅にいる給仕長へ叫んだ。呼ばれた男がながめていたメニューから驚いて顔をあげる。「ちょっと来てくれ！」

給仕長は身をこわばらせた。嫌悪のまなざしをサムへ向ける。それから苛立《いらだ》った歩兵のようにのろのろと歩いてきた。

「ご用でしょうか」歌うように問いかける。

「この連中をよく見てくれ」給仕長が指示にしたがい、上品そうな顔をうんざりと傾ける。

「全員そろってるか」

「もちろん《メ・ウィ》です、ムシュー」

「英語で話せ」サムは無愛想に言った。「全部で十七人か」

「まちがいなく十七名さまです、ムシュー」

「ホテルに着いたときからずっと十七人だったのか」

「さて」給仕長は手入れの行き届いた眉《まゆ》の一方を吊《つ》りあげた。「支配人を呼んでまいりましょうか、刑事《ジャンダルム》さん」

「おまえが答えろ、このぼけなす！」

「十七名さまでした」給仕長はきっぱりと答えた。もはや和やかとは言えない食卓を取り囲む男女へ顔を向ける。「どうぞお気を楽に、マダム。なんでもない、些細《ささい》なことです。きっと何かのまちがいでしょう」男女の一団が小さな安堵《あんど》のため息を用心深く漏らす。給仕長はうんざりしながらもおのれの責務を果たそうとする羊飼いの勇猛なる威厳をもってサムと対峙《たいじ》した。「手短に願いますよ、ムシュー。無作法きわまりない。わたくしどもはお客さまに対して——」

「おい、おフランス野郎！」サムは怒鳴りつけ、怒りにまかせて給仕長の皺《しわ》ひとつない襟首をつかんだ。「この連中はいつからここに泊まってる」

給仕長は憤ってわずかにもがいたものの、やがて恐怖に凍りついた。女たちは青ざめ、男たちはぎこちなく腰を浮かせてささやき合う。ペイシェンスの快活そうな表情もしだいにゆがんできた。

「き、金曜からです」給仕長はあえぎながら答えた。

「それでいい」サムはうなるように言って、皺くちゃになった襟を放した。「もどっていいぞ」

給仕長は一目散に逃げていった。

「では、じっくり話を聞こうじゃないか」サムはなおも強面を演じつつ、代表者のすわっていた椅子に腰を沈めた。「おまえもすわれ、パット。一日がかりの仕事になりそうだ。まったく、手間どってかなわん！　それで、あんたはきのうの昼、バスに乗りこむときに頭数をかぞえたかね」

きびしく問いかけられ、代表者はあわてて答えた。「いいえ、そんなことはしませんでした。大変残念です――こんなことになるとは思わなかったので――いったいどういう――」

「わかった、わかった」サムはいくぶん声を和らげた。「何も嚙みつこうってんじゃない。情報を集めてるだけだよ。知りたいのはこういうことだ。あんたらは全部で十七人だと言った。地元のどこだかの町を発ったときも、ニューヨークに着いたときも、このホテルにチェックインしたときも、観光に出かけたときも、ずっと十七人だった。ここまではまちがいないな？」

全員の頭がすばやく縦に振られた。

「ただし、それは」サムは考えこむ顔つきでつづけた。「きのうの昼までの話だ。あんたらは観光の足としてバスを一台借りていた。そして四十四丁目通りとブロードウェイの角にあるリヴォリ・バスの発着所へ行き、バスに乗りこんだ。発着所へ向かうときも十七人だったのか」

「わ、わかりません」代表者は当惑顔で答えた。「ほんとうにわからないんです」

「まあいい。だが、ひとつたしかなことがある。出発したとき、バスには十九人が乗っていた。それをどう説明する」

「十九人！」鼻眼鏡をかけた太り肉《じし》の中年女が叫んだ。「やっぱりそうだったのね――不思議に思ってたのよ、あの男はいったいここで何をしてるのかしらって」

「どんな男です」サムはすかさず訊いた。ペイシェンスはもてあそんでいたスプーンを落とし、太った女の顔に優越感ととまどいが入り混じって浮かぶのを、じっとすわったまま見つめている。

「どんな男ですか、ラディ先生」代表者が眉をひそめて同じ質問をした。

「ほら、変てこな青い帽子をかぶった男ですよ！　どなたもお気づきにならなかったの？　ねえマーサ、バスが出発する前に、あなたにあの男のことを尋ねたわよね。覚えてるでしょ」

マーサと呼ばれたやせた若い女が息を呑んだ。「そうよ、そうだったわ！」

ペイシェンスとサムは顔を見合わせた。だとしたら、まちがいない。ジョージ・フィッシャーは真実を語っていたことになる。

「ラディ先生」ペイシェンスがにこやかに質問する。「その男の特徴をもっとくわしく思い出せますか」

ラディの顔が輝いた。「ええ、もちろん！　中年で、とっても大きなひげを蓄えていました。映画に出てくるチェスター・コンクリンみたいに」顔が赤くなる。「喜劇俳優よ、ご存じでしょう。男のひげは灰色だったけれど」

「あと、ラヴィニアが――ラディ先生が指さしたんで、その男を見たんですけど」マーサという骨張った女が興奮気味に付け加えた。「背が高くてやせてるな、とも思いました」

「ほかにその男に気づいた人はいませんか」サムは問いかけた。

無表情の顔ばかりが並んでいた。

「あんたらふたりはなんとも思わなかったのかね」サムは皮肉っぽく言った。「自分たちの貸し切りバスに、乗る資格のない見ず知らずの男が乗車していたというのに」

「ええ、変だとは思いました」ラディがためらいがちに口を開いた。「でも、どうしたらいいかわからなくて。バス会社の関係者か何かではないかと思ったので」

サムはくるりと目をまわして天井を見あげた。「その男は帰りのバスにも乗っていましたか」

「いいえ」ラディは震え声で答えた。「いいえ、はっきり確認しましたけれど、乗っていませんでした」

「いいでしょう。これで一歩前進だ。しかし」サムは冷たく笑ってつづけた。「まだ十八人にしかならない。きのうのバスには十九人が乗っていたんですよ。さあ、よく考えてください。その十九番目の人物にだれか気づいたはずです」

「どうやら」ペイシェンスが小声で言った。「テーブルの端にいる美人の先生が何か思い出したみたい。二分前から何か話したそうに唇を震わせていたもの」

美人教師は息を呑《の》んだ。「わたしは、ただ――もうひとり」声を振り絞って言う。「ほかの人が――部外者が――いたと言いたかったんです。青い帽子の男ではありません。それとは別の男が――」

「ほう、男ですか」サムが間髪を入れずに尋ねる。「どんなやつでした」

「その男は――たしか……」女は口ごもった。「背が高かったと思います」

「ああ！」鼻にできもののある、アマゾネスのようにたくましそうな女教師が妙な声をあげた。

「スターバック先生、それはちがう！」

美人教師は鼻を鳴らした。「そうかもしれません、でもその男を見かけたのはわたしで――」

男だった！」

「あたしだって気づいてたわ！」アマゾネスは叫んだ。「まちがいなく、かなりずんぐりした男だった！」

何人かの瞳《ひとみ》に光が揺らめいた。「そうだ、まちがいない。その男は小柄でやせていて――歳は四十くらいだった」

「わたしも思い出したぞ」まるまると太った禿頭《はげあたま》の男が割ってはいった。「そうだ、まちがいない。その男は小柄でやせていて――歳は四十くらいだった」

「とんでもない！」アマゾネスがぴしゃりと言った。「あなたは記憶力が悪いって昔から有名じゃないの、スコット先生。あたしははっきり覚えて――」

「それを聞いて、わたくしも思いあたることがありますの」年配の女が恐る恐る口を開いた。「その男を見たような気がしますわ。背が高くて恰幅《かっぷく》のいい若者だったと――」

「ちょっと待った」サムがあきれ顔で言った。「これじゃ埒《らち》が明かない。つまり、その十九番目の男がどんな風貌《ふうぼう》だったかは、だれひとりわからないってことだ。とはいえ、その男が発着所までいっしょに帰ってきたかどうかは、だれか覚えているでしょうな」

「覚えています」美人教師のスターバックが即答した。「まちがいなくいっしょに帰ってきました。わたしのすぐ前でバスをおりましたから。その後は見かけませんでしたけど」この証言に異議があるなら言ってみろとばかりに、アマゾネスをにらみつける。

だが、反論する者はなかった。サムは顎《あご》をさすり、ぶつぶつ言いながら考えをめぐらせた。

「よろしい」しばらくして告げる。「少なくともどういう状況なのかはわかった。今後はあんたが――ええと、名前は――」

「オンダードンクです。ルーサー・オンダードンク」代表者は強い口調で言った。

「オンダードンクさん、あんたが何かあったときの窓口になってください。たとえば、このなかのだれかが、きのうのバスにいた男のどちらか一方でも見かけたとする。そうしたらまずあんたに知らせて、あんたからわたしの事務所に連絡してもらう」サムはテーブルクロスの上に名刺を置き、オンダードンクは慎重な手つきでそれを取りあげた。「つねに目を光らせておいてください。みなさん全員がね」

「今後は探偵のつもりで行動なさってくださいね」ペイシェンスが明るく言った。「ニューヨーク滞在中でいちばん興奮に満ちた体験になることを約束しますわ」

インディアナから来た十七人の教師たちの顔がいっせいに輝いた。

「ああ、だが面倒は起こさないでくれよ」サムはむっつりと言った。「静かに見張っているだけでいい。この街にはいつまでですか」

「予定では」オンダードンクは申しわけなさそうに咳払《せきばら》いをした。「金曜に帰ります」

「一週間の休暇か。なんであれ、ここを発つ前に忘れずに電話をください」

「かならず連絡します、警視さん」オンダードンクは力強く言った。「かならず」

サムは従順な態度のペイシェンスを後ろに従えて、パーク・ヒル・ホテルの食堂《サラマンジエ》を足音荒くあとにした。入口でしおれている青い顔の給仕長をひとにらみしてから、ロビーを抜けてプラザ・ホテルへ向かう。

ペイシェンスの従順さはいつのまにか消えていた。「ずいぶんと感じ悪かったわね、お父さん——先生がたをあんなふうにこわがらせるなんて。かわいそうに、死ぬほど怯《おび》えてたじゃない。子供のように純粋な人たちなのに」

意外にもサムは小さく笑っていた。道路脇に停めたおんぼろタクシーでまどろみかけている年配の運転手に、目で合図を送る。「これが職人技だ。何かを聞き出すとき、女ならつぶらな瞳をきらきらさせてにっこり笑えばいい。だが男の場合は、相手より凄《すご》みのある声といかめしい顔がないと、どうにもならないんだよ。か弱い先生がたにはずっとすまないと思ってたさ」

「ナポレオンもそうしたのかしらね」ペイシェンスは父親と腕を組みながら言った。

「ナポレオンだって大声をあげたさ。いいか、おれはあの気の毒な教師たちを手なずけたんだぞ」

「いつか手を噛《か》まれるわ」ペイシェンスは意地の悪い予言をした。

サムはにやりと笑った。「おい、タクシー！」

3　十九番目の男

ブロードウェイに近い四十四丁目通りの南側の道路脇で、怪物のようなバスが雑然と並ぶなか、サムとペイシェンスはどうにかタクシーをおりた。輝かしい大型バスは、どれもピンクと青を基調にした風変わりな色合いに塗られていて、先端巨大症の幼児が傷心の母親に飾り立てられたさまを思わせた。そのお守り役であるたくましい若者たちは、全員が軍服さながらの凜々《りり》しい薄紺色の制服に身を包み、やはりピンクと青に塗装された管理小屋の前の歩道をぶらつきながら、煙草を吸ったり話に興じたりしていた。

サムがタクシー運転手に料金を支払うあいだ、管理小屋の前の歩道で待っていたペイシェンスは、制服姿の若者たちからのぶしつけな賞賛のまなざしを意識せずにはいられなかった。中でもとりわけ関心を持ったらしい金髪の大男が、制帽の前庇《まえびさし》を目の上へ軽く傾けながらのんびりと歩いてきて、明るい声で言った。「よう、お嬢ちゃん、調子はどうだい」

「いまこの瞬間は」ペイシェンスは笑顔で答えた。「愉快じゃないわね」

大男は目を瞠《みは》った。赤毛の若者がペイシェンスを見て驚いた顔になり、大男に憤然と話しかけた。「おい、やめろ」大声をあげる。「一発食らいたいのか。この人は――」

「ああ、フィッシャーさん！」ペイシェンスは叫んだ。「頼もしいのね！　お仲間はけっして——その——妙な真似をするつもりはなかったのよ。そうでしょう？」そう言って瞳をきらめかせた。

大男は口をあんぐりとあけ、すぐに赤面した。「そりゃ、そうだとも」そう言って、大笑いしている運転手の一団のなかへ姿を消した。

ジョージ・フィッシャーは制帽を脱いだ。「こいつらのことは気になさらないでください、お嬢さん。減らず口を叩《たた》くゴリラどもですから……。ああ、どうも、警視さん」

「やあ」サムは無愛想に答えた。若者の群れに鋭い視線を走らせる。「何かあったのか、パティ。こいつらのだれかに言い寄られたとか？」

若者たちは静まり返った。

「まさか」ペイシェンスはあわてて言った。「こんなに早く再会できてうれしいわ、フィッシャーさん」

「ええ」フィッシャーは笑みを漏らした。「連絡を待ってくださってたんですか。ぼくは、あの——」

サムが咳払いをした。「何か新しい情報はありましたか」

「いいえ、まったく。そちらの事務所からもどってから、ずっとドノヒューの下宿と博物館に電話してるんですけどね。見つかる気配はまるでありません。どうなってるんだ！」

「博物館でも心配してるだろう」サムはつぶやいた。「向こうはどんな様子でしたか」

フィッシャーは肩をすくめた。「警備員としか話さなかったんで」

サムはうなずいた。胸のポケットから葉巻を取り出して無造作に片端を嚙み切りながら、目の前に並ぶ若者の顔を順にながめていく。みな注意深く沈黙を守りつづけ、金髪の大男は後方へこっそりとまぎれていた。がさつながらも実直な連中らしい。サムは葉巻の切れ端を歩道に吐き捨て、扉の開いたピンクと青の管理小屋をまっすぐ見据えた。小屋のなかで受話器をつかんで立っている男と目が合う。男はすぐに視線をそらした。白髪頭で赤ら顔のその男は、ほかの者と同じ制服を着ているものの、帽子の前庇の上には、リヴォリ・バスの社名とともに〝発車係〟と記されていた。

「まあ、そのうち何かわかるだろう」サムはにわかに愛想よく言った。「焦らないことです、フィッシャーさん。行くぞ、パット」

ふたりは無言の集団の脇を抜けて、タイムズ・スクエアに多くある古く薄汚いビルのひとつの入口へと歩いていき、黒っぽい階段を軋《きし》みを立てながらのぼった。上に着くと、ガラスのドアにこう書かれていた。

リヴォリ・バス会社
支配人　J・セオフェル

サムがノックをすると、男の声が聞こえた。「どうぞ」ふたりは小さなほこりっぽい部屋へ足を踏み入れた。高い鉄格子のはまった窓から、いかにもニューヨークらしい弱々しい陽光が差しこんでいる。

J・セオフェルは顔に深い皺《しわ》のある年寄りじみた若い男だった。「なんでしょうか」運行表から顔をあげて、きびしい声で言う。ペイシェンスにしばらく目を留め、それからサムへ視線を移した。

「サムといいます」サムは低い声で名乗った。「これは娘です。フィッシャーさんのことで、けさ電話で問い合わせました」

「ああ」セオフェルは椅子の背にもたれて、ゆっくりと言った。「おかけください、お嬢さん。何があったのでしょうか、警視さん。けさの電話では事情がどうもよく呑《の》みこめなくて」

「問題は何もありません。事件ですらない」サムは相手をまじまじと見つめた。「どうしてわたしが元警視だとわかったんですか」

セオフェルは短く笑った。「わたしは見かけほど若くはありません。あなたの写真が毎日のように新聞を飾っていたころを覚えているんです」

「なるほど」サムは答えた。「葉巻をいかがです」セオフェルがかぶりを振って辞する。「実は」サムは大きなうなり声をあげて腰をおろし、声高につづけた。「いささか妙に感じられる件を調べていましてね。お教えください、セオフェルさん。インディアナから来た教師の一行のバスは、だれが予約を入れたんですか」

セオフェルは目をしばたたかせた。「たしか——ええと、調べてみましょう」立ちあがり、分厚いファイルをていねいに調べて一枚の紙を引っ張り出す。「やはりそうだ。オンダードンクという男性です。あの団体のまとめ役でしょう。二、三週間前に手紙が届き、金曜にパーク・ヒル・ホテルから電話がありました」

「きのうの観光の手配の件ですか」ペイシェンスが眉間《みけん》に皺を寄せて尋ねた。

「正確にはちがいますね。きのうの観光は予約の一部でしかありません。この街に滞在するまる一週間、ずっとバスを借りたいとのご要望でしたから」

「ということは土曜も日曜も出かけたんですね」サムが訊《き》いた。

「ええ、そうです。そしてきょうもあしたも、一週間にわたって毎日どこかへ出かける予定です。あの旅程には驚かされますよ。いささか度を超しているほどです。むろんこちらは特別価格でご奉仕していますが」

「ふむ。最初から総勢十七人でしたか」

「十七人？　はい、そうです」

「土曜も日曜も、十七人きっかりでしたか」

セオフェルはサムをじっと見つめた。それから断固たる口調で言った。「お尋ねの趣旨がわかりかねますが、ほかにはだれも行かなかったはずです。ちょっとお待ちください」かたわらに並んだ数台の電話機のひとつに手をかけて、受話器をつかみあげる。どうやら内線電話らしく、交換台を通さずにすぐ話しだした。「バーベイか。シャレックとブラウンをここへ来させてくれ」ゆっくりと受話器をもとにもどした。

「バーベイというのは」サムは尋ねた。「発車係ですか」

「ええ」

「なるほど」サムは言い、マッチで葉巻に火をつけた。

ドアが開き、制服姿のがっしりした男ふたりがはいってきた。

「ブラウン」セオフェルはひとり目の男にきびしい口調で問いかけた。「おまえは土曜にパーク・ヒル・ホテルの学校の先生がたを担当したな。人数をかぞえたか」

ブラウンはめんくらった様子だった。「はい。十七人でしたよ、セオフェルさん」

セオフェルはブラウンを鋭く見て、それからもうひとりの男へ顔を向けた。「おまえはどうだ、シャレック」

「十七人でした」

「ふたりともまちがいないな?」

ふたりの男は自信たっぷりにうなずいた。

「よし、もどっていい」

ふたりは向きを変えて部屋を出ようとした。「ちょっと待ってくれ」サムが陽気に呼びかけた。「下へおりたら、発車係のバーベイにここへ来るように伝えてくれないか」

物問いたげな顔のふたりに、セオフェルがうなずいた。ふたりが出ていってドアが閉まると、不服そうに言う。「いったい何を――」

「わかってますよ」サムはにやりと笑った。「つぎの男はわたしにまかせてもらえませんか、セオフェルさん。得意分野ですから」そう言って両手をこすり合わせ、隣でむずかしい顔をしているペイシェンスを横目で見やった。サムは父性という大いなる驚異をいまだに御しきれたことがない。自分が父親であることを痛感したのは、人生も残り少なくなって、ペイシェンスが異国より帰還してからのことであり、おさげ髪の少女から眉《まゆ》を整える娘に成長するまでの長い期間が空白なのだから、それもやむをえないことだった。しかし、娘の歓心を買おうとしたこの無言の訴えは、一顧だにされなかった。ペイシェンスはあれこれ思考をめぐらせていたが、大柄な父親の虚栄心を満足させてやることは考えてもいなかった。サムはため息をついた。

ドアが開き、階下の管理小屋にいた白髪頭の男が現れた。ことさらに唇を固く引き結び、サムの存在をわざとらしく無視している。

「お呼びですか、セオフェルさん」ぶっきらぼうに言った。

サムは警察官特有の静かで厳然たる口調で言った。「白状しろ、バーベイ」

バーベイはしぶしぶ顔を向け、ちらりとサムを見てから視線をそらした。「なんでしょう――おっしゃる意味がわかりませんが」

「おまえは捜査の対象なんだよ」サムは胴着の袖《そで》ぐりに親指を引っかけて告げた。「さあ、バーベイ。証拠はあがってるんだ。とぼけても無駄だぞ」

バーベイはすばやく周囲を見まわし、唇をなめてから口ごもりつつ言った。「わたしは頭が弱いもんで。証拠って？　なんの話ですか」

「収賄だ」サムは非情きわまりない声で言った。

バーベイの顔がしだいに血の気を失い、蒼白《そうはく》になった。だらりと垂らした大きな両手が弱々しく震える。「どう——どうしてわかったんですか」

ペイシェンスがゆっくりと音を立てずに吐息を漏らした。セオフェルの皺の刻まれた顔には怒りがこみあげている。

サムは微笑んだ。「探り出すのがわたしの仕事でね。よく聞け、おまえをすぐにでもぶちこんでやりたいのはやまやまだが、セオフェルさんは——そう、おまえが洗いざらい打ち明ければ訴えるつもりはないとおっしゃっている」

「ああ」セオフェルはかすれた声で同調した。「さあ、バーベイ、警視さんの話を聞いただろう！　ぼさっと突っ立ってるんじゃない！　さあ、何があった？」

バーベイは制帽をいじりまわした。「その——わたしには家族がありましてね。会社の規則に反するのはわかってました。けど、金には——金の魅力には勝てなかったんです。最初の野郎が来たときはことわるつもりで——」

「口ひげを生やした青い帽子の男だな？」サムはすかさず訊いた。

「ええ、そうです！　ことわるつもりだったんですけど、目の前で十ドル札をちらつかせられたもんで」バーベイは口ごもった。「いいと言ってしまいましてね。ほかの客といっしょにバスに乗せました。そうしたら、一分かそこら経ったとき、男がもうひとりやってきて、最初の男と同じことを言うんです。フィッシャーのバスに乗れるよう手をまわしてくれってね。それで、まあ、どうせひとり乗せたんだし、この男を乗せたらもう五ドルは稼げると思ったもので。

そいつからもそれだけ受けとって、結局ふたり目も乗せました。知ってることはこれで全部です」

「フィッシャーも噛《か》んでるのか」セオフェルがきびしい声で問いかけた。

「いいえ、セオフェルさん。あいつは何も知りません」

「二番目のはどんな男だった」サムが尋ねた。

「ラテン系でしたね。ネズミみたいな顔をして、肌が浅黒くて。たぶんイタリア野郎です。パレス・シアターのあたりをうろついてる連中みたいに派手ななりでした。左手におかしな指輪を光らせて——やつは左利きですよ。少なくとも五ドル札を突き出したのは左手で——」

「おかしな指輪とは？」

「ふつうなら宝石があるところに、ちっぽけな馬蹄《ばてい》がついてました」バーベイはもごもごと言った。「プラチナかホワイトゴールドだと思います。粒ダイヤがちりばめられてて」

「ふむ」サムは顎《あご》をなでた。「以前にその男を見かけたことはないのか」

「ありません！」

「わかります！」

「もう一度会ったら本人とわかるか」

「その男は教師たちといっしょにもどったが、青い帽子の男はもどらなかった。そうなのか？」

すべて見通しているサムに、バーベイは目をまるくした。「はい、そのとおりです」

「よし」サムはゆっくり立ちあがり、机越しに右手を差し出した。「ありがとうございました、セオフェルさん。この男にはどうか寛大な処分をお願いします」セオフェルへ目配せをし、愕《がく》然《ぜん》とした顔のバーベイの肩を親しげに軽く叩《たた》いてから、ペイシェンスの手袋をつけた手を腋《わき》の下に押しこんで、戸口へ向かった。

「覚えておくんだ」サムは含み笑いをしながら、軋《きし》む階段をおりていった。「こちらの様子をうかがっていたやつが、目を合わせたとたんに視線をそむけたら、そいつはまちがいなく怪しい。床屋の看板柱みたいな色の管理小屋であの男を見かけた瞬間、やつがからんでるとにらんだのさ」

「まあ、お父さん」ペイシェンスは笑った。「手に負えないほどのうぬぼれ屋ね。で、これからどうすればいいの？　だって――」

サムの顔が曇った。「そうなんだよ」沈んだ声で言う。「ドノヒュー発見につながる進展はまだひとつもない……。まあいい、パティ」深く息をつく。「例の忌々しい博物館へ出向くとしよう」

4　ロウ青年

ブリタニック博物館は、地味な共同住宅に両側からはさまれた細長い四階建ての建物のなかにあり、五番街の六十五丁目通り寄りに位置していた。背の高い青銅の玄関扉はセントラル・パークの緑に面し、建物の南北には共同住宅の簡素な張り出し屋根が迫っている。

サム父娘《おやこ》は一段だけの敷石をまたぎ、青銅の玄関扉を見やった。両開きの扉のそれぞれに浅浮き彫りの厳粛な装飾が施され、シェイクスピアの凜々《りり》しい顔が刻みこまれている。硬く厳粛な――容易に人を寄せつけない扉だった。それは気のせいではなく、同じように人を寄せつけない表示の札が青銅のノブにぶらさがっていて、ブリタニック博物館が「改装のため休館」だとはっきり告げていた。

だがサムは不屈の男だった。右手を握りしめ、こぶしを青銅の扉に思いきり叩きつけた。「お父さん！」ペイシェンスはくすくす笑った。「シェイクスピアを殴ってるわよ！」

サムはにやりとし、さらに力をこめてエイヴォンの詩人の鼻を叩いた。閂《かんぬき》がこすれて軋む耳障りな音が響き、一瞬ののち、球根のような鼻を持つ老人の怪獣像《ガーゴイル》に似た顔が現れた。

「おい！」老人は怒鳴った。「英語が読めないのか」

「やあ、あけてくれ」サムは陽気に言った。「急いでるんだ」

門衛は微動だにしない。扉の隙間から突き出たままの鼻が、控えめなユリの球根のように見える。「なんの用だ」ぞんざいに尋ねる。

「むろん中にはいりたい」

「いや、だめだな。部外者は立ち入り禁止だ。改装中だよ」扉の隙間が閉じかける。

「待て！」サムは叫び、そうはさせじとむなしい抵抗を試みた。「こちらは——そう、警察の者だ！」

シェイクスピアの顔の向こうから不気味な含み笑いが聞こえ、やがて静まった。

「ちくしょう！」サムは憤然と叫んだ。「やい、じじい！　扉をぶち破るぞ！」

ペイシェンスは扉にもたれ、腹をかかえて笑いだした。「ちょっと、お父さん！」あえぎながら言う。「笑わせないで。偉大なる詩人のご尊顔を卑しい手で殴りつけたから、ばちがあたったのよ……。でも、わたしに考えがある」

サムは不満そうにうなり声をあげた。

「そんな疑わしそうな顔をしないで。敵陣のなかにわたしたちの友人がいるでしょう？」

「どういう意味だ」

「不滅のドルリーよ！　レーンさんはこの博物館の後援者のひとりでしょう？　レーンさんからの電話一本で、あかずの扉は開くはずよ」

「そうか、その手があったか！　パティ、その賢さは父親ゆずりだ。では、電話を探しにいこう」

ふたりは一ブロック東のマディソン街の雑貨屋で公衆電話を見つけた。サムがハムレット荘へ長距離電話をかける。

「もしもし、サムです。そちらはどなたですか」

信じられないほど年老いた高い声が響いた。「クエイシーでございますよ。こんにちは！」

クエイシーは四十年以上の歳月をドルリー・レーンとともに過ごしてきたとびきり高齢の男で、もとはレーンの扮装係《ふんそう》だったが、いまは老使用人としてそばに仕えている。

「レーンさんはご在宅かね」

「すぐそばにいらっしゃいますよ、警視さん。あなたは薄情なお人だとおっしゃっています」

「ああ、認める。恥ずかしいかぎりだよ。ご老体はお元気かね。ところでクエイシー、ひとつお願いしたいことがあるとレーンさんに伝えてくれないか」

電話の向こうで何やら話す声が聞こえた。レーンの不自由な耳は、卓越した読唇術の能力のおかげで、直接会って話をするぶんには差し障りがないものの、電話での会話には大いに支障をきたすので、もう十年以上もクエイシーが主人の耳のかわりをつとめていた。

「事件か、と聞いていらっしゃいます」ようやくクエイシーの声がした。

「ああ、そうなんだ。こう伝えてくれ。少々謎めいたことを調べていて、ブリタニック博物館にはいらなきゃならないんだが、ばかな門衛が中に入れてくれないんだ。改装のために休館中でね。レーンさんになんとかしてもらえないだろうか、と」

しばしの沈黙のあと、驚いたことに、レーン本人の声が受話器から聞こえてきた。高齢にもかかわらず、レーンの声はいまも信じがたいほどの張りと豊かな響きを保っていて、かつて世界一の喉《のど》と評されたときのままだった。

「こんにちは、警視さん」ドルリー・レーンが言った。「ここからは聞き役に徹していただきますよ」小さく笑う。「例によって、わたしが一方的に話します。ペイシェンスは元気ですか。いいえ、答える必要はありません。この耳には届きませんから……。ブリタニック博物館にご用があるそうですね。どんなことなのか、わたしにはまったく想像もつきません。あそこは世界じゅうのどこよりも平穏な場所だというのに。もちろん、すぐに館長へ電話をかけましょう。チョート館長――アロンゾ・チョート博士は、わが親愛なる友人です。館内にいるはずですが、仮に留守であっても、あなたが博物館にもどるころまでには――おそらく、すぐ近くにいらっしゃるのでしょうから――見つけ出して、入館の許可をとっておきます」深く息をついた。「では、ごきげんよう、警視さん。近いうちに時間をとっていただき、ペイシェンスとともに――ああ、彼女にぜひ会いたい！　――ハムレット荘へお越しください」

少しの間があって、名残惜しげに電話を切る音がした。

「さようなら」サムは通じなくなった受話器に向かって真顔で告げた。それから、電話ボックスの外で待つ娘の探るような視線を避けながら、きまり悪さに顔をしかめた。

ブリタニック博物館の入口へもどると、シェイクスピアの顎《あご》ひげがいかめしさを和らげたように見えた。それどころか、玄関扉が半開きになっている。戸口では、南国風の上品な山羊《やぎ》ひげを蓄えた長身で年配の男が浅黒い顔に笑みを浮かべ、その端麗なひげの上で歯を輝かせつつふたりを出迎えた。さっき防御につとめていた球根鼻の門衛が、影のように弁解がましくその背後をうろついている。

「サム警視ですね」しなやかな指の並ぶ手を差し出しながら、山羊ひげの男が声をかけた。「アロンゾ・チョートです。そして、ようこそお嬢さん！　この前レーンさんと当館へお越しくださったときのことはよく覚えていますよ。さあ、どうぞ中へ！　このバーチの無作法をどうかご容赦ください。今後は先ほどのような軽率なふるまいはけっしていたしませんので……いいな、バーチ」門衛は小声で悪態をつきながら、暗がりへ逃げていった。

「あの男に非はありません」サムは快活に言った。「命令は命令ですからね。われらが老ドルリーから連絡があったんでしょうな」

「はい。いま使用人のクエイシーから電話がありました。当館のこのありさまにはどうか見て見ぬふりで願いますよ、お嬢さん」チョート館長は笑顔で言った。「突然の来客に、台所の乱れようの言いわけをする潔癖な主婦になった気分です。ご存じのとおり、長らく先送りしてきた改装のさなかでしてね。大掃除ですよ。館長職をひっくるめての」

三人は大理石の玄関ホールを抜けて、小さな応接室にはいった。塗りたてのペンキのにおいが鼻を突く。調度品は部屋の中央に集められ、色のついた妙な布がおざなりにかけられていた。

塗装職人たちは足場の上をゆっくりたどりながら、湿った刷毛《はけ》を壁や天井に向かって動かしている。壁龕《へきがん》からは、布に包まれたイギリスの文豪たちの胸像がうつろな視線をこちらへ向けている。部屋の突きあたりに格子扉のついたエレベーターがあった。

「正直言って、魅力を感じませんわ、チョート館長」ペイシェンスは小さな鼻に皺《しわ》を寄せて言った。「こんなふうに――必要以上に飾り立てるという考えにはね。シェイクスピアやジョンソンやマーロウの骨は、朽ちるがままにするほうがよほど敬愛の情を示すことになると思いますけど」

「たしかにそれも一理あります」チョートは答えた。「わたし自身はこの改装には反対しました。しかし、ここの理事会は革新的でしてね。シェイクスピア展示室に現代壁画を並べさせないようにするのが精いっぱいでした」小さく笑い、隣にいるサムへ視線を移す。「館長室へ行きましょうか。すぐそばですし、ありがたいことに、あそこはまだ刷毛に襲われていませんから」

チョートはペンキ染みのついた粗布の上を渡り、壁のくぼみにあるドアへと先導していった。ドア板には飾り気のない書体でチョートの名が記されていた。招じ入れられたのは明るく広々とした部屋で、天井が高く、ナラ材の張られた壁に本が整然と並んでいる。肘掛《ひじか》け椅子で読書に没頭していた若い男が、三人に気づいて顔をあげた。

「ああ、ロウ」チョートが大声で呼びかけた。「読書中にすまない。ドルリー・レーンさんのご友人を紹介しよう」青年がすばやく立ちあがり、椅子の横で愛想よく微笑んで、ゆったりとした動作で角縁の眼鏡をはずす。背が高く、眼鏡をとると感じのよい面立ちをしていた。いかにも学者らしいくたびれた薄茶色の瞳《ひとみ》とは不釣り合いな、運動選手を思わせる肩の持ち主だ。

「お嬢さん、こちらはゴードン・ロウといいまして、新入りながら当館屈指の熱心な研究員です。こちらはお父さんのサム警視だ」

　ロウはペイシェンスから視線をそらさぬまま、サムと握手を交わした。「はじめまして！　館長、おかげさまで目の保養になりますよ、ほんとうに。サムか……。うぅん、その名前はちょっといただけないな。まったく似つかわしくない。そうだな、たとえば……。ああ、警視さん！　お噂は耳にした覚えがあります」

「ありがとう」サムはぶっきらぼうに言った。「きみの邪魔をしてはいけないな、ああ、名前を忘れたがね。われわれは別の場所へ行ったほうがよさそうですな、チョート館長。この若者にはひとり静かに三文小説を読ませてやりましょう」

「お父さん！」ペイシェンスが叫んだ。「ロウさん、父のことはお気になさらないで。きっと、サムという名をけなされたと思って腹を立ててるんです」顔が赤く染まる。ロウはサムのきびしいまなざしにも動じず、なおも平然とペイシェンスを観察している。「わたしにはどんな名前が似つかわしいんですか、ロウさん」

「ダーリンだな」ロウはやさしい声で言った。

「ペイシェンス・ダーリン？」

「いや――ただのダーリン」

「いいかげんに――」サムが怒鳴りかけた。

「すわりましょう」チョートが穏やかな笑顔で言った。「ロウ、ことばを慎みなさい。ペイシェンスさん、どうぞ腰かけて」ロウの凝視にかすかに動揺している自分に気づいたペイシェンスは、なぜか急に手首が脈打つのを感じながら腰をおろした。つづいてサムが、そしてチョートがすわったが、ロウは立ったままで視線も動かさなかった。

「待たされるのはうんざりです」チョートは早口で言った。「まだはじまったばかりですがね。塗装工事のことですよ。二階はまだ手つかずでして」

「そうですか」サムはうなるように言った。「ところで、きょううかがったのは――」

ゴードン・ロウが薄笑いを漂わせながら腰をおろした。「お邪魔でしたら、ぼくは――」明るい調子で言いかける。

サムの顔が希望に輝いた。だがペイシェンスは、父親へにこやかな視線を送りながらチョートに問いかけた。「先ほど、館長職もひっくるめての大掃除とおっしゃいましたけど……ロウさん、どうぞそのままで」

チョートは長い机の奥の回転椅子に背中を預けて、室内をながめまわした。ため息を漏らす。

「いわばそういうことです。まだ公表はしていませんが、わたしは退任します。この建物で人生の十五年間を過ごしました。そろそろ自分自身のことを考える時期なのでしょう」目を閉じてつぶやいた。「今後については、心に決めていることがありましてね。コネティカット州の北部にあるイギリス風の小さな家に以前から興味があったのですが、それを購入して、本に埋もれた学究三昧《ざんまい》の隠遁《いんとん》生活でもはじめようかと……」

「いい考えですな」サムが言った。「それで、さっきの話ですが——」

「すばらしい」ロウが相変わらずペイシェンスを見つめたまままつぶやいた。

「ごゆっくりなさるべきですわ。館長のお仕事ぶりはレーンさんからうかがっていましたから」ペイシェンスはあわてて言った。「いつごろお辞めになる予定ですか」

「まだ決めていません。新しい館長が着任することになっていましてね。実を言うと、そのかたは船でイギリスを発っていらっしゃり、あすの朝ニューヨークに到着したあと、顔合わせをすることになっています。慣れるまでには多少時間が必要でしょうから、ひとりで仕事をこなせるようになるまで、わたしは残ろうかと」

「きょうは表敬訪問なのかな、ミス・ダーリン」唐突にロウが尋ねた。

「アメリカがイギリスから借りるのは絵画と書物だけかと思っていました」ペイシェンスはどぎまぎしながら言った。「新しい館長は愛書家のなかでも傑出したかたなんでしょうね。大物なのかしら」

　サムは椅子の上で体を揺すった。

「ええ、海外ではかなりの評価を受けています」チョートは片手をほんの少し振った。「超一流とは言いかねますがね。ロンドンの小さな博物館——ケンジントン博物館というところで何年も館長をつとめていました。名前はセドラー。ハムネット・セドラーといって——」

「イギリス産のお堅いローストビーフですよ！」ロウが勢いこんで言った。

「ジェイムズ・ワイエス理事長からじきじきに抜擢《ばってき》されましてね」

ロウの賛嘆の視線と目を合わせるのが不意にいたたまれなくなったペイシェンスは、それを聞いて細い眉《まゆ》を吊《つ》りあげた。ワイエスと言えば右に出る者のいない実力者であり、知識の探求に情熱を捧《ささ》げる教養豊かな大富豪だった。

「しかもセドラー博士には、ジョン・ハンフリー＝ボンド卿《きょう》からの熱心な推薦もあったのです」チョートはにこやかにつづけた。「当然ながらジョン卿のお墨つきは大きな決め手となりました。あのかたはエリザベス朝時代の蒐集《しゅうしゅう》家として、何十年にもわたってイギリスの最高権威者でいらっしゃいましたからね。警視さん、ご存じでしょう?」

サムは一驚した。咳払《せきばら》いをする。「え、ええ、もちろんです。それより――」

「ぼくはほんとうにここにいてかまわないんですね」ロウが唐突に言った。「実はだれか来ないかなと心待ちにしてたんです」笑い声をあげ、読みかけの重そうな古い二つ折本を音を立てて閉じる。「きょうは運がいい」

「もちろんかまわないわ、ロウさん」ペイシェンスはためらいがちに告げた。顔がほのかに染まっている。「ええと――チョート館長、わたしは十代のころに長くイギリスで過ごしたんですけど――」

「イギリスも運がいい」ロウがうやうやしく言う。

「――いつも感じていたことがあるんです、教養あるイギリス人の大半は、わたしたちアメリカ人を、なかなか楽しいけれどいささか血の気の多い未開人と見なしている、と。おそらくセドラーさんをお招きするのには、かなりの見返りが――」

チョートはひげを揺らして笑った。「とんでもない。当館の懐具合では、セドラー博士がロンドンで受けとっていた金額すら提示できませんでした。それでも向こうは、ここで働くことにずいぶん意欲を掻《か》き立てられたようで、ワイエス理事長の申し出をすぐさま引き受けてくださったのです。みな似た者同士なんですよ――世事に疎いという点で」

「まったくだ」ロウが深く息をついた。「もしぼくが実務に強かったら――」

「おもしろいですね」ペイシェンスは微笑んだ。「イギリス人のふつうの感覚とはなんとなくちがう気がします」

サムが大きな咳払いをした。「おい、パティ」たしなめるように言う。「チョート館長はお忙しいんだから、本題とは関係ないおしゃべりに日がな一日付き合っていただくわけにはいかないんだ」

「いえ、警視さん、そんなことはけっして――」

「チョート館長のようなご老体には、よき慰めなんですよ」ロウが楽しげに言った。「お嬢さんのような美女と話に花を咲かせることは、警視さんも――」

サムの瞳がぎらぎらした凶暴な光を帯びた。「こちらにうかがったのは」ロウを無視してつづける。「ドノヒューのことをお尋ねするためです」

「ドノヒュー？」チョートは怪訝《けげん》な顔をし、目を輝かせて身を乗り出したロウを見た。「ドノヒューがどうかしましたか」

「どうかしたかって？」サムはうなった。「ドノヒューは失踪《しっそう》しました。どうかしたどころじゃない！」

ロウの顔から笑みが消えた。「失踪した？」すばやく訊《き》き返す。

チョートは眉をひそめた。「ほんとうですか、警視さん。いまおっしゃったのは当館の警備員のことですね」

「そうです！　けさ出勤していないのをご存じないんですか」

「もちろん知っています。でも、特に気に留めませんでした」チョートは立ちあがり、机の奥にある敷物の上を歩き出した。「けさ門衛のバーチが、ドノヒューが出勤していないようなことを言ってきましたが、まさかそんな——ロウ、その話をしたのを覚えているだろう。わたしたちはドノヒューの仕事ぶりに満足しているので、ほかの職場よりも融通をきかせてやっています。それに、いまは休館中ですし……。何があったんでしょうか。あの男の身に何が？」

「いまの時点でわかっているのは」サムはむっつりと答えた。「きのうの午後、教師の団体が見学しているさなかに走って出ていったきり、まったく行方が知れないということです。ゆうべは下宿にももどらず、友人との待ち合わせ場所にも現れなかった——まるっきり姿を消してしまったんです」

「ずいぶん妙な話だと思いませんか、チョート館長」ペイシェンスが小声で言った。

ゴードン・ロウが静かに本を置いた。

「まったくです。なんとも妙だ」チョートは困惑顔で言った。「教師の団体か……問題を起こしそうには見えませんでしたが」

「わたしぐらい長く刑事をやっていると」サムは言い返した。「見かけの印象に頼りすぎてはいけないと知るものです。館内を案内したのはあんたですね」

「はい」

「全部で何人だったか覚えていますか」

「いいえ、まったく。数えませんでしたから」

「もしかして」ペイシェンスは穏やかに尋ねた。「灰色の濃い口ひげを生やした、青っぽい帽子の中年の男に気づきませんでしたか」

「ふだんから室内にこもった生活を送っているせいか、周囲で何が起こっているかには無頓着《むとんちゃく》でして」

「ぼくは覚えてますよ」ロウが引きしまった顎《あご》を大きく動かして告げた。「ほんの一瞬、見ただけですけど」

「残念だったな」サムは皮肉っぽく言った。「館長、あんたは案内にばかり気をとられていらっしゃったんですね」

「面目もありません、警視さん」チョートは肩をすくめた。「その青い帽子の男について特にお尋ねになるのはなぜですか、お嬢さん」

「青い帽子の男は」ペイシェンスが答えた。「あの団体の一員ではなかったんです。しかもあらゆる点から考えて、ドノヒューの失踪がその男となんらかのつながりがあるのはまちがいないんです」

「おもしろい」ロウがぽつりとつぶやいた。「おもしろい。館内で悪巧みがおこなわれるなんて！　自由奔放でアイルランド気質《かたぎ》のドノヒューにいかにもふさわしい話だ」

「つまり、ドノヒューは青い帽子の男に何やら不審の念をいだいて」チョートが考えこみながら言った。「自分ひとりで捜査に乗り出したというわけか。たしかにありえない話じゃない。とにかく、ドノヒューが無事なのはまちがいありませんね。護身能力に長《た》けた男だと断言できます」

「なら、いまどこにいるんです」サムが淡々と言った。

チョートはまたも肩をすくめた。これを一大事とは少しも見なしていないのは明らかで、屈託のない笑顔を見せて立ちあがった。

「さて、お話はこのくらいにして、館内をご覧になりませんか、警視さん。お嬢さんもいかがでしょう。以前も見学なさったのは知っていますが、先日、ある貴重な品が寄贈されまして、きっと興味をお持ちになるはずです。サクソン展示室と名づけた部屋に収蔵しました。あのサミュエル・サクソン氏ですよ。先ごろ亡くなった――」

「それより――」サムはうなった。

「ぜひ拝見させてください」ペイシェンスがすかさず言った。

チョート館長が先頭に立って、モーゼよろしく、応接室の床に敷かれたペンキ染みだらけの粗布の海を突き抜けて廊下を進み、一同を広い閲覧室へと連れていった。書物に埋めつくされたこの部屋の壁にも粗布がかけられていた。サムが疲れた重い足どりでチョートの横を歩き、そのあとをペイシェンスと長身のロウがついていく——さりげない抜け目なさがもたらしたこの配置のせいで、ペイシェンスの頰はまたもや赤く染まっていた。

「このまま隣を歩いていてもいいかな、ダーリン」ロウが小声で尋ねた。

「すてきな男性の同伴をことわったことは一度もないわ」ペイシェンスは緊張気味に答えた。

「あなたをうぬぼれさせるつもりで言ったんじゃないのよ、ロウさん。だれかから鼻持ちならないやつと言われた経験があるでしょう?」

「兄貴からね」ロウはまじめくさって答えた。「むかし、殴って目のまわりに痣《あざ》を作ってやったときのことだ。ねえ、ダーリン、ぼくはこれまでどんな女性と出会っても——」

チョートが閲覧室を通り抜け、突きあたりにあるドアへと進んだ。「実を言うと」大声で告げる。「このサクソン展示室の案内役は、わたしよりもロウのほうがふさわしいくらいですよ、お嬢さん。ロウはかつて本に出てくるような神童でしたから」

「畏《おそ》れ多いかたね」ペイシェンスは首を振った。

「どうか真に受けないでください」ロウがあわてて言う。「館長、生かしちゃおきませんよ！いまの話は、つまりですね、ミス・サム——」

「あら、ミス・サムになったのね」

ロウは顔を赤くした。「失礼。ときどきこんなふうに混乱してしまいます。チョート館長は、以前ぼくがよくサミュエル・サクソン氏のお眼鏡にかなったことについておっしゃっているんです。サクソン氏は大量の稀覯本《きこうぼん》をブリタニック博物館に寄贈するという遺言を残して、数か月前に亡くなりました。ぼくは氏に面倒を見てもらっていたもので、一種の臨時職員として、稀覯本たちが新しいねぐらに慣れるのを見守っているというわけです」

「ますます畏れ多いわ、ロウさん。わたしが惹《ひ》かれるのは、頭が空っぽではっきりした自活手段のない男性ばかりだもの」

「ひどいなあ」ロウは小声で言って視線をさまよわせた。「自活手段の件はさておき、ぼくに向いている仕事なのはたしかです。というのも、ぼくは最近、独自のシェイクスピア研究をしていましてね。後ろ楯《だて》になってくれたサクソン氏が亡くなって、大量のシェイクスピア文献が博物館に遺贈されたんで、ここで研究をつづけているんです」

一行は細長い部屋に足を踏み入れた。見た目の新しさや塗料のにおい、さらにカーテンがついていないことから、改装がごく最近のことだったとわかる。室内には千冊ほどの書物が収蔵され、そのほとんどは棚に並んでいたが、ほんの数冊だけは、金属の細い脚に支えられたガラス蓋《ぶた》つきの木のケースにはいっている。ほかよりも貴重な展示品なのだろう。

「ちょうど工事が終わったところです」チョートが告げた。「ここには非常に珍しいものがいくつかありましてね。そうだな、ロウ？　当然ながら、この展示室内の収蔵品はまだ一般に公開されていません。ほんの数週間前、休館してから届きましたので」サムは戸口に近い壁に寄りかかり、退屈そうな顔をする。「さあ、こちらへ」チョートは引率教師さながらの口調でつづけながら、最も近い展示ケースへと歩み寄った。「これが――」

「おい、待て！」突然サムが叫んだ。「そのケースはいったいどうしたんだ！」

チョートとゴードン・ロウが驚いた渡り鳥のように振り向いた。ペイシェンスは呼吸が荒くなるのを感じた。

サムが指さしていたのは、部屋の中央にある展示ケースだった。ほかのケースと形は同じだが、ひとつだけ異なる点がある。そのケースのガラス蓋は粉々に砕け、とがったガラス片がいくつか枠に残っているだけだった。

5　ジャガード版の展示ケース

チョート館長とゴードン・ロウの顔に浮かんだ驚愕《きょうがく》の表情は、すぐに安堵《あんど》のそれに変わった。

「なんだ」ロウが言った。「脅かさないでください、警視さん。一瞬、とんでもないことが起こったのかと思いましたよ。きのう、ちょっとした事故があった。それだけです」

ペイシェンスとサムは目を光らせ、すばやく視線を交わした。「事故だって?」サムが言った。「ほう、それはそれは。こちらの文化の一端に少しばかり浸った甲斐《かい》がありましたよ、チョート館長。その〝事故〟というのはどういう意味かね、ロウくん」

「いえ、ことばどおりですよ」チョートは微笑んだ。「たいしたことではありません。ロウの言ったとおりでしてね。きのうの午後、隣の閲覧室で作業をしていたロウが、サクソン・コレクションのある一冊を調べようとこの展示室にやってきました。そのとき、展示ケースのガラス蓋が割れているのに気づいたのです」

「ええ」ロウが説明を引き継ぐ。「この部屋の工事はきのうの午前中に終わったばかりですから、きっと作業員が道具か何かをとりにもどったときに、うっかりガラスにぶつかったんでしょう。騒ぎ立てるほどのことじゃありませんよ」

「これに気づいたのはきのうのいつですか、ロウさん」ペイシェンスがゆっくりと尋ねた。まなざしには、もはや私的な感情は含まれていない。

「ああ、五時半ごろだったかな」

「では、インディアナからの一行が博物館を出たのは何時でしたか。チョート館長、もうお聞きしたかしら」立てつづけに質問する。笑みはすっかり消えていた。

チョートは苛立《いらだ》ったふうだった。「なんでもないと言っているじゃありませんか！　正確な時刻は申しあげていませんよ。出たのはたしか五時ごろです」

「そして五時半にはガラスは割れていた。そうですね、ロウさん」

ロウはペイシェンスをまじまじと見つめた。「女シャーロック・ホームズか！　驚いたな。きみは女探偵なのか？」

「茶化すんじゃない、若造」サムが前へ進み出て言った。とはいえ、口調に棘《とげ》はなく、むしろ本来の陽気さを取りもどしたようだった。「そのときの様子は？　ガラスの割れる音が聞こえたはずだ」

ロウは残念そうにかぶりを振った。「それが、聞こえなかったんですよ、警視さん。閲覧室からサクソン展示室へ通じるドアは閉まっていましたし、おまけにぼくは目の前のことに熱中する性質《たち》なので、椅子の下で爆弾が破裂してもまばたきひとつしないでしょう。だから、この事故が起こったのは、きのうの午後のいつであってもおかしくないはずですよ」

「ふむ」サムは言った。割れた展示ケースへ歩み寄って、中をのぞきこむ。「盗まれたものは？」

チョートが朗らかに笑った。「警視さん、わたしたちは子供ではありませんよ。何者かがこっそりとこの展示室に忍びこみ――ご覧のように、あそこにもうひとつドアがありまして、大廊下につながっていますから、だれでもたやすくはいれるんですが――ケース内の貴重な三冊のどれかを盗んで逃げたのではないかと、当然考えました。しかしこのとおり、本はそっくりそのままです」

サム父娘《おやこ》は壊れた展示ケースを見おろした。底面に柔らかなビロードの黒い布が敷き詰められ、そこに三つの長方形のくぼみが整然とあけられて、大判の分厚い本が一冊ずつおさまっている。どれも、汚れて色褪《いろあ》せた粗い子牛革で装丁された本だ。左端は金茶色、右端はくすんだ緋色《ひいろ》、そして中央は青色の表紙がついている。

「午後にガラス屋が来て、蓋を修理することになっています」チョートは告げた。「ですから――」

「待ってください、館長」サムが唐突にさえぎった。「作業員がこの展示室を仕上げたのがきのうの朝だとおっしゃいましたね。午後はこの部屋に警備員を置かなかったんですか。博物館というところは、いつでも警備員だらけだと思っていたんだが」

「そんなことはありませんよ、警視さん。改装で休館しているあいだは、ふだんより警備の人数を減らしています。ドノヒューと門衛のバーチで事足りますから。休館してから、ここにはいるのを許された部外者は、インディアナからの団体がはじめてでした。でも、そのために警備を増やす必要はないと――」

「なるほど」サムは低い声で言った。「どうやら事のあらましがわかってきましたよ。あんたがたが考えたような無邪気な話ではなさそうだ」

ペイシェンスが瞳《ひとみ》を輝かせ、ゴードン・ロウが怪訝《けげん》な顔をした。

「どういう意味です」チョートがすぐに尋ねた。

「つまり」サムはぴしゃりと言った。「さっきあんたがにらんだとおり、ドノヒューは青い帽子の男を不審に思って尾《つ》けていったんでしょう。なぜその男を追ったのか。それは男がこのケースを壊し、ドノヒューはその現場を目撃したからです」

「だとしたら、なぜ何も盗まれていないのですか」チョートは食いさがった。

「おそらく、このなかの一冊に男が手を伸ばした瞬間に、ドノヒューが見咎《とが》めたんでしょうな。どれも貴重な本なんでしょう？　単純な話です――窃盗未遂があったんだ」

ペイシェンスが思案顔で下唇を強く嚙《か》みながら、壊れたケースをのぞきこんだ。

「じゃあ、なぜドノヒューは警報機を鳴らさなかったんですか、警視さん」ロウがつぶやくように問いかけた。「それに、ドノヒューが急いで追いかけていったんだとしたら、なぜ青い帽子の男が逃げ去る姿をだれも見ていないんですか」

「そして何より問題なのは」ペイシェンスが声をひそめて言った。「ドノヒューがいまどこにいるのかよ。なぜもどってこないのか」

「さあな」サムは苛立たしげに言った。「とにかく、いま話したとおりのことがあったんだよ」

「心配だわ」ペイシェンスが妙に硬い口調で言った。「何か恐ろしいことが起こったんじゃないかしら。青い帽子の男じゃなくて、ドノヒューの身に」

男たちは無言だった。サムは板石敷きの床を行きつもどりつしはじめた。

ペイシェンスは深く息をつき、もう一度展示ケースへ身を乗り出した。三冊の古書それぞれの後ろに、二つ折りのカードが並べられている。手前には大き目の札が置かれ、古書の説明が印刷されていた。

稀覯本《きこうぼん》
印刷業者ウィリアム・ジャガード発行

「エリザベス朝時代のものですか」ペイシェンスは尋ねた。

チョートがぼんやりうなずいた。「ええ。興味深いものばかりですよ。ジャガードは当時のロンドンの著名な印刷業者兼出版業者で、シェイクスピアの最初の二つ折版作品集を手がけた版元です。この三冊はすべてサミュエル・サクソン氏の収蔵品でした——どこで手に入れたのかはだれも知りません。あのかたはどこか利己的なところがありました」

「そうでもありませんよ」ゴードン・ロウが薄茶色の瞳を光らせた。

「いや、愛書家としての立場にかぎっての話だ」チョートはあわてて言い足した。「さて」サムがうなるように告げた。「何か見つかるだろうか」

だが、知りたいことはたくさんあるものの、収穫は皆無に等しかった。チョート館長の協力のもと、サムは館内にいる作業員——装飾職人、塗装職人、石工、大工——を全員呼び集め、前日の事件について熱心に質問した。青い帽子の男がサクソン展示室に出入りするところを見た者も、失踪《しっそう》したドノヒューの正確な足どりを思い出せる者もいなかった。

サクソン展示室に残って、ロウ青年との会話に夢中になっていたペイシェンスが、サムが作業員たちに実りなき尋問をつづけていた閲覧室へ駆けこんできた。顔が生き生きとしている。

「お父さん！　ちょっと用ができたんだけど……いっしょに事務所へもどらなくてもいい？」

父親であることを否応《いやおう》なく思い出させられ、サムは厳格さを装った。「どこへ行くんだ」

「昼食よ」ハンドバッグのなかの鏡で自分の横顔を盗み見しながら、ペイシェンスは弾んだ調子で答えた。

「ほう、昼食か」サムの顔はさびしげだった。

「ロウといっしょですな」チョートが含み笑いをした。「あの男は、文学のようなきまじめな学問に携わっている割には、いかんともしがたい調子者でしてね。ああ、来た」ロウが帽子とステッキを手に近づいてくる。「午後にはもどるんだろうな、ロウ」

「別れることができればね」ロウはにやりと笑った。「シェイクスピアはもう三百年以上も待ちっぱなしなんですから、もうちょっとくらい辛抱してくれますよ。かまいませんよね、サム警視」

「かまう？　かまうかだと？」サムは憤然と言った。「何をかまうというんだ」そう言ってペイシェンスの額に乱暴にキスをした。

若い男女は、太古の昔にはじまって未来永劫《みらいえいごう》つづくかに思える会話を交わしながら、元気よく部屋から出ていった。しばし沈黙がおりる。

「さて」サムはため息を漏らした。「わたしも失礼しよう。くれぐれも用心なさるように。ドノヒューと連絡がつくか、何か耳にするようなら、連絡をください」チョートに名刺を手渡し、いくぶん疲れた様子で握手を交わしてから、重い足どりで閲覧室をあとにした。

チョートはサムの類人猿のような大きな背中を感慨深げにながめた。それから、ひげに覆われた唇を名刺のへりで軽く叩《たた》き、小さく口笛を吹いたあと、サクソン展示室へと引き返した。

6　協力要請

「いつも思ってたの」ペイシェンスはグレープフルーツを前にして言った。「文学の研究者は化学者と似てるなって――どちらもやせっぽちで背中がまるく、目が異様にぎらついていて、男としての魅力がまったく感じられないもの。あなたは例外かしら。それとも、わたしが何か見落とした？」

「見落としていたのはぼくのほうだ」口いっぱいの果物を力強く飲みこんでから、ロウはきっぱりと言った。

「あなたの場合、見識が欠けてると気づいても食欲には影響しないのね」

「見識だなんて言ってないさ」

給仕が果物の皮を持ち去って、かわりにコンソメスープのカップを置いた。

「すてきな日だわ」ペイシェンスは急いでそう言い、すばやくスープを口へ運んだ。「あなたのことを話して、ロウさん。パンをとってもらえる？　……経歴を聞きたいの」

「経歴なんかよりカクテルがいいな。ここのジョージとは顔なじみでね。まあ、なじみでなくても変わりやしないだろうけど。ジョージ、マティーニをふたつ頼む。うんとドライで」

「シェイクスピアとマティーニ！」ペイシェンスは小声で言ってくすくす笑った。「なんてすてきなの！　これでわかったわ。学者でありながら、どうしてあなたに人間味が残っているのかがね。本のつまらないページにはお酒を振りかけて、うまく燃えあがらせてるんでしょう？」

「悪魔のごとくね」ロウはにやりと笑った。「実のところ、きみは自分に似つかわしい無知をさらけ出してるんだよ。ぼくのほうは、教養たっぷりの女性たちと食事をするのに飽き飽きしてる」

「なんてことを」ペイシェンスは息を呑《の》んだ。「失礼なバ——バッカスね！　わたし、文学の修士号をとってるのよ。『トマス・ハーディーの詩的技法』という才気あふれる論文だって書いたんですから」

「ハーディー？　ハーディーだって？」ロウはまっすぐ通った鼻筋に皺《しわ》を寄せた。「あんなへぼ詩人」

「それにさっきの言い草は何よ。わたしがどんな無知をさらけ出してるって？」

「シェイクスピアの真髄についてだよ。もしもシェイクスピアをほんとうに深く理解しているなら、作品に外部からの刺激など必要ないことは知ってるはずさ。みずからの炎で燃えあがっているんだからね」

「それはそれは」ペイシェンスはささやいた。「ご高説をありがとう。美学にまつわるいまの講釈はけっして忘れませんわ」両の頰を濃いピンクに染めながら、パンを半分にちぎった。

ロウは頭をのけぞらせて大声で笑い、テーブルに近づいてきたジョージを驚かせた。ジョージは琥珀色《こはくいろ》の液体で満たされたふたつの冷たいグラスを盆に載せている。「まいったな」ロウは息を切らして言った。「怒らせてしまったらしい！　お互い、ちょっと浮かれすぎたか……。ああ、ジョージ。ここに置いてくれ……。乾杯だ、ミス・サム」

「ミス・サム？」

「ダーリン！」

「忍耐《ペイシエンス》に乾杯ね、ロウさん」

「それがいい、これからはペイシェンスだ」ふたりは真顔でグラスに口をつけた。グラスのふち越しに目が合い、ともに大笑いしてカクテルにむせた。「では、ぼくの経歴をお聞かせしよう。名前はゴードン・ロウ。こんどの九月二十九日、つまり聖ミカエル祭の日に二十八歳になる。両親はなく、収入は情けないほど乏しく、今年のヤンキースは腐ったチームだと嘆き、ハーヴァード大がどえらいクォーターバックを獲得したと喜び、そして、これ以上きみを見つめていたらキスしたくなるだろうと思ってる男だ」

「おかしな人」ペイシェンスは真っ赤になって言った。「ねえ、ねえ、まだいいと言ったわけじゃないんだから、手を放して。隣のテーブルのふたり連れのおばさんたちが、こわい顔であなたを見てる……。ああ、恥ずかしい！　キスと聞いただけでうぶな女学生みたいに赤くなるなんて。あなたっていつもこんなに軽々しいの？　わたし、ジョン・ミルトンが多用した分離不定詞についてとか、鱗翅目《りんしもく》の飼育にまつわる問題についての議論を、ものすごく楽しみにしてたのに」

ロウはにやにや笑いをやめてペイシェンスを見つめた。「ほんとうにすばらしい人だ」勢いよく分厚い肉に取り組み、それからしばらく黙した。ロウが顔をあげたとき、ふたりは互いの本心を探るように見つめ合い、やがてペイシェンスが先に目を伏せた。「白状すると、パット――そう呼ばせてもらうよ――こんなふうに幼稚で荒っぽい真似をするのは、自分をごまかすためなんだ。利発そうに見えないのはわかってるけど、自分の社交性に自信を持てなくてね。青春の真っ盛りには机にかじりついてたし、ここ数年は、文学界が大騒ぎするような発見をしてやろうと躍起だったし。野心が強すぎるんだな」

「野心が若者を破滅させたことはないわ」ペイシェンスはやさしく言った。

「あたたかいことばをありがとう。でも、ぼくは創造性に富んだ人間じゃない。探究するほうが好きなんだよ。生化学か宇宙物理学の分野に進むべきだったのかもしれないな」

ペイシェンスはだまってサラダに神経を集中させた。エメラルド色のみずみずしいカラシナの葉をしばしもてあそぶ。「ほんとうはわたし――いえ、ばかばかしいわね」

ロウは身を乗り出してペイシェンスの手をとった。「なんだい、言ってくれ、パット」

「ロウさん、みんなが見てる！」そう言ったものの、ペイシェンスは手を引っこめようとはしなかった。

「ゴードンでいい」

「ゴードン……。わたし、傷ついたの」ペイシェンスは悲しげに告げた。「あなたがふざけて言ったのはわかってるけど、でも実のところ、ロウさん――いえ、ゴードン！　――わたし、たいがいの女性の頭の鈍さを軽蔑《けいべつ》してるんだもの」

「ごめん」ロウが後悔をにじませて言った。「お粗末な冗談だったな」

「ううん、そういうことじゃないのよ、ゴードン。つまらない冗談ならわたしだって言ったもの。わたし、自分がほんとうにしたいことをまだ見つけていないの、あなたには――」ペイシェンスは微笑んだ。「もちろんばかげた話に聞こえるでしょうけどね。でも、わたしたち人間と下等霊長類との唯一のちがいは、理性の力があるかどうかだわ。だからこそ、生物学的に男性と異なるというだけの理由で、女が教養を身につけてはいけないという考えには納得がいかないのよ」

「そう主張するだけで煙たがられるのが、いまのご時世さ」ロウは微笑を浮かべて言った。

「わかってる、だからそんな風潮が大きらい。ドルリー・レーンさんに会ったとき、自分が持っている可能性の大きさをはじめて痛感したの。あの人は――そう、人を向上させてくれる。思考欲や知識欲を高めてくれるのよ。それでいて、とても魅力豊かな老紳士《しんし》でもあって……。なんだか話がそれたわね」ペイシェンスは恥ずかしそうに手を引っこめ、真摯なまなざしでロウを見つめた。「あなた自身のことや仕事のことを聞かせて、ゴードン。ぜひ知りたいわ」

「話すことなんかほとんどないよ」大きな肩をすくめてロウは言った。「研究して、食事して、運動して、寝る。それだけさ。研究がいちばん大切なのは言うまでもないな。シェイクスピアには、ぼくをつかんで離さない特別な何かがある。あれほどの天才はほかにいないよ。そう、洗練された言いまわしや、ハムレットやリア王の話の奥にひそむ強烈な思想に感服する以上にぼくが深く心惹《こころひ》かれるのは、シェイクスピアという人物そのものなんだ。何が劇聖を作りあげたのか。どんな秘密をかかえていたのか。あの着想は何から得たものなのか、あるいは内なる炎にすぎなかったのか。それが知りたい」

「わたし、ストラトフォード・アポン・エイヴォンへ行ったことがあるの」ペイシェンスは穏やかに言った。「あの土地には何かがある。古びたチャペル・レーンにも、聖トリニティ教会にも、空気にも――」

「ぼくはイギリスで一年半過ごした」ロウはつぶやいた。「むなしい調査だったよ。半分は空想でしかないような、ひどく頼りない手がかりを追ってたんだ。それに……」

「それに？」ペイシェンスは瞳《ひとみ》を輝かせて小声で促した。

ロウは両手で頬杖《ほおづえ》をついた。「芸術家の生涯でいちばん重要なのは人格形成期なんだ。情熱がたぎる時期で、感性が活気に満ちているからね。それなのに、この世が生み出した最も偉大なる詩人の人生の開花期について、ぼくたちは何を知っているだろうか。何もないんだ。シェイクスピアの伝記には空白があるけれど、それはなんとしても埋めなくちゃいけない。今後もこの芸術家に対して感性と知性に基づいた評価をしていこうとするならね」ロウはことばを切った。薄茶色の疲れた瞳を怯《おび》えに近いものがかすめる。「パット」わずかに上ずった声で呼びかけた。「ぼくは自分の考え方が正しいと思ってる。そして――」

ロウはそこで口をつぐみ、煙草のケースを手で探った。ペイシェンスはじっとすわっていた。

ロウはケースをあけないまま、胴着のポケットにもどした。「いや」小声で言う。「まだ早いな。はっきりとはわかってないんだから。いまはまだ」それから笑顔を見せた。「パット、話題を変えよう」

ペイシェンスはロウから視線をそらすことなく、注意深く息をついた。それから微笑を返す。

「そうね、ゴードン。サクソン家のことを聞かせて」

「そうだな」ロウは子供のように締まりなく椅子に沈みこんだ。「話せることはほとんどないな。サミュエル・サクソン氏はぼくの――いわば直感に関心を持ったんだ。かわいがってくれたと思うよ。子供がない人だったからね。それに、性格に多少の欠点はあったが、ほんとうに熱心な英文学愛好家だった。偏屈な人だったけど、正々堂々とぼくの研究を援助してくれたんだ――屋敷に住まわせまでしてね……。やがてこの世を去り、ぼくはいまも研究をつづけている」

「サクソン夫人はどんな人？」

「比類なきリディアか」ロウは渋い顔をした。「口うるさい老夫人――これでも控えめな表現さ。恩を仇《あだ》で返すべきじゃないけど、ときどき癪《しゃく》に障るよ。文学はおろか、夫が集めた大量の稀覯本《きこうぼん》についてすら、なんの知識も持ってないんだから。夫人の話はやめよう。とにかく不愉快な人だ」

「単にそれは、四つ折本や八つ折本について語り合える相手ではないからよね」ペイシェンスは笑った。「サクソン・コレクションはだれが管理してるの？　あなた？」

「話はいよいよ古代史に及ぶぞ」ロウはくすくす笑った。「管理してるのはクラッブという名の生きた化石だ。蟹《クラッブ》なんて響きがぴったりだと思うかい？　とんでもない！　ぼくは〝鷹《たか》の目じじい〟と呼んでいて、実際そういう男なんだ。サクソン氏の司書を二十三年もつとめ、蔵書の保管にかけては当の持ち主よりも神経をとがらせてきた」ロウの顔に翳《かげ》りがよぎった。「いまやすっかりこいつの天下だよ。サクソン氏は遺言で、クラッブに蔵書の管理をつづけるよう言い残したんだ。おかげでますますコレクションに近づきがたくなる」

「でも、あなたはサクソン書庫で研究してたんでしょう？」

「厳重な監視下でね。昔もいまも仕切ってるのはクラッブなのさ。ぼくは蔵書の四分の一を一度も見たことがないんだよ。この数か月間、ブリタニック博物館に遺贈された本の目録作成や見直し作業に追われてね。自分の研究がかなり遅れたけど、サクソン氏の遺言に指示があったし、たいして厄介な作業でもなかったから……。ペイシェンス、やっぱりつまらない話だろう。こんどはきみが話してくれ――自分のことを」

「わたしが？　話すことなんて何もない」ペイシェンスはあっさりと言った。

「まじめに訊《き》いてるんだ、パット。きみは――たぶんだれよりも……ああ、そんなことはいい！　とにかく話してくれ」

「どうしてもと言うなら」ペイシェンスは鏡を出そうとハンドバッグの奥を探った。「わたしの人生はひとことでまとめられるの。女神ウェスタの巫女《みこ》の現代版だとね」

「なんだか恐ろしそうだな」ロウは微笑んだ。「よくわからないけど」

「わたし――人生を捧《ささ》げてきたのよ……あることに」ペイシェンスは小さな鏡をのぞきこみながら髪を直した。

ロウのまなざしが熱を帯びた。「知性の修練に？」

ペイシェンスは鏡をしまい、深く息をついた。「ねえ、ゴードン、わたし、自分がよくわからないの。ときどき――混乱してしまって」

「きみの運命を教えてやろうか」ロウは言った。

「お願い！」

「きわめて平凡な人生を歩むことが運命づけられてるよ」

「それって――結婚して子供を産むこと？」

「そんな感じかな」ロウは小声で答えた。

「冗談じゃない！」ペイシェンスはピンクの頰を異様なほど赤く染めて立ちあがった。赤々と燃えて、頰に穴があくかと感じるほどだった。「行きましょう、ゴードン」


サム警視は物思いにふけりながら事務所へもどった。ブロディに向かって何やら言うと、執務室にはいり、部屋の奥にある金庫の上へ帽子をほうり投げてから、苦い顔で回転椅子に身を沈めた。

大きな足を机に載せ、すぐにおろした。葉巻を出そうとポケットを探ったが、ないことに気づいたので、抽斗《ひきだし》の奥を掻《か》きまわし、やがて変色した古いパイプが見つかると、体に悪そうな安物の刻み煙草を詰め、火をつけてまずそうに吸った。カレンダーを手でもてあそぶ。立ちあがって、部屋を足音高く歩きまわる。それからふたたび腰をおろして小さく毒づき、机の上板の裏面にあるボタンを押した。

ブロディが息を切らして駆けこんできた。

「電話は？」

「ありませんでした」

「手紙は？」

「来ていません」

「おいおい、タトルからダーキン事件の報告は届いてないのか」

「届いていませんね」

「あのぎょろ目野郎——わかった、もうさがっていいよ」

ブロディのまるい目がますます大きくなる。唾《つば》を呑《の》んで「失礼します」と言い、逃げていった。

しばらくのあいだ、サムは立ったまま窓からタイムズ・スクエアをながめていた。パイプから勢いよく煙がのぼっていく。

突然机に跳びかかって受話器をつかみあげ、スプリング局の七—三一〇〇に電話をかけた。「やあ」うなるように言う。「ジョーガン警視を頼む。そう、ジョーガンだ。そうだ、つべこべ言わないで早くつなげ。こちらはサムだ」交換手が驚きの声をあげるのを聞いて、サムは含み笑いをした。「家族は元気か、ジョン。いちばん上の子はそろそろ大学生だったな……そうか、そいつはいい。ジョーガンにまわしてくれ……。もしもし？　ブッチか？　サムだ」

電話の向こうで、ジョーガン警視はすらすらと憎まれ口を叩《たた》いた。

「久しぶりだというのに」サムは大声で言った。「ずいぶんなご挨拶《あいさつ》じゃないか、ブッチ。口の減らないやつめ……。ああ、もちろん元気さ。おまえが元気なのは百も承知だ。けさの新聞に載ってたおまえのゴリラ面を見るかぎり、相変わらずあきれるほど丈夫そうだったからな……。そうさ！　ところで、五、六年前に退職したドノヒューってやつを覚えてるか。本部の所属で、おまえの警部時代の部下だったと思うんだが――おまえはいまも警部止まりのはずなのに、署長にごまをすりやがって」

ジョーガンは小さく笑った。「古きよきサム警視、健在といったところですね。しかし、そんな昔の一兵卒のことを覚えているとでも？」

「おまえは以前その男に命を助けられたじゃないか、この恩知らずが！」

「ああ、あのドノヒューか！　なぜそれを最初に言ってくれないんです。ええ、覚えてますよ。何をお知りになりたいんですか」

「どんなやつだったか教えてくれ。何か不始末はあったか。勤務評定はどうだった」

「A級でしたよ。あまり頭の切れる男ではなかったと思いますが、きまじめで、酒の密売人どもから五ドル札すら受けとらなかったでしょう。ばかがつくほどの正直者でしたね。一匹狼で、そのせいで昇進できなかったんです」

「まったく曇りなしか」サムはつぶやいた。

「ほんの一点もね。辞めると聞いて残念に思ったのを覚えてますよ。アイルランド人によくある情熱家でした。その情熱を仕事以外に向けられない堅物でしたけど、ははは」

「そういうくだらん軽口を叩くところも、ちっとも変わらんな」サムは言った。「おれもせいぜい長生きして、おまえが署長になる日を待ち焦がれるとするよ。じゃあ、そのうちおれのところにも寄ってくれ」

サムは受話器を静かにもどし、カレンダーをにらんだ。しばらくしてまた受話器をとって警察本部にかけなおし、今回は失踪《しっそう》人捜査課を呼び出した。

失踪人捜査課の長であるグレイソン警部とも古なじみだった。サムは、ドノヒュー失踪に至る奇妙ないきさつや、本人の風貌《ふうぼう》や性行などを手短に説明した。ニューヨーク市警管内のすべての行方不明事件の捜査に責任を持つグレイソンは、内密に調べてみると請け合った。それからサムは、ふたたび電話をジョーガン警視につながせた。

「やあ、ブッチ、またおれだ。稀覯本狙い専門の腕の立つ窃盗犯に心あたりはないか。珍妙な青い帽子をかぶった男だ——いつもかぶっているかどうかは知らないが」

「書籍泥棒ですか」ジョーガンは考えこむように言った。「青い帽子……すぐには思い浮かびませんが、調べてこちらから連絡します」

「ありがたい。頼むよ」

ジョーガンは三十分後に電話をかけてきた。照合課の犯罪記録には、稀覯本を専門として、青もしくは青系統の色の帽子をかぶっている者の情報はないという。
サムは重苦しい表情で窓の外をながめた。いまは世界がひどく陰鬱《いんうつ》に見えた。やがてため息をついて机から便箋《びんせん》を一枚抜き出し、万年筆の蓋《ふた》をとってゆっくりと書きはじめた。

親愛なるレーンさん
興味をお持ちになるにちがいない話があります。けさクエイシーに電話で話した、いささか奇妙な事件のことです。正直なところ、わたしもパティも行き詰まってしまったので、ぜひお知恵を拝借したい。
元警察官のドノヒューという男が……

7　『情熱の巡礼』

ブロディが生気のない顔を珍しく興奮させて、サムの執務室へ駆けこんできた。「あっ、警視さん！　レーンさんが！」

「どうした」サムはうつろな顔で尋ねた。きょうは水曜日で、きのうレーンに手紙を書いたことはすっかり忘れていた。

「さあ、ブロディ」ペイシェンスがやさしく声をかけた。「落ち着いて。レーンさんがどうしたの」

ブロディは精いっぱい平静を保とうとした。息を呑み、震える手でドアを指さす。「そこにいらっしゃっています」

「なんだと！」サムは大声で言い、戸口へ駆け出した。「なぜさっさとそう言わないんだ」ドアをあける。髪の真っ白な長身の老紳士が控え室の椅子にすわっていて、サムとかたわらのペイシェンスへ微笑みかけた。ブロディはふたりの背後で不安げに親指を噛《か》んでいる。「レーンさん！　ようこそ。街へお出ましとは、いったいどうなさったんです」

ドルリー・レーン氏は立ちあがって杖《つえ》を小脇にかかえ、七十代とは思えぬほど力強くサムの手を握りしめた。「もちろん、あなたが興味深い手紙をくださったからですよ。ペイシェンス！　相変わらず美しい。さて、警視さん、お邪魔してもよろしいですか」

大物の幽霊に怖気《おじけ》づく亡霊のように、ブロディが脇へよけた。すれちがいざまにレーン氏から笑顔を向けられて、かすかに息を呑む。残りの三人はサムの執務室へ進み入った。

レーンは愛情のこもったまなざしで室内を見まわした。「しばらくぶりです。せま苦しさは変わりませんね、警視さん。いわば海賊黒ひげの拘禁室の現代版ですよ。おふたりとも元気でしたか」

「体のほうは上々です」ペイシェンスが答えた。「でも、精神面のほうは好調とは言えなくて――ここのところは。レーンさんはお元気でしたか。最後に――」

「最後に会ったときのわたしは」レーンはきびしい顔つきで言った。「棺桶《かんおけ》に片足をかけていました。いまは――ご覧のとおりです。これほど気分がいいのは数年ぶりですよ」

「レーンさんがこの部屋にいらっしゃるのを見るだけでうれしくなりますな」サムは大声で言った。

レーンは話しながら、ペイシェンスの唇からサムの唇へ視線を動かした。その動きはなめらかで、けっして止まることはない。「実を言うと、あなたの手紙で生気を取りもどしたのですよ、警視さん。事件が起こって、しかも、あののどかなブリタニック博物館にかかわりがあるとは！　信じられないほどです」

「そこがお父さんとのちがいね」ペイシェンスが笑いながら言った。「お父さんにとっては苛《いら》立《だ》たしい事件が、レーンさんには刺激になる」

「あなたにとってはどうですか、ペイシェンス」

　ペイシェンスは肩をすくめた。「わたしはただの香りづけです」

「ブリタニック博物館」レーンはつぶやいた。「ペイシェンス、ゴードン・ロウという青年に会いましたか」

　急にペイシェンスは赤くなり、目に怒りの涙をにじませた。サムが何やらひとりごとを言う。レーンはふたりを笑顔で見つめている。「え――ええ――会いました」ペイシェンスは答えた。

「そう思いましたよ」レーンはそっけなく言った。「りこうな青年でしょう?」

「ええ、まあ」

　サムが落ち着かなげに体を動かした。「それよりレーンさん、なんだか妙なことになってるんです。なんの金にもならないし、聞いたこともないようなばかげた話ですが、昔なじみのためにもどうにか手を打ちたくて」

「損な役まわりですね」レーンは小さく笑った。「さっそく博物館へ行きましょう。あなたが手紙で知らせてくださったサクソン展示室の壊れたケースについて、ぜひ確認したいことがあるのですよ」

「まあ!」ペイシェンスが大声をあげた。「わたし、何か見落としたかしら」

「ただの推測です」ドルリー・レーン氏は何かを考えているような顔で言った。「思い過ごしかもしれません。さあ、行きましょう。ドロミオの車が下で待っています」

アロンゾ・チョート館長は、異国風の奇妙な服を着た長身で蜘蛛《くも》のような手脚を持つ男と、館長室で熱心に話しこんでいた。相手はイギリス人によくある細くとがった顔の持ち主で、眼光が鋭く、右の眉弓《びきゅう》に軽くはさみこまれた縁なしの片眼鏡から、細い絹の黒紐《ひも》を首もとへ垂らしている。きれいにひげの剃《そ》られた骨張った顔は、ルネッサンス時代の学者を思わせる。口調は穏やかで確信に満ち、教養あるイギリス人の美しい抑揚があった。五十歳ぐらいだろう。チョートはこの男がけさの船でイギリスから到着した新館長のハムネット・セドラーだと一同に紹介した。

「レーンさん！」セドラーが嘆声をあげた。「お会いできて大変光栄です。二十年前にあなたがロンドンで演じられたオセローを観てからというもの、ずっとお目にかかりたいと思っていました。それに、コロフォン誌へ寄稿なさったシェイクスピアに関する研究論文も――」

「ありがとうございます」レーンは早口で言った。「わたしはただの文学愛好家にすぎませんよ。ご到着なさる前に起こった謎の事件については、チョート館長からお聞き及びですね」

セドラーは呆然《ぼうぜん》としていた。「なんですって？」

「いや、たいしたことではありません」チョートが山羊《やぎ》ひげをさすりながら低い声で言った。

「あなたがあの事故を深刻に受け止めていらっしゃるとは意外です、レーンさん」

「いささか奇妙な出来事に思えますよ、チョート館長」ドルリー・レーンはつぶやくように言った。英知に満たされた目をチョートからセドラーへ移し、またもとへもどす。「セドラーさん、おとといの月曜日に、変装していたとおぼしき中年の男がこの博物館へ忍びこみ、新しい展示室でケースを壊したらしいのです」

「ほんとうですか」セドラーは言った。

「なんでもないんです」チョートがたまりかねて言った。「結局何も盗まなかったのですから。肝心なのはそこでしょう」

「それはそうですね」セドラーはにこやかに同意した。

「おふたりの学術論議を中断させてしまうのですが」レーンが言った。「その展示ケースを調べてみてはいかがでしょう。それとも、おふたりでこのまま――」

チョートはうなずいただけだが、セドラーはこう述べた。「チョート館長にはもうじゅうぶんご挨拶《あいさつ》させていただきました。いまは何よりまず、その壊された展示ケースを見にいくべきでしょう」含み笑いをして言い足す。「何しろ、ブリタニック博物館の今後を担う立場に就くのですから、アメリカの美術品泥棒の手口をいくつか知らなくてはね。どうでしょう、チョート館長」

「ええ――はい」チョートは眉をひそめて答えた。「むろん、お望みならそうします」

一行はだれもいない閲覧室を通り抜け、サクソン展示室へはいっていった。そこでペイシェンスは軽い失望を覚えた。ゴードン・ロウはどこにいるのか。

きのうガラスが割れていた展示ケースは、すでに修理されていた。ガラスの蓋はほかのケースと変わらぬ真新しいきらめきを放っている。

「きのうの午後、ガラス屋が直していきました」チョートがいくぶんこわばった口調でサムに説明した。「念のため申しますが、一瞬たりともガラス屋をひとりにしてはいません。修理が終わるまで、わたし自身がここで見張っていましたから」

サムは小さくうなった。

ドルリー・レーン氏とハムネット・セドラーは興味津々の様子でガラスをのぞきこんだ。ふたりの瞳《ひとみ》に賞賛の光が宿った。

「ジャガード版だ」セドラーが声をひそめて言った。「実に興味深いですね、レーンさん。チョート館長、さっきのお話によると、ここは新しい展示室で、収蔵品は先ごろ寄贈されたのでしたね」

「はい。この展示室には、蔵書家のサミュエル・サクソン氏が遺言で当館に残してくださったものがおさめられています。当館が再開するあかつきには、もちろん一般に公開する予定です」

「ああ、そうでしたね。一か月前にロンドンで、ワイエス理事長からそのような話をうかがいました。サクソン氏なるアメリカ人がどのような蔵書をお持ちだったのか、よく想像をめぐらしていたものです。秘密主義者だったそうですね。ジャガード版とは――すばらしい！」

「チョート館長」ガラス蓋《ぶた》の向こうをまばたきもせずに見つめていたドルリー・レーン氏が顔をあげ、乾いた声で呼びかけた。「このケースの鍵《かぎ》をお持ちですか」

「もちろんです」

「あけていただけますか」

チョートは視線を返し、一瞬わずかなためらいを見せたが、それに従った。一同に見守られながら、レーンがガラス蓋を開いて後ろへもたせかける。三冊の古書が、黒く柔らかなビロードの布の上にむき出しで陳列されている。頭上の照明の容赦ない光のもとでは、その褪《あ》せた色合いも鮮やかに目を刺激する。レーンは注意深い手つきで一冊ずつ順に子牛革の本を持ちあげ、装丁を丹念に観察し、遊び紙をめくっていった……。ある一冊には特に時間をかけ、本文まで調べた。三冊をもとの場所にもどして体を伸ばす。その端正な面差しを熱心に見つめていたペイシェンスは、レーンの顔がこわばっていることに気づいた。

「なんとも奇妙です」レーンはつぶやいた。「にわかには信じがたい」蓋が開いたままの展示ケースをじっと見る。

「何か問題でも？」チョートがかすれた声で尋ねた。

「ええ、チョート館長」レーンは静かに告げた。「ケースのなかにあった一冊が盗まれていいます」

「盗まれている？」全員がいっせいに叫んだ。チョートが一歩前へ出て、すぐに足を止めた。

「ありえません」チョートは語気荒く言った。「このケースが壊れているのをロウが見つけたときに、わたし自身が三冊とも確認したんです」

「中までお調べになりましたか」レーンはゆっくり尋ねた。

チョートは真っ青だった。「そこまでは――していません。しかし、ざっと目を通して……」

「残念ながら、専門家であるあなたの目さえも欺かれたのですよ、チョート館長。申しあげたとおり、これはなんとも奇妙で、わたしもこんな経験ははじめてです」レーンは白い絹のような眉を寄せた。「ここを見てください」細い人差し指で示したのは、中央の青い装丁本の後ろに置かれた二つ折りの説明カードだった。こう記されている。

『情熱の巡礼』
ウィリアム・シェイクスピア著
ジャガード版　一五九九年発行

サミュエル・サクソン氏の蔵書のなかでもとりわけ貴重な逸品。現存する三冊の初版本のうちの一冊である。エリザベス朝時代の印刷業者ウィリアム・ジャガードによって、一五九九年に出版された。ジャガードはしたたかにも著者名をシェイクスピアとして出版したが、収録されている二十篇のソネットのうち、シェイクスピアの作品は五篇にすぎない。そのほかは、リチャード・バーンフィールド、バーソロミュー・グリフィンなど、当時の詩人たちの作品である。

「それで？」チョートが静かに尋ねた。ハムネット・セドラーは片眼鏡越しに目を細めて真ん中の本を見ている。後ろのカードはほとんど読んでいないらしい。

「この本は——偽造品……偽物なんですか」ペイシェンスが息苦しそうに尋ねた。

「そうではないのですよ、ペイシェンス。わたしは専門家ではありませんが、目の前にあるこの本が本物のジャガード版『情熱の巡礼』だと言いきれるだけの知識は具《そな》えています」

チョートは苛立《いらだ》ちはじめた。「ではいったい何が——」青い装丁本を手にとり、遊び紙をめくる。すると、顎《あご》が滑稽《こっけい》なほどがくりと落ちた。驚いたセドラーがその肩越しにのぞきこむ。そしてその顔にもまた、異様なまでの驚愕《きょうがく》の表情がよぎった。

レーンはうつむいたまま、展示ケースの後ろを大またで行きつもどりつした。

「いや、しかし——」サムが当惑顔で言いかけたが、すぐに両手をあげて何やらぶつぶつとこぼした。

「でも、それが本物のジャガード版なら」ペイシェンスが大声で言った。「いったい何が——」

「まさか、こんなことはありえない。あるはずがない」チョートが繰り返しつぶやく。

「ばかげている」セドラーが怯《おび》えたような声で言う。

ふたりとも問題の本の上へ身を乗り出し、しゃにむに中身を調べた。目を見交わし、どことなく厳粛な面持ちでうなずき合う。それから本の扉へと視線をもどした。ペイシェンスはふたりの後ろからのぞき見た。

『情熱の巡礼　ヴィーナスとアドニスが交わした愛のソネット』

ウィリアム・シェイクスピア著
第二版　W・ジャガード印刷　一六〇六年発行

「なるほど」ペイシェンスがゆっくりと言った。「これはジャガードが一五九九年に出版した初版ではなく、一六〇六年に出した第二版なんですね。当然、初版より価値もさがって――」

「お嬢さん」チョートが振り返って鋭く言った。「それはとんでもない誤解です」

「ということは、むしろ価値はあがると？」

サムがようやく興味を掻《か》き立てられたそぶりを見せた。レーンはなおも歩きまわり、考えにふけっている。

だれからも返事がなく、ペイシェンスは顔を赤らめて後ろへさがった。

「ペイシェンス」だしぬけにレーンが言った。安堵《あんど》の表情で近づくペイシェンスの肩に長い腕をかける。「この件があまりにも奇異である理由がわかりますか」

「さっぱりわかりません、レーンさん」

レーンは肩にかけた手にそっと力をこめた。「ウィリアム・ジャガードはさほど悪意のない芸術擁護者でした。彼がロンドンで活躍したのは、シェイクスピアやジョンソン、フレッチャー、マーロウ、その他多くの著名な作家たちがペンで金を生み出していたころです。出版業者のあいだでは、おそらく熾烈《しれつ》な争奪戦が繰りひろげられていたことでしょう。ウィリアム・ジャガードは、昨今の演劇興行主や出版社と同じく、人気のある作家たちを取りこもうとして、海賊版もどきの出版を手がけはじめました。それがこの『情熱の巡礼』です。この本に収録されているシェイクスピアの作品は、未発表のソネット二篇と、すでに出版されていた戯曲『恋の骨折り損』からのソネット三篇のみで、あとは別の作家たちの作品でページを埋めています。ジャガードは大胆にも、収録作品すべてがシェイクスピアの作だというふれこみで出版しました。ずいぶん売れたにちがいない。そしてシェイクスピア自身について言えば、自著の刊行のあり方には奇妙なほど頓着《とんちゃく》しない人物だったようです」大きく息を吐く。「こんな話をするのは、この事態の背景を少しでも理解してもらうためなのですよ。『情熱の巡礼』が多く売れたであろうことは、一五九九年に初版が印刷されたあと、一六〇六年に第二版が、そして一六一二年にはさらに第三版が出たことからわかります。そして、いまここで尋常ならざる事態が生じている理由はこうです。一五九九年の初版は三冊が現存しています。一六一二年の第三版も二冊ある。しかし、ほんの数分前まで、全世界の愛書家のあいだでは、一六〇六年のジャガード第二版は一冊も現存していない、と考えられていたのです！」

「つまり、この本には計り知れないほどの価値があると？」ペイシェンスは小声で言った。

「計り知れないほどの価値？」チョートがうつろに繰り返した。

「あまりにも奇異と言ったのはそのことです」レーンは耳に心地よく響く声で言った。「警視さん、あなたが困惑なさっているのも無理はありません。この事件の複雑さをじゅうぶんには理解なさっていませんでしたからね。ペイシェンス、事態はいささか常軌を逸しているのですよ。どうやら問題の青い帽子の男は、わざわざ手間をかけてみずからを大きな危険にさらしたようです。小さな団体に巧みにまぎれこんでブリタニック博物館に侵入し、チョート館長が華々しい歴史を説明なさっている隙にひとり抜け出してサクソン展示室にしのびこみ、ジャガード版の展示ケースを叩《たた》き割った……。そのあいだ、このおかしな泥棒は重窃盗及び器物破損の罪で逮捕される大変な危険を冒していました――しかし、なんのために？」レーンの声は鋭くなった。「それは、ある稀少《きしょう》で高価な古書を盗み出し、それよりはるかに稀少ではるかに高価な古書を置き残していくためだったのです！」

8　気前のよい泥棒

「なんの騒ぎです」陽気な声が聞こえ、ゴードン・ロウが廊下からサクソン展示室にのんびりはいってきた。ペイシェンスに微笑みかけ、磁石に吸い寄せられる砂鉄のようにかたわらへ歩み寄る。

「ああ、ロウ」チョートが急いで言った。「いいところへ来たよ。途方もないことが起こったんだ」

「ここはバーナムの見世物小屋並みに奇怪なものを引き寄せるんでしょうか」ロウはペイシェンスにウィンクをした。「レーンさん！　ようこそいらっしゃいました。なんだか、ずいぶんものものしい雰囲気だな。内輪の些細《ささい》な揉《も》め事《ごと》に早くもセドラー博士を巻きこんだようですね、チョート館長。こんにちは、警視さん。いったい何事ですか、館長」

チョートは黙したまま、手に持った青い本を振りかざした。

ロウはすぐに微笑を消した。「いったい――」まわりを見て、一同の穏やかならぬ顔に気づく。それから本を受けとって、ゆっくりと開いた。この上ない驚愕の表情が顔に浮かんだ。呆《ぼう》然《ぜん》として、ふたたび周囲を見まわす。「これは――なぜジャガードの一六〇六年版がここに！」叫び声をあげる。「この本は現存していないはずじゃ——」

「しているようですね」レーンが淡々と答えた。「美しい本ですよ、ゴードン。公表されたら大騒ぎになるでしょう」

「当然です」ロウは小声で言った。「それにしても——いったいどこにあったんですか。発見者は？　ロンドンからお持ちになったわけではありませんね、セドラーさん」

「言うまでもありません」セドラーは否定した。

「信じられまいが」チョートが力なく肩をすくめた。「月曜日にここで窃盗があったのはまちがいない。だれかがジャガード版の展示ケースにこの本を置き、かわりに一五九九年版を盗んでいったんだ」

「へえ」ロウは言った。「でも——」それから頭をのけぞらせて大声で笑いだした。「すごい話じゃないか！」息を大きく吸って、目をぬぐう。「聖なるリディアに早く知らせないとな。クラップにも……。ああ、こいつはできすぎだ！」笑いをこらえて気を静めようとする。「失礼しました。びっくりしてしまって……。珍本を盗まれて、かわりにそれ以上の珍本を手に入れるなんて、サクソン夫人はどれほど運がいいのか。異常としか言いようがありません！」

「思うに」チョートは神経質そうにひげに手をふれて言った。「すぐにサクソン夫人に来ていただいたほうがいいな、ロウ。なんと言っても——」

「わかりました」ロウは一六〇六年版をいとおしげになでて、それをチョートへ返し、ペイシェンスの肘《ひじ》に軽くふれてから、軽やかに部屋から出ていった。

「なんともにぎやかな若者だ」セドラーが述べた。「あの軽々しさにはついていけそうもありません。ところで、これを——この驚くべき本を見かけどおりに受け入れるのは早計でしょうな、チョート館長。もっと念入りに調べる必要があります。真正のものと証明するのはなかなか——」

チョートの瞳《ひとみ》に探究者の輝きがひろがった。「ええ、そのとおりです」両手をこすり合わせる。盗まれた本はいまも泥棒の手もとにあるが、展示ケースに残された稀覯本《きこうぼん》を向こうが奪い返しにこないかぎりはよしとしているかのようだ。「すぐに取りかかりましょう。慎重に進めなくてはなりませんな、セドラーさん。ぜったいに外部に漏らしてはならない。メトロポリタン美術館の老司書ガスパリを呼んではどうでしょう。秘密厳守を誓約させて……」

セドラーの顔は異様なほど青ざめていた。魅入られたかのごとく、壊れた展示ケースに目を奪われている。

「あるいはフォルジャー・シェイクスピア図書館のクラウニンシールド教授だ」セドラーは小声で答えた。

ペイシェンスが大きく息を吐いて言った。「みなさん、一五九九年版は青い帽子の男に盗まれたと決めつけていらっしゃるようですね。でも、確証は何もないんですよ。バスに乗っていた第二の部外者や、十七人の教師のひとりが盗んだ可能性もあるのでは？」

サムが両手をあげ、渋面を作った。この事件全体が手に負えなくなっているのは明らかだった。

「わたしはそうは思いませんね、ペイシェンス」ドルリー・レーンが穏やかに言った。「バスに乗っていたのは十九人で、全員が入館したと思われます。見学後には十八人がバスで発着所へもどり、そこにはいまあなたが第二の部外者と呼んだ謎の人物も含まれていました。つまり、青い帽子の男だけが博物館から姿を消したのです。そしてドノヒューも同時に失踪《しっそう》しました。このふたつのつながりは強力で、偶然のなせる業とは思えません。ドノヒューはその男を追いかけていったと考えるのが、理の当然というものでしょう」

「まあ、いずれにしろ」チョートが早口で言った。「すべてはじきに明らかになりますよ。ところでセドラーさん、わたしはちょっと失礼して、いまから館内をひと調べしてみます」

「何を調べるんです」サムがきびしい声で尋ねた。

「かすかな望みですが、一五九九年版が館外へ持ち出されていないということもありえます」

「なるほど」サムはうなった。

「それはすばらしいお考えです、チョート館長」セドラーが力強く言った。「わたしは――ここに残ります。ただ、サクソン夫人がお着きになったときに――」夫人の人柄をすでに聞き及んでいるらしく、不安げな様子だった。

「すぐにもどりますよ」チョートは朗らかに答えた。青い装丁の本を注意深く展示ケースへもどし、足早に部屋から出ていった。

セドラーは巣から離れぬ神経質なコウノトリの母鳥のようにケースのまわりをうろついた。

「とんでもない」ひとりごとを言う。「とんでもない。ほんとうに見たかったのは一五九九年版なのに」

ドルリー・レーンがセドラーを直視し、それから椅子を見つけて腰をおろした。静脈の浮き出た白い手で両のまぶたを軽く押さえる。

「ずいぶん落胆なさったご様子ですね、セドラーさん」ペイシェンスが声をかけた。

セドラーはぎくりとした。「えっ？　なんですって……。ええ、そう、そうなのです」

「でも、なぜです。一五九九年版をご覧になったことがないんですか。稀覯本というのは愛書家たちの共有財産だと思っていましたけど」

「そうあるべきです」セドラーは冷たい笑みを浮かべて言った。「けれども、この本はそうではなかった。所有者がサミュエル・サクソン氏でしたからね。おかげで近づくことができませんでした」

「ロウさんとチョート館長から聞いた気がします。サクソン氏の──その──秘密主義について」

セドラーが興奮し、片眼鏡が揺れ落ちて紐《ひも》で胸のあたりにぶらさがった。「秘密主義？」声を荒らげる。「あの人の蒐集《しゅうしゅう》ぶりは異常でした。晩年の半分をイギリスで本の競売に費やし、わたしたちの貴重な書物を根こそぎ奪っていった……。ああ、失礼。そのなかには、一般に知られていないものもいくつか含まれていました。どこで手に入れたのかは本人しか知りません。今回盗まれたジャガードの一五九九年版『情熱の巡礼』もその一冊でした。この初版本は、少し前までは二冊しか現存しないとされていましたが、サクソン氏がどこからか三冊目を掘り出してきたのです。それなのに、研究者たちにはちらりとも見せようとしなかった。穀倉に飼料をためこむかのように、自分の書庫に片づけてしまいました」

「嘆かわしいことだ」サムは辛辣《しんらつ》な口調で言った。

「ええ、そう」セドラーはゆっくりと言った。「おっしゃるとおりです。あの本を間近で見るのをほんとうに楽しみにしていたのですが……。サクソン氏の遺贈品が手にはいるとワイエス理事長から聞いたとき……」

「理事長はそこに一五九九年版が含まれているとおっしゃったのですか」レーンが尋ねた。

「はい、たしかに」セドラーは深く息をつき、ふたたび展示ケースへ身を乗り出した。片眼鏡をかけなおす。「実にすばらしい。できればすぐにでも――おや、これはなんだ」興奮で薄い唇を開いたまま、ケースのなかの右側の一冊を手に取り、遊び紙をしげしげと見つめた。

「こんどはどうしました」レーンがすかさず問いただし、立ちあがってケースの前へ駆け寄った。

　セドラーは口笛にも似た長い吐息を漏らした。「一瞬、気になったのですが――勘ちがいでした。わたしは何年か前、サクソン氏に買いとられる前に、ロンドンでまさに『ヘンリー五世』のこの刊本を鑑定しましてね。一六〇八年出版と記されていますが、これはジャガード書籍商のトマス・ペイヴィアのために、故意に早い年号を印刷したというのがいまの定説です。実際に刷られたのはおそらく一六一九年でしょう。ただ、革装がもっと濃い緋色《ひいろ》だった気がします。どうやらサクソン氏の手厚い保護のもとで、少しばかり色褪《いろあ》せたようですね」「そうですか」レーンは言った。「何事かと思いましたよ、セドラーさん。では、こちらの『サー・ジョン・オールドカースル』についてはいかがですか」

セドラーは展示ケース内の左の一冊をいとおしげになでた。「ええ、これはなんの異状もありません」重々しい声で言う。「最後に見たのは、高額で落札された一九一三年のサザビーズにおいてでしたが、色合いはそのころと同じ金茶色のままです。おわかりでしょうが、わたしはサクソン氏を芸術破壊者だと非難しているわけではなく、ただ――」

チョートが展示室へ駆けこんできた。「残念ながら、あてがはずれました」明るい声で告げる。「盗まれたジャガード版はどこにも見あたりません。もちろん、今後も捜しつづけますが」

リディア・サクソン夫人が、怒りを抑えきれぬ雌象のような恐ろしい剣幕でサクソン展示室へ駆けこんできた。何もかも大きい――山脈をなす脇腹、ツェッペリン飛行船の尻《しり》、セイウチの胸、そしてフリゲート艦の威風を具《そな》えた巨女だった。残虐な輝きを放つ潤んだ薄緑色の瞳は、気の毒な学者や館長をはじめ、すべての哀れな関係者たちに不吉な予感を与えた。陽気な笑顔のゴードン・ロウと、くたびれた燕尾服《えんびふく》姿で前かがみに歩くやせた老人を後ろに従えている。その老人はどことなく古いパピルス紙を連想させた。肌は乾いてざらつき、歩くたびにもろい骨が軋《きし》みを立てるかのようだ。その青白い顔には、イタリアの領主とスペインの海賊と古書蒐集家に共通する強欲さが表れている。この老人こそ、サクソン・コレクションの権高なる管理人、クラッブ司書だった。室内の一同には目もくれずにジャガード版の展示ケースへじりじりと歩み寄っていき、泥棒からの奇妙な置き土産を手にとって、鷹《たか》のような鋭利な眼光をじっと注いだ。

「チョート館長！」サクソン夫人が耳障りな甲高い声で叫んだ。「泥棒ってどういうこと？　このばかげた騒ぎはなんなの！」

「その――サクソン夫人」チョートはぎこちない笑みを浮かべて静かに答えた。「おっしゃるとおり、大変残念な事態です。しかし、思いがけない、ちょっとした収穫もありまして――」

「くだらない！　本のすり替えについてはロウから何もかも聞いたわ。そんなことにはなんの興味もないの。夫の遺産のなかで最も高価な品のひとつがあなたの鼻先で盗まれたという事実が消えるわけではありませんからね。わたくし、何がなんでも――」

「事件のくわしい説明の前に」チョートはあわててさえぎった。「ご紹介させていただきます。こちらはペイシェンス・サムさん。そして新館長のハムネット・セドラー博士。ドルリー・レーンさんのことは――」

「まあ」サクソン夫人は薄緑色の瞳をレーンに向けた。「レーンさん！　どうぞよろしく、レーンさん。それに新しい館長ですって？」体を硬くしたイギリス人を冷ややかにながめまわし、太った猫のように鼻を鳴らした。

「そして、こちらがサム警視――」

「警察のかた？　警視さん、早く泥棒を捕まえてちょうだい！」

「わかってますよ」サムはむっつりと言った。「で、どうしろと——胴着のポケットから犯人を出せばいいとでも？」

夫人の顔が熟れたさくらんぼの色に変わった。「そんなことを——」

クラッブがため息とともに青い装丁本を置き、夫人の肩を軽く叩《たた》いた。「血圧があがりますよ、奥さま」笑顔でささやく。それから腰の曲がった老体をまっすぐに起こし、周囲の顔ぶれを異様に鋭い目つきで見まわした。「どうやら、ずいぶん奇特な泥棒のようだな」棘《とげ》のあるその口調に、チョートが長身を引きしめて反らせる。「わたしにはこれが——」クラッブは唐突にことばを切り、一同を驚かせた。落ち着きなく動いていたクラッブの小さな瞳《ひとみ》がセドラーの顔に向けられる。視線はいったん通り過ぎたが、すぐに衝撃を覚えたかのように舞いもどった。

「こいつはだれだ」皺《しわ》だらけの親指をセドラーへ向け、すばやく尋ねる。

「なんだって？」セドラーは冷ややかに言った。

「新館長のセドラー博士ですよ」ロウがつぶやくように言った。「クラッブさん、失礼じゃないですか！　セドラー博士、こちらはサクソン書庫のクラッブ司書です」

「セドラーだと？」クラッブがうなるように言った。「セドラーか。それはそれは」髪の薄くなった頭を傾け、悪意の入り混じった笑みを浮かべて相手をながめた。セドラーは解せない様子で不快そうに見つめ返し、それから肩をすくめた。

「よろしければわたしからご説明しましょう、サクソン夫人」セドラーは愛想のよい笑顔で前へ進み出た。「これはかつてないほどの——」ふたりは部屋の隅へ歩いていき、セドラーが低い声でよどみなく説明をつづけた。サクソン夫人は被告を端《はな》から有罪と決めつけた判事のごとく、敵意のこもった冷淡な態度で聞いていた。

ドルリー・レーンは隅にある椅子へ静かにもどった。まぶたを閉じて長い手脚を伸ばす。ペイシェンスがため息をついてゴードン・ロウを見ると、ロウはペイシェンスを脇へと引っ張っていき、熱心に耳打ちしはじめた。

クラッブとチョートが、静かに横たわるジャガードの一六〇六年版について、冷静ながらも真剣に論じはじめた。特別な煉獄《れんごく》をさまよう失われた魂のように歩きまわっていたサムは、退屈そうにうなり声を発した。その耳に愛書家たちの会話がとぎれとぎれに聞こえてくる。

「この遊び紙に印刷されている――」

「ハリウェル・フィリップの説だと――」

「――ほかから借用したソネットが含まれ――」

「しかし、それは四つ折本か八つ折本では？」

「ボドレアン図書館が所蔵する――」

「――シェイクスピアの作ではない二篇の詩は、一六一二年に出版されたヘイウッドの『トロイア・ブリタニカ』からジャガードが盗用したもので――」

「装丁もそっくりな――」

「ジャガードは一六〇八年までは一介の出版業者でしかなかった。バービカン地区で営まれていたジェイムズ・ロバーツの事業を受け継ぐまではね。となると一六〇六年というのは――」

サムはふたたびうなり声をあげ、癇癪《かんしゃく》を抑えかねて呆然《ぼうぜん》とあたりを歩きまわった。

チョート館長と狷介《けんかい》なクラッブはしばし休戦したのか、笑みを浮かべて顔をあげた。「みなさん」チョートがひげを整えながら一同に呼びかける。「クラッブ司書とわたしは、これが真正の一六〇六年版ジャガードだという結論で完全に合意しました」

「そいつはよかったな」サムがげんなりした顔で言った。

「まちがいないのですか」サクソン夫人と話していたセドラーが振り向いて尋ねた。

「どうでもいいわ！」サクソン夫人はけたたましく叫んだ。「どう考えても、これは夫の厚志に対する途方もない仕打ちで――」

「言ったとおりの不愉快な女だろう」ロウがよく通る声で言った。

「ちょっと、声が大きいわよ！」ペイシェンスが小声で叱りつけた。「怪物に聞こえてしまう！」

「かまわないさ」ロウはにやりと笑った。「威張り散らした鯨ばばあめ」

「偽造品であるはずがないとは思っていました」ドルリー・レーンが部屋の隅から静かに告げたとき、球根鼻の門衛が展示室に現れ、のろのろとチョートへ歩み寄った。

「どうした、バーチ」チョートがぼんやりと声をかけた。「あとにしてくれないか、いまは――」

「承知しました」バーチは無表情のまま答え、すぐに引き返しはじめた。

「待ってください」ドルリー・レーンが声をかけた。立ちあがり、バーチが手に持つ小包を凝視している。その鋭い面差しを一陣の英知の風がかすめた。「チョート館長、わたしならその小包を調べてみますね。これが見かけどおりの異常な事件だとしたら、信じがたいことが起こる可能性もあります……」

レーンの顔を呆然とながめていた一同が、門衛の手もとへ視線を移した。

「いったい何を――」チョートはそう言いかけて、ひげに埋もれた唇をなめた。「よし、バーチ。もらおう」

セドラーとクラッブが、どちらも忠実な護衛のごとくすばやく前へ進み出て、チョートの両脇に寄り添った。

それは、よくある茶色の包装紙にくるまれ、安っぽい赤い紐《ひも》がかけられた、簡素な平たい小包だった。包装紙に貼られた小さなラベルには、ブロック体の小さな文字で、チョートの名前と博物館の所番地が青いインクで書かれている。

「だれが届けてきたのかね、バーチ」チョートはゆっくりと質問した。

「配達人の若い男です」バーチはぞんざいに答えた。

「なるほど」チョートは紐を解きはじめた。

「ばか、ちょっと待て！」サムがいきなり怒鳴り立てて前へ飛び出し、すばやくも慎重な手つきで小包を取りあげた。「妙なことが立てつづけに起こってるんだぞ……。爆弾かもしれない！」

男たちは青ざめ、サクソン夫人は胸を荒波のごとく上下させて甲高い悲鳴をあげた。レーンはさびしげな笑みをサムへ向けた。

サムは大きな赤いカリフラワーを思わせる耳を茶色い包装紙に押しつけ、懸命に聞き入った。それから小包をひっくり返し、裏面にも耳をあてて気持ちを集中させる。なおも満足せず、静かに、この上なく静かに小包を揺すった。

「たぶんだいじょうぶだ」サムはつぶやき、チョートの怯《おび》えた両手のなかへ押しこんだ。「できればあなたに開封していただきたい」チョートが震えながら言う。

「何も心配はありませんよ、館長」レーンが笑顔で請け合った。

それでもチョートはこわごわ紐をほどき、時間をかけてゆっくりと茶色の包装紙をはずしていった。サクソン夫人はじりじりと戸口へさがり、ゴードン・ロウはペイシェンスを自分の背後へと乱暴にかくまった。

包装が解かれた。

何も起こらない。

だが、仮に中身が爆弾だったとしても、突然その手のなかで爆発したとしても、チョートがここまで呆気《あっけ》にとられることはなかっただろう。そこに現れたものを視線がとらえるや、チョートは顎《あご》をがくりと落とし、何かを探すように指でそれをいじりまわした。

「いったい――どうなってるんだ!」首を絞められたかのような声でチョートは叫んだ。「これは月曜に盗まれたジャガードの一五九九年版じゃないか!」

9　司書の語った話

息を呑《の》むその刹那《せつな》、だれひとり口を開く者はなかった。あまりの驚きに声も出ず、互いに目を見合わせる。奇妙な泥棒が獲物を返してきたとは！

「ここまで事件全体を取り巻いてきた異様きわまりないものを考えれば」ドルリー・レーンが立ちあがり、前へ進み出て言った。「このようなことが起こるかもしれないと予想してはいました」彫刻のような顔が好奇心で輝く。「わたしたちの相手は知性とユーモアを兼ね具《そな》えた人物です。奇妙だ、実に奇妙です！　これは盗まれた本にまちがいないのですね、チョート館長」

「疑問の余地がありません」いまなお呆然としているチョートが答えた。「これはサクソン・コレクションにあったジャガード版です。みなさんもご確認ください」

まだ包装紙の上にあった青い革の装丁本を、チョートはジャガード版の展示ケースに置いた。すぐさまクラッブが一心不乱に調べていく。ロウに寄り添っていたペイシェンスは、クラッブを見守るセドラーの顔を目にするや、驚いて叫び声をあげそうになった。セドラーのうやうやしさは仮面だったのだ。仮面をはずしたいま、その顔には異様な怒り――失望にも似た怒りが映し出されていた。殺気立った表情は、冷ややかな眼光をたたえた右目の片眼鏡によっていっそうすごみを増している。やがて仮面が一瞬にして消え、注意深い関心を寄せる表情がよみがえる……。ペイシェンスは振り返って、ロウの瞳《ひとみ》をのぞきこみ、目と目で語り合った。ロウもまたセドラーのただならぬ顔つきに気づき、じっと視線を据えて観察していたのだった。

「サクソン・コレクションのジャガード版です」クラッブがきっぱりと告げた。

「しまった、なんとまぬけなことを！」サムが突然叫び声をあげて一同を驚かせ、なんの説明もないままサクソン展示室から飛び出していった。大きな足音が廊下を遠ざかっていく。

「あなたのお父さんは」セドラーが薄笑いを浮かべて言った。「せわしなさでは超一流ですね」

「わたしの父は」ペイシェンスがやり返す。「ときに抜け目のなさでも超一流です。現実にしっかり目を向けていますからね。いまも小包を届けた人物を追跡しにいったにちがいありません。そんなこと、ほかのだれも気づかなかったでしょう？」

いきり立つペイシェンスを、サクソン夫人が、いまはじめて目にしたかのようにしげしげと見た。ロウが忍び笑いをした。

「そのとおりですよ、ペイシェンス」ドルリー・レーンが穏やかに言った。「警視さんの明敏さはだれもが認めています。ただ、今回はおそらく無駄足でしょう。それよりもみなさん、この一五九九年版は、もとの状態のままで返却されたわけではありません。裏表紙をよくご覧ください」

レーンの鋭い目はすでになんらかの異変をとらえていた。チョートが包装紙から本を持ちあげて裏返すと、たちまち全員が問題に気づいた。裏表紙の下端にナイフが入れられたらしく、革の表装と、裏表紙の芯《しん》をなす薄い板紙とのあいだに切れ目がはいっていた。下端は隅から隅まですっかり切り裂かれ、そこから張りのある紙の一端がわずかにのぞいている。

チョートが注意深くその紙を引き抜いた。百ドル紙幣だった。そこにごくふつうの留め針で、本を包装していたのと同じ茶色の紙の切れ端がつけられている。包装と同じ字体の青い文字でこう書いてある。

修繕費用として

署名はなかった。

「なんて厚かましい！」サクソン夫人が怒鳴った。「わたくしの本を台なしにして、そのうえ――」

サムが何やらつぶやきつつ、額の汗を拭《ふ》きつつ、足音荒くもどってきた。「遅かったよ」むっつりと言った。「届けてきたやつはつかまらなかった……。これは？」裏表紙にはいっていた紙幣を驚きの目で見て、記された文字を読む。それから「もう手に負えない」とでも言いたげにかぶりを振り、包装紙と紐を観察した。「安物のマニラ紙に、どこにでもある赤い紐。なんの手がかりもない。ちくしょう！　何から何までうんざりする事件だ」

クラッブが百ドル紙幣に手をふれて含み笑いをした。「あんたにとってはありがたい泥棒ですな、チョート館長。本を盗み、修繕費用をつけて送り返してきたうえに、とんでもなく貴重な贈り物まで差し出すとは！」そこで笑うのをやめ、考えこむ顔つきになった。「この件を伝えるんだ。敵を呼びもどすきっかけを与えてやれる」サムがくたびれた顔で言った。

「どういうこと、お父さん？」

「パティ、いくら変人だと言っても、相手はならず者にちがいないんだ。やつはこの本の一六〇六年版だかなんだかを置いていったんだろう？　なら、取り返しにくるさ」

「わたしはそうは思いませんね、警視さん」レーンがにこやかに言った。「それほど単純な相手ではないでしょう。むしろ、敵はすでに――」

思いがけず一五九九年版がもどってきたことで、見るからに機嫌を直したサクソン夫人が、やにわにフェリーの警笛のような叫び声をあげた。「ちょっと、クラッブ！　変な話があるの。いま思い出したわ。実はね、レーンさん、少し前に、これとおんなじことがありましたの」

「どういうことでしょうか」レーンはすかさず尋ねた。「何があったのかをお話しください」

夫人の三重顎が興奮で大きく震えた。「うちの書庫から本が一冊盗まれたんですよ、レーンさん。しかもそのあと、やっぱり返送されてきたの」

クラッブがいわく言いがたいまなざしで夫人を見やった。「わたしも思い出しました」ざらついた声で告げる。そしてなぜかセドラーを横目でうかがった。「たしかに妙ですな」

「そうか！」ロウが大声で叫んだ。「まったく、みんなして忘れていたなんて！　たしかにそうだ。あのときのやつのしわざですよ！」

ドルリー・レーン氏がクラッブの腕をつかんで相手を驚かせた。「さあ、いきさつを話してください――いますぐに！　とても重要なことかもしれません」

クラッブは狡猾《こうかつ》そうに周囲を見まわした。「興奮のあまり失念していましたが……六週間ほど前のある夜、わたしは遅くまで書庫で仕事をしていました。書庫というのは、もちろんサクソン邸にあるサクソン書庫のことです。ブリタニック博物館への遺贈品を選《よ》り分けて、残った蔵書のリストを作りなおしていたときでした。建物のどこかから物音が聞こえましてな。見てまわったところ、驚いたことに、ひとりの男が棚から本を盗んでいるところだったんですよ」

「いくらかは進展が見こめそうだ」サムが言った。「どんな男でしたか」

クラッブは乾いて骨張った両手を、まるで火にかざすかのようにひろげてみせた。「わかるもんかね。暗かったし、そいつは覆面をしてコートで全身をすっぽり覆ってたんですからな。見たのはほんの一瞬です。向こうはわたしに気づくと、近くのフランス戸から飛び出して逃げていきましたよ」

「ぞっとしましたわ」サクソン夫人がきびしい声でつづけた。「あのときのわたくしたちの取り乱しようは、今後けっして忘れないでしょうね」そう言って含み笑いをする。「このクラッブは、首をもがれたよぼよぼの雄鶏《おんどり》みたいに駆けずりまわって――」

「ふむ」クラッブは苦々しく言った。「たしか奥さまは、けばけばしい真っ赤なネグリジェ姿でおりてこられましたな……」ふたりの視線がぶつかり合う。ペイシェンスは肉塊がコルセットもつけずにネグリジェをはためかせている姿を思い浮かべ、唇をきつく噛《か》みしめた。「ともあれ、わたしが警報機を鳴らすと、こんどはロウがおりてきました——なんと——パンツ一枚で」

「嘘をつけ」ロウがあわてて声をあげた。「おい、クラップ！」

「よくある話だ。ロウは輝ける騎士となって泥棒を追いかけたものの、みごとに逃げられたというわけです」

「サッカー地のパジャマを着てたじゃないか」ロウが毅然《きぜん》と言った。「それに、ぼくが追いかけたときには、そいつの姿はもう見えなかったんだ」

「その男は本を盗んだとおっしゃいましたね」ドルリー・レーンがゆっくりと尋ねた。

クラップは小賢《こざか》しげに目をしばたたいた。「信じてはくださらんでしょうな」

「何をですか」

「そいつが盗んでいったのは、ジャガードの一五九九年版だったんです」

セドラーはクラップに視線を釘《くぎ》づけにしていた。チョートはとまどっているらしい。そして、サムは自棄《やけ》気味に大声をあげた。

「いったいどうなってる。その忌々しい本は何冊あるんだ」

「つまり」——レーンが眉《まゆ》をひそめた——「その泥棒は、ブリタニック博物館に寄贈されるより前にもこの一五九九年版を盗み、返送してきたのですか？　意図がまったくわかりませんね」

「いや、そうじゃない」クラッブは歯のない口で笑った。「盗まれたのは一五九九年版の偽版です」

「偽版？」セドラーがつぶやいた。「そんなものが――」

「サクソン氏が二十年ほど前に見つけていらっしゃった他愛のないものですよ」クラッブは意地悪そうな笑みを消すこともなく、そのままつづけた。「よくできた模造品でしてね。興味本位でとっておいたんです。それを泥棒は本棚から盗んでいったんですな」

「奇妙だ」レーンはつぶやいた。「ここまでの何よりも奇妙な出来事です。どうにも理解できない……。本物はまだ書庫にあったのでしょう？　たしか、まだ博物館に引き渡す前だったとおっしゃいましたね」

「ええ、本物のジャガード版はまだ手もとにありましたよ。ただし、屋敷の金庫のなかでしたが」クラッブはくすくす笑った。「そう、金庫のなかにね！　数あるほかの稀覯本《きこうぼん》といっしょにです。偽版のほうは蒐集《しゅうしゅう》家の余興でしかないんで、奪われても特に気に留めませんでした。すると、さっきも言ったとおり、二日後に送り返されてきたんですよ。なんの説明もなく」

「なるほど」レーンは言った「では、その偽版にも切れ目がはいっていたのでしょうか。この本物のジャガード版のように」

「いいえ。まったくの無傷でした」

「包装紙と紐《ひも》はどんなでした」サムが低い声で訊《き》いた。

「まちがいなく今回のものと同じでしたな」

レーンはジャガード版の展示ケースを横目に見ながら、考えにふけるようにしていた。しばらくして、先刻届けられた一五九九年版を手にとり、切れ目のはいった装丁を丹念に調べた。裏表紙の内側の半分以上が——板紙の一枚と見返しが——残りの部分からめくれてわずかに浮いている。

「おかしなことになっていますよ」レーンは思案顔でそう言い、泥棒の細工によってめくれたあたりを一同に示した。浮きあがった部分をゆっくりと引きあげる。その下に長方形のくぼみがあるのがわかった。板紙の表面からさらに紙一枚ぶんの厚さがくり抜かれている。くぼみはごく薄く、大きさは三インチ×五インチにも満たなかった。

「これも犯人のしわざでしょうか」チョートが興奮気味に言った。

「おそらくちがうでしょう。ペイシェンス、あなたは卓越した観察眼をお持ちです。この奇妙な四角いくぼみはいつごろ作られたと思いますか」

ペイシェンスがすなおに進み出て、一瞬ののちに答えた。「ずいぶん昔ですね。切れ目のへりが時間の経過を伝えています。長い年月を経ているのはたしかです」

「わたしも賛成です、チョート館長」レーンはにこやかに言った。「ではペイシェンス、そもそもこの本に四角いくぼみが作られたのはなぜでしょうか」

ペイシェンスは笑顔をレーンへ向けた。「もちろん、何かを隠すためです」

「隠すだって？」チョートが大声で言った。「ばかげている」

「チョート館長」レーンは悲しげに言った。「なぜあなたがた書物の虫たちは、論理というきわめて綿密な科学を軽んじるのでしょうか。ペイシェンスはまぎれもない正答を出しました。何か非常に薄くて軽いもの——薄いのはくぼみの浅さから明らかですし、軽くなければこの数世紀のあいだに専門家が気づいたはずですからね——それがつい最近まで、ウィリアム・ジャガードが著作権を侵して刊行したこの本の裏表紙に隠されていたのです。あったのは一枚の紙片にちがいありません！」

10　ウィリアム・シェイクスピア登場

もはやブリタニック博物館ですべき仕事は残っていなかった。とりわけ、サム警視は帰りたくてうずうずしていた。一同は別れを告げ、展示室をあとにした。

ゴードン・ロウが玄関まで見送りにきた。青銅の扉に彫られたシェイクスピアのひげを両のこぶしで叩《たた》く。「このシェイクスピア、実は笑ってるんだよ。そりゃそうさ！　何世紀もの歴史ではじめて、博物館で人間味のある出来事が起こったんだものな、パット」

「苛立《いらだ》たしい出来事よ」ペイシェンスはきつい口調で言った。「ちょっと、手を放して！　父はものすごく口うるさくて、おまけに頭の後ろにも目がついてるんだから……。じゃあね、ゴードン」

「ああ」ロウは言った。「とても楽しかったよ。つぎはいつ会えるかな」

「考えておく」ペイシェンスは冷ややかに答え、サムとレーンを追おうと振り返った。

その手をロウがつかむ。「パット！　送っていくよ」

「送る？」

「お父さんの事務所まで。そこへ帰るんだろう？」

「え、ええ」

「いっしょに行ってもいいだろう」

「まったく、懲りない人！」ペイシェンスはそう言い、すでに十回以上も顔を赤らめた自分に嫌悪を覚えた。「いいわ、父が承知したらね」

「ああ、承知するさ」ロウは明るく答え、大きな音を立てて玄関扉を閉めた。ペイシェンスの手をとり、軽い足どりで歩道を横切ってほかの面々のあとを追う。レーンの運転手である赤毛のドロミオが、路肩に停めた黒塗りのリンカーン・リムジンの脇に笑顔で立っていた。

「警視さん」ロウは不安げに声をかけた。「ごいっしょしてもいいですか。もちろん、いいですよね。その目を見ればわかります！」

サムは冷たい視線をロウに向けた。「いいか――」

ドルリー・レーン氏がなだめるように言った「まあまあ、警視さん、これはすばらしい思いつきだと思いますよ。どうかわたしにみなさんを街なかまで送らせてください。ここに車が待っていますし、少しのあいだ、くつろいで過ごしたいのですよ。周囲にこうもたくさん気がかりな問題があると、まったく思考が働きませんからね。いまの状況からして作戦会議が必要なのは明らかで、ゴードンは頭の切れる青年です。さあ、いかがでしょう。それとも、わたしたちに煩わされる暇はありませんか、警視さん」

「ここに友あり、ですよ」ロウが言った。

「このところは依頼もさっぱりでしてね」サムはむっつりと言った。「うちののろまな秘書は、わたしが休暇で一か月留守にしても気づかないでしょう」険しい視線をロウへ向け、それから娘へ移す。ペイシェンスはそわそわと鼻歌を口ずさみ、そ知らぬふりを装っている。「いいだろう、若造。パティ、早く乗りなさい。料金は要らないぞ」

サムの執務室にはいり、レーンは深く息をついて古びた革椅子に沈みこんだ。ペイシェンスはおとなしく腰をおろし、ロウは瞳《ひとみ》を輝かせて戸口の柱にもたれかかった。「どうやら詩篇百二十二の教訓を採り入れたわけですね、警視さん。〝汝《なんじ》の城壁の内には平和のあらんことを〟。こりゃいいや」

「ええ、でも宮殿の内に栄えあり、とはいかないの」ペイシェンスは笑ってそう言い、小ぶりのしゃれた縁なし帽を部屋の奥の金庫の上へほうり投げた。「もしも商売がこのまま思わしくなかったら、わたしは働きに出なくちゃいけないかも」

「女性は働くべきじゃないよ」ロウは勢いこんで言う。

「パティ、だまらないか」サムが苛《いら》ついて声をあげた。

「わたしで力になれるなら——」レーンが声をかける。

「ありがとうございます、レーンさん。でもご心配は無用です。パティ、ひっぱたくぞ！　さてレーンさん、どう思われますか」

レーンは全員をじっくりと観察してから、形のよい脚を組んだ。「わたしの思考もときに筋道を失うのですよ、警視さん。犯罪にまつわる資料には長きにわたってずいぶん目を通してきましたが、これほど奇怪な事件にはお目にかかったことがありません。実際に捜査の現場にいらっしゃった立場から、あなたご自身はどうお考えですか」

「お手あげです」サムは苦笑した。「前代未聞ですよ、戦利品におまけをつけて送り返す盗賊なんて。とはいえ、理屈からすれば、まずは問題のふたりを捜し出すべきでしょうな――青い帽子の男と、発車係の証言によれば、妙な馬蹄《ばてい》の指輪をはめていた男とを。例の十七人の教師たちについても再度あたるつもりですが、やましいことはなさそうだ」

「ペイシェンス、あなたの意見は？」レーンは放心したかのようなペイシェンスへ顔を向けた。

「あなたはいつも有益な手がかりを与えてくれますから」

「わたしたち、空騒ぎしているんじゃないでしょうか」ペイシェンスは言った。「窃盗があり、その盗品はおまけつきで返却された。ここまでわかるかぎりにおいて、犯罪と呼べるものはひとつも起こっていません」

「興味深い問題ではあっても――それ以上の意味はないと？」

ペイシェンスは肩をすくめた。「きょうは頭が冴《さ》えていないとしたら、すみません。でも、そうとしか思えなくて」

「犯罪はひとつも起こっていないだと？」サムが皮肉っぽく言った。

「では」レーンはかすかな笑みを漂わせて尋ねた。「実際に起こったとお考えなのですね、警視さん」

「当然です！　ドノヒューの件はどうなります」

しばしレーンはまぶたを閉じた。「消えた警備員ですか。そうでした。おそらく何か暴力沙汰《ぼうりょくざた》があったのでしょうね。しかし、その件は警察にまかせるしかありません。何かほかのことには思いあたりませんか」

戸口に立っていたロウが疲れた目でひとりずつを順にながめた。ペイシェンスが眉《まゆ》をひそめ、しばしの沈黙が訪れる。やがてサムが肩をすくめて電話へ手を伸ばした。「警察にまかせるべきか否かはどうあれ、わたしが本気で案じているのはそのことだけです。ドノヒューを見つけ出すと約束したんだから、できるだけのことをしてやらなくては」サムは失踪《しっそう》人捜査課のグレイソン警部と話をし、それから旧友のジョーガン警視へつながせ、短いやりとりを交わしてから電話を切った。「ドノヒューに関する新情報はありませんでした。人さらいにでもあったみたいに消えたきりだ。それと、返ってきた本から見つかった百ドル紙幣の番号をジョーガンに知らせました。そこから何かたどれるかもしれない」

「たしかに」レーンはうなずいた。「おや、ペイシェンス、美しい鼻に皺《しわ》を寄せていますね。わたしの言う〝ほかのこと〟に思いあたりましたか」

「考えてはいるんですけど」ペイシェンスはもどかしげに答えた。

「装丁だ」ロウが唐突に言った。

「それだわ、ゴードン――じゃなくてロウさん、それよ！」ペイシェンスは顔を輝かせて叫んだ。「青い帽子の男は、ジャガードの一五九九年版の裏表紙から何かを抜きとったのよ！」

レーンは含み笑いをした。「どうやら若いふたりは思考を共有しているようです。すばらしいと思いませんか、警視さん――そんなこわい顔をなさらずに。ゴードンはとても優秀な青年だと申しあげたでしょう。そう、わたしが言いたかったのはまさにそれなのですよ、ペイシェンス。この泥棒の一見奇抜な行動を理解するには、本の裏表紙に隠されていたとおぼしき軽くて薄い物体についてまず考えるしかありません。六週間ほど前、何者かがサクソン邸の書庫へ忍びこみ、ジャガードの一五九九年版に見える一冊を盗み出しました。この最初の窃盗を働いたのは例の人物――すなわち、珍妙なる青い帽子の男だと言いきったとしても、ほとんど問題はありますまい。ところが、盗んだ本は偽版であり、無傷のまま返却されました。青い帽子の男が探していたのは真正のジャガード版だったからです。さて、本物の『情熱の巡礼』の初版は何冊存在しているのでしょうか。三冊です。そして、サクソン氏が所有していたのは、最後に発見された三冊目でした。ならば犯人は、おそらくほかの二冊についてはすでに調べきっているはずです。サクソン・コレクションから盗んだ本が偽版だったと知り、本物がまだ別にあると気づいたにちがいありません。その後、サクソン氏のコレクションはブリタニック博物館に遺贈され、そのなかに本物のジャガード版も含まれていました。犯人は博物館に巧みにもぐりこみ、首尾よく三冊目の本物のジャガード版を手に入れて、かわりにそれよりはるかに貴重な本を置き残しました。そして二日後、盗んだ本を送り返してきたのです。さてペイシェンス、これらの事実からどんな結論が導き出せるでしょうか」

「なるほど」ペイシェンスは下唇を噛《か》みながら言った。「そんなふうにまとめていただくと、ずっとよく見えてきますね。犯人は本物のジャガード版を博物館に返してきたけれど、裏表紙に切れ目を入れ、秘密のポケットから何かを抜きとっていた——その事実からわかるのは、犯人が興味を寄せていたのは一五九九年版の本体ではなく、中に隠されていた軽くて薄い物体だけだったということです。それさえ抜き出してしまえば本そのものは用ずみで、だからこそ紳士を気どって返してきたんでしょう」

「すばらしい！」レーンは大声で言った。「みごとな推理ですよ、ペイシェンス」

「すごいな」ロウが感心した様子で言った。

「ほかにはどうですか」レーンは尋ねた。

「ええ」ペイシェンスはほのかに顔を赤くしてつづけた。「だとすると、不可解なことがもうひとつあります。一五九九年版のジャガードは価値の高いものです。ふつうの泥棒なら、たとえ本来の目当てのものが中の何かだったとしても、本を手もとに残すでしょう。ところが、この犯人は、革の装丁の修繕費として百ドルを添えてきました。そのうえ、盗んだ本よりはるかに価値の高い稀覯本《きこうぼん》を最初に置き残してもいます——これは一五九九年版に見かけがよく似ているからなのか、あるいは自分なりの善意のしるしだったのかもしれません。これらのことは、犯人が本来誠実な人物であることを示しています。犯人は不正行為にやむなく手を染め、事前にできるかぎりの罪滅ぼしを試みたんです」

レーンは瞳を輝かせ、身を乗り出して聞いていた。ペイシェンスが話し終えると、椅子の背にもたれかかり、長い人差し指をサムに向けて振った。「さあ、警視さん、いまのをどうお思いになりますか」

サムは咳払《せきばら》いをした。「なかなかですよ。悪くない」

「おやおや、評価が低すぎますね。完璧《かんぺき》でしたよ、ペイシェンス！　あなたはわたしたち老骨の気つけ薬です。そう、いまの説明に異論はありません。わたしたちが相手にしているのは、率直で、良心的でさえある泥棒です――盗賊の歴史においても先例がないほどの奇人でしょう。まさしく悪党詩人ヴィヨンですよ。ほかに何かありますか」

「ひとつ明らかだと思うのは」不意にロウが切り出した。「偽版のジャガードの革装丁には切れ目も入れずに返してきたんだから、犯人は稀覯本に精通した人物だということです。ぼくもあの偽版を見ましたけど、素人がたやすく判別できるような雑な作りじゃありません。犯人はすぐに偽物だと見抜き、あくまでも真正の一五九九年版だけが目当てなので、まったく手をふれずに返したんです」

「じゃあ、犯人は愛書家のたぐいなのね」ペイシェンスがつぶやく。

「そうでしょうね、ペイシェンス。ゴードン、すばらしい推理でしたよ」レーンは立ちあがり、長い脚で部屋を歩き出した。「だとしたら、きわめて明確な像を描くことができます。犯人は、学者か古書蒐集《しゅうしゅう》家か愛書家で、元来は誠実な人間です。そんな人間が窃盗を犯してまで手に入れたものは――これについては疑問の余地はありませんが――この上なく貴重な稀覯本の裏表紙に隠されていた、たった一枚の紙でした。興味深いではありませんか」

「いったいなんだろうな」サムが小さく言った。

「あの穴――というより、へこんだ部分は」ロウが考えこむように言った。「縦五インチ、横三インチぐらいの大きさでした。紙だとしたら、たぶん折りたたんであったはずです。それに、ずいぶん古いものでもある」

「そうでしょう」レーンは言った。「ただし、古いものというほうは、そうとは言いきれませんがね。さて、事態をかなり整理することができました。こうなると……」美しい声がしだいに小さくなり、レーンは白い眉を寄せたまま、しばし無言で歩きまわった。やがてこう告げた。

「わたしも自分なりのささやかな調査をはじめましょう」

「ドノヒューの件ですか」サムが期待に弾んだ声で尋ねた。

レーンは微笑んだ。「いいえ、それは警視さんにおまかせします。その種のことはあなたのほうがはるかに得意ですからね。わたしが考えているのは」また眉をひそめて言う。「ちょっとした調べ物です。ご存じのとおり、わが家にもかなり充実した図書室がありますから——」

「研究者にとっての楽園だ」ロウがうっとりと言った。

「何をお調べになるんですか」ペイシェンスが尋ねた。

「実際に役立つかどうかはともかく、参考にはなると思いましてね。切れ目のはいったジャガード版のいまの革装丁が、当初からあったものかどうかを調べてみたいのです。装丁の付された時期が、中にはさまれていたものの年代を知る手がかりになりますからね。隠し場所の形状からすると、ゴードンが言ったとおり、なんらかの書面が折りたたまれてはいっていたと考えられます」

「それなら、ぼくも何かお手伝いできると思います、レーンさん」ロウが威勢よく言った。

「ああ」レーンは言った。「では、こうしましょう、ゴードン。あなたも独自に調べてください。そうすれば結果を比べられます」

「こうも思ったんですけど」いわく言いがたい喜びを覚えてペイシェンスが言った。「もしそのような書面があの手の古書に隠されていたとしたら、そのことを書き留めた記録がどこかに残っている可能性があります。でなければ、泥棒はどうやって書面の存在や隠し場所を知ったんでしょうか」

「鋭い洞察です！　わたしも似たことを考えていました。一五九九年の『情熱の巡礼』の初版について、知りうるかぎりの資料を掘り起こすつもりです。中には日付入りの記録もあるでしょうね。ジャガードはエリザベス朝時代のロンドンで数えきれないほどの出版事業に携わっていましたから、文学にまつわる何百もの資料で名前が出てくるはずです。そう、この道を進みましょう。どうですか、ゴードン」

「そちらでもお手伝いできるでしょう」ロウは静かに答えた。

「ありがとう。あなたはドノヒューの件を追うのですね、警視さん」

「やれるだけやってみますよ。大半は失踪《しっそう》人捜査課のグレイソンにまかせるつもりですが」

「ええ、本来は警察の仕事ですからね。残念ながら警視さん、あなたにはなんの実入りもなさそうな事件です」

「まったくです」サムはうなった。「しかし腹の虫がおさまらなくてね。しばらくは嗅《か》ぎまわりますよ」

「相変わらず一徹でいらっしゃいますね」レーンは小さく笑った。「では、ひとつ助言をさせていただきましょう。この事件が単に腹立たしくてたまらないのなら、ハムネット・セドラー博士を調べてはいかがでしょうか」

サムは愕然《がくぜん》とした。ロウに煙草の火を借りようとしていたペイシェンスが手を止める。「あの男を？　どうしてです」

「ただの勘です」レーンは言った。「しかし、クラップ司書があの人に向けた異様な視線にお気づきになりましたね」

「そう、変でした！」ペイシェンスが叫んだ。「ゴードン、あなたも気づいたでしょう？」

「ゴードンだと？」サムが不愉快そうに言う。

「口が滑ったんでしょう」ロウがあわてて取りつくろった。「お嬢さんは興奮なさってる。ミス・サム、ぼくを呼ぶときは苗字《みょうじ》でよろしく……。そう、ぼくも気づいて、ずっと不思議に思ってたんだよ、パット」

「どういう了見だ、おまえたち」サムは険しい顔で言った。「ゴードンだの、パットだの」

「まあまあ、警視さん」ドルリー・レーンが割ってはいった。「どうか私情をはさまずに話し合いましょう。ご自分が化石まがいの老君主そのものだとお気づきですか？　昨今の若者は昔とはちがうのですから」

「お父さん」ペイシェンスは顔を真っ赤にして言った。

「警視さんもお若いころはね」ロウが調子を合わせて言う。

「出会い、目と目で探り合い、暗い片隅で口づけを交わす」レーンは微笑んでつづけた。「さあ、警視さん、そういうことを受け入れなくてはなりませんよ。話をもどしましょう。クラッブ司書はしたたかな人物で、巧妙にもすばやく感情を隠しましたが、あのおかしな様子は調べる価値があると思います」

「そうは言っても」サムがつぶやくように言う。「やはり気に入りませんな……。ともあれ、わたしは気づかなかったが、もしそういうことなら、クラッブ本人にいくつか質問をぶつけるほうがいい気がしますな」

ペイシェンスは煙草の先端を見つめていた。「ねえ、お父さん」小声で呼びかける。「こうしたらどうかしら。とりあえずクラッブには声をかけずにいましょう。でも、セドラー博士の身元は調べてみるべきだわ」

「イギリスに確認しろというのか」

「まずは身近なところからよ。船会社とか」

「船会社？　なんのためにだ」

「それはわからないけど」ペイシェンスはつぶやいた。

四十五分後、サムは受話器を置き、ひどく震える手でハンカチをつかんで額をぬぐった。「さて」ようやくため息混じりに口を開く。「教えてやろう。まったく――奇々怪々だよ……。いまランカストリア号の事務長はどう答えたと思う？」

の？」

「やめてよ、お父さん」ペイシェンスが言った。「じれったいから。いったいなんと言った

「乗船者名簿にハムネット・セドラーという名前は載っていないんだと！」

一同は顔を見合わせた。ゴードン・ロウが口笛を吹き、サムの灰皿で煙草を揉《も》み消した。

「やってくれるじゃないか」小声で言う。「セドラー大先生ときたら……」

「おもしろいわね」ペイシェンスはつぶやいた。「なかなかのものよ」

「偽者だったのか！」サムが吠《ほ》えた。「いいか、おまえたち、このことはだれにも話すな。ひとこともだぞ！　このおれが――」

「落ち着いてください、警視さん」レーンが穏やかに言った。革椅子に深く沈みこんだまま、張りのある額に無数の細かい皺《しわ》を寄せている。「どうか先を急がずに。見せ場がひとつでは芝居が成り立たないのと同じで、不審な点ひとつでは人を有罪にできません。いま電話でセドラー博士の風貌《ふうぼう》を事務長に説明なさっていましたね。なぜでしょうか」

「それはですね」サムは鼻息荒く答えた。「乗船者名簿を調べても名前が見つからなかったんで、セドラーの特徴を説明して、乗務員の連中に確認をとってもらったんです。船はけさ入港したばかりでしたから、みんなまだ近くにいたらしく、すぐに訊《き》いてくれましたよ。すると驚いたことに、名簿に名前がないどころか、それらしき男はだれも乗船していなかった！」目つきが険しくなる。「これをどう思われます？」

「いよいよ」ロウが考えこむように言った。「におってきたな」

「たしかに犯罪のにおいが強く感じられますね」レーンは言った。「実に奇妙です……」

「でも、これではっきりしたわ」ペイシェンスが大声で言った。「セドラー博士がアメリカに着いてから、少なくとも四日は経ってるってことが」

「なぜそんなことがわかるんだ、パティ」サムが問いただす。

「飛行機で大西洋を渡ってきたわけじゃないでしょう？　先週の木曜日、わたしが船会社に電話して、イギリスから来るつぎの便の予定をたしかめたのを覚えてるかしら——サリー・ボストウィックからの手紙に、船でこっちに来るとあったけど、いつとは書いてなかったんで問い合わせたのよ。そのとき、つぎの便は土曜日で、そのあとはきょうの便だと教わったの。きょうは水曜日だから、セドラー博士は最低でも四日間はニューヨークにいたことになる——どんなに遅くとも土曜日からね」

「あるいは、もっと長いかもしれない」ロウが眉《まゆ》を寄せて言った。「セドラーめ！　信じられないな」

「土曜日の便の様子を調べてはいかがでしょう」レーンがさりげなく言った。

サムが電話へ手を伸ばした。そこでまた体を引いた。「もっといい方法がある。それなら一度で全部片づきます」そう言ってボタンを押すや、月のような目のブロディ嬢が魔法のごとく駆けこんできた。「メモの用意は？　よし。スコットランド・ヤードへ電報を打ってくれ」

「ど——どこへですって？」ブロディは口ごもった。ドアの近くにいる体格のよい青年に気圧《けお》されているらしい。

「スコットランド・ヤードだ。やんごとなき英国野郎どもに、こっちの流儀を見せてやる！」サムの顔は真っ赤になっていた。「スコットランド・ヤードがどこにあるかは知ってるだろう。ロンドンだよ！」

「は——はい、警視さん」ブロディはあわてて答えた。

「宛先はトレンチ警部だ。綴《つづ》りはT－R－E－N－C－H。〝ハムネット・セドラーの全経歴の照会を希望。ロンドンのケンジントン博物館元館長で、現在はニューヨークに滞在中。イギリスからの出港日、身体的特徴、交友関係、評判、もしあれば犯罪歴など。極秘にされたし〟。さあ、すぐに打電してくれ」

ブロディはよろよろとロウのほうへ歩き出した。

「ちょっと待て。セドラーの綴りをどう書くつもりだ」

「S－E－D－D－L－E－Rです」緊張で青ざめたブロディがたどたどしく答えた。

サムは胸を大きく上下させた。それから微笑む。「なあ、ブロディ」やさしい声で言った。「落ち着けよ。だいじょうぶだから。ただ、後生だから綴りくらいまともに書いてくれ。S－E－D－L－A－Rだ！」

「は、はい、承知しました」ブロディは言って逃げ去った。

「かわいそうなブロディ」ペイシェンスがくすくすと笑う。「お父さんがこわがらせてばかりいるから、いつまでも仕事に慣れないのよ。それとも、見知らぬたくましい男性がいたからかしら……。あら、どうかしましたか、レーンさん」驚いて声をかける。

レーンの顔には異様な表情が浮かんでいた。はじめて見る相手であるかのようにサムに視線を据えているが、実のところ見ていないようだった。つぎの瞬間、唐突に立ちあがった。「そうか！」大声で言う。「そうだったのか！」そして何やらつぶやきつつ、一心不乱に室内を歩きまわった。

「どうしました」サムがそれに目を凝らしつつ問いかけた。

「名前ですよ！　ハムネット・セドラー……。なんということだ――信じられない！　偶然だとしたら、できすぎです」

「名前？」ペイシェンスが額に皺を寄せた。「セドラーという名前がどうかしたんですか、レーンさん。ちょっと珍しいけれど、いかにもイギリス風の響きがある苗字ですよね」

ゴードン・ロウの顎《あご》が下降するクレーンのように大きくさがった。薄茶色の瞳《ひとみ》から悪童っぽさが消え、知性ゆえの驚きがひろがっている。

レーンは足を止めて顎をさすり、低く長い含み笑いをした。「そう、完璧《かんぺき》なイギリス風の名前なのですよ、ペイシェンス。あなたには物事の核心を突く才能があります。まさしくそのとおりで、たしかに古くからイギリスにある名前です。ああ、ゴードン、あなたも気づいたようですね」笑うのをやめて、すばやく腰をおろす。口調が重々しくなった。「聞き覚えのある名前なのはたしかでした」ゆっくりと告げる。「その名を持つ人物に会ってから、ずっと気がかりだったのですよ。それがいま、綴りを聞かされて……警視さん、ペイシェンス、〝ハムネット・セドラー〟という名前に心あたりはありませんか」

サムは呆然《ぼうぜん》と答えた。「いや、まったく」

「ではペイシェンス、警視さんには失礼ながら、あなたのほうが高い教育を受けていますから有利です。イギリス文学を学んだのでしたね」

「はい」

「エリザベス朝時代を専攻したことは？」

ペイシェンスの頬が赤く染まった。「それが——すっかり遠い記憶になっていて」

レーンはさびしげにうなずいた。「それが現代教育というものですね。だからハムネット・セドラーという名を聞いたことがないのでしょう。残念だ。ゴードン、おふたりにハムネット・セドラーとは何者なのかを説明してあげてください」

「ハムネット・セドラーは」ロウはまごつきながら低い声で告げた。「ウィリアム・シェイクスピアの親友のひとりです」

「シェイクスピアだと！」サムが叫んだ。「ほんとうですか、レーンさん。みんな、どうかしたんじゃないか？　なぜシェイクスピアがこの事件に関係するんだ」

「大いに関係あるようですね」ドルリー・レーン氏は言った。「そう、ゴードン、そのとおりです」感慨深げに言い、首を左右に振る。「あなたなら気づいて当然ですよ。セドラーか……なんということだ！」

「どういうことなのか、わたしにはわかりません」ペイシェンスが不満げに言う。「何しろ、そのあたりの知識は父と同等ですから。いったい——」

「まさかあのセドラーは〝さまよえるユダヤ人〟のようにキリストの時代から死ねずにいると？」サムは嘲《あざけ》るように言った。「ばかばかしい——あの男は三百歳以上には見えなかったぞ！」思いきり大声で笑う。

ロウが大きくため息をついた。

「あの男がアハシュエロスだと言っているわけではありません」レーンは微笑んだ。「いまのところ、この事件にそこまで不条理なことは起こっていませんからね。わたしが申しあげたいのは、いま生きているハムネット・セドラー博士、すなわち、ロンドンのケンジントン博物館の元館長であり、ニューヨークのブリタニック博物館の新館長となる予定である、教養深きイギリス人愛書家のあのセドラー博士が……そう、シェイクスピアが友と呼んだというだけで歴史に語り継がれている人物の直系の子孫である可能性が大いにあるということです」

「セドラー家もストラトフォード・アポン・エイヴォンの出身なんですか」ペイシェンスが考えながら訊いた。

レーンは肩をすくめた。「この一族については、ほとんど何も知られていません」

「たしか」ロウがつぶやいた。「セドラー家はグロスターシャーの出身です」

「でも、それがなんだというんですか」ペイシェンスが反論した。「仮にあのセドラー博士がシェイクスピアの友人の子孫だったとしても、セドラー家と、この騒ぎの発端である『情熱の巡礼』のジャガード一五九九年版とのあいだに、どんなかかわりがあるというんです」

「それこそが」ドルリー・レーン氏は静かに言った。「まさに謎なのですよ。こうなってみると、警視さん、スコットランド・ヤードのご友人に打電なさったのは名案でしたね。おそらく何か……つかめるかもしれません。脈はあります。『情熱の巡礼』自体はけっして――いや、しかし……」

レーンは黙した。サムは途方に暮れて腰をおろし、視線をレーンからペイシェンスへ移した。ゴードン・ロウはレーンを、ペイシェンスはロウをそれぞれ見つめていた。

レーンは急に立ちあがり、山査子《さんざし》の杖《つえ》に手を伸ばした。一同は無言でその姿を見守った。

「妙です」レーンは言った。「実に妙です」軽くうなずいて力なく微笑み、サムの執務室から出ていった。

11　3HS wM

ドロミオが交通巡査に対して小声で楽しげに毒づきながら、黒塗りのリンカーンを五番街から四十何丁目通りかへと曲がった。迷路を思わせる街路を注意深く進み、六番街との交差点の手前で赤信号につかまった。

ドルリー・レーン氏は後部座席に無言で坐《ざ》し、黄色い紙片のへりで唇を軽く叩《たた》いていた。タイプで記された文面を幾度となくながめては眉をひそめている。それは電報で、打電日時が「六月二十一日午前〇時〇六分」と印字されていた。けさ未明にウェストチェスターのハムレット荘に届けられたものだった。

「サム警視はおかしな時間に電報をよこしたものだ」レーンはつぶやいた。「真夜中とは！こんなことははじめてだ……。緊急事態だろうか。まさか――」

ドロミオがクラクションを鳴らした。交差点で、ある車が別の車とフェンダー同士をからませていた。車は二頭の雄牛のごとく引っ張り合い、そこから後ろがひどい渋滞に陥っている。レーンは振り返って五番街まで伸びつつある混雑を見やり、前へ身を乗り出してドロミオの耳に軽くふれた。

「残りは歩くことにしよう」レーンは言った。「ほんの一ブロックだ。サム警視の事務所のそばで待っていてくれ」

電報を握りしめたまま、車からおりた。ポンジー生地のしゃれた上着のポケットへそれを慎重にしまい、ブロードウェイに向かって颯爽《さっそう》と歩いていった。

レーンが着いたとき、サム探偵事務所は奇妙な動揺に支配されていた。控え室にいるまるい目のブロディ嬢もその空気にすっかり感染したらしく、椅子の上で落ち着きなく体を動かしながら、悲しげで居心地の悪そうなまなざしをペイシェンスへ向けていた。ペイシェンスは連隊を率いる不機嫌な曹長さながらに手すりの後ろを行き来しながら、唇を噛《か》みしめて壁の時計をにらみつけていた。

扉の開く音にペイシェンスは跳びあがり、ブロディは小さな悲鳴を漏らした。

「来てくださった！」ペイシェンスが叫び、レーンの腕を懸命につかんだ。「いらっしゃらないのかとも思っていたんです。よかった！」そう言って柔らかな両腕を首に巻きつけ、頬に激しくキスを浴びせてレーンを驚かせた。

「ペイシェンス」レーンはそれを制して言った。「震えていますよ！　いったいどうしたのですか。警視さんの電報からは切羽詰まった印象を受けましたが、詳細には何もふれられていませんでした。警視さんはご無事でいらっしゃいますね」

「それはだいじょうぶなんですが」ペイシェンスはこわばった表情で答えた。それから目を輝かせ、耳にかぶさるつややかな巻き毛に手をふれて言った。「まずはご対面ください――生ける屍《しかばね》に」

　ペイシェンスが執務室のドアを押しあけると、血走った目のほかは蒼白《そうはく》になったサムの姿があった。身を硬くして回転椅子に浅く腰かけ、意を決した王蛇さながらに、眼前の机に置かれたものをにらんでいる。

「ありがたい！」サムは勢いよく立って叫んだ。「やはり頼りになるかただ！　頼みにしていいと言っただろう、パティ！　どうぞおかけください、レーンさん。ほんとうによく来てくださった」

　レーンは革の肘《ひじ》掛け椅子に深く身を沈めた。「なんという歓迎ぶりでしょう。家出からもどった放蕩《ほうとう》息子の気分にさせられますよ。さて、何があったのですか。早く聞きたくてたまりません」

　サムはそれまで苦しげに見つめていたものをつかみあげた。「これが見えますか」

「視力には問題はありません。ええ、見えました」

　サムは小さく笑った。「では、開封しますよ」

　レーンはサムからペイシェンスへと視線を移した。「しかし――いや、どうぞ進めてください。このためにわたしを電報で呼び出したのですか、警視さん」

「お呼び立てしたのは」ペイシェンスがすかさず答えた。「この開封の儀式にレーンさんを同席させるようにと、おかしな依頼人が執拗《しつよう》に言い張ったからなんです。お父さん、さあ早く。さっさとあけてくれないと、気が変になってしまう！」

それは細長い茶色のマニラ封筒であり、まだらの顎《あご》ひげに青いサングラスの奇妙な男が七週間近く前にサムに預けたものだった。

レーンはサムの手から封筒を受けとり、さっとひとなでして感触をたしかめた。中にある真四角の封筒の輪郭を紙越しに感じて、目を険しくする。「これは説明を要しますね。まずは事情をお聞かせください……。おやおや、ペイシェンス。何度か言ったとおり、そう、忍耐《ペイシエンス》が肝心ですよ。ではお願いします、警視さん」

サムは五月六日に訪ねてきた変装したイギリス人について簡潔に述べた。ペイシェンスの補足もあり、訪問者の仔細《しさい》な特徴に至るまで、まったく申し分のない説明だった。サムが話し終えたとき、レーンは考えこむように封筒を見つめていた。「それにしても、なぜもっと早く話してくださらなかったのですか。あなたらしくもない」

「そんな必要がないと思ったんですよ。さあ、あけましょう!」

「もう少しお待ちください。するときょうは二十一日ですから、その謎めいた依頼人は、予告に反してきのう電話をかけてこなかったのですね」

「五月の二十日にはかかったんですがね」サムは不機嫌そうに答えた。

「きのうは一日じゅう、ここにすわって待ってたんです」ペイシェンスが言った。「夜半までずっとね。なんの連絡もありませんでした。そこでこうして――」

「ひょっとして、その男との会話を記録してはいらっしゃいませんか」レーンは放心した様子で尋ねた。「この部屋には録音機が仕掛けてあったと思いますが」

サムはブザーを押した。「ブロディ、例の封筒の件の記録を持ってきてくれ」

もどかしげなサム父娘《おやこ》を待たせたまま、レーンは依頼者とのやりとりの記録をていねいに読み進めた。

「なるほど」レーンはそれを置いて言った。「実に奇妙です。おっしゃるとおり、この人物は変装していたにちがいありません。しかし、あまりにも拙劣です。本物に見せようとする努力がどうも感じられません。その顎ひげは……」かぶりを振る。「いえ、警視さん、先へ進めましょう。開封してください」

レーンは立ちあがってサムの前に封筒を置き、机の横の椅子に腰をおろして熱心に身を乗り出した。ペイシェンスは急いで机をまわりこみ、父親の椅子の後ろに立った。息差しが速く、ふだん穏やかな顔が動揺で青ざめている。サムがレーンのそばへ手を伸ばして、震える指で机からスライド式の板を引き出し、そこに封筒を載せたあと、ゆっくりと回転椅子に身を沈めた。ずいぶん汗をかいている。それからレーンを見あげ――板をはさんで向かい合って――力なく苦笑を浮かべた。

「さあ、お立会い」サムはおどけて言った。「何かが飛び出してきて〝やあ、だましてやったぞ〟とかなんとか言わないことを望むよ」

サムの背後にいるペイシェンスが息苦しさゆえに吐息を漏らした。

サムはレターナイフをつかみ、一瞬ためらったのちに、マニラ封筒の垂れ蓋《ぶた》の下に刃を差し入れた。一気に切り裂いたのち、ナイフをおろし、封筒の口をひろげて中をのぞきこむ。

「どうなの?」ペイシェンスが大声で言った。

「おまえの言ったとおりだ、パティ」サムは答えた。「別の封筒がはいってるよ」取り出したのは、やはり封のされた、くすんだ灰色の小さく四角い封筒だった。表書きは何もない。

「垂れ蓋に何か書いてありますね」レーンが鋭い声で言った。

サムは封筒をひっくり返した。その顔が封筒に似た灰色に変わった。

ペイシェンスが父親の肩越しにそれをのぞきこみ、息を呑《の》んだ。

サムは唇をなめた。「これは」声がかすれていた。「これは――どうなってるんだ!――〈サクソン書庫〉と印刷されてるぞ」

ヨセフのひげを持つ謎の男の訪問が、ブリタニック博物館での数々の奇妙な出来事とつながっているかもしれないという最初の暗示だった。

「サクソン書庫とは」レーンは言った。「実に奇妙ですね」

「こうくるとはな!」サムが声を張りあげた。「まったく、とんでもないことを引き受けちまったよ」

「おそらく」レーンは困惑気味に言った。「偶然の一致でしょう。こういうこともありえなくはない。だからこそ、人々は驚きというものを――」声が消え入ったが、視線はサムの唇にとどまっている。だがその目は何も映していなかった。両の瞳《ひとみ》は面紗《めんしゃ》に覆われたかのごとく鈍い光を宿している——まるでそこに浮かんだひらめきを隠すかのように。

「だけど、これじゃさっぱり——」ペイシェンスがぼんやりと言った。

レーンが体を震わせ、面紗が消えた。「開封してください、警視さん」身を乗り出し、顎を両手で包みこむ。「さあ」

サムはふたたびレターナイフを手にとった。垂れ蓋の下にまた刃を差し入れ、ゆっくりと力を加えていく。紙が厚く、なかなか切れなかった。

レーンもペイシェンスも、まばたきひとつしなかった。

サムの太い指が封筒に差しこまれ、同じくすんだ灰色の便箋《びんせん》がきれいにたたまれた形で姿を現した。便箋を開いたところ、短いほうの辺の端に印字が見てとれた。紙を逆さにすると、上側に濃い灰色のインクで〝サクソン書庫〟と記されていた。サムはレーンと自分のあいだに引き出された板の上に、便箋を平らにひろげた。三人とも便箋に目を凝らし、部屋は完全な静寂に陥った。

そうなったのも無理はない。サムのもとに託されたそのメモ書きは、あの変装したイギリス人の姿以上に奇妙な代物だったからだ。奇妙というより不可解であり、まったく意味をなしていない。

便箋の上部には〝サクソン書庫〟の印字がある。そのほかは印刷機から出てきたときのままの真《ま》っ新《さら》な状態で、ただ一か所、文字というより記号と呼ぶべきものが並んでいた。印字の真下、便箋のほぼ中央に、こんなふうに記されている。

THE SAXON LIBRARY

サクソン書庫

これだけだった。意味を持つ文章や署名はなく、ペンや鉛筆の筆跡はほかに見あたらなかった。

レーンの年老いた体が目に見えぬ激情に襲われた。老優は椅子のなかでうずくまり、凝然と記号を見つめている。サムは不意に指のしびれを覚えた。手で便箋の下端を押さえると、紙が揺れる。ペイシェンスは微動だにしない。ずいぶん長いあいだ、だれひとり動かなかった。やがてレーンが、便箋からゆっくりと視線を剝《は》がしてサムを見た。その透きとおった瞳の奥に、驚喜にも似た奇妙な勝利の光が宿っている。レーンは何か言おうと口を開きかけた。

けれども、ことばを発したのはサムだった。「3HS wM か」不思議そうに言い、音の響きから隠れた意味を引き出そうとばかりに、その綴《つづ》りを何度か口ずさんだ。

かすかな当惑がレーンの顔に浮かんだ。すばやくペイシェンスへ目をやる。ペイシェンスは外国語の単語を繰り返す子供のように「3HS wM」とつぶやいていた。

レーンは両手に顔をうずめ、そのままじっとすわっていた。

「だめだ！」ついにサムが長い吐息とともに告げた。「降参だよ。ちくしょう、どうにもならない。グランド・ストリートでやってるアイルランド人の仮装行列みたいな風体の男が現れて、〝何百万ドルもの価値がある秘密〟とかなんとか大ぼらを吹いたあげく、くだらん戯言《たわごと》を並べ立てて――とにかく、おれはおりるからな。いたずらだよ。手のこんだいたずらに決まってる」両手を突きあげて不快そうに鼻を鳴らした。

ペイシェンスがすばやく父親の椅子の横を通り、便箋を手にとった。眉《まゆ》を険しく寄せて、謎の文字列に意識を集中する。サムは音を立てて椅子を後ろへ引くと、窓へ歩み寄り、思いにふけりながらタイムズ・スクエアを見やった。

ドルリー・レーンが急に顔をあげた。「ちょっとそれを見せてもらえますか、ペイシェンス」静かに言う。

途方に暮れて椅子にもどったペイシェンスから、レーンは便箋を手渡され、謎めいた文字列を観察した。

その文字は、太いペン先を使って真っ黒なインクで力強く書かれていた。流れるようなたしかな筆致は、少しのとまどいもなかったことを示している。これを記した人物は、何を書くべきかをじゅうぶんに心得ていて、ペンを持つ手を迷わず紙の上に走らせたのだろう。

レーンは便箋を置き、こんどはくすんだ灰色の四角い封筒を手にとった。表と裏をしばし調べる。垂れ蓋の〝サクソン書庫〟という印字に興味を引かれたらしい。垂れ蓋を指でなぞると、光る黒インクで浮き出し印刷されたそれぞれの文字が指先の感覚を刺激するようだった。

レーンは封筒を板の上にもどし、目を閉じて椅子の背にもたれた。「いいえ、警視さん」小声で言う。「これはいたずらではありません」それから目を開いた。

サムが向きなおった。「なら、いったいどういう意味なんです。まともなものなら、何か意味があるはずだ……。待てよ、あの男はただの〝手がかり〟だと言っていたが、こういうことだったのか。こんなあいまいな手がかりにはお目にかかったことがない。わざわざ解読不能にするとはな。まったく！」そう言い捨てて、ふたたび窓へ顔を向けた。

ペイシェンスが険しい顔で言った。「それほどむずかしくはないはずよ。たとえ難解にしようという意図があったとしても、本質的には単純で、筋道立てて考えればわかるように作ったんだと思う。考えてみましょうよ……。そう、我流の速記のたぐいじゃないかしら。ある種のメッセージが隠されてるとか」

サムはうなったが、振り返りもしなかった。

「あるいは」ペイシェンスは考えながらことばを継いだ。「元素記号かもね。Hは水素の元素記号よね——そしてSは硫黄《いおう》。ということは——硫化水素だわ。そうよ！」

「いや」レーンが淡々と言った。「硫化水素ならH_2Sと表記します。HSが化学的に存在するとは思えません。これは元素記号ではないのですよ、ペイシェンス」

「そう、それに」ペイシェンスは落胆して言った。「小文字のwのあとに大文字のMというのも……。ああ、だめ！　もうお手あげよ。ゴードンがここにいてくれたらいいのに。あの人、くだらないことを山ほど知ってるし」

サムがゆっくりと振り向いた。「くだらないなら、屁《へ》にもなるまい」妙な調子で言った。「お手あげだよ、パティ。あのふざけたロウだって同じだ。ただ、忘れてならないのは、あの謎の男がレーンさんの立会いを望んだという点だ。つまり、たぶんやつはレーンさんなら意味がわかると踏んだんだ……どうですか、レーンさん」

このあからさまな挑発にも、レーンは動じずに坐《ざ》したままだった。やがて目尻《めじり》に皺《しわ》が寄った。

「疑っていらっしゃるのですか。しかし、わかったと思いますよ。ええ、おそらくわかりました」

「ほう、ではいったいどういう意味ですか」サムは前へ進み出て、ぞんざいに尋ねた。

レーンは白い腕を力なく振った。視線は目の前の便箋に注がれたままだ。「これの妙なところは、その男があなたも意味を察すると考えたにちがいないことです」

サムは顔を赤らめ、背筋をまっすぐに伸ばしてドアへと歩いていった。「ブロディ！　メモの用意をして来てくれ」

ブロディが鉛筆を持ってあわただしくはいってきた。

「検死局のレオ・シリング医師に手紙を書いてくれ。〝親愛なるシリング先生。至急ご教示願います。口外無用。このばかげた記号の列に何か意味はあるでしょうか〟。そのあと、こう書くんだ――数字の3、大文字のH、大文字のS、一字あき、小文字のw、大文字のM。書きとれたか」

ブロディはおろおろと顔をあげた。「は――はい、警視さん」

「同様の手紙をワシントンDCにも送ってくれ。情報局の暗号解読課の担当者、ルパート・シフ宛だ。すぐに頼む」

ブロディは走り去った。

「これで何かわかるだろう」サムは乱暴に言い捨てた。

椅子に滑りこんで葉巻に火をつけたサムは、太い柱のような両脚を伸ばしてから、思案の雲を天井へ向かって吹き出した。

「まずは便箋の上側の印字から調べるべきでしょうな。あの男は突然やってきて突拍子もない話をし、こんな戯言を書いた紙を置いていった。やつはサクソンとつながりがあることを知られたくなかったから、小さい封筒を印字のないマニラ封筒に入れて隠した。しかし自分の身に何かあったときには、われわれに封筒をあけさせたがった。つまり〝サクソン書庫〟の文字を見せて、それを発端に調べさせようとしたんだ。ここまではまずまちがいないでしょう」

レーンはうなずいた。「そのとおりだと思います」

「やつは、ジョージ・フィッシャーがここへ来てドノヒューの件を相談するなど考えもしなかったにちがいない。おかげでわれわれがブリタニック博物館へ出かけ、古書泥棒の珍事件に巻きこまれることもね。そのあたりがどうつながるのかはわかりません。サクソン書庫の便箋を使ったのがただの偶然ということもありうる」

「ちがうわ、お父さん」ペイシェンスがじれたように言った。「偶然なんかじゃない。つけひげの男とブリタニック博物館の妙な事件とは、ぜったいにつながりがあるはずよ。サクソン書庫の便箋《びんせん》に書かれたこの記号こそがそのつながりだわ。もしかしたら――」

「なんだ」サムは横目で鋭く娘を見つめて尋ねた。

ペイシェンスは笑った。「ばかなことを思いついたの。もっとも、それを言うなら何から何までばかげてるけど……。もしかしたらあのつけひげの男は——サクソン家のだれかの変装だったのかもしれないって！」

「それほどばかげた考えでもないぞ」サムはことさらに無関心を装って言った。「おれも似たようなことを考えたよ、パティ。たとえば、あのロウとかいう野郎が——」

「何言うのよ！」声を荒らげたペイシェンスに、サムとレーンの視線がすかさず向けられた。

「あれが——ゴードンのはずがないでしょう？」顔がみるみる赤く染まる。

「なぜだ」サムは問いかけた。「あいつはあの日、博物館から帰るとき、ずいぶん熱心にこっちの話に加わろうとしていたように見えたがな」

「たしかにそうだけど」ペイシェンスはぎこちなく答えた。「あの人の——熱心さは、事件とはなんの関係ないの。つまり——その——個人的な感情のせいだったんじゃないかしら。わたしは皺くちゃのおばあさんじゃないのよ、お父さん」

「個人的感情とやらじゃないほうがよほどましだな」サムはにべもなく言った。

「お父さんといると、ときどき泣きたくなるわ！　どうしてあのゴードンを目の敵にするのよ。とても感じがいいし、正直で素直で——子供みたいな人なのに。それに、ゴードンの手首はずいぶんがっしりしていて、五月六日に来た男とはまるでちがう」

「だが、あいつも愛書家の仲間だろうが」サムは喧嘩《けんか》腰《ごし》で言い放った。

ペイシェンスは唇を嚙《か》んだ。「もう——いいかげんにして！」

「どう考えても」サムはつぶれた鼻のてっぺんをなでながらつづけた。「あれがサクソン夫人だったはずはない。女かもしれないなどと、ばかげたことを考えたこともあったがね。でも夫人はあの図体《ずうたい》で、例の男はやせぎすだった。だとすると――ロウのことを忘れたわけじゃないが――クラッブかもしれんぞ」

「それならわかる」ペイシェンスは大きくうなずいた。「体の特徴がぴったりだもの」

ドルリー・レーン氏は父娘《おやこ》のやりとりをだまって楽しげに見守っていたが、ここで片手をあげた。「この深遠なる議論に口をはさませていただけるのなら」ゆっくりと述べる。「いまの説を根本から覆しうる反論をしてもよろしいでしょうか。問題の訪問者は、二十日に電話がなかったら自分の身に何かが起こったという意味だと言い張ったそうですね。その主張を疑う理由はなさそうです。もしも若きゴードン・ロウが――ばかげていますよ、警視さん！――あるいはクラッブ司書が五月六日の訪問者だとしたら、なぜふたりのどちらかが失踪《しっそう》したり、死体で発見されたり、なんらかの災難に遭っていないのでしょうか」

「それもそうね」ペイシェンスが勢いよく言った。「ええ、そうよ！　わかったでしょう、お父さん。わたし、ゴードンとはきのう昼食に出かけたし、けさだって電話でしゃべったけど――そんな話はひとことも出なかった。まちがいなく――」

「いいか、パティ」サムは驚きの入り混じった太い声で言った。「一度くらいは父親の言うことを聞くものだ。あの若造に惑わされてるのか？　甘いことばで言い寄られたのか？　なら、あいつの首根っこを締めあげて――」

ペイシェンスは立ちあがった。「お父さん！」憤然と言う。

「おやめなさい、警視さん」レーンが言った。「中世に逆もどりするつもりですか。ゴードン・ロウはすばらしい若者で、ペイシェンスに劣らぬ知性を具《そな》えています。お似合いではありませんか」

「だとしても、わたしはあの人と恋に落ちてなんかいません！」ペイシェンスは叫んだ。「お父さん、あんまりだわ。男の人にちょっと親切にするだけで――」

サムは悲痛な顔をした。

ドルリー・レーン氏も立ちあがった。「つまらぬいさかいはそこまでです。警視さん、大人げないですよ。この便箋とふたつの封筒をしっかり金庫に保管してください。すぐにもサクソン家を訪ねなくては」

12　協力態勢

五番街は車の往来が激しく、ドロミオはリンカーンをのろのろとしか進められずに苛立《いらだ》っていた。けれどもドルリー・レーンは特に急ぐふうでもない。サムからペイシェンスへと静かに視線を移し、一度は含み笑いさえ漏らしたほどだった。

「ふたりそろって、まるで駄々っ子ですね。さあ、笑って！」サムとペイシェンスがぎこちない笑みをつくろう。「これは驚くべき事件です」レーンはつづけた。「どれほど驚くべきものなのか、おふたりは気づいていらっしゃらない気がします」

「頭が痛いばかりですよ」サムが低い声で言った。

「ペイシェンス、あなたは？」

「あの記号は」ペイシェンスはドロミオのうなじをぼんやり見ながら言った。「わたしたちよりもレーンさんにとって意味深いものではないでしょうか」

　レーンは驚愕《きょうがく》の表情を見せた。急に身を乗り出して、ペイシェンスの若々しくすべらかな顔をまじまじと見つめる。「いずれわかることでしょう。警視さん、あれから何か進展はありましたか。けさはいろいろなことが起こって、お尋ねする暇がなかったもので」

「いくつか調べましたよ」サムは疲れた様子で答えた。「けさがたブロディにまとめさせました。ご興味があるだろうと思ったんで」タイプ打ちされた報告書をレーンへ手渡した。

ドノヒュー——依然として消息不明。手がかりなし。

十七人の教師——インディアナ州へ帰還。全員の身元を確認ずみ。入念な調査により、写真、身体的特徴、住所、氏名など、すべてそろう。

百ドル札——返却されたジャガードの一五九九年版に添えられていたもの。製造番号からの追跡は成果なし。

青い帽子の男——依然として消息不明。

バスの十九番目の男——依然として消息不明。

「これで全部ですか、警視さん」レーンは報告書を返しながら尋ねた。期待はずれだったらしい。「たしかスコットランド・ヤード宛に電報を打ったのでしたね」

「よく覚えていらっしゃいますね。まるで古狐だ」サムがにやりとする。「いや、忘れないのだから象並みか。ええ、スコットランド・ヤードのトレンチ警部から返事がありました。朗報でしたよ。ゆうべ遅くに届きましてね。まずはお目通しください」

レーンは数枚に及ぶ国際電報をサムから受けとり、それを熱心に胸へ引き寄せた。サムとペイシェンスが見ていると、レーンの顔はしだいに険しくなっていった。

サム宛の電報にはこう書いてあった。

　お尋ねのハムネット・セドラーは、第二次十字軍遠征の時代からつづくイングランド旧家の末裔《まつえい》。祖先にはW・シェイクスピアの友人として知られるハムネット・セドラーがいる。現ハムネット・セドラーは身長五フィート十一インチ、体重十一ストーン、痩身《そうしん》ながら筋肉質で、顔貌《がんぼう》が鋭く、瞳《ひとみ》は青、髪は砂色、ほかに顕著な特徴はなし。五十一歳。ロンドンで少なくとも十二年間ひそやかに暮らしていたこと以外、私生活は不詳。ストラトフォード・アポン・エイヴォンに近いグロスターシャーのテュークスベリの出身。書籍専門の古物研究を本業とし、書誌学会での評価高し。ロンドンのケンジントン博物館で十二年にわたって館長をつとめ、実業家で蒐集《しゅうしゅう》家のアメリカ人、ジェイムズ・ワイエスの仲介で、先ごろニューヨークのブリタニック博物館の館長就任を受諾。アメリカぎらいを自認していたため、同僚に驚きを与えた。五月七日開催の理事会主催の慰労会にて、ケンジントンでの職を辞任すると表明。ウィリアムという弟のほかに身内なし。ウィリアムは近年イギリスに居住せず、現在は所在不明。兄弟ともに不審な点はなく、謹厳な学者生活を送っているといわれる。ハムネットは五月十七日（金）にシリンシア号でイギリスを出発し、二十二日（水）にニューヨーク着。乗船者名簿で確認ずみ。さらなる情報が必要なら、当方は協力を惜しまず。

トレンチ

「いかがですか」サムはしたり顔で尋ねた。

「おみごとです」レーンは電報を返しながら言った。額に皺《しわ》が刻まれ、瞳には何も映していなかった。

「セドラー博士がニューヨークに到着したのは」ペイシェンスが言う。「本人が伝えたよりまる一週間も早かったことになります。七日ですよ！　そのあいだニューヨークで――こっちにいたのなら――何をしていたんでしょうか。そもそも、なぜこんな嘘をついたのかしら。この〝謹厳な〟紳士とやら、どうも虫が好かないわ」

「この件は警察本部のジョーガンにも知らせました」サムが言った。「二十二日から二十七日の行動を隠密に探らせます。セドラー本人であることはまちがいありません――風貌《ふうぼう》が完全に一致しましたから。それにしても胡散《うさん》くさい男です。パティと同じく、わたしも虫が好きませんん」

「セドラー博士のどういうところを怪しんでいらっしゃるのですか」レーンは訊《き》いた。

サムは肩をすくめた。「明らかなことがひとつありますな。やつはわたしにメモを預けていったイギリス訛《なま》りの珍妙なつけひげ男ではありえません。トレンチの情報によると、セドラーは十七日までイギリスを離れていませんが、男が事務所を訪ねてきたのは六日でしたからね。しかし」――獰猛《どうもう》な笑みを浮かべる――「ほかの重要人物であってもおかしくないんです。これにはドーナツ代を賭《か》けてもいい！」

「というと」レーンは尋ねた。「それはだれですか」

「百ドル札のおまけつきで稀覯本《きこうぼん》を返してきた、青い帽子のおかしな男です」サムは大声で告げた。「あの変人が公に姿を現したのは五月二十七日で、それはセドラーがひそかにニューヨークに到着した五日後です！」

「一分の隙もない推理とは言いがたいですね、警視さん」レーンは微笑んだ。「五月二十七日の行動を説明できない人はいくらでもいて、いまの理屈ですと、青い帽子の男はその何百万人ものどれであってもおかしくないことになります」

サムは考えをめぐらせたが、苦々しい顔つきからして、いま言われたことがお気に召さないようだった。「そりゃそうですが――」

「ああ、そうね！」ペイシェンスが急に叫んで跳びあがり、後部座席の天井に頭をぶつけた。「痛い！　わたしったらばかみたい。どうしてもっと早く気づかなかったのかしら」

「何に気づかなかったのですか」レーンが穏やかに尋ねた。

「記号ですよ、例の記号！　もう――なんてうかつだったの！」

レーンはペイシェンスをまっすぐ見つめた。「記号がどうしたのですか」

ペイシェンスはぎこちなくハンカチを取り出し、勢いよく洟《はな》をかんだ。「わかったんです」ハンカチをしまい、瞳を輝かせてすわりなおす。「3HS wM。お気づきになりませんか」

「相変わらずさっぱりだよ」サムが不満げに答えた。

「ねえ、お父さん、HSはハムネット・セドラーの頭文字を表してるのよ！」

サムとレーンが顔を見合わせ、小さく笑いはじめたので、ペイシェンスはむっとして片足の爪先《つまさき》で床を踏み鳴らした。「ずいぶん失礼ね」憤然と言った。「この説のどこがおかしいの？」

「しかし、残りの記号は何を示すのですか、ペイシェンス」レーンが柔らかな口調で指摘した。「ぶしつけなふるまいを許してください。警視さんの笑いがうつってしまいましてね。3と小文字のwと大文字のMはどう説明するのですか」

ペイシェンスはドロミオの頑健そうな赤いうなじを見ながら、むっとしていたが、やがて自信なげになった。

「おい、パティ、パティ！」サムが笑いで息を詰まらせそうになって、体を折り曲げた。「おれを笑い死にさせる気か。なんの略語だか教えてやろう。はっはっは！　それは〝三人前のハムネット・セドラー、マスタード添え〟だよ」

「とってもおもしろいわ」ペイシェンスは冷たく言った。「さあ、着いたようよ」

13　エールズ博士の物語

みごとなもみあげを生やした純英国風の執事が、三人を豪華なルイ十五世様式の客間へものものしく案内した。いいえ、奥さまはお出かけでいらっしゃいます。いいえ、お帰りの時刻はわかりかねます。いいえ、伝言はございません、いいえ、奥さまは――

「もういい！」使用人気質《かたぎ》を大の苦手とするサムが怒鳴り声をあげた。「クラッブはいるか」

「クラッブ司書でございますか。見てまいりましょう」もみあげの執事は冷ややかに応じた。

「どなたがお見えだと伝えましょうか」

「だれだっていい。とにかくここへ連れてこい！」

執事は一方の眉《まゆ》を吊《つ》りあげ、軽く頭を下げてからしずしずと立ち去った。

ペイシェンスがため息を漏らした。「お父さん、だれかから礼儀知らずだと注意されたことはない？　執事を怒鳴りつけるなんて！」

「イギリス野郎は虫が好かない」サムは低い声で言い、そこでかすかに赤面した。「トレンチだけは別だがな。あいつはこれまでに会ったなかで唯一、血のかよったイギリス人だ。五番街の生まれかと勘ちがいするほどでな……。おやおや、小公子のお出ましだ」

小脇に本をかかえて帽子を手に持ったゴードン・ロウが、玄関ホールを歩いてきた。サムたちに気づいてにやりと笑い、足を速めて客間にはいってくる。「ゆけ、客人がたではないか！ようこそいらっしゃいました。レーンさん、警視さん――それにパット！電話ではいらっしゃるなんてひとことも――」

「わたしも知らなかったの」ペイシェンスは毅《き》然《ぜん》と答えた。

「聖なる無知か」ロウは薄茶色の目を険しくした。「調査かい」小声で言う。

「ねえゴードン、3HS wM ってなんだと思う？」ペイシェンスはいきなり切り出した。

「パティ、よさないか！」サムが大声で制した。「それはまだ――」

「いや、警視さん」ドルリー・レーンが静かに言った。「ゴードンに隠す理由はありません」

ロウはペイシェンスからふたりの男へと視線を転じた。「呪文《じゅもん》にしか聞こえません。いったいなんですか」

ペイシェンスが説明した。

「サクソン書庫か」ロウはつぶやいた。「そんなおかしなことがあるなんて――まさに難問だ！　思うに……。ああ、ちょっとお待ちを。クラッブが来ました」

老司書が急ぎ足で客間へはいり、金縁の眼鏡を手で持ちあげて、穿鑿《せんさく》するように三人を見つめた。すぐに納得して前へ進み出る。そのあいだに、クラッブの骨が軋《きし》んで悲鳴をあげたのではないかとペイシェンスは思わずにいられなかった。

「ああ、レーンさん」クラッブは堅苦しい笑みを浮かべて言った。「それにペイシェンスさん、警視さんも。みなさんおそろいで！　ロウ、出かける予定じゃなかったかね。それともお嬢さんが見えたから――。奥さまは体調がすぐれませんでね。腹が痛いらしい。むろん、あれだけ胴まわりのあるおかたですから、大いなる悲劇ですよ」大胆にもそう告げてにやりと笑う。

「で、ご用件は――」

「ひとつお願いがありまして」サムが喉《のど》の奥に待機させていた罵声《ばせい》を発する前に、レーンがにこやかに言った。「かの名高いサクソン書庫をぜひ拝見したいのです」

「なるほど」クラッブはそこに立ったまま、細い肩を一方だけ落とし、首をかしげて細めた目で鋭く一同を見やった。「ただの親善視察なんですな」老化した歯茎をむき出して甲高く笑い、三人に向きなおる。「おことわりする理由はありません」意外なほど愛想よく応じた。「実は部外者が入室するのはみなさんがはじめてですが……なあ、ロウ。今回にかぎって規則を破ってもいいんじゃないか」

「情味がありますね」ロウは顔をほころばせた。

「いや、わたしは人が言うほど悪人ではないぞ。では、こちらへ」

クラッブは壮麗なフランス様式の廊下をいくつか抜けて、屋敷の東側の棟と思われる場所へ案内した。錠を解いて分厚い扉を開き、脇へ寄って歓迎の笑みらしきものを浮かべたが、安芝居で老盗賊フェーギンが悪辣《あくらつ》に顔をゆがめたようにしか見えない。一同は広々とした室内へ足を踏み入れた。高い天井にはナラの角材の横木が走り、壁は書棚で覆いつくされている。一方の片隅に巨大な保管庫が置かれている。反対側の壁でドアがあけ放たれ、その奥には、同様に本が並んだ同じ大きさの書庫がもうひとつあるらしい。こちらの書庫の中央には、大きな机と椅子がひとつずつ配され、ペルシャ絨毯《じゅうたん》が波打つように床に敷かれている。部屋にあるのはそれだけだった。

「椅子をお勧めできなくて申しわけありませんな」クラッブはしゃがれ声で言い、ドアを閉めて机の前へ向かった。「近ごろはわたし以外にここを利用する者がいなくてね。ロウにもすっかり見捨てられました。若者はいつだって幻影を追って飛びまわるものです」ふたたび甲高く笑う。「サクソンさまの机と椅子は、お亡くなりになったあとに片づけました。さて、みなさんはどのような――」

クラッブは驚愕《きょうがく》の表情でことばを切った。それまで渋い顔で室内をうかがっていたサムが、突如として、ぶち壊さんばかりの勢いで机に向かってきたからだ。「あった!」サムは叫んだ。「あったぞ! これだ!」机の上からくすんだ灰色の便箋《びんせん》を一枚つかみあげる。

「いったい――」仰天したクラッブが口を開きかけたが、すぐにとがった顔を怒りにゆがませ、怒声のようなものを発しながらサムに跳びかかった。「さわるな!」金切り声で言う。「そういうことか。だましたな。卑怯《ひきょう》な――」

「放せよ」クラッブの鉤爪《はり》のような手を振りほどきながら、サムが言った。「落ち着け。だれも何も盗みやしない。ここの便箋を見たかっただけだ。ほう、きれいなもんだ。見てください、レーンさん」

だが、よく観察する必要はなかった。つけひげの男が不可解な記号を書き入れた便箋と同じものであるのは一目瞭然《いちもくりょうぜん》だった。

「まちがいありませんね」レーンは言った。「サム警視のいささか乱暴な流儀をお許しください、クラップさん。この手のことでは少々暴走気味になる人なのですよ」

「まったくだ」クラップは鼻を鳴らし、サムの背中をにらみつけた。

「封筒も拝見できますか」レーンは笑顔でつづけた。

クラップはどうしたものかと皺《しわ》だらけの頬をさすり、一度肩をすくめてから机へ近づいた。灰色の四角い小封筒を取り出す。

「まったく同じね」ペイシェンスが大きく息を吐いて言った。「ということは――」そこでことばを切り、ひどく疑わしげな目つきでクラップを見やった。

ゴードン・ロウも珍しくかなり動揺しているらしく、身じろぎひとつせずに封筒を見据えている。

「おすわりなさい、ペイシェンス」レーンがやさしく言った。ペイシェンスは部屋にひとつしかない椅子に素直に腰をおろした。「警視さん、どうか穏便に願いますよ。クラップさんを不安にさせてはいけません。さて、クラップさん、簡単な質問にいくつかお答えくださいますね」

クラップの小さな目に警戒とかすかな当惑が宿った。「もちろんです。隠すことなど何もありませんからな。なんの話かはわからないが、少しでもお役に立てるなら……」

「ありがとうございます」レーンは丁重に礼を述べた。「まず、サクソン書庫の名が印字された便箋はどなたがお使いですか」

「わたしです」

「そうでしょう。書庫での日ごろのやりとりにお使いなのですね。どなたかほかには?」

「わたしだけです」

「ほう」サムが口を出しかけたので、レーンは苛立《いらだ》たしげにかぶりを振った。

「これは大変重要なことです、クラップさん。まちがいありませんか」

「わたし以外のだれも使いません。たしかです」クラップは薄い唇をなめて言った。

「サクソン夫人もお使いにならないのですか」

「ええ、けっして。奥さまはご自身の便箋をお持ちです——五、六種類もね。それに、書庫にはまるきり無関心で——」

「なるほど。では、あなたはどうですか、ゴードン。この屋敷に住みこんでいるのでしょう。この件で何か思いあたることはありませんか」

ペイシェンスが不安そうに、そしてサムが無関心を装って、それぞれロウを見つめた。

「ぼくが?」ロウは驚いたようだった。「クラップに訊《き》いてくださいよ。この場の主《あるじ》なんですから」

「そう、ロウがここへ来ることはめったにありません」クラップは甲高い声で答えながら、溶けかけた蠟燭《ろうそく》のように上半身を曲げた。「ご存じのとおり、ロウはシェイクスピアに関するある研究をしています。しかしこの屋敷には規則がありまして——サクソンさまご自身がお決めになったルールですが――それによると……ロウが何かを必要とした場合には、まずわたしに申告し、わたしの手からその本を受けとることになっています」

「いまのが質問の答になってるといいんですがね、レーンさん」ロウはむくれた顔で言った。

レーンは微笑んだ。「謙虚になったほうがいいですよ、ゴードン。あまりにも子供じみた態度です。だとすると、クラッブさん、この屋敷では、あなた以外にサクソン書庫の便箋に近づける人はいないのですね」

「まあ、そういうことです。便箋はここにしか置いてありません。もちろん、だれかがほんとうに必要としている場合には――」

「ええ、ええ、よくわかりました。ゴードン、機嫌を直してください。この書庫は長年にわたって禁断の間だったということですね。だとすると――」

「使用人はどうなんですか」ロウの悲しげな視線を避けながら、ペイシェンスが割ってはいった。

「いえ、厳格な決まりがありましてね。書庫の掃除はわたし自身がしています。サクソンさまがそうお求めになりまして」

「ブリタニック博物館へ遺贈する本が梱包《こんぽう》されたときには立ち会われたのですか、クラッブさん」レーンが尋ねた。

「もちろん」

「ぼくも立ち会いましたよ」ロウが陰気そうに言った。

「片時も離れることなく?」

「はい、そうです」クラッブは答えた。

「ロウは運送業者たちと動きまわりましたが、わたしはずっとここで目を光らせていました」歯の抜けた歯茎を意地悪そうに噛《か》み合わせる。クラッブが監視をつづけていたこと、いつでもそうするであろうことに疑問の余地はなさそうだ。

「さて」レーンは笑みを浮かべて言った。「だとすると警視さん、この便箋を一枚でも盗むのは至難の業だということになりますね。信じがたいところです」

「ええ、そのとおり」サムも微笑した。

レーンはクラッブの目をまっすぐに見た。「これ自体にはなんの謎もないのですが、クラッブさん」静かに言う。「たまたまわたしたちはサクソン書庫の便箋を一枚——封筒とともに——入手したのですが、それがどういう経路で送られたのかを突き止めたかったのですよ。あなたは期せずして事をややこしくしてしまった……」ふとある考えがひらめき、額を軽く叩《たた》いて叫んだ。「ああ、なるほど！　そういうことか！」

「ここの便箋が？」クラッブは怪訝《けげん》そうに言った。

その肩をレーンは軽く叩いた。「訪問客はよくあるのですか」

「訪問客？　サクソン書庫に？　とんでもない。ロウ、教えてさしあげろ」

「このニガヨモギの化石標本みたいな御仁は世界で最も忠実な番犬ですからね」ロウは肩をすくめて言った。

「だとしても、だれか来たはずです。よく思い出してください！　ここ数か月のあいだに書庫を訪れた人物にご記憶はありませんか」

クラッブは目をしばたたいた。皺だらけの顎《あご》をかすかにさげ、レーンをそれとなく見つめた。やがて驚いたことに、体を折り曲げて笑いだし、骨張った脚を叩いた。「わかった。そうか——あいつだ！」背筋を伸ばし、潤んだ目をぬぐう。

「どうやら思い出されたらしい。そうですね、クラッブさん」レーンは尋ねた。

クラッブは笑いだしたときと同様、唐突に笑いを引っこめた。爬虫類《はちゅうるい》を思わせる顔を半分だけ向けて、乾いた手のひらをこすり合わせる。「はい、そのとおりです。いやはや、驚きの種は尽きませんな……。ええ、たしかにひとり来ました。そう、まちがいない。ひどく変わった男でね。わたしに会うまで何度かかよっていたようですな。会ったとたん——実に行儀よく——こう頼んできました。かの有名なサクソン・コレクションをひと目でいいから拝見できませんか、と」

「それで？」レーンは鋭く先を促した。

「その男は、自分は古書愛好家でここの噂をよく耳にすると言いました」クラッブは狡猾《こうかつ》そうな顔でつづけた。「実のところ、古書の知識はありましたよ。それで一度だけ例外を認め——害のない人物のようだったので——書庫を見せてやりました。男はある研究に携わっていて、なんとしても実物を見たい本があると言いました。時間はとらせないから、と……」

「なんの本ですか」ロウが眉《まゆ》をひそめて問いただした。「そんな話は聞いていませんよ、クラッブ」

「おや、そうだったかな。きっと忘れてたんだろう」クラッブはくすくす笑った。「その本は『情熱の巡礼』のジャガード一五九九年版でした！」

全員がしばし沈黙に陥り、目を合わせようともしなかった。

「つづけてください」レーンは静かに促した。「とんでもない！　本を見せてやったのですか」

クラッブは醜い笑顔を作った。「男は予想どおりと言いたげにうなずいて、だめだと言いましたよ。規則だから、とね。男はしばらくあたりをながめていました。わたしはどうも怪しいと思いはじめたものの、男が本についてあれこれしゃべりつづけるもので……。やがて男はこの机の前まで歩いてきました。封筒と便箋が何枚か机の上に出ていましてね。男は奇妙な目つきでこう言いました。〝これがサクソン書庫の便箋ですか、クラッブさん〟と。そうだと答えると、男は乞《こ》うようなまなざしでわたしへ向きなおりました。そして〝なるほど、とても興味深い。ここは簡単には足を踏み入れられない場所ですね。実はサクソン書庫にはいれるかどうかで友人と賭《か》けをしたんです。勝ちましたよ！〟と言うのです。わたしは相槌《あいづち》を打ちました。すると男は〝たしかにここに来たということで、どうか賭けの報酬を受けとるためにご協力いただけませんか。書庫にはいった証拠がほしいんです。ああ、これがいい〟と、たったいま思いついたとばかりに言って、封筒と便箋《びんせん》を一枚ずつ手にとって振りかざしました。〝おあつらえ向きだ！　これが証拠になりますよ。ありがとうございます、ほんとうに〟そしてわたしが答える前に走り去っていきました」

　サムは口をあけたまま、この異様な話に聞き入っていた。クラッブが話を終えて唇を湿らせると、いきなり大声で言った。「とんでもないな！　そのまま逃がしたって？　なぜそんな――」

「そうやって便箋を手に入れたのね」ペイシェンスがゆっくりと言った。

「ペイシェンス」レーンが小声で言った。「これ以上クラッブさんに貴重なお時間をとらせてはいけないから、必要最小限のことだけをお尋ねしましょう。クラッブさん、その珍客の風貌《ふうぼう》を教えていただけますか」

「いいですよ。背が高くてやせた中年男でした。たぶんイギリス人です」

「やれやれ」サムが太い声で言った。「パティ、そいつは――」

「待ってください、警視さん。その男は正確にはいつ訪ねてきたのでしょう。日付はわかりますか」

「あれはたしか、四週か五週か――いや、七週近く前でしたな。ああ、思い出した。月曜の朝早くでしたよ。五月六日です」

「五月六日！」ペイシェンスが叫んだ。「お父さん、レーンさん、聞いたでしょう？」

「ぼくだって聞いたよ、パット」ロウが苛立《いらだ》った声を漏らした。「まるで〝三月十五日に気をつけろ〟と言った占い師（『ジュリアス・シーザー』第一幕第二場）みたいな口ぶりじゃないか」

　クラッブの輝く小さな目が一同へ順繰りに向けられた。瞳《ひとみ》の奥には悪意に満ちた喜びが押し隠され、まるで途方もない冗談を口にしないよう耐えているかのようだ。

「すると、その背が高くてやせたイギリス人の中年男は」レーンが言った。「五月六日にサクソン書庫へやってきて、けしからぬ手口でこちらの便箋と封筒をひと組手に入れたというわけですね。ありがとうございます、クラップさん。おかげで収穫がありました。最後にもうひとつ教えてください。その男は名乗りましたか」

クラップは意地の悪そうな薄笑いを浮かべてレーンを見つめた。「名乗ったかって？　鋭い質問をなさいますな、レーンさん。男は名乗ったか？　ええ、たしかに名乗りました。すっかり思い出しましたよ」そう言って忍び笑いを漏らす。年老いた蟹《かに》のような動きで机の奥へまわりこみ、いくつもの抽斗《ひきだし》を引っかきまわした。「失礼、ペイシェンスさん……。男は名乗ったか？」もう一度笑う。「ああ、これだ！」小さな厚手の名刺をレーンへ差し出した。ペイシェンスが急いで立ちあがり、四人は名刺に書かれている名前をいっせいに見た。

ひどく安っぽい名刺だった。その名前は黒い太字で印刷されていた。

DR. ALES　――エールズ博士

ほかには何も書かれていない。住所も、電話番号も、ファーストネームもなかった。

「エールズ」ペイシェンスが眉をひそめて言った。

「エールズ」サムがうなるように言った。

「エールズ」ロウが思案顔で言った。

「エールズ」クラッブが横目で様子をうかがいつつうなずいた。

「エールズ」レーンの声の響きに全員の視線がいっせいに集まった。しかしレーンは名刺を見つめたままだ。「信じられない。エールズ博士……。ペイシェンス、警視さん、ゴードン」唐突に問いかける。「エールズという人物を知っていますか」

「まったく聞き覚えのない名前です」ペイシェンスがレーンの真剣な顔をしっかり見つめて言った。

「聞いたことがありませんね」サムが答えた。

「なんとなく知っている気がするんですが」ロウが考えながら言った。

「ああ、ゴードン。研究者の記憶には引っかかるかもしれませんね。この人物は――」

クラッブが訓練された猿の踊りのように奇妙な恰好《かっこう》で動きだした。金縁の眼鏡を鼻柱までずり落とし、不気味な笑みを漂わせる。「エールズが何者かをお教えしましょう」洒落《しゃれ》男よろしく皺《しわ》くちゃの唇をすぼめた。

「ご存じなのですか」レーンがすかさず訊《き》き返した。

「その男の正体も居場所も、何もかもお教えできます！」クラッブは甲高く笑った。「まったく、こんな珍妙な話があるものか。すぐにわかりましたよ！」

「で、いったいだれなんだ」サムが語気荒く問いただす。

「あの日、ブリタニック博物館で会った瞬間に気づきました。そう言えば」クラッブは喉《のど》を鳴らした。「あの男が顔をそむけたのを見ましたか。わたしに感づかれたのがわかったんですな、あの極悪人めが！　ではお教えします。七週間ほど前にここを訪れ、この名刺を置いていった男、エールズと名乗ったその男は——ハ、ム、ネ、ッ、ト・セ、ド、ラ、ーです！」

14　愛書家たちの争い

一同は街なかにあるホテルの食堂の個室で昼食のテーブルを囲み、ばらばらになった思考を整理することにした。クラッブが辛辣《しんらつ》かつ得意げに暴露したことのせいで、いまはみな呆然《ぼうぜん》としていた。ハムネット・セドラーが謎のエールズだったとは！　サクソン邸からの帰り際、クラッブはすっかり上機嫌で唇をなめながら玄関まで見送りに出てきた。イオニア式の柱にはさまれ、コオロギの後肢《あとあし》のように両手をせわしなくこすり合わせるやせて骨張った姿が、立ち去る一同の目に映った。首をかしげて客を見送るさまは、あたかもこう主張しているようだった。あのセドラーはエールズと同一人物だ、そのことをどう考えるつもりなのか、老いぼれクラッブを見くびるな、と。一同を閉口させたクラッブの一挙一動からは、ひとりよがりな優越感と、リンチにわれを忘れた群衆の集団快楽にも似た残酷な満足感が見てとれた。

ゴードン・ロウは、ほかに気がかりなことがあったものの、一行にどうにか溶けこもうとしていた。リムジンのなかではすっかり押しだまり、窓からの日差しを浴びて輝くペイシェンスの髪をながめていたが、きょうは心ここにあらずのていだった。

「なんともおかしなことがあるものです」全員がテーブルにつくと、ドルリー・レーン氏が切り出した。「正直言って困惑しました。あの恐るべき老司書は――総じて芝居がかっているものの――根は信頼できる人物のようです。真実を暴き立てることに喜びを覚える手合いなのでしょう。それが人を傷つけるとわかっているときにはなおさらです。とはいえ――ハムネット・セドラーとは！　もちろん、そんなことはありえません」

「セドラーだったとあのクラッブが言うからには」ロウがむっつりとつぶやいた。「セドラーだったにちがいありませんよ」

「いいえ、ゴードン」ペイシェンスがため息をついた。「五月六日にクラッブを訪ねた男はセドラー博士ではありえないの。ロンドンのケンジントン博物館の理事たちが、五月七日にセドラー博士の慰労会を開いてたことがわかったのよ。エールズ博士がニューヨークのクラッブを訪ねたのは五月六日。幽霊じゃあるまいし、ひと晩で大西洋は渡れないわ」

「なんだって！　それは変だ。ぼくはクラッブを知ってるから言うけど、ぜったいに嘘はついていなかった。真実を暴き立てるときは、いつもあんなふうに意地悪そうにもったいぶるんだ、レーンさんがおっしゃったとおりだよ」

「あの人、ずいぶん自信満々だったわね」ペイシェンスは憤然と肉をついて言う。「客はセドラー博士だったと聖書に誓わんばかりに」

「さっきから何を言い合ってるんだ」サムが不愉快そうにロウを見ながら言った。「あのじいさんが嘘をついた。それだけのことだ」

「ふむ」レーンが言った。「もちろん、単なる悪意から話をゆがめた可能性はあります。あのように年季のはいった愛書家となると、職業上の嫉妬《しっと》心があるものですから——とはいえ、これでは埒《らち》が明きません。すべてが途方もなく謎めいています……。実は聞いていただきたい話があるのですよ、エールズ博士のことで」

「ああ、そうでした！」ペイシェンスが大声で言った。「何かおっしゃろうとしたときに、クラップが割りこんできて……。ということは、エールズとは架空の人物ではないんですか」

「もちろん実在します。そこがこの件の尋常ではないところなのですよ。ゴードン、屋敷で記憶をたどっていたようですが。思い出しましたか。エールズというのがだれなのか——あるいはだれだったか」

「いいえ。知ってるような気がしたんですけどね。研究にかかわる何かで名前を見かけたのかも」

「その可能性は大いにありますね。実のところ、わたしはエールズ博士に直接会ったことはなく、個人的なことは何もわかりません。ただ、ひとつだけ知っていることがあります。よほどの偶然でないかぎり、それはたしかに実在する人物であり、しかもきわめて優秀で博識な文学研究者なのですよ」レーンは考えをめぐらせつつパセリを咀嚼《そしゃく》した。「何年か前——八年から十年くらい前だったか——ある論文が《ストラトフォード・クォータリー》誌に掲載されました。この雑誌は書誌学の研究誌で……」

「もちろん知っています！」ロウが大声で言った。「学生時代には毎号読んでいました」

「それでなんとなく記憶に残っていたのでしょうね。その論文の著者こそがエールズ博士でした」

「イギリスの雑誌ですか」サムが尋ねた。

「そうです。詳細は思い出せませんが、そのエールズ博士が寄稿したのは、例の滑稽《こっけい》きわまりない〝シェイクスピア＝ベーコン説〟を発展させた新主張であり、わたしはいくつかの点に強い反発を覚えました。そこで長文の駁論《ばくろん》をしたためて《クォータリー》誌へ送ったところ、記名論文として掲載されたのです。エールズ博士はひどく腹を立てて、投書欄で反論してきました。論争は数回にわたってつづけられたものです」思い出して小さく笑う。「相手は手きびしい論敵でした。わたしのことを耄碌《もうろく》じじいとでも呼びかねない勢いでしたよ」

「思い出しました」ロウはたくましい顎《あご》を突き出しながら、力強く言った。「あのときは大騒ぎでしたね。そうか、あいつか！」

「そいつの住所をご存じですか」だしぬけにサムが尋ねた。

「残念ながらわかりません」

「なら、雑誌の版元に問い合わせて――」

「それも無理ですよ、警視さん。ゴードンも承知のとおり、《ストラトフォード・クォータリー》誌は五年前に廃刊になっています」

「ちくしょう！　まあいい、またトレンチへ電報を打って、頼むとしよう。そうすれば――」

「ところで、ゴードン」レーンは言った。「前回話し合った件は調べたでしょうか。ジャガードの一五九九年版の装丁と、それにまつわる秘密らしきものの形跡についてですが」

ロウは肩をすくめた。「まだたいした成果はありません。百五十年ほど前のことまではわかりましたけど、骨の折れる調査ですよ。現在の装丁は少なくともそのくらい昔のものです。隠されていた紙片についてはさっぱりです。なんの手がかりもつかめていません」

「ふむ」レーンは瞳《ひとみ》を一瞬きらめかせ、それから手もとのサラダへ視線を落とした。

ペイシェンスは皿を脇へ押しやった。「食欲が湧かないの」苦々しげに言う。「なんて忌まわしい事件なのかしら。セドラー博士とエールズ博士が同一人物だなんて、もちろんばかげた話よ、なのに、頭のなかをぐるぐると執拗《しつよう》にまわりつづけるの。一方で、はっきりわかってることもあるし……」

「たとえば？」サムが険しい顔で訊《き》いた。

「エールズ博士の足どりよ」ペイシェンスは即答した。「五月六日に事務所を訪ねてきたひげの男は、まちがいなくエールズ博士だわ」

「どうしてそうとわかるんだい」ロウが尋ねた。

「あの日の朝早く、エールズ博士はサクソン邸を訪ねて、書庫の便箋《びんせん》を手に入れたのよ。例のおかしな変装の道具は、前もって街なかのどこかに隠しておいたんでしょう。ホテルの洗面所なんかにね。それからあの記号の列を――忌々しい五文字を――便箋に書き入れ、変装してから父さんの事務所へ駆けつけた。そこまではたしかだわ」ペイシェンスは青く潤んだ瞳をレーンへ向けた。

「おそらくそうでしょう」レーンは同意した。

「エールズ博士は本気で想定してはいなかったはずです――自分の身に何か起こるなんて」ペイシェンスは唇を嚙《か》んだ。「例の秘密――何百万ドルもの価値がある秘密を知る者はいないと信じていたんですもの。ばかばかしい話でしょう？……でも、抜け目のないエールズ博士は運まかせにしたくなかったんです。もし二十日の時点で自分が無事なら電話をすればいいし、それなら問題は何もなく、だれも封筒を開きません。もし電話がなければ、開封されることになり、サクソン書庫の便箋からクラップ司書が調べ出されて、謎のエールズ博士にたどり着きます。おそらくクラップにはわざとあの珍妙な話を聞かせて、自分を印象づけたんでしょう。そうしておけば、いざ捜索となったらきわめて有利ですからね。捜すべき人物の名前や職業について、あらかじめわかっているわけですから……」

「こわいほど筋の通った推理だ！」ロウがかすかに笑って言った。

「だからこそ、開封にあたってわたしの立会いを義務づけたのでしょう」ドルリー・レーンが静かに言った。「エールズ博士はわたしが《クォータリー》誌での論争を覚えていると確信していたにちがいない。わたしはエールズ博士が愛書家であると裏づけるために呼ばれたというわけです」

「最初からそういう計画だったんでしょうね。万が一の事態を想定し、どうやら実際にそうなった。とにかく、愛書家だか本の虫だか知らないけど、エールズなる人物を捜さなきゃいけない。そのためにはまず――」

「簡単だ」サムがぼんやりした顔で言った。「おれの仕事だよ、パティ。あの男は、もし電話がなかったら何か起こったと思えと言った。ということは、いまわかってるのはやつの体格や名前や仕事だけじゃない。ふだんの居場所から姿を消して行方不明になったか、あるいは殺されたか、どちらかに決まってるんだ」

「すばらしいです、警視さん」レーンが言った。「まさにおっしゃるとおりですよ。殺人、誘拐、行方不明にまつわる公の情報を残らず入手すべきでしょう。予定どおり電話をかけてきた五月二十日から数日前までのものを」

サムは渋い顔をした。「そりゃそうですがね。どれほどの大仕事かわかってますか」

「さほど厄介とは思えませんよ、警視さん。ペイシェンスも言っていましたが、あなたはとっておきの情報源を頼みにできますから」

「わかりましたよ」サムは憂い顔で答えた。「やってみましょう。ただし、何もかもというのは無茶な話です。こっちにも生活がありますからな。さっそくグレイソンとジョーガンに調べさせるとしよう……。おまえたちふたりはどこかへ出かけるんだろう？」

サム警視を事務所で、そしてペイシェンス・サムとゴードン・ロウをセントラル・パークの木陰で車からおろしたあと、ドルリー・レーン氏は無言でドロミオへ合図を送り、深く考えこんで背もたれに沈んだ。だれからも見られていないいま、微妙に変わる豊かな表情がつぎつぎと顔に浮かんだ。レーンは後部座席にじっとすわり、ステッキの柄をつかんだままドロミオのうなじを見るともなくながめていた。多くの老人とちがって、ひとりごとをつぶやく癖がないのは、聴力を失った青白い耳がその芽生えさえも許さなかったからだろう。そのかわり、レーンは鮮明な絵を脳裏に描いて思考した。驚くべき絵が浮かぶこともあり、そんなときにはもっとよく見ようとまぶたを閉じた。

リンカーンは住宅地を静かに走り抜け、ウェストチェスターへ向かっていった。

しばらくして目をあけたレーンは、車外のすがすがしい緑の木々と、公園へ向かう曲がった小道を見てはっとした。前へ身を乗り出し、ドロミオの肩を叩《たた》く。

「言わなかったかな、ドロミオ。まずマーティーニ先生のところへ行ってくれ」

忠実な道先案内人であるドロミオは身をこわばらせ、主人に自分の唇が見えるように、赤ら顔を半分だけ後ろへ向けた。「どうかなさいましたか、レーンさま。またご気分がすぐれないとか」

レーンはにっこりと笑った。「すこぶる快調だよ。この訪問は純粋科学への興味によるものだ」

「そうでしたか」ドロミオは左耳を掻《か》いて肩をすくめ、アクセルを踏みこんだ。

ドロミオが車を停めたのは、アーヴィントンにほど近い小さな家の前だった。木立に半ば隠れた建物のまわりを、蔦《つた》や遅咲きの六月のバラが覆っている。白髪頭の太った男が門のところでパイプを吹かしていた。

「おや、マーティーニ先生」レーンは脚を伸ばして車からおりた。「この時間にあなたをつかまえられるとは幸運です」

太った男は目をまるくした。「レーンさん！　こんなところへなぜお越しですか。さあ、どうぞ中へ」

　レーンは小さく笑い、医師のあとから門をくぐった。「そんなに驚いた顔をなさらないでください。体はいたって健康です」ふたりは握手を交わした。マーティーニのくたびれた目が医者の視線でレーンの全身を観察する。「問題はないでしょう？」

「すばらしい。心臓の調子はいかがですか」

「立派に働いてくれています。胃のほうはそうとも言えませんが」ふたりは家のなかへ進んだ。毛むくじゃらの犬がレーンの足もとへ鼻を寄せ、つまらなそうに歩き去る。「老化とはいえ、ここまで弱るとは――」

「長らく劇場で乱れた食生活を送っていらっしゃいましたからね、わがマルヴォリオ殿（シェイクスピア『十二夜』に登場するうぬぼれ屋の執事）は」マーティーニはにべもなく言った。「いまさら規則正しく消化しろというのは無理な注文です。おかけください。日に数時間は病院を抜け出すようにしていましてね。毎日が同じ繰り返しで、おかしくなりそうです。心から興味を引かれる難題もなく――」

　レーンは含み笑いをした。「ひとつあるのです」

　マーティーニは口からパイプを引き抜いた。「ああ、そういうことでしたか。あなたの体の問題ではなくて？」

「ちがいます」

「複雑怪奇な難題に出会うためならば」マーティーニは夢見るような笑顔で言った。「この午後の憩いのひとときを打ち捨てても惜しくは――」

「その必要はありません」レーンは身を乗り出した。「この問題は――まちがいなく――安楽椅子に坐《ざ》したままで診断をくだせるはずです」急に周囲を見まわす。「ドアを閉めてくださいませんか、マーティーニ先生」

マーティーニはレーンをじっと見た。それから立ちあがり、陽光をさえぎった。

「いやに謎めいていますね」椅子へもどりながら言った。忘れ去られたパイプが口からぶらさがっている。「他聞をはばかるのですか。犯罪にまつわることでしょうね。ただ、ここには聞き耳を立てる者などだれも――」

レーンは『老水夫行』（コールリッジによる幻想詩。贖罪の旅をつづける老水夫の試練を描く）さながらの鋭くきびしいまなざしを向けた。「聴力を失ってからは、壁にすら耳があるように思えるのですよ。マーティーニ先生、いまわたしがかかわっているのは、前代未聞のまったく信じられない事件なのです。重大なことが、ある一点にかかっていて……」

運転席でうたた寝をしていたドロミオが、襟にとまった蜂を振り払って目を覚ました。バラの強い香りに眠気を誘われたのだったが、半時間も閉ざされていた玄関扉があき、主人のすらりとした長身が現れた。マーティーニ医師がうつろに言う声がドロミオの耳に届いた。「残念ながらそれしか解決策はありませんね、レーンさん。所見を述べる前に、その紙を見せていただかなくては。だとしても、先ほど申しあげたように――」

「科学者というものは！」かすかに苛立《いらだ》ちの混じったレーンの声が聞こえた。「解明に近づくと期待していたのですがね。とはいえ――」肩をすくめて手を差し出す。「関心を示してくださって感謝します。このひらめきには何かあるような気がするのですよ。今夜その紙を持ってきましょう」

「助かります。でも、それならわたしが今夜ハムレット荘へ参りますよ」

「とんでもない！　そこまでお手数はかけられません。出なおしてきますから――」

「いいんですよ。車に乗るのは気分転換になりますし、クエイシーを診てやりたいのです。この前の診察で動脈の異常が気になったものでね」

ドロミオは当惑顔で車のドアをあけて待っていた。小道を足早に歩いてきたレーンがふと足を止めた。白い眉《まゆ》を急にひそめてドロミオを見やり、鋭く尋ねる。「あたりをうろついていた者はいなかったか」

ドロミオは大きく口をあけた。「うろついていた者ですか？」

「ああ、そうだ。だれも見かけなかったかね」

ドロミオは耳を掻いた。「少しばかり居眠りしてしまったようでして。でも、だれもいなかったと――」

「やれやれ、ドロミオ」レーンはため息をつきながら車に乗りこんだ。「いつになったら用心というものを覚えてくれるのか……まあ、いいだろう」マーティーニ医師へにこやかに手を振った。「アーヴィントンに寄ってくれ。電報局だ」

車が走り出した。アーヴィントンに到着し、ドロミオがウェスタン・ユニオン社の支局を見つけると、ドルリー・レーンは中へはいっていった。壁の時計を物思わしげに見つめ、それから小さなテーブルの前に腰をおろして、黄色い用紙と鎖つきの鉛筆へ手を伸ばした。よくとがった鉛筆の芯《しん》をしばしながめたが、実のところ何も目に映っていない。揺るぎないまなざしは、肉眼で見える範囲のはるか先へと向けられていた。

思考の勢いに促され、レーンは用紙にゆっくりと力強く電文を書き記した。

宛先はサム警視の事務所だった。

記号列の書かれた便箋《びんせん》を持参のうえ、至急晩餐《ばんさん》へ来られたし。　D・L

レーンは料金を支払って車へもどった。ドロミオはアイルランド人らしい瞳《ひとみ》に興奮を漂わせて待っていた。

「では帰るとしよう、ドロミオ」レーンは深く息をつき、くつろいだ様子で心地よい背もたれに寄りかかった。

大型のリンカーンが北のタリータウンへ向かって走り去ると、通りの反対側の角に駐車していた長い黒塗りのキャデラックの陰から、長身の男が姿を現した。太陽が照りつけているにもかかわらず黒っぽいオーバーコートを着こみ、襟を耳まで立てている。あたりをひそかに見まわしたあと、足早に電報局へと歩き出す。もう一度周囲に目を配ってからドアノブに手をかけ、中へはいっていった。

男はレーンが電報を書いていたテーブルの前へそのまま進み、そこに腰をおろした。それから横目でカウンターの奥をうかがった。ふたりの局員が机に向かって忙しそうにしている。男は黄色い用紙に視線をもどした。いちばん上の紙にうっすらと字の跡が写っている。レーンがサム宛の電文を書いたときに、知らず識《し》らず力をこめて書き残した筆跡だ。長身の男はためらったが、すぐに鎖つきの鉛筆を手にとり、指にはさんで紙とほぼ水平になるように持って、紙の端から端までを薄く塗っていった。薄黒く塗られたところから、レーンの電文が黄色い筋となってくっきりと浮かび出していく……。

しばらくして長身の男は立ちあがった。黄色い用紙を破りとり、まるめてポケットへ押しこんでから、電報局をそっと出ていった。局員のひとりが不思議そうにその後ろ姿を見送った。

男は通りの向こうに停めた大型のキャデラックへとまっすぐ向かい、それから車に乗りこむと、サイドブレーキを解除し、ギアを動かす大きな響きとともに、南のニューヨーク市街へと走り去った。

15　大騒動

その日の午後遅く、つましいながらも満ち足りた買い物を終えたペイシェンス・サムが事務所へもどると、秘書のブロディがひどく浮き足立っていた。

「ああ、お嬢さん！」ブロディの叫び声で、ペイシェンスは手に持った荷物をひとつ残らず落とした。「こわくてたまらなかったんです！　よかった、帰ってきてくださって！　もうちょっとで気が変に――」

「ねえ、落ち着いて」ペイシェンスは力強く言った。「いったいどうしたの？　そんなに興奮して」

ブロディは何も言わず、あけ放たれたサムの執務室のドアを大げさな身ぶりで指し示した。ペイシェンスは急いで中へ駆けこんだ。部屋に人影はなく、サムの机に黄色い封筒が置いてあった。

「父はどこ？」

「依頼人が見えたんです、お嬢さん。宝石泥棒だか何かの事件だそうで、いつもどれるかわからないと伝えるよう、警視さんから言われました。そこにあの電報が――」

「ブロディ」ペイシェンスはため息を漏らした。「あなたも世間の人たちみたいに電報をこわがるのね。たぶんただの広告よ」そう言ったものの、いざ封筒をあけるときには眉をひそめていた。ドルリー・レーン氏からの簡潔な電文を、目を瞠《みは》って読んでいく。ブロディはまるで葬儀の雇われ泣き屋のように、ずんぐりとした指を揉《も》み合わせて戸口のあたりで縮こまっていた。「よしてよ」ペイシェンスはぼんやりと言った。「悲劇の権化みたいなことばかりするのね。外へ出て、だれかにキスでもしてもらったら――」それから声を落としてつぶやいた。「何が起こったのかしら。いったいぜんたい何が？　あれから何時間も経ってないのに……」

「何か――あったんですか」ブロディが恐る恐る問いかけた。

「わからない。とにかく、心配してもはじまらないわ。急いで父へ手紙を書くから、もう心配しないで。だいじょうぶよ！」そう言って、ブロディの豊かな尻《しり》を勢いよく叩《たた》いた。ブロディは顔を赤らめ、控え室にある自分の机へもどった。

ペイシェンスはサムの椅子に腰かけると、紙を一枚手にとり、赤い舌の先で鉛筆の先端を湿らせてから、作文の女神を呼び起こした。

荒くれ者のお父さんへ。われらが親愛なる聖者レーンさんからお父さん宛に電報が届き、今夜、例の便箋を持ってハムレット荘へ来るようにとの厳命が記されていました。何か目論見《もくろみ》があるようですが、その説明は書いてありません。哀れなブロディは、開封する勇気も出せず、わたしたちの居場所もわからずで、電報を遠目に見ながら、失神せんばかりの不安な午後を過ごしていました。聞いたところによると、お父さんはいま、わたしが浪費するためのお金を少しばかり稼ぎに出かけていらっしゃるとか。実を言うと、ロウさんとふたりで公園を散策し、あの人が仕事のために（願わくは）後ろ髪を引かれつつ博物館へもどったあと、わたしは〈メイシーズ〉に立ち寄って、新型のスキャンティ（お父さんにとってはパンツね）に関するきわめて興味深い調査をしてきましたから、お父さんに協力するのにやぶさかではありません。もちろん、ご不在中はサム探偵事務所の名に恥じぬ行動を心がけます。では、これから愛車で出かけますが、例の便箋の扱いにはじゅうぶん気をつけると約束します。帰られたらハムレット荘へ来てください。レーンさんは夕食にお招きくださっていますし、万一の場合には、年代物のすばらしいベッドで、わたしがシーツを皺《しわ》くちゃにすることをお許しくださるはずです。ではお気をつけて。

パット

追伸——あの山道は心細いので、ロウさんに同行をお願いするつもりです。それならお父さんも少しは安心でしょう？

ペイシェンスは大仰な手つきで手紙を折りたたんで封筒へ滑りこませ、それをデスクマットの片端にはさんだ。それから鼻歌混じりに金庫の前へ行き、ダイヤルを操作して重い扉を開いたのち、中を探り、封の切られたマニラ封筒を取り出してから金庫を閉めた。なおも鼻歌を口ずさみながら、封筒の中身が無事かどうかをたしかめ、リンネル地のハンドバッグ――女が好むがらくたを詰めた大いなる奇《く》しき器――をあけて、封筒をしっかりとしまいこんだ。

それから電話をかけた。「チョート館長でしょうか……ああ、そうですか。いえ、かまいません。お話ししたいのはロウさんでして……。もしもし、ゴードン！　こんなにすぐ連絡して、迷惑だったかしら」

「やあ！　迷惑どころか、感動ものだよ」

「お仕事はどんな具合？」

「調子よく進んでる」

「これからその進み具合を鈍らせてしまうのは困るかしら」

「パット、きみのためならかまわないさ」

「急いでハムレット荘へ行かなくちゃいけないの――届け物があってね。付き合ってもらえる？」

「行くなと言われても行くよ」

「よかった。十分後ぐらいに博物館の前でね」ペイシェンスは受話器をもどし、耳の後ろの巻き毛を整えてから控え室へ出ていった。「ブロディ」声をかける。「出かけてくるわ」

「出かけるって、お嬢さん」ブロディが驚いて言う。「どちらへ？」

「ウェストチェスターのレーンさんのお屋敷よ」ペイシェンスはブロディの机の後ろにある鏡で全身を入念にあらためた。小さな鼻に白粉《おしろい》をはたき、口紅を塗ってから、服の様子をしっかり確認する。「あら、大変」リンネル地の白いスーツの皺を伸ばしながらため息をついた。「着替える時間はないのに。リンネルってすぐ皺が寄るのね」

「そうなんですよ」ブロディは少し活気づいた。「去年リンネルのスーツを買ったのでわかります。クリーニング代のほうが高くついて……」急にことばを切る。「警視さんにはどう申しあげればいいですか、お嬢さん」

ペイシェンスは珍妙なほど小さいターバン型の帽子を蜂蜜《はちみつ》色の巻き毛に載せ、帽子についた青い水玉模様のリボンを器用に結んでから言った。「机に手紙を置いてあるわ、あの電報といっしょに。もちろん、あなたはここから離れないわね？」

「ええ、もちろん。でも、もし警視さんがお怒りになったら――」

「とっても大切なことよ」ペイシェンスは深く息をついた。「しっかり砦《とりで》を守ってちょうだい。荷物はあした取りにくるわ。じゃあ、よろしくね」

全身の点検を終えたペイシェンスは、弱々しく悲しげに手を振るブロディに微笑みかけ、リンネルのハンドバッグをしっかりとかかえて事務所をあとにした。

階下の道路脇に小型の青いロードスターが停まっていた。ペイシェンスは不安げに頭上を仰いだが、空が自分の瞳《ひとみ》より青いので、幌《ほろ》をおろさないことにした。車に跳び乗り、ハンドバッグを隣のシートの座部と背もたれのあいだにしっかりと押しこんでから、エンジンをかけてブレーキを解き、ギアを入れてブロードウェイへとゆっくり発進させた。角の信号が赤だったので、すぐにギアをニュートラルに切り替え、車は少しだけ惰力で進んだ。

そのとき、おかしなことが起こった。女らしい物思いに深く沈んでいたペイシェンスは、こんどばかりは気づかなかった。出来事そのものは些細《ささい》で、不安を掻《か》き立てるほどのものではないが、そこには大きな意味があり、刻一刻と危険を増していった。

通りの反対側に停まっていた大型の黒いキャデラックが低いうなりをあげたのは、ペイシェンスが青いロードスターに乗りこんだ瞬間だった。ロードスターが動きだしたとたんに、ほとんど音もなくギアがはいり、不気味な黒い影のごとくあとを追っていく。信号待ちの渋滞のさなかですぐ後ろにつき、青に変わるとゆっくりと追走をはじめた。ペイシェンスが右に折れてブロードウェイにはいれば、同じく右に折れてブロードウェイにはいり、そのあともペイシェンスの動きに合わせて、六番街へ、そして五番街へと向かい、五番街にはいり……ためらうことなく、軽やかにロードスターについていった。

六十五丁目通りに近い道路脇でペイシェンスの車が急停止したとき、キャデラックはまるで生き物のような動きを見せた。一瞬の躊躇《ちゅうちょ》ののち、そのまま前進して速度を落とし、六十六丁目通りで停まる。喜びに顔を紅潮させたゴードン・ロウがペイシェンスの横の座席に元気よく乗りこむと、キャデラックはロードスターが通り過ぎるのを空ぶかししながらやり過ごし、それから尾行を再開した。

ペイシェンスは理由もわからず浮かれていた。愛らしく頰を染め、ターバン型の帽子によって生き生きとした顔を引き立たせている。巧みに操られるロードスター、あたたかな太陽、そして吹きつける涼やかなそよ風。そのうえ隣の座席には、格別の魅力を具《そな》えた若い男性がいる。ペイシェンスはハンドバッグのなかの封筒をロウに見せてレーンからの電報の件を説明し、そのあとは他愛のないおしゃべりに興じた。そのあいだロウは、座席のへりに腕を載せ、前方を見つめるペイシェンスの顔を静かにじっと見つめていた……。

マンハッタンの混雑のなかで、キャデラックは終始ロードスターに張りついていたが、ペイシェンスとロウが背後の存在に気づくことはなかった。やがて街を抜けると、キャデラックはほんの少し後退した。ペイシェンスの車が疾走しているにもかかわらず、その後ろをのんびり流しているかのようだった。

街を出てかなり経ったころ、ロウが険しい目で背後を振り返った。ペイシェンスはしゃべりつづけていた。

「もっと踏みこむんだ、パット」さりげなくロウが言う。「このおもちゃ車でどのくらいスピードが出せるかを試してみよう」

「飛ばせってこと？」ペイシェンスは冷ややかに笑った。「罰金はあなたが払ってよ」アクセルを強く踏む。ロードスターが一気に加速した。

ロウは背後を確認した。キャデラックは事もなげに、以前とまったく同じ距離を保っている。ペイシェンスはしばし会話を忘れて唇を引き結び、ロウに高速を堪能《たんのう》させてやろうと躍起になった。しかしロウはなかなか驚かない。顎《あご》を少し引き、薄茶色の瞳を細めたものの、それだけだった。

ロウが唐突に言った。「あそこに脇道がある、パット。はいってくれ」

「何？　どうしたの」

「いいから、脇道へはいるんだ！」

ペイシェンスはむっとしてロウをにらみつけた。ロウが顔を半分後ろへ向けているので、ゆっくりと視線をバックミラーへ移した。

「あっ」ペイシェンスの顔から血の気が引いた。

「尾《つ》けられてる」ロウの静かな声に浮かれた調子はなかった。「あの道へはいるんだ、パット。振り切れないか試してみよう」

「わかったわ、ゴードン」ペイシェンスは小さな声で答えた。急ハンドルを切り、ロードスターをハイウェイから脇道へ入れた。

キャデラックは勢いよく通り過ぎてから停車し、またたく間に方向転換したのち、うなりをあげて脇道へと追ってきた。

「どうやら」ペイシェンスは唇をかすかに震わせてつぶやいた。「失敗だったみたい。この先は――行き止まりよ、ゴードン」

「そのまま進むんだ、パット。道をしっかり見て」

道幅がせまいうえ、どこへも抜けられないらしい。ロードスターの向きを変えて、いま来た道を引き返す余裕もない。ペイシェンスの爪先《つまさき》が荒々しくアクセルを踏み、小さな車は手負いの動物のごとく突き進んだ。ロウは後方に目を凝らしていた。キャデラックが差を詰めてくるが、それでも本気で追いつこうとはしていない。まだ日が高すぎるからか、早計な襲撃になるのを相手が恐れているからだろう。

ペイシェンスの心臓は、胸をばちでたたかれているかのように高鳴っていた。強烈な焦燥感に駆られながらも、ゴードン・ロウに付き添いを頼んだ自分の思いつきに感謝した。ロウが横にいて、大きな体のぬくもりを感じられることが心強い。ペイシェンスは歯を食いしばってハンドルにしがみつき、しっかりと目を見開いて前方の荒れた道を見据えた。舗装道路ではなく、粗い砕石を敷いたでこぼこ道だ。ふたりはシートの上でひどく揺さぶられた。キャデラックが迫ってきた。

道はさらに悪く、さらに細くなった。行く手には鬱蒼《うっそう》と茂った木々が張り出している。声の届く距離に民家はない。「人気《ひとけ》のない森」——「女性が襲撃される」——「殺害された同伴者」——「ウェストチェスターの惨劇」——道端に横たわる切り裂かれた自分の体、その横で血を流して息絶えるロウ——さまざまな光景が脳裏に浮かんでは消えていく……。つぎにぼんやりと目に映ったものは、自分の車を追い越そうともせず、並んで走る黒い車だった……。

「そのまま進め！」助手席で立ちあがりながらも、前方からの疾風に身をかがめたロウが叫んだ。「ひるむなよ、パット！」

並走する車の奥の暗がりで、黒い袖《そで》に覆われた長い腕が動くのがはっきり見えた。ロードスターを道から弾《はじ》き出そうとばかりに、危険なほど接近してくる。ペイシェンスはわずかに残っている冷静な思考で、相手がこの車を停めようとしていることに気づいた。

「戦おうってわけか」ロウがつぶやいた。「よし、パット。車を停めて、相手の出方を見ようじゃないか」

助手席を一瞥《いちべつ》したペイシェンスは、いまにも跳び出そうというロウを見て、破れかぶれでキャデラックに車ごと体あたりしてやろうかと思った。死なばもろともだ。これに似た場面は何度も本で読んだことがあり、そういう折の衝動やふるまいに疑問をいだいたことは一度もなかった。だが、いまこうして実際に直面すると、思いがけず涙があふれる。やはり死にたくないし、生きることはなんと不思議で甘美なものだろう……。おのれの愚かさと臆病《おくびょう》さを呪いつつも、ハンドルをしっかり握りしめるのが精いっぱいだった。

そして、長い恐怖の瞬間ののち、ペイシェンスは踏みこんでいたアクセルから爪先を離して、懸命にブレーキを探った。そしてロードスターは、未練を残すかのようにゆっくりと停まった。

「伏せてろよ、パット」ロウが声を殺して言った。「きみは掛かり合いになっちゃだめだ。相手は容赦ないやつらしい」

「ゴードン、どうか——早まらないで。お願い！」

「伏せるんだ！」

脇を走り抜けたキャデラックは、目立つ車体を旋回させて道をふさぎ、大きな鈍い音を立てて停まった。やがて黒っぽい服を着た人影が見え、ペイシェンスは息を呑《の》んだ。相手は覆面姿でリボルバーを構えて車からおり立ち、ロードスターへ駆け寄ってきた。

ゴードン・ロウが不明瞭《ふめいりょう》な叫び声をあげて車から跳びおり、迫りくる覆面男と向き合った。

リボルバーめがけて突進する。

ペイシェンスは呆然《ぼうぜん》と目を瞠《みは》るばかりだった。こんなことがあるはずがない。まるで――そう、映画の世界だ。路上の青年に鈍く輝く拳銃《けんじゅう》が向けられている恐ろしさは、とても現実とは思えなかった。

そしてペイシェンスは悲鳴をあげた。銃口が煙と凶暴な火花を噴き、ゴードン・ロウが切り倒された木のように、ぬかるむ道に崩れ落ちた。その体が小刻みに震える。かたわらに散る小石が血で汚れた。

悪魔の舌なめずりのように、銃口のまわりに煙がからみついている。覆面男がロードスターのステップにすばやく足を載せる。

「ひ――人殺し！」ペイシェンスは絶叫し、車からおりようともがいた。ゴードンは――ゴードンは死んだのだろう。路上に倒れて微動だにしない。ああ、ゴードン！「殺してやる」とペイシェンスはあえぎながら言い、銃につかみかかろうとした。

その手を強く打たれ、ペイシェンスは座席に叩《たた》きつけられた。痛みでわれに返り、この事態をはじめて体得できた。これがペイシェンス・サムの最期なの？

覆面の奥から、くぐもった作り声が響いた。「動くな。すわってろ。あの紙をよこすんだ」

ペイシェンスのかすむ視界のなかでリボルバーが揺らぎつづける。

ペイシェンスはぼんやりと自分の手を見た。両手の指の節から血が流れている。「紙？」弱々しく尋ね返す。

「あの紙だ。封筒も。早くしろ」その押し殺した声にはなんの抑揚もない。ペイシェンスはようやくすべてを理解した。サクソン書庫の便箋《びんせん》！　謎の記号列！　そのせいでゴードン・ロウは死んだ……。

ペイシェンスはハンドバッグを手で探った。ステップの上にいた男はペイシェンスを脇へ突き飛ばし、銃口を向けたままハンドバッグをもぎとって、すばやく後ろへさがった。ペイシェンスは車をおりようとした。ゴードン……。そのとき、耳もとですさまじい音がした。世界が爆発したかのような奇妙な音だ。ペイシェンスは半ば気を失って、また座席に倒れた。撃たれたのか！　ひどいめまいと闘いながらふたたび目をあけたとき、キャデラックはすでに動きだしていた。つぎの瞬間、爆音とともに方向転換してタイヤを軋《きし》ませると、稲妻さながらにペイシェンスの脇を走り抜け、来た方向へと去っていった……。

ペイシェンスはどうにか道へ這《は》い出した。ロウは砕石の上に倒れたまま、青ざめた顔で動かない。ペイシェンスはロウの上着に手を入れて鼓動をたしかめた。生きている！

「ああ、ゴードン、ゴードン！」嗚咽《おえつ》が漏れた。「よかった。ほんとうによかった」

ロウはうめき声をあげて目をあけた。起きあがろうとしたが、顔をしかめて崩れ落ちる。

「パット」うつろな声で言う。「いったいどうなったんだ。あいつは――」

「どこを撃たれたの、ゴードン」ペイシェンスは大声で言った。「病院へ行かなくちゃ。わたし――」

ロウが力なく起きあがり、ふたりで傷を調べた。左腕が血まみれだ。ペイシェンスに上着を脱がされ、ロウはまた顔をしかめた。上腕部を弾丸が貫通している。

「ちくしょう」ロウは憤然と言った。「女みたいに気を失うなんて。ここを縛ってくれ、パット。すぐにあの殺し屋を追いかけないと」

「でも――」

「医者は必要ない。とにかく縛ってくれ。早く！」

ペイシェンスは路面に膝《ひざ》を突き、ロウのシャツの裾《すそ》を引き裂いて、それを傷口のまわりにきつく巻きつけた。ロウは手を貸そうとするペイシェンスをはねのけて荒々しく運転席に押しこみ、自分も車に跳び乗った。

ペイシェンスは車を方向転換させ、まだ少し身震いしながらもキャデラックのあとを追った。半マイル進んだところでロウが車を停めさせ、ふらふらと力なく車からおりて、道路の真ん中に落ちていたものを拾いあげた。開いたままのリンネルのハンドバッグだった。

長いマニラ封筒は、謎の記号列が書かれたサクソン書庫の便箋とともに消えていた。

そして、キャデラックの姿もなかった。


一時間後、ペイシェンスは気づかわしげなドルリー・レーン氏の胸ですすり泣きながら、強盗に襲撃された恐ろしい事件の顛末《てんまつ》を途切れ途切れに語っていた。ゴードン・ロウは、顔は青白いものの、すっかり平静を取りもどしてかたわらのベンチに腰掛けていた。上着は芝生の上に脱ぎ捨ててあり、腕に巻いた布では血が固まっている。レーンに古くから仕えるクエイシーが急ぎ足で湯と包帯をとりにいった。

「さあ、ペイシェンス」レーンはいたわるように言った。「そんなに気に病んではいけませんよ。最悪の結末にならなかったことを感謝しなくては。ゴードン、ほんとうに申しわけない。ペイシェンス、まさかあなたが封筒を届けてくれるとは予想もしませんでしたよ。危険をともなう可能性があるのはわかっていましたが、警視さんならつねに銃を携行していらっしゃるので……。クエイシー！」老人に呼びかける。「サム警視の事務所に電話をしてくれ」

「でも、何もかもわたしのせいなんです」ペイシェンスはまたすすり泣いて言った。「ごめんなさい、上着を汚してしまいました。ゴードン、あなたはだいじょうぶ？　……ああ、あの封筒をなくしてしまうなんて。あの獣《けだもの》を絞め殺してやりたい！」

「ふたりともほんとうに運がよかったのですよ」レーンは淡々と言った。「犯人は人道主義の見地から思いとどまったりはしない手合いのようですからね……。どうした、クエイシー」

「サム警視は大変な剣幕でした」クエイシーが震える声で答えた。「いま、フォルスタッフが湯をお持ちします」

「フォルスタッフだって？」ゴードン・ロウがいぶかしげに言った。「ああ、そうか」負傷していないほうの手をゆっくりと両目にあてがう。「かならず犯人を突き止めてやりますよ」レーンに告げる。

「そうですね。しかし、まずは治療です。おや、折よくマーティーニ先生がいらっしゃいました！　……ペイシェンス、警視さんに声を聞かせてあげてください」

ペイシェンスはロウへ歩み寄り、少々ためらって、互いに見つめ合ってから、向きを変えて家のなかへ向かった。

小型のおんぼろフォードが騒々しい音を立てて私道を走ってきて、マーティーニ医師が挨拶《あいさつ》がわりに窓から白髪頭を突き出した。

「マーティーニ先生！」ドルリー・レーン氏は呼びかけた。「なんという幸運でしょう。怪我人がいましてね。ゴードン、すわっていてください。まったく、無茶ばかりしますね。マーティーニ先生、この青年の腕を見てやってくださいませんか」

「湯を頼む」固まった血をひと目見るなり、マーティーニは命じた。

背の低い太鼓腹の男——まごうかたなきフォルスタッフ——が、ぬるい湯を入れた大きな洗面器を持って駆けてきた。

その夜遅く、サム警視の執念とウェストチェスター警察の協力が功を奏し、ブロンクスヴィルにほど近い道路脇に乗り捨てられた黒いキャデラックが発見された。それはレンタカーだった。前日の朝、アーヴィントンの明らかにこの件と無関係な業者が、黒っぽい上着を身につけた長身で口数の少ない男に貸し出した車だった。残念ながら、その業者が覚えていることはほかにはなかった。

レーンの提案により、アーヴィントンの電報局の局員たちへの聞きこみがおこなわれた。そのうちのひとりが、黒っぽい上着を身につけた長身の男が短時間訪れていたことを思い出した。

キャデラックが見つかり、男が封筒を奪う手立てを考えついたいきさつも判明した。けれども、男の正体と盗まれた封筒のありかについては、わずかな手がかりすらなかった。

16　馬蹄《ばてい》型の指輪

翌朝――ペイシェンスにはまだ土曜日であることが信じられなかったが――無言の一行がドルリー・レーン氏の車でハムレット荘を出発した。ロードスターは停めたままにしてある。左腕を吊《つ》ったロウは、レーンとペイシェンスのあいだにむっつりと腰かけて、険しい顔で口を閉ざしていた。レーンは深く考えにふけり、ペイシェンスはいまにも泣きだしそうだった。

「ペイシェンス」しばらくしてレーンが声をかけた。「あまり自分を責めてはいけませんよ。あなたのせいではないのですから。わたしのほうこそ、ふたりを危険な目に遭わせてしまって、自責の念に駆られていますよ」

「でも、あの紙をなくしたのはわたしです」ペイシェンスは泣き声で言った。

「たいした痛手ではありません。あれがなくてもどうにかなります」

「だったら」唐突にロウが言った。「なんのためにあんな電報を?」

レーンは深く息をついた。「ある考えがあったのですよ」そう答えて沈黙する。

ドロミオがマーティーニ医師の家の前で車を停めると、医師がひとことも発せずに後部座席に乗りこんできた。ロウの負傷した腕をさっと触診してうなずき、背もたれに体を預けて目をつぶると、やがて眠りに落ちた。

街にはいり、ドルリー・レーン氏がおのれを奮い立てて口を開いた。「まずはあなたを家へ送ることにしましょう、ゴードン」

「家ですか」ロウは苦々しげに言った。

「ドロミオ、サクソン邸へ頼む……。マーティーニ先生を見てください。ぐっすり眠っています」レーンは小さく笑った。「心に屈託がないのでしょうね。あなたもペイシェンスのジュリエットを相手にロミオ役をつとめていなければ……」

サクソン邸は相変わらず冷たく閑散としていた。例のみごとなもみあげの執事がまたしても詫《わ》びを言った。サクソン夫人は外出中だという。石のような目が、腕を吊ったロウの姿をとらえてわずかに見開き、人間らしさの一端をのぞかせた。

それに比べてクラッブは、腕に銃弾を受けたロウをとんだ笑い種《ぐさ》と見なしたらしく、長々と見つめてから唐突に耳障りな高笑いを響かせ、ぜいぜいと咳《せ》きこんだ。「他人事《ひとごと》に首を突っこむからだ！　その腕、だれにへし折られたんだ」穏やかな表情のレーンと、落ち着き払ったマーティーニを横目で見ながら言った。

ロウは顔を赤くし、怪我を免れたほうの手を握りしめた。

「サクソン書庫の便箋《びんせん》を見せていただけませんか、クラッブさん」レーンがすかさず切り出した。

「またですか」

「お願いします」

クラッブは肩をすくめて足早に去り、すぐに書庫から新しい便箋を一枚持ってきた。

「そう、これが例の便箋とまったく同じものです」レーンはクラッブの鉤爪《はり》のような手から便箋を受けとり、マーティーニ医師に小声で告げた。「どう思われますか」

マーティーニは思案顔で便箋をいじりまわした。それから窓のひとつへと歩み寄り、分厚いカーテンをあけて、細めた目でじっくりと便箋を調べる。腕を伸ばして掲げたり、目から二インチのところへ引き寄せたり……。カーテンをおろしてから、もとの位置へゆっくりもどり、テーブルに灰色の便箋を置いた。「たしかに」静かに告げる。「まさしくあなたが思われたとおりです」

「おお！」レーンが奇妙な抑揚で言った。

「きのうも言いましたが、いまだに多くが解明されていないのです――あなたが指摘なさった件についてはね。これはきわめて珍しい事例にちがいありません。ぜひともその男に会ってみたいものです」

「そうですね」レーンは言った。「わたしもそう願っているのですよ、マーティーニ先生。さて」輝く瞳《ひとみ》をロウとペイシェンスへ向ける。「失礼するとしましょうか。ではお大事に、ゴードン――」

「そんな」ロウは言った。「ぼくも行きますよ」顎《あご》を力強く突き出す。

「だめよ」ペイシェンスが言った。「少しは休まないと――」そう言いながらも、怪訝《けげん》な顔でマーティーニ医師を見やった。

「おやおや」クラッブが手をこすり合わせて言った。「すっかり女房気どりではないか！　気をつけろよ、ロウ……。ところでレーンさん、この大騒ぎにはどんな意味があるんです」

だが、ペイシェンスとロウをやさしく見守っていたレーンは、耳が聞こえないため、こう言っただけだった。「つぎはサム警視を訪ねましょう。マーティーニ先生、お帰りにはわたしの車をご利用くださって、のちほどドロミオをおもどしください。わたしたちはタクシーで出かけましょう……。ああ、クラッブさん！　ご親切にありがとうございました。では失礼します」

「いったい何があったんだ」サム警視が娘を抱きしめ、力強い抱擁を返されてから、ロウに尋ねた。

「銃弾を食らいました」

「ああ、そうだってな。ゆうべパティから聞いたよ」サムは薄笑いを浮かべた。「でしゃばるとどうなるか、よくわかったろう。まあ、すわって話そう。拳銃強盗《けんじゅう》か？　まったく、おれがその場にいれば！」

「警視さんだって撃たれましたよ」ロウはぞんざいに言った。

「ふん。相手はどんなやつだった、パティ」

ペイシェンスは吐息を漏らした。「全身を覆い隠してたのよ。それに、あのときは相手を観察するどころじゃなかった——ゴードンが血まみれで道に倒れてたんだもの」

「声はどうだ。封筒をよこせと言ったそうだが」

「作り声だったわ。それはまちがいない」

「発砲するとはな」サムは考えこむような顔で背もたれに体を預けた。「いよいよだな。敵が表に出てきた。悪くあるまい」そこで大きく息を吐く。「だが、おれはこの事件にあまり時間を割けないんだ。宝石泥棒の事件で身動きがとれなくて——」

「失踪者《しっそう》リストの件では動いてくださいましたか」レーンが尋ねた。「それをうかがいたくてお邪魔したのですよ」

サムはタイプ打ちされた分厚い書類の束を手にとり、机の上へ軽くほうり投げた。「書籍や出版の世界にかかわる人物の殺害や失踪は、一件も見あたりませんな」

レーンはみずからもリストに目を通した。「奇妙です」小声で言う。「この事件全体を考えてみて、これほど奇妙なことはありません。ひげの男の意図したことは、ほかに解釈のしようがないはずです」

「わたしもそう思ったんですがね。さて、これでお役放免ですかな。あまりに深すぎて、わたしの手には負えませんよ」

控え室で電話が鳴った。ブロディが悲痛な声で応対するのが聞こえる。つづいて執務室の電話が鳴り、サムが受話器をとった。

「もしもし……ああ……なんだって？」

サムの岩のような顔が、興奮したときの常で、危険信号のように真っ赤に染まった。目が怒張する。全員の当惑した視線がサムに集まった。

「すぐに行きます！」サムは受話器を乱暴にもどして椅子から立ちあがった。

「どうしたの、お父さん。だれから？」ペイシェンスがすかさず尋ねた。

「チョート館長だ！」サムは怒鳴った。「博物館で何かあったらしい、すぐに来てくれと言ってる」

「こんどはなんだろう」ロウが立ちあがって言った。「何から何までばかげてる」

レーンはゆっくりと体を起こし、鋭い眼光で言った。「非常に興味深いことです。仮に……」

「仮に？」一同とともに急いでエレベーターへ向かいながら、ペイシェンスが訊《き》き返した。

レーンは肩をすくめた。「シラーのことばにもあるように、すべては神の思《おぼ》し召しです。事態を見守ろうではありませんか。わたしは天の配剤の妙というものを信頼しているのですよ、ペイシェンス」

ペイシェンスは黙したまま、いっしょにエレベーターに乗りこんだ。しばらくして尋ねる。

「どうしてマーティーニ先生にサクソン書庫の便箋を見てもらったんですか。ずっと考えているんですけど――」

「およしなさい、ペイシェンス。それは興味深く、必要なことでもありますが、いまの段階ではさほど大きな意味を持っていません。いずれ――いつになるかはわかりませんが――実を結ぶことになるでしょう」

ブリタニック博物館は騒然としていた。山羊《やぎ》ひげを逆立てたチョート館長が、シェイクスピアの顔が彫られた青銅の玄関扉の後ろで一行を出迎えた。「お待ちしていました」苛《いら》ついた様子で挨拶《あいさつ》する。「とんだ一日になりましたよ……。ロウ、その腕はどうした。事故か？……さあ、とにかく中へ」

チョートは一行を急《せ》き立てて応接室を通り抜け、館長室へと案内した。そこには不思議な顔ぶれがそろっていた。とがった顔を上気させ、眉《まゆ》をひそめて室内を歩きまわっている長身のセドラー。警棒を持って椅子の後ろに立ちはだかる強靭《きょうじん》そうな巡査。そして椅子には、背が高くて髪の黒いラテン系の男が、陰気そうな目に小さな恐怖の塊を宿してすわっていた。着ている派手な柄の服はよれよれで、乱闘でもしたかのようだ。光沢のある灰色のしゃれた中折れ帽が、面目なさそうにかたわらの床に落ちていた。

「何事です」サムは戸口で立ち止まり、太い声で言った。それから口を大きく開いて相好を崩す。「おやおや」口調が穏やかになる。「だれかと思ったら」

大きく息を呑《の》む音がふたつ同時に聞こえた。ひとつはゴードン・ロウが、もうひとつは椅子にすわったイタリア男が発したものだった。

「やあ、コバーン」サムは椅子の後ろの巡査に楽しげに声をかけた。「まだ巡査のままなのか」

巡査は目を大きく見開いた。「サム警視！　お久しぶりです！」大きな笑みを浮かべて敬礼する。

「このあたりにはずいぶん寄りつかなかったからな」サムは陽気な声で答えた。前へ歩き出し、椅子の男の三フィート手前で足を止めた。男が体をすくめて、不機嫌な顔で視線を落とす。「これはこれは、ジョージじゃないか。博物館なんかで何をしてる。かっぱらい稼業は卒業したのか？　まさか大学にかよってるなんて言わないだろうな。最後に会ったときは財布を狙ってるさなかだったか。おれが話してるときは立ってろ！」怒鳴り声が響くと、仰天したイタリア男は椅子から跳びあがり、似合わないネクタイを指で直しながらサムの靴を見つめた。

「この男は」チョートが興奮した声で説明した。「どういうわけか、少し前に館内に忍びこみ、サクソン展示室をうろついて本を漁《あさ》っているところを、セドラーさんにつかまったんです」

「そうなのですか」部屋に進み入ったドルリー・レーン氏が言った。

「こちらの巡査に来てもらいましたが、自分の名前も、どうやって侵入したのかも、何を盗もうとしていたのかも言おうとしません」チョートは不満そうに言った。「まったく、わけのわからないことばかり起こります」

「この人は正確には何をしていたのですか、セドラーさん」レーンは尋ねた。「あなたがサクソン展示室で出くわしたときに」

セドラーは咳払《せきばら》いをした。「仰天しましたよ、レーンさん。おわかりでしょうが――つまり――この程度の知的水準の人間が稀覯本《きこうぼん》を狙うなどということはまずありえません。ところが、この男はたしかに何かを盗もうとしていました。チョート館長がおっしゃったとおり、展示ケースのあたりをうろついていたのです」

「ジャガード版の展示ケースですか」レーンが鋭く尋ねた。

「そうです」

「名前を言わないって？」サムは大きな笑みをたたえた。「となるとわたしの出番だ。なあ、ジョー？　このご立派なこそ泥野郎はジョー・ヴィラといって、わたしがよく知っていたころは名うての掏摸《すり》だったが、空き巣狙いだのかっぱらいだの、盗み全般に手をひろげて、そのうえ密告屋をやったり、いかがわしい仕事はなんでもござれだ。ちがうか、ジョー」

「おれ、なんもしてねえよ」ヴィラは陰気そうな声で言った。

「どうやってここへはいった」

沈黙。

「いくらで雇われた。頼んだのはだれだ。おまえが脳味噌《のうみそ》と呼んでるその汚らしいカリフラワーじゃ、こんな芸当を思いつくわけがない」

ヴィラは唇をなめた。小さな黒い瞳《ひとみ》で全員の顔を順繰りにすばやく見まわす。「だれにも雇われちゃいねえよ」いきり立って叫んだ。「ただ――はいってみただけさ、見物しようと思って」

「読書しにきたってのか」サムは小さく笑った。「こいつを知ってるだろう、コバーン」

コバーン巡査は顔を赤くした。「いえ、それが、よく知らないのですよ。おそらく――警視が退職なさってからは、おとなしくしていたのかもしれません」

「妙な世の中になったもんだ」サムは不満げに舌打ちした。「いいか、ジョー、口を割らないなら、警察へ連れていって痛い目に遭わせるだけだ」

「なんもしてねえんだったら」ヴィラは小声で抗《あらが》ったものの、顔色を失っていた。

ゴードン・ロウが前へ出てきて、怪我をしている腕をわずかに揺すった。「どうやら」静かに切り出す。「ぼくがお役に立てそうですよ、警視さん」ヴィラがロウをすばやく見やり、当惑の表情を浮かべて、見覚えがないかとロウの顔をまじまじと見つめる。「ジャガードの一五九九年版が盗まれた日、見学に来た教師たちのなかにいた男です」

「ほんとうなの、ゴードン？」ペイシェンスが大声で言った。

「ああ。この部屋にはいってすぐに気づいたよ」

「ゴードン」レーンがすかさず尋ねた。「どちらの男ですか」

「わかりません。でもあの団体といっしょでした。あの日、館内にいたのはまちがいありません」

セドラーが顕微鏡で標本を観察するかのようにヴィラへ目を注いでいた。それから後ろへさがり、背の高い窓の前でカーテンに寄り添って目立たぬように立った。

「白状しろ、ジョー」サムがきびしい声で言った。「先生がたの団体にまぎれこんで、ここで何をしたんだ。インディアナ州の教員免許を持ってるなんて戯言《たわごと》はご免だぞ！」ヴィラが薄い唇を引き結ぶ。「よし、上等だよ。チョート館長、電話をお借りします」

「何するつもりだ」ヴィラが突然尋ねた。

「おまえを売るんだよ」サムはダイヤルをまわした。「セオフェルさんですか？　サム探偵事務所のサムです。ジョージ・フィッシャーはいますか……よかった。それと、発車係のバーベイは？　やつに変わりはありませんかね……実は、ふたりを三十分ばかり貸していただきたくて……ありがたい。大至急、五番街六十五丁目のブリタニック博物館へよこしてください」

たくましいジョージ・フィッシャーと赤ら顔のバーベイがやや緊張した面持ちでやってきた。一同が無言で迎えると、ふたりの視線は椅子の上で小さくなっている男に釘《くぎ》づけになった。

「フィッシャーさん」サムが言った。「この男に見覚えはありますか」

「もちろんです」フィッシャーはゆっくりと答えた。「教師の団体にもぐりこんだ男ふたりの一方です」

ヴィラが声をあげた。「ばか言え！　そんなのはでたらめだ！」

「だまれ、ジョー。どっちの男です、フィッシャーさん」

フィッシャーは肩をすくめた。「覚えていません」悔しそうに告げる。

サムはバーベイへ顔を向けた。バーベイは落ち着かない様子で、両の頰をたるんだ手でさすっている。「おまえは覚えてるな、バーベイ。実際に話をしたんだから。こいつは、バスに乗るためにおまえに金をつかませた男の片方だな？」

ヴィラがバーベイを毒気に満ちた目でにらみつける。バーベイはもごもごと答えた。「ええ、はい。そうだと思います」

「思います？　そうなのか、そうじゃないのか」

「そうです、この男です」

「どっちの男だ」

「あとから来たほうです」

「十九番目の男ね！」ペイシェンスがロウにささやいた。

「たしかか？　まちがいないな」

バーベイが前へ跳び出し、ヴィラの浅黒い喉《のど》から高い叫び声があがった。しばし全員が呆気《あっけ》にとられ、揉《も》み合うふたりをながめていた。やがて巡査が、それからサムが、あわてて仲裁にはいった。

「いったいどうした」サムはあえぎながら尋ねた。「頭がおかしくなったか、バーベイ。なんの真似だ」

コバーン巡査がヴィラの襟首をつかみ、三度きつく締めあげた。ヴィラは息を詰まらせてぐったりする。バーベイがヴィラの左手に跳びついて、血色の悪い手首をつかんだ。黄土色の皮膚が引きつる。

「この指輪」バーベイは強く言った。「この指輪ですよ」

ヴィラの左手の小指に、珍しい形のプラチナの指輪がはめられていた。光る粒ダイヤをちりばめた同じプラチナの小さな馬蹄《ばてい》がついている。

ヴィラは乾いた唇をなめた。「わかったよ」しゃがれ声で言った。「降参だ。その男はおれだよ」

17　第二の告発

「よし」サムは言った。「コバーン、放してやれ。しゃべる気になったらしい」

ヴィラは絶望のまなざしで周囲を見まわした。視線が合ったのは険しい顔ばかりだった。くたびれた様子でうなずく。

「そこにすわれ、ジョー、楽にしていい」サムはコバーンに目配せをして言った。コバーンが後ろから押し出した椅子に、ヴィラはどさりと腰をおろした。一同がそのまわりを囲み、真剣な顔で見守る。

「じゃあ、おまえが例のバスに乗った十九番目の男だったんだな、ジョー」サムは気楽な調子で切り出した。ヴィラが肩をすくめる。「このバーベイに五ドルを握らせて、教師たちの一行にまぎれこんだわけだ。なぜだ？　目的はなんだ」

ヴィラは目をしばたたき、注意深く答えた。「尾《つ》けてたんだよ」

「なるほど」サムは言った。「そういうことか。青い帽子の男を尾行していたんだな？」

ヴィラが愕然《がくぜん》とした。「なんでそれを――」目を伏せる。「そうさ」

「いいぞ、ジョー、上々の滑り出しだ。つづきを話せ。その男を知ってたのか」

「ああ」

ペイシェンスが興奮して吐息を漏らした。ロウがその手を握りしめて落ち着かせる。

「それからどうした、ジョー。おれは道楽で尋ねてるんじゃないぞ」

ヴィラは低い声で答えた。「ああ、やつのことは知ってたよ。ふた月ほど前、百ドルもらってちょっとした仕事をしたんだ。それで――」

「どんな仕事だ」サムはすかさず訊《き》いた。

ヴィラは椅子の上で身をよじった。「いや、ただの――ちょっとした仕事さ」

サムが肩を強く押さえつけ、ヴィラは身を硬くした。「待ってくれよ」哀願する。「その――全部吐いたら見逃してくれるのかい」

「いいから話せ、ジョー」

ヴィラは派手なネクタイの結び目にとがった顎《あご》を押しあてて、小声で話しはじめた。「五番街にでっかい家があってな。そこにしのびこんで、本を盗んでこいと言われて――」

ドルリー・レーン氏のよく通るバリトンの声がヴィラのそむけた顔へ向かって発せられた。

「それはだれの家で、なんという本ですか」

「サクソンって家さ。本は――」ヴィラは垢《あか》じみた親指をロウへ向けた。「さっきこいつが言ってたよ。ジャガ――なんとか」

「ジャガードの一五九九年版ですか」

「そう、それだ」

「ということは」ペイシェンスが叫んだ。「この男こそ、サクソン書庫に忍びこんで偽物のジャガード版を盗んだ犯人にちがいないわ」

「そのようだね」ロウが言った。「あの夜、ぼくが追いかけた泥棒はおまえだったのか」

「つまり」サムが言った。「ジョー、その青い帽子の男は——茂みのような顎ひげを生やしていたはずだが——数か月前におまえを雇って五番街のサクソン邸に忍びこませ、ある本を盗ませた。念のために本の題名を言え」

「たしか」ヴィラは眉間《みけん》に皺《しわ》を寄せた。「なんとかの巡礼ってやつだったな。なんとなく——」唇を湿らす。「すけべっぽい名前だよ」

ペイシェンスがくすりと笑った。「『情熱の巡礼』ね！」

「そう、それだ！」

「盗めと命じられたのはそれだけか」

「ああ。やつはこんなふうに言ったんだ。〝書庫に忍びこんで、青い革表紙の本を探してくれ。シェイクスピアって作家の『情熱の巡礼』という本で、表紙をめくるとジャガ——ジャガード印刷、一五九九年発行と印刷されてる〟って」

「その仕事で百ドルせしめたんだな」

「そうだよ、警視さん」

「それでおまえは本を盗み、男に渡した」

「ああ」ヴィラはぞんざいに言った。「じっくり拝ませてもらってからな。きたねえ本だったよ！　やつが最初からそわそわしてたんで、おれはぴんときたんだ。こいつの狙いはこの薄ぎたねえ本じゃなく、本のなかに何かあるってな。だから念入りに調べさせてもらったよ。ところが、なんにも出てきやしない。だけどこのジョー・ヴィラさまはだませねえさ。本に何かあるのはわかってるんだ。そこでおれは——」

「なるほど」サムはゆっくりと言った。「これでわかった。本からは何も出てこなかったが、盗みの報酬に百ドルも出すとなると、大金につながる何かがその本にはあるはずだとおまえは踏んだ。そこで青い帽子の男を尾行したんだな！」

「金蔓《かねづる》かもしれねえと思って……追っかけてたのさ。こっそり見張ってりゃ、やつが狙ってるものに手を出せるんじゃねえかと思ってな。しばらくしたある日、やつは妙ちきりんな恰好《かっこう》をして、そこにいる発車係に金を握らせた。おれは自分にこう言ったよ、〝おい、ジョー、こいつは何かあるぞ〟ってな。そこでおれも同じ手を使ってこの博物館までくっついてきたんだ。やつは展示室にあったケースのガラスを割って——」

「なるほど」レーンが言った。「ようやく真相がわかったようですね。ほかに何を見ましたか」

「やつは青い革表紙の本をとると、ポケットから本を一冊出して、青い本があった場所に置いたんだ。おれはこう思ったよ。〝やっぱりな、ジョー。あの本は、前におれがやつのために盗み出したものとそっくりじゃねえか〟ってな。おれはやつがそれを終えてからも追ってたけど、お上品な先生がたにまぎれて、ほんの少し目を離しちまって、外へ出たときには、やつはもういなかった。しかたなく、おれは先生がたといっしょに帰ったというわけさ。これで全部だよ、警視さん。誓ってもいい！」

「何が誓ってもいい、だ」サムは楽しげな口調で言った。「そのあとも追っかけてただろうが。嘘をつくな」

ヴィラは小さな目を伏せた。「ああ、たしかにそのあとやつの隠れ家へ行ったよ。しばらくあたりをうろついたけど、やつはいなかった。つぎの日も行ったけど無駄だった。それで、いったいあれはなんだったのか調べてやろうと思って、きょうここへ来たのさ」

「ばかなやつだ。おまえに何が見つけられるというんだ」哀れなことに、無教養で低級なたぐいの悪知恵しか持ち合わせていないヴィラが巻きこまれたのは、自分の知的水準をはるかに上まわる事件だったらしい。「よく聞け、ジョー。おまえがそいつに逃げられた日、ここにいた警備員に気づいたか」

「ああ。こっそり脇を通り抜けたよ。どっかで見かけたことがあるやつだと思った。向こうはおれに気づかなかったけど」

「ドノヒューだよ、元警察官の。例の男を追ったんじゃないか？」

ヴィラは息を呑《の》んだ。「そう！　そうだったよ！　だからおれは尾《つ》けていけなくなったんだよ。あの警備員が目を離さなかったからな。でも、しばらくしてふたりとも見失っちまったんだ」

「その後、ドノヒューを見かけましたか」レーンがゆっくりと尋ねた。

「いいや」

「青い帽子の男に雇われたいきさつは?」

「たぶん——ダウンタウンでおれの噂でも聞いたんだろうよ」

「親愛なる仲間たちの推薦によって、か」サムは強烈な皮肉をこめて言った。「なんであれ収穫はあった。ジョー、そいつの家はどこだ。盗んだ本を渡したんだから、知らないとは言わせんぞ」

「受け渡しは街なかでやったんだよ。嘘じゃないぜ」

「ああ、だがおまえはあの日、やつを追って観光バスの発着所までやってきた。やつはどこに住んでるんだ」

「ぼろい小屋さ。アーヴィントンとタリータウンの中間にある」

「そいつの名前は?」

「エールズだと言ってたよ」

「エールズだって?」サムは静かに言った。「レーンさん、ついてますな。すべてつじつまが合います。エールズはこいつにサクソン邸で盗みをさせたが、偽物だとわかり、本物を求めてここへたどり着き、どうやら手に入れたらしい……。そいつはわたしに例のメモを預けた男でもあり、サクソン邸を訪ねて便箋《びんせん》を失敬した男でもある。よし! おい、ジョー」勢いこんで呼びかける。「エールズはどんな男だった。人相をくわしく教えろ!」

ヴィラが唐突に立ちあがった。それはあたかもこのときを待ち焦がれていたかのようで、はじめからこの質問を期待し、残忍な喜びをいだきつつ準備を整えていたかのようでもあった。

唇が歯茎までめくれあがり、黒染みの散った薄汚い黄色い歯があらわになる。すばやく体の向きを変えたヴィラを見て、ペイシェンスが小さな叫び声をあげ、サムはすばやく一歩踏み出した。しかしヴィラは、馬蹄《ばてい》型の指輪が邪悪に輝く垢じみた指をあげて突き出しただけだった。

「どんな男かって?」甲高い声で言う。「笑わせてくれるぜ! エールズはこの場にいるよ! そこでえらそうに立ってるじゃないか!」

ヴィラがまっすぐ指さした先にいるのはハムネット・セドラーだった。

18　期間のちがい

　アロンゾ・チョートは顎《あご》に蓄えた山羊《やぎ》ひげを胸もとで震わせ、これ以上ないほど大きく目を見開いてジョー・ヴィラを凝視した。セドラーは一瞬目をしばたたき、それからみるみる顔色を失っていく。毛のない動物の背骨のように、細い顎に沿って筋肉が隆起する。

「聞き捨てなりませんな」セドラーはヴィラをにらみつけ、語気荒く言った。「とんでもない男だ」怒鳴りつける。「嘘なのは言うまでもないだろう！」

　ヴィラの小さな目がきらりと光った。「お高くとまるなよ。あの本を盗むためにおれを雇ったろうが」

　セドラーは少しのあいだ、この浅黒い顔をしたイタリア人に殴りかかろうかと迷っているようだった。だれひとり口を開かない。レーン、ペイシェンス、ロウ、そしてサム警視にとっては、ヴィラの告発は軽い衝撃にすぎず、この劇の成り行きをひたすら静観していた。チョートは身動きできずにいるらしかった。

　やがてセドラーが大きく息を吐いた。やせた頰に赤みがもどってくる。「言うまでもありませんが、こんな話はまったくのでたらめです」笑顔を見せる。「この男は頭がおかしいか、わざと嘘をついています」全員の顔をじっくりと順に見つめていき、笑みを消した。そして大声で言う。「まさか、本気で信じているのではないでしょうね」

ヴィラはくすくす笑った。ずいぶん自信があるらしい。

「おい、静かにしろ」サムは穏やかに言った。「おかしなことに、セドラーさん、あんたがエールズと名乗っているという話を聞いたのは、これがはじめてではないんです」

セドラーは背筋を伸ばした。「どうやらとんでもない陰謀があるような気がします。チョート館長、このことについて、何かご存じですか」

チョートは震える手で山羊ひげをなでた。「いえ、まったく……どう考えたらよいのか。わたしにも初耳で――」

「それで、ほかにだれが言っているのですか」――セドラーの瞳《ひとみ》に光が揺らめく――「わたしがエールズだと」

「サクソン書庫のクラップ司書です。あんたが五月六日にサクソン邸にやってきて、エールズ博士と名乗ったと言っています」

「五月六日？」セドラーは傲然《ごうぜん》と言った。「とんだ茶番ですね、警視さん。ケンジントン博物館にいるかつての同僚に確認していただければわかりますが、わたしは五月六日にはロンドンにいました。さらに言えば、五月七日には自分の慰労会に出席しています」

サムは礼儀正しく質問をつづけたが、当惑の色は隠せなかった。「なるほど、まあいいでしょう、クラップ司書の話については」曇っていた目が急に輝く。「しかし、博物館に泥棒がはいった日はどうです」

「そいつだって言ってるだろうが！」ヴィラがかっとして叫んだ。

「うるさいぞ、ジョー、だまってろ」サムは怒鳴った。「どうなんですか、セドラーさん」

セドラーは肩をすくめた。「どういうことでしょうか、警視さん。ご質問の意味がわかりかねます。あなたもよくご存じのはずだ――この男がブリタニック博物館にもぐりこんだ日、わたしは海の上にいたのですよ」

「それが事実ならなんの問題もありません。だが、そうではなかった！」

チョートが息を呑んだ。セドラーは三度まばたきをし、片眼鏡を胸もとに落とした。「どういう意味ですか」ゆっくりと尋ねた。

「このエールズという男は、五月二十七日にこちらのジャガード版の展示ケースをぶち壊して……」

「もういい！」チョートが大声をあげた。「いいかげんにしてください。これ以上セドラーさんを困らせてどうするんです。セドラーさんの乗ったイギリス船が入港したのは二十八日の夜半過ぎで、埠頭《ふとう》に着岸したのは二十九日の朝ですよ。どう考えても、ジャガードの一五九九年版を盗む――いや、失礼、博士――ことなどできたはずがない」

セドラーは何も言わなかった。チョートの熱のこもった援護にかすかな笑みで感謝を表し、物問いたげにサムを見やった。

サムは眉《まゆ》を寄せた。「そこが妙なところでしてね、チョート館長。いまのが事実なら、このヴィラの尻《しり》を蹴飛《けと》ばして、何もかもすっかり忘れられる。だが、そうはいかないんです。何しろセドラーさんはその船に乗っていなかったんですから」

「乗っていなかった？」チョートは息を呑《の》んだ。「セドラーさん、いったい――どういう――」

セドラーは肩を落とし、瞳には疲労の色をにじませている。それでも黙したままだった。

「さあ、どうなんです、セドラーさん」サムは静かに尋ねた。

セドラーはため息をついた。「無実の人間がどうやって冤罪《えんざい》の網にからめとられていくかが、いまわかりましたよ……。ええ、そうです、チョート館長。警視さんがおっしゃったとおり、わたしはあの船に乗っていませんでした。それにしてもどうやってそれを――」

「調べたんですよ。あんたは五月十七日の金曜日にシリンシア号でイギリスを発ち、二十二日の水曜日にニューヨーク港に着いた。つまり、ご自分でおっしゃったよりも、まる一週間早くニューヨークに到着していた。だとしたら、犯人である可能性は大いにあります！」

「なるほど」セドラーはつぶやいた。「たしかに、わたしはきわめてきびしい立場にあるようですね。ええ、ご指摘のとおりです、みなさん。わたしは公表したよりも一週間早くニューヨークに着きました。しかし、だからといって――」

「狙いは？　なぜ嘘をついたんです」

セドラーはにっこりとした。「人聞きの悪いことばですね、警視さん。わたしがいま、アメリカ流に言えば〝やばい立場《スポット》〟にあるのはわかっています」急にチョートの机にもたれかかり、腕を組んだ。「たしかにご説明すべきですね。チョート館長ならわたしの偽りを許してくださるでしょうが、つまるところ、わたしはニューヨークで一週間ひとりで過ごしたかったのです。到着を知らせれば、すぐにブリタニック博物館と連絡をとらざるをえなくなり、身動きできなくなりますからね。長々と、つまりその——退屈な言いわけをするかわりに、実際より一週間あとに着いたことにしてしまったのですよ」

「一週間の休暇中、この街で何を？」

「警視さん」セドラーは慇懃《いんぎん》な笑みを浮かべて答えた。「申しわけありませんが、それにはお答えしかねます。まったく個人的な用件ですので」

「ほう」サムは薄笑いを浮かべて言った。「わたしはてっきり——」

ドルリー・レーン氏が穏やかに言った。「まあまあ、警視さん、だれにでも、ある程度まで私生活を伏せる権利があるはずですよ。度を過ぎた質問攻めは禁物です。不可解な点はすでに明かしてくださいましたし——」

ジョー・ヴィラが興奮に顔をゆがめて勢いよく立ちあがった。「やっぱりな！　わかってたさ！」怒鳴り声で言う。「おまえらはこいつのほうを信じるだろうってな！　でも言っておくが、おれにサクソンの家で盗みをさせたのも、あの日おれがここまで尾《つ》けてきたのも、まちがいなくこの男だ！　このままほうっておくのか？」

「すわれ、ヴィラ」うんざりした顔でサムが命じた。「けっこうです、セドラーさん。まだ不審な点があるとだけは申してあげておきますよ」

セドラーはかすかに身をこわばらせてうなずいた。「何もかも誤解だと、じきにおわかりいただけるでしょう。むろん、その際には謝罪していただきたいものです」眉の下に片眼鏡をはさみこみ、冷ややかにサムを見つめた。

「ひとつお尋ねしてもいいですか」ペイシェンスの明るい声が静寂のなかに響いた。「セドラーさん、エールズと名乗る人物をご存じですか」

「ペイシェンス、それは――」レーンが口を開きかけた。

「いや、まったくかまいません」セドラーは笑顔を見せて言った。「お嬢さんにはまちがいなく質問する権利がある。知り合いではないと思います。どこかで聞いたような気もしますが――」

「以前、《ストラトフォード・クォータリー》誌に論文を寄稿した人物です」ロウが言った。

「そうか！　それで聞き覚えがあったにちがいない」

「さあ」ぎこちなく前へ進み出ながら、チョートが言った。「誹謗《ひぼう》や糾弾はもうたくさんです。警視さん、きょうのこの、ちょっとした不快な出来事は全員が忘れようではありませんか。このヴィラという男を訴えても何もならないでしょうし――」

「そのとおりです」セドラーは礼儀正しく同意した。「被害はまったくなかったのですからね」

「ちょっと待ってください」コバーン巡査が異議を唱えた。「わたしの仕事はどうなるんですか、みなさん。この男には窃盗未遂の罪があり、見逃すわけにはいきません。だいいち、こいつはサクソン邸での盗みをみずから認めたばかりで……」

「ああ、もう」ペイシェンスがかたわらのロウに向けてため息を漏らした。「また面倒なことになった。頭がくらくらするわ」

「何かとんでもなく邪悪なものがすべての事件の根底にあるんだよ、ダーリン」ロウはささやいた。「いいかい、ダーリンじゃなくてパット。事件全体を解くための小さな鍵《かぎ》がひとつだけあるような気がするんだ。解明の手がかりが――」

ジョー・ヴィラはじっとたたずみ、小さな目に暗い光を宿してハゲワシのような頭を左右に振っている。

「となると――」サムがとまどいつつ言った。

「警視さん」レーンが小声で呼びかけた。サムは顔をあげた。「ちょっと来てください」レーンはサムを部屋の隅へ引っ張っていき、しばし声をひそめて話し合った。サムはなおも疑わしげだったが、やがて肩をすくめてコバーンを手招きした。巡査はしぶしぶヴィラから手を放し、サムに歩み寄ってきびしい顔でだみ声に聞き入った。ほかの者は無言で成り行きを見守っている。

ようやくコバーンが言った。「ええ、わかりました、サム警視。しかし、そうだとしても報告書を提出しなくてはなりません」

「わかってるよ。上司にはおれからうまく言っておく」

コバーンは帽子のつばに軽く手をふれ、部屋から出ていった。

ジョー・ヴィラが大きく息を吐き、緊張を解いてテーブルにもたれた。サムは机にあった電話には目もくれずに、ほかの電話を探しに外へ出ていった。チョートとセドラーは声をひそめて熱心に話しだした。ドルリー・レーン氏は、館長室の壁に飾られた、ドルーシャウトによる古い銅版刷りのシェイクスピアの肖像画をうっとりとながめている。ペイシェンスとロウは無言で肩を寄せ合っていた。だれもが何かが起こるのを待っているようだった。

サムが足を踏み鳴らしてもどってきた。「ジョー」鋭く呼びかけ、ヴィラがわれに返る。「いい子だ、ついてこい」

「どこへ——連れてく気だよ」

「すぐにわかる」チョートとセドラーは会話を中断し、不安そうなきびしいまなざしでサムを見ている。「セドラーさん、まだここにお残りですか」

「なんですって?」セドラーは驚いて言った。

「問題のエールズ博士の家へ行ってみるつもりなんですが」サムは意味ありげな笑みを浮かべて言った。「いっしょにお出かけになりたいんじゃないかと思いましてね」

「おい——」ヴィラがしゃがれ声で言う。

セドラーは眉をひそめた。「どうもよく呑みこめませんが」

「セドラーさんとわたしには、これからたくさん相談事がありましてね」チョートが厳然と言った。

「ええ、たしかに」レーンが急に動いた。「警視さん、もういいでしょう。この忌まわしい事件のあとで、アメリカ式の歓待をセドラーさんがどう評価なさるか考えるとぞっとします。ところでセドラーさん、あなたに用があるときは、どこをお訪ねすればよろしいでしょうか。たとえば——緊急のときなど」

「セネカ・ホテルです、レーンさん」

「わかりました。では行きましょう、警視さん。ペイシェンス、ゴードン、あなたがたをここで振り払うことはできますまい」レーンは含み笑いをした。「若人は好奇心が旺盛《おうせい》ですからね」さびしげにかぶりを振り、戸口へと歩き出した。

19　謎の家

ヴィラの不機嫌な案内に従って、ドロミオはアーヴィントンとタリータウンの半ばあたりでリンカーンを本道から細い枝道へ乗り入れた。そこはただの砂利道とほとんど変わらず、両側から木々の枝が張り出していた。あわただしいコンクリートの世界からわびしい荒れ野へと、車は一気にはいっていく。鳥や虫が周囲や頭上の枝葉をそよがせ、人の気配はどこにもない。道は生き物のように緑のなかをうねりつつ這《は》っていた。

「この道でいいんだろうな」サム警視がいらいらと確認した。

ヴィラが用心深くうなずいた。「まちがいねえ」

果てしなく感じられる森を通り抜けるあいだ、みな青ざめて無言に陥っていた。いよいよエールズ博士とのご対面だ。この数週間の悶々《もんもん》とした気分が消え去っていく。一行は緊張しつつ、車窓を流れゆく木々をながめていた。

しばらく行くと、生い茂った木立がなんの前ぶれもなく途絶え、別の小道が現れた——本道をはずれて一マイル走ってきて、はじめての分かれ道だった。路面が粗いその道は左へ枝分かれし、ほこりっぽい灌木《かんぼく》の茂みのあいだをくぐり抜けて、五十ヤードほど先にある一軒家へと通じていた。木の間越しにつぎはぎだらけの崩れそうな切妻屋根が見える。

「ここを曲がるんだ」ヴィラがしゃがれ声で告げる。「あれがそうさ。じゃ、おれはこれで――」

「おとなしくすわってろ」サムがきびしく言った。「ゆっくり走ってくれ」いったん車を停めていたドロミオに指示した。「逃げられると困るからな。みんな、静かに」

ドロミオは大きな車体を羽根を扱うかのように進め、リンカーンの鼻先を細い脇道へ入れた。車は静かに道を進んでいく。道幅が少しだけ広くなり、前庭の奥に、世の荒れ果てた古屋敷の元祖とも呼ぶべき、雨風で傷んだ木造家屋が見えた。かつては白かったにちがいない壁は、いまや薄汚れたくすんだ黄色に変わり果て、めくれあがった塗装が皮の剝《は》げたジャガイモの不恰《ぶかっ》好《こう》な姿を思わせた。玄関の前には小さなポーチがあり、醜くゆがんだステップがついている。こちらから見える窓はひとつ残らず鎧戸《よろいど》が閉められていて、きわめて頑丈なようだ。母屋の両脇に立つ木々の枝が壁をこすり、左には古びて傾いた薪《まき》小屋があった。そこから十フィートも離れていないところに荒れ果てた平屋が見えるが、どうやらこれは車庫らしく、両開きの扉が閉まっている。母屋と車庫から出ている電話線と電線は、どこへつながっているのか、かなたの原野へ延びていた。

「これぞ愛すべき廃墟《はいきょ》ね！」ペイシェンスが叫んだ。

「しっ！」サムが猛然と制する。「ここでいい、ドロミオ。少しばかり偵察に行ってくるから、みんなは車にいてくれ。ふざけた真似をするなよ、ジョー。おとなしくしてりゃ痛い目に遭わずにすむ」

サムはすばやく車をおりて前庭を抜け、巨軀《きょく》の持ち主にしては意外なほどの敏捷《びんしょう》さでポーチへのステップを駆けあがった。玄関扉は堅牢《けんろう》だが、傷んだ壁と同じように塗装が剝げている。すぐ横に電動式のブザーがついているものの、サムはそれには手をふれず、ポーチに面した窓から家のなかをうかがおうと、足音を忍ばせて移動した。けれども、鎧戸がすっかり視界をふさいでいたので、静かにステップを引き返し、建物の左脇へと消えた。三分後、首を左右に振りながら右脇からもどってきた。

「人の住んでる気配がない。よし、試してみるか」堂々とポーチへあがり、ブザーを押す。

即座に——どこかののぞき穴から外を観察していたにちがいないほどの早さで——ひとりの男が玄関扉をあけて進み出た。扉があいたとき、同時にベルが音を立てた。扉の上部からばねで吊《つ》りさげられ、扉が少しでも動くと揺れて音が鳴る昔ながらの仕掛けだ。出てきたのは背が高くひどくやせた老人で、しなびた体をくすんだ色の服に包み、皺《しわ》とあばただらけの顔はひどく血色が悪かった。よどんだ灰色の目でサムを一瞥《いちべつ》し、まばゆい陽光を浴びた車へ目をやってから視線をもどした。

「はい」男は甲高い声で尋ねた。「何かご用でしょうか」

「ここはエールズ博士のお宅ですね」

老人は勢いよく頭を上下させ、たちまち活気づいた。笑みを浮かべ、手をこすり合わせる。

「はい、さようです。ということは、あのかたから連絡があったのですね。こちらもだんだん心配に――」
「なるほど」サムが言った。「そうか、ちょっと待ってください」ポーチの端まで重い足音を立てて歩いていく。「みんな、来てくれ」きびしい口調で叫んだ。「面倒なことになってるようだ」

やせた老人は細い廊下を抜けて、一行を小さな客間へ案内した。家のなかは暗く寒々しかった。客間には年月に磨かれた古い重厚な家具が並んでいて、絨毯《じゅうたん》も古めかしく、カーテンはさらに時を経ている。地下の墓所を思わせる冷たくよどんだ黴《かび》っぽいにおいが鼻腔《びこう》を襲った。老人が急いで鎧戸をあけてカーテンを引きあげると、日の光にさらされた部屋がみすぼらしく不快に感じられた。

「まず教えてください」サムが無愛想に尋ねた。「あんたはいったいだれですか」

老人は微笑んだ。「マクスウェルと申します。ここでエールズさまの身のまわりのお世話をしております。料理や掃除、薪割りにタリータウンでの買い物も――」

「なんでも屋というわけか。使用人はほかにいないんですか」

「はい、さようです」

「エールズ博士は留守だと?」

マクスウェルの笑顔が警戒の表情に変わった。「では――それをご存じなくてここへ？　こちらは安否を知らせにきてくださったものとばかり思っておりました」

「やっぱり」ペイシェンスが吐息を漏らした。「これではっきりしたわ。どうしましょう！おっしゃったとおりでしたね、レーンさん。エールズ博士の身に何かあったんだわ」

「静かに、パット」サムが言った。「マクスウェルさん、われわれは調べていることがあって、あんたの雇い主の居所を知りたいんです。いつ——」

マクスウェルの疲れた瞳《ひとみ》が疑わしげに曇った。「あなたがたは？」

サムはまぶしく光る警察のバッジをちらりと見せた。退職の際に返却し忘れたもので、すぐに権威を示す必要を感じたときにちらつかせようと、取っておいたのだ。マクスウェルはあとずさった。「警察ですか！」

「質問に答えてくれればいい」サムはいかめしく言った。「エールズが最後にこの家にいたのはいつです」

「警察とはありがたい」マクスウェルは言った。「ひどく不安でしてね。どうしたものか判断がつきませんで。エールズさまはときおり小旅行へお出かけでしたが、これほど長く家をあけられたのははじめてでした」

「ほう、いったいどのくらい留守にしていると？」

「少々お待ちを。きょうが六月の二十二日ですから、ああ、もう三週間以上になります。五月二十七日——ええ、最後にお会いしたのは五月二十七日の月曜日でした」

「博物館で例のおかしな騒ぎがあった日だな」サムはつぶやいた。

「おれの言ったとおりじゃねえか」ジョー・ヴィラが叫んだ。

ドルリー・レーン氏は室内を歩きまわっていた。その姿をマクスウェルが不安げに見つめる。

「どうやら」レーンはゆっくりと切り出した。「二十七日にここで何があったのかを話していただくのがよさそうですね、マクスウェルさん。興味深い話にちがいありません」

「あの日、エールズさまは朝早く家を出られまして、夕方近くになるまでお帰りになりませんでした。あのかたは――」

「そのときの様子は？」ロウが興味津々に尋ねた。「興奮していましたか」

「ええ、そのとおりです。興奮した様子でいらっしゃいました。日ごろはとても冷静なかたで、けっしてあんな――あんな態度は……」

「帰宅したとき、何か手にしていませんでしたか」ロウの目が光った。

「はい。おそらく本だったと思います。ただ、朝のお出かけのときも同じ本を持っていらっしゃったので――」

「なぜ同じ本だとわかるんです」

マクスウェルは顎《あご》をさすった。「ええ……同じに見えましたから」

レーンが静かに言った。「何もかもがみごとに符合しますね。月曜の朝、ジャガードの一六〇六年版を持って出かけたエールズ博士は、ブリタニック博物館から一五九九年版を盗み出して持ち帰り、かわりに一六〇六年版を展示ケースに置いてきた。ふむ……つづけてください、マクスウェルさん。それから何があったのですか」

「はい。エールズさまは帰宅なさるなり、こうおっしゃいました。〝マクスウェル、きょうはもういい。今夜は休んでくれ〟と。そこでわたくしは夕食の支度に抜かりがないことをたしかめてから、引きあげさせていただき――前の小道を歩いて本道へ出て、タリータウン行きのバスに乗りました。わたくしの家はタリータウンにあって、家族と同居しております」

「知っていることはそれで全部かね」サムが不満そうに言った。

マクスウェルはうなだれた。「ええ――あ、そうそう！　帰り際にエールズさまから、小包を置いておくから翌朝送るようにと言われました。ただし郵送ではなく、火曜の朝にこの家にもどったら小包をタリータウンへ持っていき、だれか使いの者に直接届けさせるように、とのことでした。翌朝来てみると、エールズさまの姿はありませんでしたが、たしかに小包が置いてあったので、わたくしはそれをタリータウンへ持っていき、届ける手配をしました」

「どのような小包でしたか」レーンが鋭く問いただした。

マクスウェルはぼんやりした顔をした。「ふつうの小包です。たしか平べったい形で――」

「中身が本だったということは？」

「ええ、そうです！　ちょうどそんな形でした。本にちがいありません」

「ひとつずつはっきりさせよう」サムが低い声で言った。「月曜の夜にエールズが帰宅したとき、連れはいませんでしたか。あるいは、家のまわりをうろつく者がいたとか」

「いいえ、おひとりでした」

「醜い赤ら顔をしたアイルランド人のがっしりした中年男をこのあたりで見かけたことは？」

「ありません」

「変だな。あいつはどうしちまったんだろう」

「ねえ、お父さん」ペイシェンスが言った。「マクスウェルさんはエールズ博士が帰宅して、すぐにこの家を出たのよ。もしかしたらドノヒューは草むらに隠れていて、マクスウェルさんが帰っていくのを見て、それから――」

「それからなんだ」

ペイシェンスはため息をついた。「それはこっちが訊《き》きたいくらいよ」

「小包の宛先を覚えていますか」ロウが尋ねた。

「ええ、覚えていますよ。こちらのかたが」マクスウェルは白髪交じりの頭をレーンへ傾けた。「先ほど名前を口にされました。ブリタニック博物館です。〝五番街六十五丁目〟と書いてありましたよ」

「包装紙は茶色で、住所は青インクで書かれていた？」

「さようです」

「よし」サムが言った。「なんであれ、かなりわかってきたぞ。青い帽子の男がエールズであることに、もう疑問の余地はない。やつは一五九九年版を盗んで、かわりに一六〇六年版を残し、翌日、盗んだ本を使いの者に届けさせた」

「おれの言ったとおりだろ」ヴィラが得意げに笑って言った。

「ええ、そうです」レーンが額に皺を寄せて言った。「ところでマクスウェルさん、二か月ほど前にも同じような小包を送った覚えはありませんか」

マクスウェルは盗みということばに当惑したらしく、落ち着きなく体を揺すった。「わ、わたくしが――」おどおどと言う。「悪いことをしていないといいのですが。何も知らなかったもので――エールズさまはいつも立派な紳士に見えましたし……。はい、覚えております。以前にも似た小包を一度送りました。宛先はたしかクラッブさまというかたで、五番街のサクソンさま気付だったかと――」

「あんた、視力に問題はないでしょうな」サムは淡々と言った。「おい、ジョー、悪運の強いやつめ。全部裏がとれたぞ」

「びっくりだな」ロウが言った。「何もかもがエールズ博士を中心にまわってるよ。ブリタニック博物館の事件の要であると同時に、サクソン書庫の深夜強盗の黒幕でもあるらしい。いったいあの本には何がはいってたんだろう」

ジョー・ヴィラが細い肩をまるめ、小さな黒い瞳を光らせた。サムに見られていることに気づき、わざと力をゆるめる。「自分がかわいかったら、首を突っこむんじゃないぞ、ジョー」サムが穏やかにいさめた。「ところで、マクスウェルさん。この家で働きはじめてどのくらいになりますか」

マクスウェルは皺《しわ》だらけの唇をなめた。「三か月ほどです。エールズさまがタリータウンへ越してこられたとき――三月の終わりでしたが――《タリータウン・タイムズ》紙に使用人募集の広告をお出しになったのです。わたくしはそれに応募して、採用されました。引っ越しの時期を存じているのは、この家を斡旋《あっせん》したジム・ブラウニングという、タリータウンの馴染《なじ》みの不動産屋から聞いたからです。エールズさまは六か月分の家賃を前金で支払い、契約書も身元の調査も保証人もなしでこの家をお借りになったそうです。ジムの話では、近ごろはそういうやり方をするのだとか……。だいたいそんないきさつです。エールズさまは——いつもとてもよくしてくださいました」

「調査なしですって？」ペイシェンスがきびしい声で言った。「まるで夢物語の世界ね。つぎに明らかになるのは、エールズ博士の正体はお忍びでアメリカへ遊学に来ているツリンギア王国のフィデリオ王子だってことかも。マクスウェルさん、この不思議なご主人にはたくさんの訪問客があったのかしら」

「いいえ。お客さまはひとりも——いえ、ちがいます。おひとりだけいらっしゃいました」

「それは」レーンが静かに言った。「いつごろのことですか」

マクスウェルは眉間《みけん》に皺を寄せた。「家をお空けになる前の週ですが——正確な日付は思い出せません。男性でしたけれど、全身を覆い隠していたうえに夜だったので、顔がよくわかりませんでした。名乗りもせず、エールズさまに会いたいの一点張りでしてね。そのかたが客間でお待ちだとエールズさまに伝えますと、ずいぶん驚かれて、最初は会おうとなさいませんでした。けれど、しばらくすると書斎から出て客間へ行かれ、かなり長い時間こもっていらっしゃったものです。やがてエールズさまがそのかたを部屋に残したまま出てこられ、なんとなく怯《おび》えた様子でこうおっしゃいました——今夜はもう休みなさい、と。わたくしは失礼させていただき、翌朝もどったときには、そのかたの姿はありませんでした」

「エールズ博士はその男について何か言っていませんでしたか。あとになってからでも」ロウが尋ねた。

「わたくしに？」マクスウェルは含み笑いをした。「いいえ、ひとことも」

「いったいだれなんだ」サムが言った。「まさかこいつじゃないでしょうな、マクスウェルさん」分厚い手をヴィラの肩に置く。

マクスウェルがしばし見つめたあと、長々と笑った。「いえ、とんでもない。そちらのかたとは——話し方がまったくちがいます。あのときのかたはエールズさまと似た感じの話し方をされていました。なんと申しますか——役者のような」

「役者ですか」ドルリー・レーン氏が目を瞠《みは》った。それから楽しそうに笑って言った。「そうお感じになったということは」くすくす笑いながらつづける。「イギリス人だったのではありませんか」

「イギリス人——ええ、そうです！」マクスウェルは興奮して叫んだ。「おふたかたともイギリス風の話し方でした」

「変ね」ペイシェンスがつぶやいた。「だとすると、いったいだれなのかしら」

ゴードン・ロウが両の眉《まゆ》を吊《つ》りあげて険しい顔をした。「二十七日の夕方にエールズ博士が小包を届けるよう命じたとき、留守にするとはひとことも言わなかったんですね」

「はい、まったく」

「そして翌朝ここへ来てみると、小包はあったが本人の姿はなかった。そのとき、どこへ行くかを記した置手紙すらなかったと？」

「ありませんでした。そのときはそれほど深く考えませんでしたが、何日経ってもおもどりにならないので――」

「警視さん」レーンが言った。「グレイソン警部からの失踪《しっそう》者リストに何も載っていなかった理由がそれでわかりましたよ。姿を消してすぐにマクスウェルさんが届け出ていらっしゃれば、手がかりがあったかもしれません。不運でした」肩をすくめる。「いまとなってはどうにもなりません」

「エールズさまは――失踪なさったのですか」マクスウェルが震えた声で言った。

「そうらしいのです」

「では、わたくしはどうすればいいのでしょうか」マクスウェルは両手を強く握りしめた。

「このお屋敷や家具などは――」

「そう言えば」サムが言った。「家具はどうしたんです。備えつけで借りたんですか」

「いいえ。エールズさまがタリータウンの中古店でお買い求めに――」

「百ドル札を撒《ま》き散らす男とは思えんな」サムは不思議そうに言った。「ここに腰を据えるつもりはなかったということか」灰色の目でマクスウェルを鋭く見つめる。「あんたの雇い主はどんな見かけの男なのか教えてください。ともあれ、これでくわしい人相風体がわかるぞ」

「背が高く、かなりやせ気味で――」マクスウェルは顎《あご》を掻《か》いた。「写真がありますよ、警視さん。わたくしは写真が趣味でして、いつぞやエールズさまに内緒で撮ったものが――」

「すごいぞ！」ロウが叫び声をあげた。「写真とはね！」居心地悪そうにすわっていた椅子から勢いよく立ちあがる。「さあ、見せてください」

マクスウェルが早足で奥へ去り、一同は互いに見つめ合った。黴《かび》くささがいっそう増した気がした。ヴィラが黒いナイフのような鼻腔《びこう》をひくつかせ、あわてて煙草に火をつける。レーンは背中で手を軽く組みながら部屋を静かに歩きまわった。

「写真か」ペイシェンスがつぶやいた。「ようやく——やったわね。ついにしっかりと——もどかしい謎が解き明かされるのね……」

マクスウェルが小さな写真を手に、急いでもどってきた。サムが写真をひったくり、明かりのもとへ持っていく。食い入るようにひと目見るなり、驚きの声を漏らした。全員がまわりに集まる。

「そら見ろ！」ヴィラが甲高い声を出した。「言ったじゃねえか」

そこに写っていたのは、見慣れない型の黒っぽい上着を身につけた、長身でやせ形の中年男だった。焦点の合った鮮明な写真だ。

片眼鏡こそかけていないものの、写真の男はどう見てもハムネット・セドラーだった。

「さあ、これで晴れて自由の身だ」ヴィラが満足そうに言い、喜びに浸りつつ煙草を吸った。

「あのペテン野郎め」ゴードン・ロウが憤然と言い、顎を強く引いた。「嘘をついてたんだ！あの悪党には、どうあっても腕の銃創の仕返しを——」

「どうか落ち着いて」レーンが言った。「感情に走ってはいけませんよ、ゴードン。セドラー博士だという証拠はまだないのですから」

「でもレーンさん」ペイシェンスが声をあげた「この写真が何よりの証拠じゃありませんか」

「やるべきことはただひとつ」サムが言った。「あの男に手錠をかけて、真実を吐かせるんだ」

「イギリスの国民を脅迫するのですか、警視さん」レーンは乾いた声で言った。「重ねてお願いしますが、みなさん、どうか冷静になってください。まだまだ論理的にまったく説明のつかないことが多すぎるのですよ。わたしの意見を多少とも重んじてくださるのなら、もっと慎重に事を進めてください」

「でも――」

「いずれにせよ」レーンは静かにつづけた。「すべきことがまだ残っています。この家を入念に調べてみませんか。何か見つかるかもしれませんよ」それから小さく笑った。マクスウェルはすっかり混乱した様子で、ひとりひとりの顔を順に見ている。「オルレアンの街でベッドフォード公はこう言いました。〝招かれざる客は、帰ったあとに最も歓迎される（『ヘンリー六世第一部』第二幕第二場）〟とね。これもまたわれらが劇聖の珠玉の名言ですね、ゴードン……。では、案内をお願いしましょう、マクスウェルさん。探検が終わったら、厄介者は退散します」

20　顎ひげと綴り替え《アナグラム》

マクスウェルがゆるやかな足どりで一行の先頭に立ち、臭気の漂う廊下へ出ていった。右へ曲がり、数歩行ったところでこんどは左へ曲がり、古びた絨毯《じゅうたん》が敷かれた傷んだ木の階段の前を通り過ぎる。二階には寝室がいくつかあるらしい。それから石の階段を二段おりて、奥まった部屋の前へ進み、ナラ材の分厚いドアの前で足を止めた。閉まっていたドアをあけて脇へ退く。「エールズさまはこの部屋でお仕事をなさっていました」

それは広々とした書斎で、壁には床から天井まで黒っぽいナラ材の化粧板が張られていた。作りつけの書棚が連なっているが、ほとんどは空っぽで、下段のいくつかがまばらに埋まっている程度だった。

「書斎の様子からして」ゴードン・ロウが言った。「この家を仮住まいとしか考えていなかったらしい」

「そのようです」レーンがつぶやいた。

天井は低く、けばけばしい色をした古めかしいシャンデリアが、部屋の中央にある使い古された机の上に垂れさがっている。奥の壁には、分厚い一枚板から作られたナラ材の炉棚の下に暖炉があり、黒ずんだ火格子に薪《まき》の燃えかすや灰が残っている。机には古びた羽根ペン、インク壺《つぼ》、度の強い読書用眼鏡など、さまざまなものが散乱している。

　サムとペイシェンスが同時に声をあげて、机に跳びついた。

「どうしたんです」ロウが叫び、急いで歩み寄った。

　机の上には灰皿がひとつあった。ふちの欠けた色つきの安っぽい陶製品で、異様に胸の大きい人魚が不気味に笑うイルカたちと戯れる絵が描かれている。皿のなかに灰白色の陶片が五つ見えた。大きいふたつの破片にはくぼみがあり、内側の表面に焦げ跡がついている。破片の下には、刻み煙草の乾いた小塊や燃えかすが散らばっている。

「安物の喫煙パイプの残骸《ざんがい》かな」ロウは不思議そうに言った。「大騒ぎするほどのものでしょうか」

「ドノヒューの持ち物だ」サムが答えた。

　ペイシェンスの青い瞳《ひとみ》が輝いた。「証拠発見よ！」叫び声をあげる。「ドノヒューはいつも陶製のパイプを吸っていたの。あの日、エールズ博士のあとを追って博物館を出たところまではまちがいない。これはそのあとにこの家に来たことの決定的な証拠よ！」

「マクスウェルさん」サムが荒々しい声で問いかけた。「あんたはさっき、アイルランド人のたくましい男など来ていないと言いましたね。なぜこのパイプがここにあるんです」

「わかりません。この部屋にはいったのは、エールズさまが姿を消された日以来でして。あの朝、小包を届けに出かける前に、机のそばに破片が落ちていたので、煙草のかすや灰といっしょに灰皿へ捨てたのです」

レーンが大きく息を吐いた。「前の日の晩、帰っていいと言われたときに、破片はありましたか」

「ありませんでした。たしかです」

「エールズ博士はパイプをお使いになりますか」

「煙草はまったくお吸いになりません。この灰皿は、こちらへ越していらっしゃったときに、薪小屋のがらくたから見つけてきたものです」マクスウェルはまばたきをした。「ええ、わたくしも吸いません」かすかに身を震わせて言い足した。

「だとすると、警視さん」レーンが疲れたような声で言った。「かなりの確信をもって、起こった出来事を再現できますね。二十七日の夜、エールズ博士がマクスウェルさんを帰宅させた。その後、市街からエールズ博士を尾《つ》けてきて外の茂みに隠れていたドノヒューが家のなかにはいった。そしてふたりはこの部屋で顔を合わせた。ここまではまちがいないでしょう。その先は定かではありませんが」

「なるほど」サムは顔を引きしめて言った。「ほかの部屋も見てみましょう」

一同は軋《きし》む階段をのぼり、ドアが並ぶ二階の細い廊下に着いた。ひと部屋ずつ順に調べていく。最初のふたつは空き部屋で、蜘蛛《くも》の巣だらけだった。マクスウェルはさほど熱心な使用人ではないらしい。つぎはマクスウェルの私室で、あるものと言えば、鉄枠のベッド、古めかしい洗面台、椅子ひとつ、そしてどこかの中古家具屋の倉庫から掘り出してきたらしい衣装戸棚だけだった。四番目がエールズの寝室だった――マクスウェルの部屋と同じく、殺風景で小さく、よく片づいているとは言えないが、多少はほこりを払おうとつとめた形跡はあった。古いベッドは、傷が目立つとはいえ頑丈なクルミ材のもので、ていねいに整えられている。

ペイシェンスが女性の目で寝具を調べた。「ベッドを整えたのはあなた？」鋭い口調で尋ねる。

「はい。最後に整えたのは」マクスウェルはひと息ついてから答えた。「二十七日の朝でして――」

「ほんとうですか」レーンが言った。「どういうことでしょう。二十八日の朝、あなたが家にもどると、エールズ博士は出かけたあとで、例の小包が一階の玄関に置かれていた。それなのに、ここの寝具は乱れていなかったのですか」

「はい。だからこそエールズさまがお出かけになったのは前の晩だと――わたしをタリータウンへ帰した晩だと思ったのです。火曜の朝に、ベッドが使われた跡がないと気づいたもので」

「なぜもっと早くそれを言わなかったんだ」サムが噛《か》みついた。「そこが大事なんだよ。つまり、月曜の夜にこの家で何があったにせよ、その後エールズはこの家で寝なかったことになる。いや――セドラーがだ」

「おやおや、警視さん」レーンは微笑んだ。「どうか話を複雑にしないでください。いまの時点では、この家から姿を消したのはエールズ博士だということにしておきましょう……そう、エールズ博士です」ふたたび微笑むが、こんどは不思議な表情が混じっていた。「奇妙な名前ですね。どのように奇妙なのか、気づいた人はいませんか」

衣装戸棚を手で探っていたゴードン・ロウが体を起こした。「ぼくは気づきましたよ、奇妙な点に」はっきりと言った。「この不可思議な世界の出来事になんらかの意味や秩序があるならば、その奇妙な点こそが、サム警視が正しくてあなたがまちがっていることを物語っているんですよ！」

「ああ、ゴードン」不思議な笑みを浮かべたまま、レーンが言った。「やはり、猟犬のように粘り強いあなたが見逃すはずはなかったのですね」

「どういう意味ですか」ペイシェンスが声を大きくして言った。

「何を見逃さないって？」サムが苛立《いらだ》ちで顔を紅潮させて怒鳴った。

ジョー・ヴィラは風変わりな面々のおかしな言動に愛想を尽かしたかのように、うんざり顔で椅子に体を沈めた。マクスウェルは口を半開きにしたまま呆然《ぼうぜん》と一同を見守っている。

「つまり」ロウが鋭い口調で言った。「エールズ博士《Dr.Ales》の名前は、ある特殊な文字から成り立っています。そのことをよく考えてください」

「文字？」ペイシェンスがぼんやりと言った。「A、L、E、S……。ゴードン、さっぱりわからない」

「なんだと？」サムがつぶやいた。「A、L、E、S……」

「その四文字だけではありません」レーンが言った。「〝博士《ドクター》〟をつけて、D、R、A、L、E、

Sにしてください」

「ドレイルズ《Drales》？」

ロウが驚きのまなざしをレーンへ向けた。「では、レーンさんはとっくにご存じだったんですね！　ペイシェンス、気づかないかな。エールズ博士の名前はみごとな綴り替え《アナグラム》になってるんだよ」

　ペイシェンスの目が大きく見開き、顔がわずかに青ざめた。ある名前が口をついて出る。

「そう。D、R、A、L、E、Sの六文字を並べ替えると別の名前になる……SEDLAR……つまりセドラーだ！」

「そのとおりです」レーンは静かに言った。

　少しのあいだ、沈黙があった。やがてロウがひそかに衣装戸棚へ関心をもどした。

「なんと！」サムが感嘆の声を漏らした。「思ったほどまぬけじゃないんだな、若造。レーンさんもだまってるとは人が悪いな」

「隠す必要はありませんからね」レーンは微笑んだ。「そう、ゴードンの説明のとおり、〝ドクター・エールズ〟の綴《つづ》りは偶然にしてはできすぎです。何か目論見《もくろみ》があるにちがいありません。しかし、その目論見はどんなもので、何に端を発し、どういう目的があるのでしょうか……」肩をすくめる。「人間心理の気まぐれを探究しはじめてから、ひとつ学んだことがあります。それは、けっして結論を急いではならないということです」

「いや、これについてはすぐにでも結論を出せますな」サムが荒々しく言ったとき、ロウが会心の叫び声をあげた。

ロウは何やらつぶやきながら衣装戸棚から一歩さがった。そこですばやく向きなおり、怪我をしていないほうの手を背中に隠す。

「何を見つけたと思いますか」にやりとして言った。「エールズ博士というのは、まさしく腐って黴《かび》まで生えかけた策士マキャヴェリですよ！」

「ゴードン、何を見つけたの？」ペイシェンスが大声で言い、急いで駆け寄る。

ロウは包帯を巻いた腕を振って、ペイシェンスを押しとどめた。「まあ、待つんだ。忍耐《ペイシェンス》の名にふさわしくふるまってくれ」急に笑みをひそめた。「これにはまちがいなく興味を持っていただけますよ、レーンさん」無事なほうの腕を前へ突き出した。指の隙間から、ていねいに整えられた緑と青のつけ毛の束が垂れさがっている。五月六日にサム探偵事務所を訪れた、忘れもしないあの依頼人がつけていた異様な顎《あご》ひげにまちがいなかった。

一同がまだ呆然としたままでいるうちに、ロウはまた後ろを向いて、衣装戸棚のなかを探りはじめた。立てつづけに取り出した三つの品は――奇妙な形の青い中折れ帽、青いサングラス、そして灰色のふさふさした口ひげだった。

「きょうのぼくは運がいいな」ロウは小さく笑った。「さて、このささやかな三つの証拠品をどう考えますか」

「こいつはたまげたよ」サムがぼんやりと言い、ロウをしぶしぶ賞賛の目で見た。

「すごいわ、ゴードン！」

レーンは顎ひげ、サングラス、口ひげ、帽子をロウから受けとった。「まちがいないようですね。この顎ひげとサングラスは例の依頼人が身につけていたものでしょう」

「そりゃあ」サムが低い声で言った。「こんな顎ひげがこの世にふたつとあるはずがない。こんなもの、正気の人間がつけるもんですか」

「たしかに」レーンは微笑んだ。「よほどの事情がないかぎりはね。マクスウェルさん、いままでにこの品物を見たことがありますか」

驚きと怯《おび》えの入り混じった目で顎ひげを見ていた老人は首を横に振った。「帽子だけで、ほかはまったく見覚えがありません」

レーンはうなるように言った。「帽子ですか……ヴィラさん、あなたが博物館まで尾けた日にエールズ博士がかぶっていたのはこの帽子ですか」

「ああ。だから言ったろう、あいつは何か企んでるって。おれは――」

「強力な証拠ですね」レーンは考えにふけりながら言った。「五月六日に警視さんに封筒を預けた男と、五月二十七日の午後にブリタニック博物館で盗みを働いた男はまちがいなく同一人物です。見たところでは――」

「見たところでは」サムが荒々しくとがった声で言った。「事件は明らかです。これらの証拠品、クラップとヴィラの証言、おまけに写真という極めつけまであるんだから、申し分ない。

セドラーなんて男はこの事件に存在しないんだ」

「セドラー博士が存在しない？　それは驚きですね。どういう意味でしょうか」

「セドラーはいますよ」ロウが反論し、ペイシェンスも険しい顔で父親を見やった。

サムはにやりとした。「この謎めいた事件の裏が見えたよ。単純明快さ。新館長と名乗って博物館に現れたあのセドラーは、実はセドラーじゃない。エールズなんだよ、その正体はわからんがね。やつはニューヨークに到着したセドラーをなんらかの手立てで消し去り、新しい職場へ向かわせずにその地位を乗っとった――身長や体重など、外見が似ていたんで、成りすますことができたんだろう。どのみち、イギリス野郎はみんな顔がそっくりだからな。そしてそこから一連の猿芝居がはじまったんだ。エールズなる謎の男は盗みを働いただけでなく、人殺しまで犯したというわけだ」

「どうやら問題は」ロウが言った。「エールズ博士は何者かという点らしいな」

「警視さんの推理が正しいかどうかはすぐにも確認できますね」レーンは目を光らせて言った。「スコットランド・ヤードのトレンチ警部に電報を打ち、ハムネット・セドラーの写真を見つけて送ってもらえばよいのですよ」

「いい考えね！」ペイシェンスが叫んだ。

「ただ、わたしにはどうも――」レーンは何かを言いかけた。

下唇を大きく突き出して聞いていたサムは、突然顔を真っ赤にして両手を突きあげた。「冗談じゃない！」声を荒らげて言った。「この忌々しい事件とは縁を切ったんだ。ここで手を引かせてもらいますよ。もうんざりです。おかげで夜も眠れないんだ。どうなろうと知るもんか、パット、帰るぞ！」

「しかし、わたくしはどうすればよろしいのでしょうか」マクスウェルが途方に暮れて尋ねた。「エールズさまのお金をいくらかお預かりしているのですが、もしこのままおもどりにならなかったら——」

「ほうっておけ。戸締りをして自分の家に帰るんだな。さあ、パティ——」

「それはいけません」ドルリー・レーン氏が言った。「警視さん、それは得策ではありませんよ。マクスウェルさん、何事もなかったような顔でここにとどまるのが賢明です」

「そうなのですか」マクスウェルは青白い頬を掻いた。

「そして、エールズ博士がお帰りになるようなことがあったら——その可能性がないともかぎりませんからね——どうかサム警視さんにご連絡ください」

「わかりました」マクスウェルはため息混じりに言った。

「困るな、わたしは——」サムが不満げに言った。

「さあ、警視さん」レーンはにっこりとした。「マクスウェルさんに名刺を……。そう、それでいい」サムと腕を組んで言う。「頼みましたよ、マクスウェルさん、エールズ博士がもどられたらすぐに知らせてください」

21 ウェストチェスターでの蛮行

事件はその後、胴枯れ病に冒された樹木のように消沈した。すっかり力を失ったまま一週間以上が経ち、何も起こらず、新しい情報もなく、そのうえ関心を寄せる者もひとりもいないようだった。

サム警視は宣言どおり、この事件をすっかり投げ出した。例の宝石泥棒の捜査に乗り出し――高価な真珠の首飾りの消失と、パーク街の高層アパートメントを根城とする高級娼婦《しょうふ》への暴行とがからんだ、世間を派手ににぎわす事件だったが――そちらにかかりきりになっている。事務所にもあまり現れず、たまに顔を出しても郵便物に軽く目を通すだけだった。サム探偵事務所は、ときおりペイシェンスが訪れる折を除いて、いまにも泣きだしそうな秘書のブロディにまかされていた。

ペイシェンスは、突如として学問への情熱に目覚めていた。ブリタニック博物館へ足しげくかよい、ひどく老朽化した建物の修繕や装飾にいまなお精を出す職人たちから無言の賞賛を浴びたものだ。傍目《はため》には、ロウとふたりでシェイクスピアの研究に打ちこんでいるように見えた。とはいえ、文学史についてのこの共同研究で、劇聖がみずからの秘密を大いに明かすとは考えにくかった。ふたりが熱心に論じているのは謎のセドラー博士や自分たちのことばかりで、ロウの研究は遅々として進まなかった。

だが、だれよりも無関心そうに見えたのはドルリー・レーン氏だった。難攻不落の砦《とりで》ハムレット荘に閉じこもったレーン氏は、九日間にわたって峻厳《しゅんげん》なる沈黙を保っていた。

ささやかな幕間劇もあった。たとえば、この週にサム探偵事務所に届いた二通の手紙は、どちらもこの見捨てられた事件に関係していた。最初の手紙は、ニューヨーク郡の主任検死医で、マンハッタンの殺人者たちにとっては恐るべき法医学の権威である、レオ・シリング医師からだった。この優秀な医師の意見によると、3HS wM は化学記号としてまったく意味をなさないという。医師は最初、この記号列をふたつに分けて考えてみた。前半は水素と硫黄《いおう》が三つ結合したものと見えなくもないが、残念ながらそのような物質は存在しない。一個の水素分子が一個の硫黄分子と化学結合することは、プリーストリーの時代、いやそれ以前からけっしてありえないのだ。小文字のwには多数の化学的解釈が考えられる、と説明はつづいていた。たとえば、電気用語のワット《watt》や稀少《きしょう》鉱物の鉄マンガン重石《wolframite》などだ。大文字Mは金属《metal》の総称であり、仮にwが鉄マンガン重石を表しているとしたら、Mとwのあいだに関連性はある。「しかしながら」医師からの手紙はこう締めくくられていた。「数字とアルファベットの大小文字をごた混ぜにしたこの記号列はなんの意味もなさない、というのがわたしの結論だ。この記号に化学的意味は存在しえない」と。

二通目は、ワシントンの情報局の暗号専門家からだった。担当者のルパート・シフは、サムからの興味深い質問への返事が遅れたことを詫《わ》びていた。このところ多忙で、解読にはじゅうぶんな時間をとれなかったかもしれないという。それでも「これは記号としても暗号としても意味不明」というのがシフの意見だった。これが暗号だとしたら解読は不能だが、あえて言えば、各文字に割りあてる秘密の対応表があらかじめ用意されている暗号のたぐいだということはありうる。その対応表や暗号鍵《かぎ》の調査には専門家であっても何か月も要するだろうし、それでも不首尾に終わる可能性は高い、と書かれていた。

この奇妙な暗号の謎を解くべく、眠れぬ夜を幾度も人知れず過ごしていたペイシェンスは、いまや泣きたい気分に陥っていた。ロウの慰めも効き目はなく、ロウ自身も今回は運に見放されていた。

情報はほかにもいくつか寄せられたものの、やはり役に立たなかった。そのなかには、ジョーガン警視からの極秘のメモも含まれていた。シリンシア号で到着した五月二十二日から、実際にブリタニック博物館に現れた二十九日までのハムネット・セドラーのニューヨークでの足どりを、本部の刑事たちが数日間かけて念入りに調査したが、成果はなかったという。当座の住みかとしているセネカ・ホテルをあたったものの、わかったのはセドラーが二十九日の朝から部屋を予約していたことだけで、これはその日に着いたという作り話とのつじつま合わせを考えれば当然の帰結だった。セドラーは大きな荷物を持ちこみ、いまも同じホテルに滞在していた。もの静かな中年のイギリス人であり、食事はひとりで〈狩猟の間〉でとり、午後までホテルで過ごすときには、四時に部屋へお茶を運ばせて、だれにも邪魔されずにゆったりと飲むとのことだった。

気の毒なアイルランド人の警備員ドノヒューは、依然として行方がわからなかった。生死に関するわずかな手がかりさえ見つかっていない。

エールズもまた、いっさいの痕跡《こんせき》を残さず消息を絶ったままだ。

イタリア人のヴィラは、自分も監視を受ける立場に陥っていた。ある午後にサムがゴードン・ロウに語ったところによると――ロウが覆面男に襲撃され、その後つけひげを見つけ出してからというもの、この青年に対するサムの認識は改まったらしい――ヴィラが博物館で捕ったとき、百戦錬磨のサムは――えへん！　――いったん外へ出て電話をかけた。もちろん、おそらくはドルリー・レーン氏の助言にしたがってのことだろうが、ともあれそんなふうに動いた目的は、自分が尋問を終えたあとで、陰険なヴィラを泳がせて部下に尾行させる手筈《てはず》を整えることだったという。この仕事をまかされたのは、サム探偵事務所が雇っているグロスという男だった。グロスは博物館からタリータウンに近いエールズの家まで移動する一同のあとを、気どられることなく追いつづけ、全員が出てくるまで表で身をひそめて待った。その後もなかなかの才覚を発揮して、影のごとくヴィラにしっかり張りついている。もっとも、報告すべきことは何もなかった。どうやらヴィラは「何百万ドルもの価値がある秘密」を追い求めるのをあきらめたらしかった。

セドラーは博物館へ行き来していた。チョートも同じだ。クラップ司書は相変わらずサクソン邸で本をなでまわしている。サクソン夫人は六月末の暑さのなか、太った体に汗をかきながら、はるばるカンヌへ出向く準備に大わらわだった……。だれもが日ごろのとおりにふるまい、だれもがペイシェンスの青い瞳《ひとみ》に劣らず、邪気なく過ごしているようだった。サム警視は多忙をきわめる宝石強奪事件の調査の合間に、助手のひとりにこう言った。「こんな変てこな事件を扱ったのははじめてだよ」

マクスウェルはエールズの家をひとりで守りつづけているらしい。

そんなとき、電話がかかった。

それは七月一日の月曜日の蒸し暑い朝のことだった。サム警視は新しく依頼された事件の隠密調査で二日間の出張に出かけていた。ゴードン・ロウは、一週間の滞在予約を入れた安ホテルの一室でぐっすりと眠っていた——わずかな荷物をまとめて、サクソン邸に昂然《こうぜん》と別れを告げたロウは、ペイシェンスに「死んでももどらない」と宣言していた。ブロディはいつもの落ち着かない様子で探偵事務所の控え室にすわり、ペイシェンスはサムの机で、アイオワ州カウンシル・ブラッフスの消印が押された父親からの手紙をしかつめ顔で読んでいた。

あけ放たれたドアの向こうから、ブロディの声が響いた。「電話に出ていただけませんか、お嬢さん。何を言ってるのかわからないんです。酔っぱらいか何かみたいで」

「しかたがないわね」ペイシェンスはため息混じりに言い、電話へ手を伸ばした。ブロディにはときどき手を焼かされる。「もしもし?」気怠《けだる》そうに答えてすぐ、回線から強烈な電気が流れたかのように全身をこわばらせた。

受話器の向こうから聞こえる声は老マクスウェルのものにまちがいなかった。しかし、なんという声だろう！　息苦しそうで弱々しく、ひどく取り乱している――不明瞭《ふめいりよう》なことばをまくし立てているが、ペイシェンスにはごく一部しか聞きとれなかった。「助け――家に――恐ろしい――サム警視――来て――」途切れた断片を並べるばかりで、要領を得ない。

「マクスウェルさん！」ペイシェンスは叫んだ。「何があったのかしら。エールズ博士がもどったんですか？」

ほんの一瞬、老人の声がか細いながらもはっきりした。「ちがう。来て」そのとき、重いものが落ちたような鈍い音が響いた。ペイシェンスは受話器を見つめた。それから懸命に問いかけたが、返事はない。「マクスウェルさん！」だが、相手が聞くことも答えることもできない状態にあるのがすぐに察せられた。

ペイシェンスは巻き毛の上に麦わら帽子を斜めに載せたまま、控え室へ跳び出した。「ブロディ！　ハムレット荘のクエイシーに電話をして……。もしもし、クエイシーさん？　ペイシェンス・サムです。レーンさんはいらっしゃる？」クエイシーの残念そうな声がした。レーンさまは領地内にはいらっしゃるのですが――はっきりした居場所はわかりかねます。なるべく早く捜し出して、早急にエールズ博士の家へ向かうようにというお嬢さんからのことづけをお伝えします、と請け合った。ペイシェンスはつぎにゴードン・ロウの新しい家に電話をかけた。

「まずいな、パット。重大な事態だ。眠気を覚ますから、ちょっと待ってくれ……。警察にはもう知らせたかい」

「警察？　警察って？」

「タリータウン警察だよ！　パット、けさはどうかしてるぞ。頼むから、マクスウェルへ助けを呼んでやるんだ！」

「ああ、ゴードン」ペイシェンスは泣き声で言った。「ほんとうに情けないわ。そんなことも思いつかなかったなんて。すぐに知らせる。二十分で迎えにいくから」

「しっかりしろよ」

だがペイシェンスが通報したとき、タリータウン警察のボーリングという署長は不在だった。くたびれた声の巡査はどれほど重大な事態かを呑《の》みこめずにいるようだったが、最後にようやく、だれかを見にいかせることを約束した。

不安が増すにつれてペイシェンスの唇はこわばった。「行ってくるわ」悲痛な声でブロディに告げる。「ああ、どうしよう！　マクスウェルはきっと血まみれで倒れてるんだわ。じゃあね」

ペイシェンスは本道から脇道へはいる曲がり角でロードスターを急に停めた。ゴードン・ロウが立ちあがり、道の先へ目を凝らした。

「ちょうどレーンさんの車が来たみたいだ」

黒塗りの大型リムジンが無謀なほどの速さで突進してくる。目の前で甲高い音を立てて停止する車を見て、ふたりは安堵《あんど》の吐息を漏らした。運転席にドロミオがいる。後部座席のドアがあき、レーンの細い長身が颯爽《さっそう》と現れた。

「やあ」レーンは大声で言った。「遅くなってすみませんでした。あなたがたもいま来たところですか。泳いでいたせいで、クエイシーも見つけることができなかったのですよ。警察には知らせましたか」

「もう来ているはずです」ペイシェンスは息を呑んで答えた。

「いや」砂利敷きの路面を鋭く観察しながら、レーンは言った。「ゆうべの土砂降りで砂利が黒く湿って柔らかいのに、タイヤの跡がありません……。なんらかの理由で遅れているのでしょう。わたしたちだけで行くしかありません。ゴードン、腕の怪我が治ったのですね。では行ってください、ペイシェンス。あまり飛ばさないように。何に出くわすかわかりませんから」

レーンは自分の車へもどり、ペイシェンスはロードスターを脇道へ進めた。ドロミオが大きなリンカーンであとを追う。木々が頭上をかすめた。明け方の豪雨が砂利と土を洗い流し、路面はまるで穢《けが》れのない紙のようだ。若者ふたりはだまりこくっていた。ペイシェンスは細い道の曲折に意識を集中し、ロウは前方を見据えている。何が待ち受けているか想像もつかなかった。武器を持った男が藪《やぶ》から跳び出してきても、機関銃を構えた一団が前に立ちはだかっても、けっして意外ではない。二台の車はしっかり進んでいったが、何も起こらなかった。

エールズの家へ通じる細い私道の入口に着き、ペイシェンスは車を停めた。レーンが車をおりてふたりのもとへ歩み寄り、三人で作戦を練った。あたりは心地よい田舎で、生き生きとした夏のざわめきに包まれているが、近くに人のいる気配はまったくない。車は二台ともここに残してドロミオにまかせ、歩いていくことにした。

三人は用心深く私道を進んだ。ロウが先頭に立ち、レーンが最後尾を固め、そこにはさまれてペイシェンスが不安げに歩いていく。木立がまばらになって、家の前庭が目の前に現れた。やはり人の気配はない。玄関は固く閉ざされ、窓は今回も鎧戸《よろいど》でふさがれていて、車庫の入口も閉まっている——どこにも異状はなさそうだ。

「でも、マクスウェルはどこ？」ペイシェンスが小声で言った。

「中へはいってみよう。どうも様子が気に入らない」ロウがきびしい声で言った。「離れるよ、パット。何に出くわすか、わからないぞ」

前庭を足早に通り抜け、ポーチへの壊れそうなステップをあがった。ロウが分厚い玄関扉を力強く叩《たた》いた。繰り返し叩いたが、応答はない。ロウとペイシェンスはレーンへちらりと目をやった。老優は唇を引き結び、瞳に奇妙な光を宿していた。

「打ち破ってみてはどうでしょうか」レーンが穏やかに提案した。

「いい考えです」ロウはポーチの端までさがると、手を振ってふたりを脇へ寄せ、力強く床を踏みしめてから思いきり前へ跳び出した。右足を勢いよくあげ、扉の錠をめがけて強烈な蹴《け》りを見舞う。どっしりとした木の玄関扉が揺れて、内側の上部でベルが鳴り響いた。ポーチの端へ引き返し、もう一度繰り返す。五回目の試みで錠が壊れ、扉が内側へ動いた。上に吊《つ》るされたベルが激しく抗議をつづけていた。

「フランス式のボクシングさ」勝ち誇ったように息を弾ませながら、ロウは玄関をくぐった。

「春にマルセイユでフランス人の格闘家から教わって……なんだ、これは！」

そこで三人は棒立ちとなり、目の前の光景にことばを失った。小さな玄関広間が竜巻にもてあそばれたかのように乱れていた。傘立ての隣にあった古い椅子が四つに分断され、壁の鏡は粉々になって床一面に散らばっている。傘立ては床に転がり、小卓は死んだカブトムシのように覆っている。

三人は無言のまま客間へ向かった。そこも荒らされていた。

書斎をのぞきこみ、ペイシェンスは青ざめた。まるで象か、飢えたトラの家族が通ったかのようなありさまだった。まともに立っている家具はひとつもない。壁にはそこかしこに得体の知れない傷跡がついていた。シャンデリアは壊され、ほうり出された書物が床に散らばっている。ガラスや木の破片も……。三人は押しだまったまま、家の奥の台所を調べた。そこは手つかずの部分がいくらか残っていたが、それもほかと比べればというだけで、食卓の抽斗《ひきだし》は抜き出され、食器棚も隅々まで荒らされ、皿や鍋《なべ》が床に散乱していた。

二階も似た光景がひろがっていた。壁の傷跡も……。

三人は一階へもどった。マクスウェルの姿はどこにもないが、寝室に衣類は残っていた。

「表に車庫がありましたね」レーンは考えながらつぶやいた。「もしかしたらそこに――」

「行ってみましょう」ロウが言い、三人は外へ出た。ロウは足音を忍ばせて車庫へ近づいた。窓はひとつしかなく、それも表面がほこりと煤《すす》で曇っているため、中の様子はうかがえない。レーンが薄い扉を叩いた。掛け金から錆《さ》びた錠がぶらさがっている。返事はない。

「窓を壊すしかありません」ロウが言った。「パット、さがって。ガラスが飛び散るかもしれない」重い石を見つけてきて、窓に投げつけた。ガラスが割れたので、隙間から内側の鍵《かぎ》をさぐった。それから窓をくぐり抜け、すぐに叫んだ。「入口から離れててくれ！」扉が勢いよく外側へ開き、掛け金がねじれた……。戸口には、引きしまった顔を紅潮させたゴードン・ロウがたたずんでいた。そして、きびしい声で告げた。「マクスウェルがいました。でも、死んでいるようです」

22　斧《おの》の襲撃者

車庫には使い古された車が一台置かれ、錆びたねじや油っぽいぼろ布や数々の木箱など、悪臭を放つ雑多な小道具が散らばっていた。窓のある壁と車にはさまれた場所に古ぼけた椅子があり、擦り切れたロープがそこから垂れている。その椅子と入口の両開きの扉のあいだに、ほこりだらけの黒い服を着たマクスウェルが倒れていた。うつ伏せの恰好《かっこう》で、両脚が縮こまって体の下敷きになっている。外傷はないようだが、首に巻かれた布の結び目がうなじのあたりに見える。伸ばされた右手の二フィート先にはペンキまみれの小卓があり、内線電話が載っていた。受話器がはずれてコードの先にぶらさがっている。ペイシェンスは受話器を力なくもとにもどした。

ロウとレーンが床にひざまずき、動かぬマクスウェルの体を仰向《あおむ》けにした。やせた顔は異様に白く、幾重にも折りたたまれた布がよだれ掛けのように顎《あご》の下にはさまれている。これは猿ぐつわだったらしく、椅子に体を縛りつけていたロープを解いたあと、どうにかゆるめたのだろう。そのとき、驚いたことに顔が小刻みに動きはじめ、しゃがれたうめき声があがった。

「生きてる！」ペイシェンスが叫び、かたわらへ駆け寄った。汚れも気にせずにコンクリート敷きの床に膝《ひざ》を突き、老人の頬を軽く叩く。目が一瞬開いたものの、すぐにまた閉じた。ロウが急いで立ちあがるや、車庫の奥にある青く錆びた蛇口の前まで行き、ハンカチを水に濡《ぬ》らしてもどってきた。ペイシェンスはマクスウェルの白い顔をそっと拭《ふ》いた。

「気の毒に」レーンがゆっくりと言った。「ゴードン、わたしたちふたりでなんとか母屋へ運びましょう」

ふたりはマクスウェルのぐったりとした骨張った体を注意深く持ちあげ、前庭を通り抜けて、蹴破《けやぶ》った玄関口から客間へ運んだ。ペイシェンスがひっくり返ったソファーを懸命にもとにもどしたが、クッションはずたずたに引き裂かれていた。三人はマクスウェルをソファーに寝かせ、その場で無言のまま見おろした。マクスウェルの目がふたたび開き、皺《しわ》だらけの頬にかすかに赤みが差しはじめる。瞳《ひとみ》に怯《おび》えと戦慄《せんりつ》が走ったが、自分を見守る心配そうな顔を目にするなり、ため息を漏らして唇を湿らせた。

ちょうどそのとき、外からエンジン音が聞こえ、三人は急いでポーチへ出ていった。青い制服に身を包んだ体格のよい赤ら顔の男が、ふたりの巡査を従えて足早にステップをのぼってきた。

「タリータウン警察のボーリング署長です」男は名乗った。「けさがた、署に通報なさったのはあなたですね、お嬢さん……この家の場所がわからなくて遅くなりました。何があったのか教えてください」

紹介と説明を終えてから、一同はすっかり意識を取りもどしたマクスウェルの周囲に集まり、荒らされた客間で話に耳を傾けた。

ゆうべの十一時三十分――暗くて気味の悪い日曜の夜――マクスウェルがトランプでひとり遊びをしていたとき、玄関のブザーが鳴った。一抹の不安を覚えつつ、急いで玄関へ向かった。外は真っ暗であり、家には自分ひとりきりで、近隣に人家もない……。こんな夜更けにだれが訪ねてきたのか――ただでさえこの家には客などほとんど来ないというのに。そのとき、エールズが帰ってきたのではないかと思いつき、執拗《しつよう》に鳴りつづけるブザーに応《こた》えて扉をあけた。その瞬間、片足が敷居をまたぎ越し、玄関の薄明かりのなかに長身の男が立った。襟を目のあたりまで立てていた。マクスウェルは驚きの悲鳴をあげてあとずさったが、震える腹部に何やら小さく硬い円形のものを押しつけられた。リボルバーらしいと気づき、膝がわななないた。男が進み出て弱々しい光にじかに照らされたとき、恐怖に動転しながらも、相手が覆面をしているのを見てとった。

「あ――あまりに恐ろしくて」マクスウェルは声をうわずらせた。「気絶しそうでした。男はわたくしに背中を向けさせると、銃を突きつけたまま自分の前を歩かせて、家の外へ連れ出しました。わたくしは目を閉じました。銃で――撃ち殺されると思ったのです。ところが男は車庫に連れこんだだけで、古いロープを見つけてわたくしを壊れた古椅子に縛りつけ、ぼろ布で口をふさぎました。それから外へ出ていきましたが、すぐに引き返してきてわたくしの体を探りました。理由はわかります。母屋から連れ出されて玄関扉が閉まるとき、カチリと音がしましたから。あそこはばね錠になっておりましてね。男は中へはいれなかったのです。わたくしはジーンズに合鍵《あいかぎ》を持っておりまして――親鍵はエールズさまがお持ちですが――男はそれを見つけました。それから車庫の入口に鍵をかけて出ていったので、わたくしは闇に取り残されました。何もかも静まり返っていて……。息をするのもむずかしいまま、ひと晩じゅう車庫におりました」身震いをする。「ロープは痛いし、眠れないし、緊張しっぱなしで、腕も脚も麻《ま》痺《ひ》したかのようでした。それでも朝にはどうにかロープをゆるめて、猿ぐつわをはずしました。そのとき、サム警視が置き残していかれた名刺がポケットにあるのに気づいたのです。内線電話からその番号にかけて……おそらくそこで気を失ったのでしょう。覚えているのはそこまでです」

それから、一同は家じゅうをくまなく調べてまわった。マクスウェルは後ろからよろよろとついてきた。最初は書斎だった。

マクスウェルを襲った犯人は、この人里離れた家までどんな目的でやってきたのであれ、そのために情け容赦なく蛮行のかぎりを尽くしたにちがいない。何が目当てだったのか、書斎は散々に掻《か》きまわされていた。家具をひっくり返し、ガラス製品を叩《たた》き割るだけでなく、何か鋭いもので羽目板を切りつけたらしく、いたるところにその痕跡《こんせき》がはっきりと残っていた。使った道具はボーリング署長によってすぐに発見された。それは小型の手斧《ておの》で、暖炉のそばの床に転がっていた。

「この家の手斧です」マクスウェルが唇を湿らせながら言った。「台所にある工具箱からわたくしが持ってまいりました。暖炉の薪《まき》割りに使ったのです」

「この家にある斧は一本だけですか」ペイシェンスが尋ねた。

「はい」

羽目板と木造部分の損傷が激しく、幅木の上に細長い木片がいくつも落ちていた。床にも斧を振るった跡が一か所あり、マクスウェルによると、そこには小型の絨毯《じゅうたん》が敷かれていたらしい。その絨毯は、荒々しく投げ捨てられたのか、片隅で皺くちゃになっていた。別の隅にあったヴィクトリア朝風の華やかな床置き時計も、ガラスの破片にまみれて倒れている。調べたところ、斧を振るった者は故意に時計の木枠を叩き壊して、銅の振り子をもぎとり、さらに横倒しにして、中の入り組んだ歯車や部品があらわになるほど背面と側面を力まかせに切り裂いていた。針はちょうど十二時を指していた。

「この時計、ゆうべは動いていましたか」ロウが語気鋭く問いただした。

「はい。ブザーが鳴る前はここでトランプをしておりましたので、よく覚えております。カチカチと大きな音を立てて、たしかに動いていました」

「そして犯人はちょうど十二時に時計に襲いかかった」ペイシェンスが言った。「何かの役に立つかもしれませんね」

「そうですかね」ボーリング署長が低い声で言った。「マクスウェルさんの証言で、犯人が来たのが十一時半だったことはわかっています」

ドルリー・レーン氏は部屋の片隅に静かに立って想念にふけりつつ、やりとりを見守っていた。目だけが油断なく光り、深みのある輝きを放っている。

ペイシェンスはゆっくりと部屋を歩いた。机を観察したところ、抽斗《ひきだし》がすべて抜かれて中身が散乱していた。天板にはトランプが散らばったままだ。つづいて視線が部屋の奥にある何かをとらえた。目が細まる。それは安っぽい金属の目覚まし時計で、暖炉の上にあるナラ材の炉棚に置かれていた。

「どうかしたのか、パット」ペイシェンスが何かに注意を引かれているのに気づき、ロウが尋ねた。

「あの目覚まし時計よ。書斎にあるなんて変だわ」近づいて手にとる。目覚まし時計は快活に時を刻んでいた。

「わたくしがこの部屋に持ってまいりました」マクスウェルが恐縮して言った。すでに落ち着きを取りもどしたらしく、興味津々のていでやりとりを見つめていた。

「持ってきた？　ここには大きな床置き時計があるのに、なぜこんな小さい時計が要るんですか」ペイシェンスはいぶかしげに訊《き》いた。

「アラームを使うためです」マクスウェルはすかさず答えた。「数日前から少し咳《せき》が出ていたので、土曜日にタリータウンで薬をもらってまいりましてね。四時間ごとにスプーン一杯ぶんを飲むよう、薬剤師に言われました。ゆうべは八時に一回飲んだのですが、どうも忘れっぽいものですから」——弱々しく笑う——「寝る前のもう一回を飲みそこないそうな気がしたのです。そこで、トランプをしているときに目覚まし時計をこの部屋へ持ってきて、夜中の十二時にアラームが鳴るように準備し、薬を飲んでから寝るつもりでした。ところが、その前に――」

「なるほど」ペイシェンスは言った。その説明に嘘はないようだった。時計の近くにある炉棚には、茶色の液体が四分の三ほどはいった小さな瓶と、べとついたスプーンが置いてあった。目覚まし時計を見たところ、マクスウェルの説明どおり、十二時にアラームが鳴るように設定されていた。小さなつまみが〝入〟と記された側へ押しこまれている。「ええっと、いまは――」つぶやきながら自分の小ぶりな腕時計を確認した。十一時五十一分。「いま何時、ゴードン」

「十一時五十分ちょうどだ」

「ボーリング署長の時計では何時ですか」

「十一時五十二分です」ボーリングは答えた。「いったい何を――」

「時計が正確に動いているかどうかを知りたかっただけです」ペイシェンスはかすかに笑って答えた。けれども目には迷いがある。「このとおり、正しい時刻を示しています」その安っぽい目覚まし時計の針は十一時五十一分を指していた。

「ああ――ペイシェンス」レーンが前に進み出て言った。「ちょっと見せてもらえますか」少しのあいだ時計を観察し、炉棚へもどしてから、いまいた場所に引き返した。

「あれはなんだろうな」先刻から荒れ果てた室内を歩きまわり、あれこれをつつきまわしていたロウが不思議そうな声をあげた。頭をのけぞらせて、壁の上部にある何かを見つめている。

その壁に作りつけられた書棚は、高さが床から半分までしかない他の壁の書棚とちがい、天井の近くまでそびえていた。足もとには金属のレールが壁に沿って敷かれ、靴屋や図書館でよく見かける滑り梯子《ばしご》が取りつけられている。ふつうでは手の届かない最上段の棚への出し入れが楽にできるよう、この家の最初の主が設《しつら》えたものらしい。書棚の上部の壁には、ほかの壁と同様、クルミ材の羽目板が帯状に連ねて張られていた。細長い形をしたその羽目板には、時代遅れの派手な彫刻が施されている。ロウの視線がとらえたのはそのうちの一枚だった。まるで扉のように壁から開いている。

「まるで隠し戸棚みたいだ」ロウは含み笑いをした。「つぎは暖炉からモンテ・クリスト伯が飛び出してくるかもしれないな」天井近くで開いている羽目板のちょうど真下にあった滑り梯子を軽々とのぼっていく。

「いったいどうなってるんだ」ボーリング署長がうなるように言った。「隠し戸棚とは！　これじゃまるで、その、なんだ、探偵小説じゃないか……。マクスウェルさん、あなたは知っていましたか」

マクスウェルは口をあけて頭上を見やっていた。「と、とんでもない。はじめて気づきました。あんな小さな扉があるなんて——」

「空っぽだ」ロウがむっつりと言った。「みごとな隠し穴ですよ。大きさは——そうだな——幅八インチ、高さ二インチ、奥行き二インチぐらいか……。作ったのはエールズでしょうが、なんとも巧妙です。できたのはつい最近ですね。鑿《のみ》の跡がまだ新しいので」中をのぞきこむロウが言った。「だれであれ、この家を荒らしたやつはついてませんでしたね。この穴を見落としたんですから。ほら」そう言って、書棚の上の細長い羽目板を指さした。木のあちらこちらに斧《おの》の無残な刃跡がついている。だが、ロウが小さな扉を閉めると、そこには傷ひとつなかった。「まったく気づかなかったんですね。うまくできてますよ。さて、これをもう一度あけるにはどうしたらいいんだろう」

「わたしにも見せてくれ」ボーリング署長が険しい顔で言った。

ロウはしぶしぶ梯子をおり、かわりにボーリングが細心の注意をもってのぼっていった。ロウが言ったとおり、隠し戸棚は実に巧妙にできていた。ひとたび扉が閉められると、そこにそんなものが存在しているとはまったくわからない。ふちどり彫刻の枠ときれいに重なっているので、判別できなくなっている。ボーリングが赤ら顔を一段と赤くして押したり引いたりしたが、扉は閉じたままで、外見に不審なところはない。こぶしで叩いたときにうつろな音が響くだけだ。この羽目板のふちには、ほかと同じように小さなバラ形の装飾が彫られていた。ボーリングは息を切らして「何か仕掛けがあるぞ」と言い、バラ形の装飾を指でまさぐった。すぐに大きな感嘆の声を漏らした。飾りのひとつが手のなかでまわったからだ。一回転させたが何も起こらない。もう一回転させると、扉が弾《はじ》かれたように勢いよく開き、その反動でボーリングは危うく梯子から落ちそうになった……。それから扉を取りはずして中を調べた。そこは単純ながらも巧妙なばね仕掛けになっていた。

「やれやれ」ボーリングは梯子をおりながら言った。「悩んでもしかたがあるまい。たとえ中に何かはいっていたにせよ、すでに空なんですからな。それにしてもずいぶん小さな隠し場所です。さて、二階を調べに行きましょう」

エールズの寝室は、階下の書斎に劣らずひどく荒らされていた。ベッドは分解され、マットレスは引き裂かれ、家具は叩き割られ、床は傷つけられ――一階で目当ての品を見つけられなかった犯人が、ここでも斧を振るって探索をつづけたのは明らかだった。寝室には小さな金時計があり、奇妙なことに、この時計も室内を吹き荒れた竜巻の被害を受けていた。斧を振るった者があわただしくベッドを壊しているさなかにテーブルをひっくり返し、そのときに床へ落ちたのだろう。針は十二時二十四分を指して止まっていた。

ペイシェンスの目が輝いた。「われらが友は犯行時刻の記録を残していってくれたわ」感嘆の声をあげる。「最初に一階を襲ったことがこれではっきりした……。マクスウェルさん、この時計の示す時刻は正確でしたか」

「はい。安物とはいえ、時計はまともなものをそろえましたし、どれも一致するようにわたくしが調整しておりました」

「まさに僥倖《ぎょうこう》です」レーンがつぶやいた。「犯人のなんと愚劣なことか」

「というと?」ボーリングが鋭い口調で尋ねた。

「いいえ、たいしたことではありません。犯罪者の本質的な愚かしさについて述べただけです」

低い声が二階に響き渡った。「署長！　これをご覧ください！」

全員が転がるように階段を駆けおりた。ひとりの巡査が玄関広間にいて、片隅の暗がりを懐中電灯で照らしていた。光のなかに三つのガラス片が見え、そのうちのひとつには、切れた長い絹の黒紐《ひも》がついていた。

レーンが三つのガラス片を拾いあげ、客間へ持っていった。破片を組み合わせたところ、完《かん》璧《ぺき》な円形になった。

「片眼鏡ですね」静かに告げた。

「とんでもないな」ロウがつぶやく。

「片眼鏡ですって？」マクスウェルがまばたきをした。「変ですね。エールズさまはそんなものをお使いになりませんし、この家では一度も見たこともありません。もちろんわたし自身も——」

「セドラー博士ね」ペイシェンスが暗い声で言った。

23　記号列の問題

もはやこの家ですべきことは何もなかった。マクスウェルは、雇い主のことなど忘れてタリータウンへ帰り、痛ましくも中断されたかつての平穏な暮らしにもどるよう勧められた。鈍重ながらも精力的なボーリング署長は、現場にふたりの部下を残し、家に通じる小道と家の裏手を見張らせた。もっとも、外部から家の裏手へ近づくには、生い茂った灌木《かんぼく》を掻《か》き分けて、足もとの悪い腐葉土の上を進むしかない。書斎で隠し戸棚を発見してから徐々に口数が減っていたロウは、一点だけをたしかめた。マクスウェルの証言によると、田舎で夜をひとりで過ごすため、ゆうべもふだんどおり、すべての出入口と窓に鍵《かぎ》をかけたという。そこでロウはひとりで家のなかを調べてまわった。玄関以外の扉と窓にはすべて内側から施錠されていた。地下室については調べるまでもない。というのも、地下へおりるには台所の近くにある屋内の階段を使うしかないからだ。一同がこの家を去るとき、玄関扉に吊《つ》りさげられたベルがあざ笑うかのように鳴り響いた。

レーンの招きに従い――ボーリングは警察車でマクスウェルをタリータウンへ送っていったが――ペイシェンスとロウは、ドロミオの駆るリムジンのあとについてハムレット荘へ向かった。ふたりは屋敷の執事フォルスタッフが用意したそれぞれの部屋へ喜んで向かい、入浴をすませて、心はともかく体をすっきりさせてから、遅めの昼食の席についた。レーンの住まいのくつろいだ雰囲気のなかで三人だけの食事をとったが、会話は弾まなかった。ペイシェンスは苛立《いらだ》たしげに黙し、ロウは考えにふけり、レーンはけさの出来事についてはいっさいふれずに、なごやかな会話をつづけるにとどまった。昼食後、レーンはふたりをクエイシーにまかせて、自分は書斎に引きあげた。

ペイシェンスとロウは、ハムレット荘の広々とした敷地をあてどなくのんびりと歩いた。美しい小さな庭園に着くと、ふたりは申し合わせたかのように草の上に体を投げ出し、思いきり手脚を伸ばした。クエイシーはそのさまを見て小さく笑い、やがて姿を消した。

鳥がさえずり、草いきれが甘く漂っている。ふたりとも何も言わなかった。ロウは連れの顔を見ようと何度か身をよじった。ペイシェンスの顔はあたたかな日差しと疲れでかすかに赤く染まり、伸びやかに横たわる細い体が健康的な曲線を描いていた。それを熱っぽく見守っていたロウには、彼女が誘惑しているのか無関心なのかわからなかった。両目を閉じたペイシェンスの眉間《みけん》には一本の白い皺《しわ》がうっすらと浮かんでいて、冗談も求愛も受け入れそうになかった。

ロウはため息をついた。「どうしたんだよ、パット。頼むから、そんなこわい顔はやめてくれ。女はのんびりしてるほうがいい」

「わたし、こわい顔してる？」ペイシェンスは言い、目をあけてロウに微笑んだ。「子供なのね、ゴードン。ずっと考えてたんだけど——」

「どうやらぼくは頭でっかちな女を妻にしなきゃいけないらしい」ロウは淡々と言った。「問題はぼくも頭でっかちということだ――なら、お互いさまだな」

「妻にする？　ふざけたこと言わないで！　わたしが考えてたのは、ゆうべエールズ博士の家には、ひとりではなくふたりの侵入者がいたんじゃないかってこと」

「ああ、そのことか」ロウはそう言って急に仰向《あおむ》けに寝転がり、とがった葉をむしりとった。

ペイシェンスは目に熱い光をたたえて起きあがった。「じゃあ、あなたも気がついてたのね、ゴードン。ひとりは斧を振るった人物よ。家の状態からして、何かを探していたのはまちがいない。ありかがわからず、血眼になって探しまわったのよ。家具を隅々まで斧《おの》で叩《たた》き壊したのがその証拠だわ。ここで重要なのは、その人物はエールズ博士ではありえないということ」

ロウはあくびを漏らした。「そりゃそうさ。もしエールズだとしたら、探す場所は心得てるだろうからね。あの壁の隠し場所を作ったのはまちがいなくエールズで、実際に何かを置いていたんだ」またあくびをする。「で、もうひとりは？」

「そんな無関心なふりをしないでよ」ペイシェンスは笑った。「自分だって必死に考えてるくせに……。もうひとりはわからないわ。でも、いまのあなたの説明は正しい。斧を振るったのは未知の人物なのよ。エールズ博士だとしたら、わざわざ部屋じゅうを叩き割って薪《まき》だらけにする必要はない――目当てのもののありかを知っていたはずだもの。その一方で、斧男が探していたものは、まちがいなくもう見つかってるわ。わたしたちがあの隠し戸棚に気づいたときに扉が開いてたのは、だれかがあけっぱなしにしたからよ」

「だからゆうべあの家にはふたりの人間がいたと考えてるのかい。その斧男が——変てこな呼び名だな——ひと仕事終えたあとに、自分で隠し場所を見つけたのかもしれないじゃないか」

「そうかしら」ペイシェンスが言い返した。「あなたも見たとおり、あの隠し戸棚はずいぶん巧妙にできていた。扉があいているのを見たからこそ、ボーリング署長はあそこに隠し戸棚があることを知り、おかげでバラ形装飾の仕掛けに気づいた。扉が閉まっていて、あそこがただの壁にしか見えなかったら、正しい羽目板を見つけたうえに正しいバラ形装飾も探し出し、ボーリング署長がしたようにそれを二回まわす可能性なんて、万にひとつもないわ。つまり、あの隠し場所は偶然では見つけられっこないのよ。もし斧男がバラ形装飾やあの穴の秘密をもとから知ってたなら、斧を振りまわす必要はない。だとしたら、バラ形装飾の部分をまわして隠し戸棚の扉をあけ、中身を取り出してあけっぱなしにしていったのは斧男ではない。斧男でないならほかの何者かであり、よってふたりの人物がいたことになる。証明終わり」

「まごうかたなき女探偵だな」ロウは小さく笑った。「パット、きみは宝石だよ。すばらしい推理だ。さて、ここでもうひとつ結論を導き出せる。もうひとりの男は——仮に男だとして——いつ隠し戸棚があるところへ行ったのか。すなわち、斧男より前だったのか、あとだったのか」

「はい、先生、あとだと思います。もしその男が隠し戸棚から何かをとったのが先だったら、あとから来た斧男は壁の扉があいているのを見て、すぐに戸棚に気づいたはずだもの。それなら、隠し場所を探すためにあれほど室内を荒らしまわらなかった……。そうよ、ゴードン、まず斧男があの家に来たの。マクスウェルに銃を突きつけて車庫に縛りつけたのも斧男にちがいない。そのあとで別の男がやってきて、それから何が起こったのかは神のみぞ知るってことね」

ふたりはしばらく沈黙に陥った。草の上に寝転がり、雲がまばらに浮かんだ空を見つめる。日焼けしたロウの手がペイシェンスの手にふれた。ペイシェンスはその手を引こうとはしなかった。

早めの夕食のあと、三人はレーンの書斎に集まった。古式ゆかしいイギリス風の室内には、革と書物と木の香りが漂っていた。ペイシェンスはレーンの肘掛《ひじか》け椅子に腰をおろし、一枚の紙を手にとって、ぼんやりと何かを書きはじめた。レーンとロウは机の前にすわり、ランプのほの明かりのなかでくつろいでいた。

「実は」ペイシェンスが口を開いた。「夕食の前にいくつか書き出したんです——その、気になっていたことをね。個々の謎に分けてみたと言ってもいい。中にはさっぱりわけがわからないものもあるんです」

「おや、そんなことを」レーンが言った。「ペイシェンス、あなたは女性にしては驚くほどの根気強さを持っていますね」

「まあ！　それがいちばんの取り柄ですから。読みあげてもいいですか」ハンドバッグから一枚の細長い紙を取り出して開く。それからよく通る声で読みはじめた。

（1）記号列を記した紙のはいった封筒を置き残したのはエールズ博士である——証拠その一、自宅の衣装戸棚でつけひげとサングラスが発見された。証拠その二、この人物こそ〝行方不明の愛書家〟である。ジャガードの一五九九年版を盗むためにサクソン邸へヴィラを差し向けたのはエールズ博士。さらに、教師の一団にまぎれこみ、ブリタニック博物館のジャガード版を盗み出してもいる——これはヴィラの証言で明らかになり、青い中折れ帽と灰色の口ひげが寝室から見つかったことで裏づけられた。では、エールズとはいったいだれなのか。クラップ司書とヴィラが主張するとおり、その正体はハムネット・セドラーなのか、あるいはまったく別の人物なのか。なんらかの形で人物の混同があるのだろうか。

（2）ハムネット・セドラーとして知られている男はだれなのか。ハムネット・セドラーなる人物が実在することは、スコットランド・ヤードの調べでわかっていて、ブリタニック博物館はその人物を新館長に採用した。しかし、ハムネット・セドラーとして博物館に現れた男は、本物のハムネット・セドラーなのか。あるいは父が考えたように、ハムネット・セドラーに成りすました別人なのか。ニューヨークに到着した日を偽ったことは、まちがいなく後ろ暗さを感じさせる。本物のハムネット・セドラーは死んだのだろうか。博物館に現れた男は、セドラーの地位と名前を奪ったのだろうか。なぜ到着日を偽ったのだろうか。実際の到着日から虚偽の到着日までのあいだに、いったい何をしていたのだろうか。

「うわあ！」ロウが言った。「なんてひねくれた考えの持ち主なんだ」

ペイシェンスはロウをにらみつけてからつづけた。

(3)もしハムネット・セドラーがエールズと同一人物でないとしたら、エールズの身に何が起こったのか。なぜ姿を消したのか。
(4)ドノヒューの身にはいったい何が起こったのか。
(5)ゴードンとわたしを拳銃《けんじゅう》で脅し、封筒を奪ったのはだれなのか。
(6)斧男の正体はだれなのか。エールズではないが、ほかのだれであってもおかしくない。
(7)斧男のあとからエールズの家に侵入し、隠し戸棚から何かを持ち去ったのはだれなのか。エールズ自身だった可能性もある――本人ならば当然ありかを知っていたはずだ。

「ちょっと待ってください、ペイシェンス」レーンが口を開いた。「斧を振るったのがエールズ博士ではないとなぜわかるのですか。そして、ゆうべあの家にふたりの人物がいたと考えた理由は？」ペイシェンスが説明し、レーンはその唇をじっと見つめながらうなずいていた。

「ああ、なるほど」説明を聞き終えて小声で言った。「すばらしい。そうではありませんか、ゴードン。完璧《かんぺき》な推理です……。それで全部ですか」

「いえ、もうひとつあります」ペイシェンスは眉根《まゆね》を寄せた。「これがいちばん重要で、最も厄介な謎です」

（8）これら複雑な謎のすべては、何を中心にまわっているのか。それはまちがいなく、エールズの言った〝何百万の価値がある秘密〟だろう。その何百万の価値がある秘密は、エールズが父に託した記号列に関係している。そこで、すべてはこの最後の謎に帰着する——あの記号列にはどんな意味があるのか。

ペイシェンスはメモを置き、ふたたび机に向かって何かを書きはじめた。男ふたりはしばし無言のままだった。ロウはペイシェンスのペンの動きをぼんやり見守っていたが、急に身をこわばらせて椅子から腰を浮かせた。ペイシェンスとレーンが不思議そうに顔を向けた。

「それはなんだ」ロウが鋭い口調で尋ねた。

「何って」ペイシェンスはまばたきをした。「あの忌々しい記号列よ。3HS wM という」

「そうだったのか《ユリイカ》！」ロウは叫んだ。目を輝かせて力強く立ちあがる。「わかった、わかったぞ！　なんと子供じみて単純なんだ！」

ドルリー・レーン氏も立ちあがり、机に歩み寄った。顔が暗がりから浮かび出て、すべての皺《しわ》が黒く際立って見える。「あなたもようやく気づきましたか」静かに言う。「わたしにはわかっていたのですよ、ペイシェンス。あの日、警視さんの事務所で、サクソン書庫の便箋《びんせん》に書かれた記号列を見せてもらったときにね。教えてあげてください、ゴードン」

「何がなんだかわからないわ」ペイシェンスが不満げに言った。

「きみがこの記号を書いたとき、ぼくはどこにすわってた？」ロウが尋ねた。

「わたしの向かいよ」

「そのとおり！　つまり、ぼくがこの記号を見たのは、警視さんがあの便箋をひろげたときに、机の前のレーンさんが見ていたのと同じ方向からなんだ。逆さに見たんだよ」

ペイシェンスは小さな悲鳴を漏らした。紙をつかみあげて、上下逆さにする。記号はこう見えた。

ペイシェンスはゆっくりと繰り返した。「W……m……S……H……e」ひと文字ずつの本来の風味を引き出すかのように声に出す。「なんだか、これ――署名みたいね。ウ――ム……。ウィリアム――」ふたりの男が眼光鋭くペイシェンスを見守る。「ウィリアム・シェイクスピア！」ペイシェンスは跳びあがって叫んだ。「ウィ、リ、ア、ム・シェ、イ、ク、ス、ピ、ア、だわ！」

それから少し経ち、ペイシェンスはレーンの足もとの敷物の上にすわっていた。その髪をレーンの長く白い指がなでている。向かいにはロウが力なく坐《ざ》していた。

「あの日以来、わたしは心のなかで幾度となく検討していたのですよ」レーンがもの憂げに説明をはじめた。「分析的な観点からすると、きわめて明快です。エールズ博士はシェイクスピアの署名をそのまま書き写したのではありません。模写ならばエリザベス朝時代の書体になるはずですからね。エールズ博士は我流で――おそらく、見やすくしようという気まぐれな考えを起こして――大文字だけで構成されたこの珍しい形の署名を書き留めました。珍しいのは、小さく書かれたMと筆記体のEです。それにしても、なぜHが大文字なのでしょうか。たぶんその場の思いつきなので、これは重要なことではありません」

「重要なのは」ロウが小声で言った。「これがシェイクスピアの署名の一変形だということです。なんとも奇妙だ！」

レーンは深く息をついた。「ゴードン、あなたのほうがよほどくわしいでしょうが、現時点でシェイクスピアの本物の署名だと確認されているものは六種類しかありません」

「奇妙と言えば」ロウは言った。「Willm̃ Shak'p' なんてのもありますね」

「そうです。しかし、〝怪しいながら可能性あり〟とされる署名も多く存在していて、そのなかにはエールズ博士の記号に似たものがあるのです――大文字のWではじまり、つぎが上付きの小文字のm、それから一文字あけて大文字のSがあり、やはり上付きの小文字のhと小文字の筆記体eがつづくものです」

「古英語のyeで、eが上付きになる書き方と似てますね」ペイシェンスが言った。

「そのとおり。その怪しい署名が付されているのはオウィディウス作の『変身物語』のアルドゥス版で、現在はオックスフォードのボドレアン図書館が所蔵しています」

「イギリスにいたとき、現物を拝みました」ロウがすばやく反応した。

「わたしはボドレアン図書館に問い合わせてみたのです」レーンは静かにつづけた。『変身物語』は無事にそこにありました。一連の出来事がすべてこの本の盗難にからんでいるのかもしれないと思ったのですが、やはり考えすぎだったようです」ペイシェンスは自分の頭にふれたレーンの指が動くのを感じた。「もう少しくわしく話しましょう。エールズ博士はその秘密に何百万もの価値があると言い、謎解きの鍵《かぎ》として、ウィリアム・シェイクスピアの署名の模写を置いていきました。だとしたら、そこを出発点にすべきです。どういう秘密なのか想像がつきませんか」

「つまり」ペイシェンスが畏怖《いふ》に満ちた声で尋ねた。「今回の盗難や謎めいた出来事など、すべての中心にあるのは、シェイクスピア自身の手になる七番目の署名が発見されたことだと？」

「どうやらそうらしいな」ロウが苦々しく笑った。「青春のすべてをかけてエリザベス朝時代の古い記録と格闘してきたのに――はっはっは！――ぼくはそんなすごいものの尻尾《しっぽ》すらつかめなかった」

「ほかに考えようがありません」レーンは穏やかに言った。「その秘密に何百万の価値があるということなら、エールズ博士は署名が本物だと信じるだけの根拠を見つけていたのでしょう。どうすれば何百万もの価値になるのか。ああ、なんとも興味深い疑問です」

「それ自体には」ロウが静かに言った。「値段はつけようがないでしょうね。歴史的にも文学的にも、計り知れない価値がありますから」

「そうですね。以前何かで読んだのですが、仮に七つ目となるシェイクスピアの署名が新たに見つかって、それが本物だと裏づけられ、競売にかけられでもしたら、まちがいなく百万の値がつくそうです。単位がドルだったかポンドだったかは忘れてしまいましたがね。ただし、なんの目的もなく書かれた署名というものは存在しません。署名はある種の文書に付されるものです」

「あの本に隠されていた紙よ！」

「落ち着いて、パット。文書に付されるのはたしかだけど、絶対というわけじゃない」ロウは一考し、レーンに向かって言った。「もちろん、すでに発見された六つの署名は正式な文書に付されていたものです。ひとつはシェイクスピアがかかわった訴訟の宣誓証書、ひとつは一六一二年ごろに購入した屋敷の譲渡証書、さらにひとつはその屋敷の抵当証書、残りの三つは三枚の遺言書のそれぞれに記されています。とはいえ、本の遊び紙に署名することもあったかもしれません」

「わたしはそう思いません。ペイシェンスの言うとおりです」レーンは言った。「その七つ目の署名が付されていたのは、証文や賃貸契約書といった、どちらかと言うと歴史的価値の低い文書なのでしょうか。いや、おそらくは……」

「低いなんてとんでもない」ロゥが反論した。「証文だろうが契約書だろうが、きわめて高い価値がありますよ。ある時期のシェイクスピアの居場所を明らかにして——さまざまなことが判明しうるんですから」

「ええ、それはそうです。低いというのは人物像を知るという立場からですよ。ただ、仮にその署名が手紙に付されていたとしたら?」レーンは身を乗り出し、ペイシェンスの巻き髪を力強くつかんだ。ペイシェンスは悲鳴をあげかける。「その可能性を考えてみてください。不滅の劇聖シェイクスピアの、直筆の署名入りの手紙です!」

「考えるだけで畏《おそ》れ多いことですよ」ロウは小声で言った。「いったいだれに宛てた手紙なのか。用件はなんなのか。まさに自伝的資料です。シェイクスピアの実像が——」

「その可能性はじゅうぶんにあります」レーンは妙に喉《のど》を詰まらせたような声でつづけた。「署名が手紙の末尾に添えられているとしたら、その手紙には署名以上の価値があるでしょう。名のある学者たちが取り合いをしてもおかしくはない。言うなれば——パウロの書簡の原本が発見されたようなものですからね」

「それがジャガードの一五九九年版に隠されてたんだわ」ペイシェンスが熱っぽく言った。

「エールズ博士は現存するジャガードの一五九九年版のうち二冊を調べたんでしょうね。でも何も見つからず、サクソン氏の所蔵する三冊目を手に入れようと躍起になった。そしてついに手にしたというわけね。つまり――たぶんエールズ博士は……」

「どうやらそうらしい」ロウはにやりとした。「その文書を発見したんだ。運のいいやつめ！」

「ところが、なんとそれをだれかに盗まれてしまった。書斎の隠し戸棚に入れておいたにちがいないわ」

「おそらくそうでしょう」レーンが言った。「大事なことがもうひとつあるのですよ。調べたところ、一度盗まれて返送された三冊目のジャガード版は、もともとサミュエル・サクソン氏がイギリス人蒐集《しゅうしゅう》家のジョン・ハンフリー－ボンド卿《きょう》から購入したものだったのです」

「ハムネット・セドラーをワイエス理事長に推薦した人物ですね」ペイシェンスは驚きの声をあげた。

「そのとおりです」レーンは肩をすくめた。「そのハンフリー－ボンド卿はほんの数週間前に亡くなったそうです。いや、いや」愕然《がくぜん》とした顔のふたりを見て、笑顔で付け加える。「心配は無用です。まったくの自然死であり、だれかの手にかかったものではありません。常のごとく、神の思《おぼ》し召しによるものです。八十九歳という高齢であり、死因は胸膜肺炎でした。ただ、あちらにいるわたしの知り合いからの報告によると、卿からサクソン氏の手に渡ったジャガード版、すなわち一連の事件の引き金となった例の稀覯本《きこうぼん》は、エリザベス朝時代からハンフリー－ボンド家に代々伝わってきたものだそうです。亡くなったジョン氏は一族最後の末裔《まつえい》で、相続人はいませんでした」

「自分のジャガード版の装丁にそんな文書が隠されているなんて、想像もしなかったでしょうね」ロウが言った。「じゃなきゃ、あの本を売ったりするもんか」

「ええ、もちろん。ハンフリー‐ボンド家の人々は何代にもわたって、まったく気づかなかったはずです」

「それにしても」ペイシェンスが言った。「なぜ裏表紙のなかに文書を隠したりしたのかしら。それに、だれがあんなことを？」

「問題はそれです」レーンはため息をついた。「何世紀ものあいだあそこに眠っていたのでしょうから、同時代のだれかに宛てられた手紙なのかもしれませんが、実のところどうなのか。とはいえ、そもそも隠されていたという事実から考えて、文書そのものに格別の価値や意義があるはずです。おそらく――」

クエイシーが静かに書斎へはいってきた。老いた顔に刻まれた無数の皺《しわ》の一本一本に悪い知らせが蓄えられているかのようだ。主人の袖《そで》に手をふれて、不満げな声で言う。「レーンさま、タリータウン警察のボーリングとおっしゃるかたが」

レーンは怪訝《けげん》な顔をした。「相も変わらぬキャリバン（シェイクスピアの『テンペスト』に登場する半獣人）め！　いったいなんの用だと？」

「電話をかけていらっしゃいました。レーンさまへ伝えてくれ、と。なんでも一時間前に」――書斎の壁の時計は七時を指している――「エールズ博士の家が謎の爆発で吹き飛ばされたそうです！」

24　全焼と発見

　エールズ邸は炎と煙をあげる廃墟《はいきょ》と化していた。どんよりとした黄色い煙が、黒く焼け焦げた周囲の木立にいまもからみつき、あたりには喉を突く硫黄《いおう》臭が立ちこめている。古い木造の屋台骨が土台から崩れ、壁や屋根の破片が道に散乱している。すべてが倒壊して地下室だけが残り、燃えかすだらけの前庭には黒焦げの瓦礫《がれき》が山積している。州警察の警官数名が、野次馬連中を遠ざけようと歩きまわっていた。タリータウンから出動した消防士たちは、乾いた林に燃えひろがらないように、懸命に炎と闘っていた。ここの給水設備では間に合わず、タリータウンとアーヴィントンから数台の水槽車を緊急出動させたが、そのタンクもすぐに空となり、野次馬たちまでもが消火活動に駆り出された。

　ボーリング署長は前庭の片隅でペイシェンス、ロウ、レーンを待ち受けていた。赤ら顔が煤《すす》にまみれ、息を荒くしている。「とんでもないことになりましたよ」大声で言った。「部下ふたりが重傷を負いました。爆発したときに家にだれもいなかったことがせめてもの救いです。六時に起こりました」

「前ぶれは何もなかったのですか」レーンが小声で尋ねた。妙に興奮している。「飛行機から爆弾が落とされた可能性は？」

「ありません。きょう一日、このあたりに飛行機は飛んできませんでした。それに、ふたりの警官の話では、数時間前にわれわれが帰ったあと、ここにはだれひとり近づかなかったそうです」

「ということは、家のなかに爆弾が仕掛けられていたのか」ロウが険しい顔で言った。「危機一髪だったな！」

「へたをしたら、わたしたちがいるあいだに爆発が――」ペイシェンスは青ざめた。「そんな――ちょっと信じられないわ。爆弾だなんて！」大きく身震いする。

「おそらく地下室に仕掛けてあったのでしょう」レーンがぼんやりと告げた。「さっき調べなかったのは、家じゅうであそこだけです。うかつでした」

「地下室か――わたしもそう思いますね」ボーリングがうなるように言った。「では、わたしは部下を病院へ運ばせなくてはいけませんので。ふたりとも運がよかった。木っ端微塵《みじん》になっていたかもしれませんからな。焼け跡の調査は、あす鎮火してからおこないます」

ドロミオの運転する車でハムレット荘へ引き返す途中、三人はまったく口をきかず、それぞれの思いにふけっていた。とりわけレーンが深い黙想に浸り、下唇に指をあてて虚空を見つめていた。

「ねえ」ロウが唐突に声をあげた。「考えたんだけど」

「何?」ペイシェンスが尋ねる。

「この一件には、ずいぶんたくさんの人間がからんでる気がする。内容はともかく、シェイクスピアの文書がすべての根底にあるのはまちがいないだろう。エールズが博物館からジャガードの一五九九年版を盗み、中にその文書があるのを見つけたということで、ぼくらの意見は一致してる。だとしたら、主役はまずエールズだ。つぎに登場するのは、ゆうべエールズ邸を斧《おの》で荒らしまわった人物で、その文書を探していたとしか考えられない。これでふたり。そして、斧男のあとからあの家にやってきて、隠し戸棚の扉をあけっぱなしにしていった人物が三人目。さらに、この爆発によって、爆弾を仕掛けた人物が登場した。四人もいるとなると頭が痛くなるよ」

「そうとはかぎらないわ」ペイシェンスは異を唱えた。「その登場人物のうち、ひとりかふたりは同一人物であってもおかしくないもの。あなたの考え方は型にはまりすぎよ。あの家に二番目に来たのはエールズ博士だったかもしれない。もしそうなら、ひとり減って三人になる。斧男が爆弾を仕掛けたのなら、ふたりになる……。これじゃ埒《らち》が明かないわ、ゴードン。でもひとつだけたしかなことがある。この恐ろしい爆破事件についてゆっくり考えてるうちに、とんでもないことを思いついたの」レーンの瞳《ひとみ》から翳《かげ》りの膜が消え、好奇の光が浮かんでいる。

「わたしたちはずっと、犯人がだれであれ、その人物は——盗んで手もとに置くにしろ、あるいは金儲《かねもう》けのために売るにしろ——文書を手に入れたがっていると考えてた。利得のためのよくある犯罪だと決めつけてた」

ロウがくすくす笑った。「パット、きみはどこまでひねくれ者なんだ。あたりまえだろう。価値あるものを奪い合ってるんだから、そう考えるのがふつうさ！」

ペイシェンスはため息をついた。「ばかな考えなのかもしれない。でも、もしあの爆弾がゆうべより前に仕掛けられていたのなら、犯人は文書が家のなかにあると承知のうえで爆弾を仕掛けたのかもしれないと思うのよ」

レーンは目をしばたたいた。「つづけてください、ペイシェンス」

「突飛な考えかもしれませんけど、この事件は襲撃だの窃盗だの爆破だの、荒っぽいことばかりなので……。あの家に寝泊りしているのはマクスウェルただひとりで、犯人はそのことを知っていたはずです。爆破の狙いが罪もない老使用人にあったとは考えにくい。だとしたら、ほんとうの狙いはなんだったのでしょうか。これまでわたしたちは、文書を追い求めている人物が――ひとりであれ、ふたり以上であれ――それをわがものにしたいのだと思っていました。でも、この犯人は文書を消し去るために追っていると考えられます」

ロウがしばらく口を大きくあけていたが、やがて頭をのけぞらせて大笑いした。「パット、ぼくを笑い死にさせる気なのか。女の考えることときたら……」目をこする。「歴史的にも金銭的にも途方もない価値を持つ文書を、だれがわざわざ消し去りたいって？　頭がおかしいとしか思えないよ！」

ペイシェンスは顔を真っ赤にした。「そんな言い方は失礼よ」

「ペイシェンスのいまの意見は」すぐさまレーンが言った。「きわめて論理的ですよ、ゴードン。ペイシェンスの知性に対抗しても勝ち目はないでしょう。仮にシェイクスピアの署名だけが問題なら、消し去るなど正気の沙汰《さた》ではありません。しかし、そこには署名以外のものもからんでいます。まず文書があり、そこに署名が付されているのですよ。爆破した犯人は、どんな内容であれ、文書の存在が公になるのを阻止しようとしたのかもしれません」

「そのとおりよ」ペイシェンスが言った。

「でも、消し去るなんて！」ロウは顔をゆがめた。「シェイクスピアが書き残した秘密をこの二十世紀になっても公にしたくないなんて、想像すらできませんよ。いったいなんだというんです。正気とは思えません」

「まさにそこが大事なところです」レーンは淡々と言った。「それはいったいどんな秘密なのか。もし明らかになったら――正気かどうかということも、別の次元の話になるのでしょう」


もしもペイシェンスにこの日のことを尋ねたならば、おそらくこう答えるだろう。きょうは一本の奇妙な電話からはじまり、老人が襲撃され、一軒の家が不可解にも荒らされ、とどめにすさまじい爆発事故が起こったのだから、これ以上驚くことはあるまい、と。だが、さらなる驚きが、ペイシェンスを――そしてロウとレーンを――ハムレット荘で待ち受けていた。

あたりは暗くなりかけていた。跳ね橋の上にホタルを思わせる明かりがひとつ見えた。クエイシーの地の精《ノーム》のような老いた顔が古風な角灯の明かりに浮かびあがり、皺だらけのなめし革のように見える。

「ドルリーさま！」クエイシーが叫んだ。「怪我人は出ましたか」

「たいしたことはない。どうしたのだね、クエイシー」

「大広間で男のかたがお待ちです。みなさまがお出かけになったすぐあとに電話があり、それから一時間ほどして、おひとりでいらっしゃいました。ひどく怯《おび》えていらっしゃるようですよ」

「どなただね」

「チョートさまだそうです」

一同は大広間へと急いだ。そこは建物自体と同じく、中世のイギリスの領主館を忠実に模して造られていた。イグサの敷物が靴の下で音を立てる。はるか奥に、顎《あご》ひげを生やしたブリタニック博物館館長の姿があった。背中で手を組み、レーンの発案で突きあたりの壁に飾られた巨大な悲劇の仮面の前を大またで行きつもどりつしている。

三人は急いで歩み寄った。「チョート館長」レーンがゆっくりと声をかけた。「お待たせして申しわけありませんでした。不測の事態が起こりまして……」壁の仮面に劣らず悲壮な顔をしていらっしゃいますね。何があったのですか」

「不測の事態ですって?」チョートは興奮していた。「では、すでにお聞き及びなのですね」ペイシェンスとロウに向かってかすかにうなずきかける。

「爆発の件ですか」

「爆発?　なんの爆発ですか。ちがいます。セドラー博士のことです」

「セドラーですって！」三人はいっせいに声をあげた。

「失踪《しっそう》しました」

チョートはナラ材のテーブルにもたれかかった。両目が血走っている。

「失踪した？」ペイシェンスが眉《まゆ》をひそめた。「土曜日にお会いしたばかりよね、ゴードン」

「ええ、そうです」チョートがかすれ声で言った。「土曜の朝、博物館にほんの少し立ち寄られたのです。特に変わった様子はありませんでした。帰り際、日曜の夜に――つまりゆうべですが――自宅に電話をくれ、とわたしから頼みました。博物館の仕事にかかわる相談事があったものですから。セドラー博士は承諾し、それからお帰りになりました」

「その電話がかからなかったのですね」レーンが言った。

「そうです。セネカ・ホテルに電話しましたけれど、部屋にはいないと言われました。きょうは一日じゅう、出勤かなんらかの連絡を待っていたのですが、なんの音沙汰《おとさた》もなくて」チョートは両肩をいからせた。「こんな――こんなおかしなことがあるでしょうか。遠出するなどとはひとこともおっしゃっていなかったのに。具合が悪いのかと思い、午後にもう一度ホテルへ電話しましたが、土曜の朝から姿を見ていないと言われました」

「土曜日にいなくなったとはかぎりませんよね」ロウはつぶやいた。

「そうかもしれない。だが奇妙だ。どうしていいかわからなくてね。警察に知らせるか、あるいは――あなたのお父さんに連絡したのですが、ペイシェンスさん、事務所にいた女性によると……」チョートは苦しげに言いながら椅子に沈みこんだ。

「最初がドノヒューで、つぎがエールズ博士、そしてこんどはセドラー博士」ペイシェンスが悲壮な声で言った。「そろいもそろって行方不明なんて！　こんなの——異常よ」

「セドラーがエールズなら別だけどね」ロウが指摘した。

チョートは頭をかかえこんだ。「なんということだ」

「まさか」ペイシェンスは顔を曇らせた。「エールズ博士の正体がセドラー博士で、例の文書を持って遠くへ逃げたなんてことはないかしら」

「いいえ、ペイシェンスさん。ホテルの従業員によると、セドラー博士の部屋には荷物がそのまま残されているそうです。逃げたとはとうてい思えません。それより例の文書とはいったい——」

レーンはひどく疲れて見えた。目の下には濃い隈《くま》が現れ、肌は皺《しわ》くちゃの羊皮紙のようだ。力なくかぶりを振った。「推測を並べ立てたところでどうにもなりませんね。これは予期せぬ展開です……。いま申しあげられるのはただひとつ——セドラーさんの身に何があったのかを調べるべきでしょう」

ペイシェンスとロウが街なかにもどったのは、夜もずいぶん更けてからだった。セネカ・ホテルの正面にロードスターを停めて、支配人を探し出した。しばらく待たされたあと、セドラーの部屋を見ることが許された。部屋はきれいに整頓《せいとん》されていた。衣装戸棚にはイギリス仕立ての服が整然と吊《つ》ってあり、抽斗《ひきだし》は清潔な衣類でいっぱいだった。ふたつのトランクと三つの鞄《かばん》には中身がはいっていない。なんとしても警察沙汰を避けたい様子の支配人は、ペイシェンスの私立探偵許可証——むろんサム警視名義のもの——をもう一度確認してから、部屋の捜索をしぶしぶ許した。

鞄や衣類はすべてイギリス製だった。ロンドンの消印がはいった、ハムネット・セドラー博士宛の手紙を数通見つけた。他愛ない内容のものばかりで、イギリスのかつての同僚たちから届いたものらしい。机の抽斗のひとつに、正式な査証を受けたパスポートが入れてある。ハムネット・セドラー本人に発行されたもので、ありきたりの小さな写真が添付されている。

「セドラーにまちがいない」ロウは顔をしかめた。「いらいらしてきたよ。ここには海外へ逃亡しようとしている男の気配はまったくない」

「困ったわね！」ペイシェンスは大声で言った。「ゴードン、わたしを家まで連れてって——そして、キスをして」

25 殺人

　太陽が照りつけはじめ、火はおさまった。煙もひと晩かけて消えた。ゆうべの爆発を物語るものは、くすぶる炭と、先史時代の墳墓のような瓦礫《がれき》の山《やま》と、焼け焦げた木々だけだった。消防士と警官が焼け跡を忙しく掘り起こしていた。色が浅黒く寡黙な男がきびしい目つきで指揮をとっている。焼け残った地下室へおりられるよう、残骸《ざんがい》を取り除く作業にとりわけ熱心に取り組んでいるらしい。

　一行は木立の端からその様子をながめていた。早朝のあたたかい風が服を揺らす。作業に励む者たちを見るボーリング署長の視線は険しかった。

「あそこに目つきの鋭い男がいるでしょう。爆弾の専門家です。調べるからにはしっかりやりたいと考えましてね。この大惨事の原因をなんとしても突き止めなくては」

「じゃあ、あの人ががらくたのなかから何かを見つけ出してくれると？」ロウが尋ねた。

「そのために呼んだのです」

　作業は大いにはかどっていた。瓦礫はまたたく間に地面の穴から取り除かれ、手から手へと送られて、三十フィート先に山ができていく。人が降下できる程度に地下室が掘り起こされると、例の寡黙な男がすばやく穴にもぐりこんで姿を消した。十分後に出てきて、爆発した範囲を目測するかのように周囲を見まわし、こんどは木立のなかへ消える。帰ってきて、また地下へもぐる。三度目に姿を現したとき、顔にひそかな満足の色をたたえ、両手には鉄の小片やゴム、ガラス、針金などのがらくたをかかえていた。

「どうだった」ボーリングが問いかける。

「これが物証です、署長」爆弾の専門家は無造作に告げた。時計のような小さな塊を掲げる。「時限爆弾ですよ」

「そうでしたか」ドルリー・レーン氏が言った。

「手作りのつたないものです。六時に爆発するように設定されていました。爆薬は大量のトリニトロトルエン——TNT火薬です」

ペイシェンス、ロウ、レーンの口の端《は》に同じ質問が浮かんだ。しかし、いち早く切り出したのはレーンだった。「仕掛けられたのはいつですか」

「ゆうべの六時に爆発したのなら、日曜の午後六時でしょう。二十四時間式の時限装置ですから」

「日曜の六時」ペイシェンスがゆっくりと繰り返した。「マクスウェルが襲われたのは日曜の夜遅くだから、それ以前に仕掛けられたということね」

「きみの説が正しいようだな、パット」ロウがつぶやいた。「爆弾を仕掛けた犯人がだれであれ、家のなかに文書があることを知っていたなら、それを消し去るのが目的だったことになる。

つまり、そいつは文書が家のなかにあることは知っていたが、正確な場所まではわからなかったんだ。なんて厄介な——」

「爆発の中心は」専門家が黒焦げの石塊に唾《つば》を吐いて言った。「地下室でした」

「そうでしたか」レーンがふたたび言った。

「二番目に現れた人物、つまりあの小さな隠し戸棚から文書を持ち出した人物は」ペイシェンスは思慮深いまなざしをレーンへ向けて言った。「爆弾を仕掛けた犯人ではありえませんね。これは明らかです。二番目に現れた人物は文書のありかを知っていたけれど、爆弾犯は知らなかったんですから。ゴードン、あなたが言ったとおり——」

そのことばは、地下室の瓦礫を掘り起こしていた男のしゃがれた叫び声にさえぎられた。全員がいっせいに振り返る。

「どうした」ボーリングが大声をあげて駆け出した。

三人の男が何かの上にかがみこんでいる。頭の並ぶ隙間から、掘り返された穴の一部が見える。ひとりが振り向いた。真っ青な顔で震えている。「ここで——遺体が見つかりました、署長」低い声で言う。「見たところ——殺されたようです」

ペイシェンスとロウは、すすけた残骸のあいだを抜けて土台のへりまで駆けつけた。その後ろから、青ざめた不安そうな顔のレーンがゆっくりとつづく。

ロウはひと目見るなり、ペイシェンスを荒々しく押しもどした。「だめだ、パット」声がかすれている。「木立のあたりまでもどったほうがいい。これは――気持ちのいいものじゃない」

「そう」ペイシェンスは緊張のあまり、小鼻をひくつかせた。それ以上何も言わず、ロウのことばにしたがった。

男たちは魅入られたように穴を見おろしていた。赤い頬をした若い警官が地下室の隅へとあとずさり、吐き気に震えて身をかがめる……。遺体はすさまじいほど焼け焦げて、人間の形をなしていなかった。片脚と片腕を無残に失い、服は完全に燃え尽きている。

「どうしてわかったのですか」レーンが語気荒く尋ねる。「他殺だということが」

年配の制服警官が唇を引き結んだ顔をあげた。「黒焦げではありますが、いくつか穴が見えますから」

「穴?」ロウが息を呑《の》んだ。

警官は妙な吐息を漏らした。「三つあります。腹部にはっきりとね。弾痕《だんこん》ですよ。これは決定的です」

三時間後、レーン、ボーリング署長、ペイシェンス、ロウの四人は、ホワイト・プレインズの地方検事の執務室で無言のまますわっていた。すでに現場では急報によって、遺体を郡庁舎のあるホワイト・プレインズの検死局へ運ぶ車の手配や、さまざまな手続きがとられていた。ボーリングは、吹き飛ばされた肉片をやむなく集めるほかは、だれひとり遺体に手をふれさせなかった。燃え残った衣類、とりわけボタンの捜索がおこなわれた。身元を特定する強力な決め手がなく、ひとつの手がかりになると見こんでのことだったが、遺体は爆発の中心部にあったため、すぐに無理だとわかった。爆弾の専門家は、遺体が原子にまで分解されなかったのが奇跡です、と楽しげに語っていた。

四人は地方検事の机を囲んで坐《ざ》し、上に置かれたものを見つめていた。遺体から回収された、唯一手がかりになりそうな品だ。革のバンドがついた、イギリス製の安物の腕時計。出所をたどっても徒労に終わるかもしれない。ガラス蓋《ぶた》はすっかり失われ、枠に引っかかった小さな三角形の破片だけが残っている。本体の合金部分は、すすけて黒ずんでいるものの、爆発の影響をこうむってはいない。だが、この腕時計には奇妙なところがあった。針が十二時二十六分を指して止まり、文字盤に一本の深い傷が刻まれていることだ。傷は10の数字に食いこんで、さらに本体の枠の金属部分にまで達している。

「これは変ですね」心配そうな目をした若い地方検事が言った。「ボーリング署長、先ほどのお話では、遺体はうつ伏せで発見され、時計をしていた腕が体の下敷きになっていたとのことでしたが」

「そのとおりです」

「だとしたら、文字盤にあるこの傷は爆発によるものではないはずですね」

「おかしな点はほかにもあります」ペイシェンスが言った。「爆発が起こったのは午後六時でした。爆発のせいで時計が止まったのなら、針が六時を指しているはずです。ところが、この時計はそうなっていません」

地方検事はペイシェンスを賞賛のまなざしで見た。「たしかに！　実を言うと、そこにはまったく気づきませんでした。サム警視のお嬢さんとおっしゃいましたね」

検死医があわただしく部屋にはいってきた。禿頭《はげあたま》の小柄な男で、薄赤い顔とふくよかな顎《あご》の持ち主だ。「やあ、どうも！　いや、早く結果を知りたいんじゃないかと思ってね。あのひどい遺体の解剖がやっと終わったよ」

「やはり他殺でしたか」ロウが熱心に尋ねた。

「そう、そのとおり。遺体があんな状況だから断定はむずかしいが、わたしの見立てでは、死んでから三十六時間ぐらい経ってるね。つまり、死亡推定時刻は日曜の夜の十二時ってところだ」

「日曜の十二時！」ペイシェンスがロウを見つめ、ロウも見つめ返した。ドルリー・レーン氏はわずかに体を動かした。

「腕時計の針とほぼ一致します」地方検事が言った。「十二時二十六分。時計は殺害時に止まったにちがいない。殺されたのは月曜の午前零時二十六分だということです」

小柄な検死医は説明をつづけた。「撃たれたのは正面の至近距離からだ。弾は三発」つぶれてひしゃげた三個の銃弾を机にほうり投げた。「腕時計の傷でおもしろいことがわかったよ。同じような深い傷が遺体の手首にもあった。ちょうど腕時計の傷が終わるあたりからはじまっている」

「ということは」ロウが尋ねた。「手首と時計の傷は、同じ一撃によってついたとお考えですか」

「そういうことだね」

「それなら例の斧男《おの》のしわざか」ロウは目をぎらつかせてつぶやいた。「少なくとも、斧を持った何者かだ……。先生、その傷は手斧でもつけられますか」

「もちろんだ。ナイフじゃないな。もっと刃の広い、柄のついた何かだよ」

「では、これで決まりだな」ボーリング署長が言った。「犯人は斧を使って被害者を襲った。腕に叩《たた》きつけたとき、手首を傷つけると同時に腕時計が壊れて止まった。それから揉《も》み合《あ》いとなり、銃弾を腹へぶちこんだ」

「ほかにもあるんだよ」検死医はそう言って、ティッシュペーパーに包まれた小さな鍵《かぎ》をポケットから取り出した。「署長、さっきあんたの部下が持ってきたんだ。遺体のそばの瓦礫《がれき》からどうにか掘り出したなかにズボンのポケットの切れ端があって、そこに残っていたそうだ。それをだれだったかに確認させ——」

「マクスウェルかな」

「あの家を預かっていた男のことか？　そう、そのマクスウェルが、これは正面玄関の親鍵だと確認したそうだ」

「親鍵！」若いふたりがそろって声をあげた。

「興味深いな」ボーリング署長がつぶやいた。「ちょっと失礼」地方検事の電話をつかみあげ、タリータウンの本部へ電話をかける。だれかと手短に話し合い、それから受話器をもとへもどした。「確認できました。部下の話によると、マクスウェルはこれがエールズの鍵だと証言したそうです。あの夜、覆面の男がマクスウェルを車庫に縛りつけて奪いとったのは合鍵でしたな」

「親鍵はひとつなんですね？」ペイシェンスが息を殺して尋ねた。

「マクスウェルがそう言いました」

「だとしたら、疑う余地はなさそうですね」地方検事が満足そうに息を吐いた。「遺体はエールズにまちがいありません」

「そうでしょうか」レーンが小声で言った。

「ちがうとおっしゃるのですか」

「鍵ひとつで人物を特定することはできません。もっとも、筋は通りますが」

「さて、わたしも忙しいんでね」検死医が言った。「もうひとつだけ言っておくよ。遺体の身体的特徴を知りたいだろう。身長五フィート十一インチ、髪は砂色か金髪、体重は百五十五ポンド程度で、年齢は四十五から五十五のあいだ。身元を確認できる特徴は見つからなかったよ」

「セドラーよ」ペイシェンスがつぶやいた。

「ぴったりだ」ロウがそっけなく言った。「この事件の関係者にセドラー博士というイギリス人がいて、土曜日にニューヨーク市街のホテルから失踪《しっそう》したんです。いまの特徴は、その人物と完全に一致します」

「ほんとうかね」ボーリングが太い声で言った。

「まちがいありません。ただし、身元を特定するにあたっては、ややこしい事情があります。セドラーはエールズと同一人物だという疑いもあって――」

「だとしたら答が出ましたな」ボーリングは楽しげに言った。「遺体はエールズの鍵を持っていたんですからな。セドラーの正体がエールズなら、すべての説明がつきます」

「よく考えると、そう簡単にはいかないんです」ロウは言った。「実のところ、可能性はふたつしかないんですが、いまこうして迷っているのは、これまでじゅうぶん分析しなかったせいです。可能性の第一は、いまボーリング署長がおっしゃったとおり、セドラーとエールズが同一人物であるということです。その場合、両者にとてもよく似たこの遺体は、ふたりの男の失踪という大きな謎を解決してくれるでしょう。しかし、仮にセドラーとエールズが同一人物ではなかったら、導き出される結論はひとつしかない。つまり、このふたりはそら恐ろしいほどそっくりだということです！　いままでぼくたちはこの結論を避けてきました、だって、これじゃまるで――そう――あまりにも安っぽい三文小説じみています。でも、やはり避けては通れません」

レーンは何も言わなかった。

「なるほど」ボーリングが腰をあげて、むっつりと告げた。「そういった話はあなたがたには実りあるものかもしれないが、わたしにとってはただの頭痛の種です。わたしが知りたいのはただひとつ――遺体はエールズなのか、それともその腹立たしいセドラーというイギリス人なのかという点だけです」

水曜の朝、重要な出来事がふたつあった。第一に、サム警視が例の宝石泥棒をみごとに捕まえて監獄へ送り、オハイオ州チリコスから意気揚々と帰還した。そして第二に、「そら恐ろしいほどそっくり」の謎が解き明かされた。

26 生還

「今回こちらにうかがったのは——パットの話では、この若造といっしょに住みついているも同然のようですが」翌朝、サム警視は愛想よくレーンに言った。老いたふたりは若いふたりとともに、ハムレット荘にあるのどかな庭園のひとつで、枝を張り出したナラの木の下に腰かけていた。「興味深い情報が手にはいったからなんです」

「情報ですか」レーンは肩をすくめた。もの憂げで血の気がなく、疲れているように見えた。ややあってから弱々しく笑い、往年の名調子をかすかにしのばせる声で言った。「〝おまえの実り多き知らせを叩きこんでおくれ、久しく不毛のつづいたこの耳に（『アントニーとクレオパトラ』第二幕第五場）〟。さて、実り多い情報でしょうか」

サムがにやりとした。かなりの上機嫌だった。「ご自分で判断なさってください」ポケットを探って封筒を取り出す。「ロンドンのトレンチ警部から、けさ思いがけず届いたんです」

内容はこうだった。

ハムネット・セドラーに関するさらなる調査で興味深い事実が判明。H・Sに所在不明のウィリアムという弟がいることは前回報告したが、このふたりは双子だとわかった。ウィリアムの足どりを追ったところ、三月末にボルドーからニューヨーク行きの不定期船で渡米していたことが確認できた。ウィリアムは現在、不法侵入及び暴行罪で、ジロンド県ボルドー警察から指名手配を受けている。稀覯本《きこうぼん》を盗もうと、ブライ在住の裕福なフランス人愛書家の私邸図書室に侵入し、鉢合わせした家主へ手ひどい暴行を加えたという容疑による。そのときウィリアムは、ジャガード発行のシェイクスピアの四つ折本『情熱の巡礼』一五九九年版という古書の表装を傷つけていたという。ウィリアムが金銭に困っている節はなく、腑《ふ》に落ちぬ事件である。兄ハムネットと同じく愛書家であり、エールズ博士の筆名で論文をいくつか発表している。三年前にイギリスから姿を消すまでは、古書の専門家として、富裕層の蒐集《しゅうしゅう》家たちから委託されて競売で買い付けをおこなっており、先日他界したジョン・ハンフリー＝ボンド卿《きょう》がいちばんの得意客だった。ウィリアム及びハムネットの指紋記録はなく、ふたりを区別する特徴も不明だが、ふたりが酷似しているとの証言がある。この情報が貴兄の役に立てば幸甚である。ウィリアム・セドラー、別名エールズ博士の消息をつかんだ折には、フランスのボルドー警察署長へ一報されたい。成功を祈る。

トレンチ

「これで説明がつくわね」ペイシェンスが大きな声で言った。「双子なら、ハムネットとウィリアムは瓜《うり》ふたつにちがいないもの。みんなが混同するはずだわ！」

「そうですね」レーンが穏やかに言った。「大変貴重な情報です。これで、セドラー博士はセドラー博士本人であり、エールズ博士はフランスの警察から逃走中のウィリアムであることがわかりました」長い指の先を合わせる。「しかし、わたしたちにはまだ識別の難題が残されています。発見されたのはどちらの遺体なのか――ハムネットか、それともウィリアムか」

「ウィリアムがブライでジャガードの一五九九年版を盗もうとしたという事件ですが」ロウが言った。「その愛書家の名は、あなたもお聞きになったことがあると思いますよ、レーンさん。ピエール・グレヴィル老です。実を言うと、ぼくは去年ご自宅にお邪魔したのですが」レーンがうなずく。「グレヴィル老は一五九九年版の二冊目の所有者です。サクソン氏のものが三冊目で、もう一冊がどこにあるかは知りません。表装を傷つけていたとありましたね。とんでもない。シェイクスピアの直筆の文書を探してたんですよ！」

「よく考えろよ」サムは小さく笑った。「おれはこの事件から手を引いた身だ。でも、光が見えはじめたじゃないか」

「ところで」ペイシェンスが服を無意識になでながら唐突に言った。「地下室にいた男を殺した犯人がだれなのかを知りたいでしょう？」全員が驚いた顔をしたので、声を立てて笑う。「あら、わたしにも名指しはできないわ。未知数だらけの代数の問題を解くようなものだもの。ただ、ひとつだけたしかなことがあるの。殺したのは斧《おの》を振るった男よ」

「へえ」ロウはそう言って、草の上で仰向《あおむ》けになった。

「斧男が夜中の十二時に書斎にいたことは床置き時計の証拠から明らかね。十二時二十四分には二階の寝室を荒らしていた——証拠は寝室にあった壊れた時計よ。殺人があったのは十二時二十六分——つまり、たった二分後だわ！　そして、殺人者は斧を持っていたと考えられる——証拠は被害者の手首と腕時計についていた深い傷跡よ。以上の証明により、殺人者は斧男である」

「なるほど」レーンがそう言って青い空を仰いだ。

「まちがってますか」ペイシェンスは不満げに尋ねた。

だが、レーンはペイシェンスの唇を見ていなかった。視線は奇妙な形をした雲の乱れた輪郭にまっすぐ向けられていた。

「もうひとつ大事なことがある」ロウが快活に言った。「玄関広間で見つかった片眼鏡だよ。これはセドラーがあの家にいたことを物語る強力な証拠だ。では、セドラーは被害者なのか、それとも殺人者なのか。直感では被害者のように思えるな。あの遺体はセドラーの特徴と一致するからね」

「エールズの遺体だとも言えるけど」ペイシェンスが言った。

「だが、爆弾はだれが仕掛けたんだ」サムが割ってはいった。

クエイシーが赤黒い顔をした制服姿の男を連れて小走りにやってきた。

「サム警視でいらっしゃいますか」制服の男は問いかけた。

「そうだが」

「タリータウン警察のボーリング署長の使いで参りました」

「ああ、そうか！　けさ電話で帰ってきたと知らせたんだ」

「署長からの伝言です。アーヴィントンとタリータウンのあいだの路上を放心状態でさまよっていた男を保護しました。餓死寸前で歩行もままならず、半ば正気を失っています。自分の名前も言わず、ひたすら青い帽子がどうのこうのと繰り返すばかりでして」

「青い帽子！」

「はい。タリータウンの病院に収容しました。お会いになりたいようなら、すぐにお越しくださいとのことです」

ボーリング署長は待合室を大またで歩きまわっていた。サムとうれしそうに握手を交わす。

「ずいぶんお久しぶりです、サム警視。それにしてもこの事件は日に日に複雑になっていきますな。その男とお会いになりますか」

「ええ、もちろん。だれなんですか」

「さあ。いま聞き出しているところでして。年配のがっしりとした男ですが、あばら骨が浮き出るほどやせ細っています。何も食べていないはずですよ」

一同は興奮を募らせながら、ボーリングのあとから廊下を歩いていった。

ボーリングが個室のドアをあけた。中年の男が微動だにせずにベッドに横たわっていた。ぼろぼろの汚れた衣服がかたわらの椅子に載っている。男の顔はやつれ果て、深い皺《しわ》と無精ひげに覆われていた。目を開いて壁を見つめている。

サムは口を大きくあけた。「ドノヒュー！」と叫ぶ。

「行方不明だった例のアイルランド人ですか」ボーリングが強い口調で尋ねた。

ドルリー・レーン氏が静かにドアを閉めた。ベッドへ歩み寄り、年配のアイルランド人に目を向ける。急にドノヒューの目が苦痛に満ち、首がゆっくりと傾けられた。視線がレーンのまなざしをうつろにとらえ、そこからサムの顔へと移ろう……。たちまち両目に輝きがもどった。

ドノヒューは唇を湿らせてつぶやいた。「警視」

「ああ、そうだよ」サムは力強く答えて、ベッドへ体を寄せた。「この野郎、ずいぶん捜したんだぞ。どこにいた。何があったんだ」

やつれた頰にかすかに赤みが差した。ドノヒューはしゃがれた声を出し、それから本来の声音《こわね》を取りもどして言った。「それが——長い話でして」微笑もうとする。「ここの食事は妙ちきりんな管から流しこまれるんですよ、まったく！　熱々のステーキが食えるなら、なんだってするのに。どうやって——このわたしを見つけてくれたんですか」

「おまえが消えちまってからずっと捜してたんだよ、ドノヒュー。話すだけの気力はあるか」

「もちろんです。ぜひ聞いてください」ドノヒューは無精ひげに覆われた頰をさすり、それからしっかりした張りのある声で奇想天外な話をはじめた。

インディアナ州の教師の団体がブリタニック博物館を訪れた日の午後、ドノヒューは、奇妙な青い中折れ帽をかぶったやせ形のひげ男が建物から走り出ていくのを見かけた。男は腋《わき》の下に何かを隠し持っていて、どうやらそれは本らしかった。盗難にはつねに目を光らせていたドノヒューは、警報装置を鳴らす間もなく、急いであとを追った。相手がタクシーに跳び乗ると、自分も別のタクシーに乗って追跡した。追跡はさまざまな交通手段によってつづけられ、やがて街の外へ出て、本道のタリータウンとアーヴィントンの半ばから一マイルほどはいったところで、いまにも壊れそうな木造の家にたどり着いた。ドノヒューは灌木《かんぼく》の茂みに隠れ、家から出ていく黒っぽい服装の老人をやり過ごしたあと、ポーチへあがっていった。玄関のブザーの下にある表札によると、エールズという人物が住んでいるらしい。ブザーを鳴らしたところ、エールズ本人が玄関に現れた。帽子と灰色の口ひげこそないものの、その顔を見誤ることはなかった。では、あのひげは偽物だったのか！　ドノヒューは迷った。この男が泥棒だという証拠はなく、もしかしたら自分の思いちがいかもしれない。けれども、偽物のひげをつけていたということは、おそらく……。相手を逮捕する権限はないので、丁重に頼みこんで家のなかへ入れてもらった。本の並ぶ書斎に通されたあと、ドノヒューは勇気を奮って、博物館から本を盗んだ件を問い詰めた。

「やつは温和な悪魔でしたよ」ドノヒューは目を光らせて言った。「罪を認めたんです！　それから、かならず返却するとか、弁償するとか、御託を並べ立てました。わたしはパイプを取り出して、一服しながら考えたんですよ。なんとかだまくらかして、隙を見て近場の警察に通報してやれないかってね。ところが、緊張してたせいか、パイプを床に落として割っちまいましてね。なんだかんだとまるめこまれて、要領よく家から追い出されました。で、どうしたものかと思案しながら近くの小道を歩いてると、急に何かで脳天を殴られて、それからしばらくの記憶がないって始末です」

目覚めたときには、暗い部屋で体を縛られ、猿ぐつわをされていた。そのときは、エールズが追いかけてきて自分を襲ったのだろうと思っていた。きょうまでずっとそう信じていたのだが、逃げ出してみてはじめて、自分が閉じこめられていたのはエールズの家ではなく、まったく見たことのない別の家であると気づいた。

「それはたしかなんだな？　まあ、まちがえようがあるまい。エールズの家は爆発しちまったんだから」サムは言った。「つづけろ、ドノヒュー」

「どのくらいのあいだ、惨めな豚みたいに縛りつけられていたのか、さっぱりわからなくって」命拾いしたドノヒューは軽い調子でつづけた。「きょうは何日ですか。まあ、そんなことはどうでもいいか。拳銃《けんじゅう》を持った覆面の男が、一日一回、食事を届けにきましたよ」

「それはエールズでしたか」ペイシェンスが声高に尋ねた。

「わかりませんね。明かりもろくになくって。でも声の感じは似てましたよ——イギリス人っぽい話し方でね。あの発音には馴染《なじ》みがあるんですよ。向こうにいたころ、さんざん耳にしましたからね。そいつは、来るたびに拷問にかけるぞって脅してきやがった」

「拷問？」ペイシェンスは息を呑《の》んだ。

「そのとおりですよ、お嬢さん。脅すだけで、ほんとうにはやりませんでしたがね。やつは〝文書のありか〟を聞き出そうとしてました」ドノヒューは含み笑いをした。「だから〝頭おかしいんじゃないのか〟って言ってやりましたよ。するとやつはまた脅してきやがって。文書と言われたって、こっちにはさっぱり意味がわからないのにね」

「不思議だ」ロウが言った。

「何日かはこれっぽっちも食わせてもらえませんでした」ドノヒューは不満げに言った。「ちくしょう、羊の脚にかぶりつきたいよ！」唇をなめ、奇妙な話をつづけた。あるとき——ずいぶん前のことだが、時間の感覚をすっかり失っていたため、正確な日付や期間はわからない——建物のどこかで大きな音がした。どうやら人間の重い体が引きずられて、近くの部屋へほうりこまれたらしく、すぐに男のうめき声が聞こえた。しばらくして、ドアの閉まるかすかな音が響いた。ドノヒューは囚《とら》われの仲間が来たと思い、隣人に信号を送って疎通を図ろうとしたが、縛られて猿ぐつわまでされていたため、うまくいかなかった。それからきょうまでの三日間、ドノヒューは食事を与えられず、覆面の男を見ることもなかった。けさになってようやく縛め《いまし》を解くことができたので、ドアの錠をこじあけ、薄汚れて悪臭のする暗い廊下へ抜け出した。耳を澄ましたが、人の気配はなかった。囚われの仲間が閉じこめられている部屋を探したものの、すべてのドアが施錠されていて、ノックの音にも反応がない。体が弱り果て、覆面の男がもどるかもしれない不安もあったため、家からこっそり逃げ出した。

「もう一度行けばその家がわかるか、ドノヒュー」サムが強い調子で尋ねた。

「もちろんです。忘れるわけがない」

「ちょっと待ってください」戸口にいた白衣の若い男が抗議した。「この患者はまだひどい衰弱状態にあります。体を動かすことはお勧めできません」

「お勧めできなくたっていいさ！」ドノヒューは叫び、ベッドの上で体を起こした。すぐにうめき声をあげて倒れこむ。「まだ完全じゃないな。スープをもう一杯ください、先生。そうすりゃ救出隊を引っ張っていける。だいじょうぶですよ、警視。昔を思い出しますね！」

ドノヒューはレーンの車に乗りこみ、きょう自分が巡回中の州警察官に保護された場所へと案内した。ボーリング署長と部下たちの乗った車が後ろからついてくる。ドノヒューはサムの助けを借りてリムジンからおり立ち、道路の先へ目を凝らした。

「こっちです」しばらくしてそう告げ、サムとふたりで車内へもどる。ドロミオがゆっくりと車を走らせた。百ヤードも行かないうちにドノヒューが何やら叫び、ドロミオは車を細い脇道へ乗り入れた。そこはエールズ邸に通じる小道から一マイルも離れていなかった。

二台の車は注意深く進んでいった。道から奥まったところに並ぶ三軒の小さな家の前を過ぎたとき、ドノヒューがやにわに大声をあげた。「あれだ！」

それは小屋とでも呼ぶべき古びたあばら屋で、考古学の展示物さながらに、荒れ果てたまま孤立して建っていた。人のいる気配はない。周囲に板が張りめぐらされ、空き家になって久しいようだ。

ボーリングの部下たちがおざなりの囲い板を難なく取り払った。古い丸太を破城槌《はじょうつい》にして玄関に襲いかかると、扉は腐ったクルミの殻のように壊れた。銃を構えていっせいに突入する。

家のなかは空っぽで薄汚く、ドノヒューが監禁されていた部屋以外に家具はなかった。警官たちはつぎつぎとドアを打ち破り、そして最後に、暗く饐《す》えたにおいのする一室にたどり着いた。そこには簡易ベッドと洗面器と椅子が置かれ、ベッドの上に縛られた男が横たわっていた。男は意識を失っていた。

警官たちが男を日差しのもとへ運び出した。やつれて黄ばんだ顔に全員の視線が集まる。すべての瞳《ひとみ》に同じ疑問が浮かんでいた。悪臭と飢えに虐げられたこの男は、ハムネットなのか、それともウィリアムなのか。どちらかであることに疑いの余地はなかった。

自分の役目を果たしたドノヒューが、小さなうめき声を発してサムの腕のなかに倒れた。二台の車を追ってきた救急車が急いで近寄り、ドノヒューは車内へ運びこまれた。身習いの医師が、意識を失ってぐったりと倒れているイギリス人の上にかがみこんだ。

「失神しているだけです。きつく縛られ、食事もほとんど与えられず、空気もよどんでいたのですから、衰弱して当然です。ちょっと介抱すれば意識はもどるでしょう」

男のやせこけた頬は絹糸のような金色の無精ひげに覆われていた。若い医師が気つけ薬を与えると、まぶたが揺れながら開いた。とはいえ、まだぼんやりしていて、サムが大声で呼びかけてもうつろな視線を返すばかりだった。やがてふたたび目は閉じた。

「まあいい」ボーリングが不満げにつぶやいた。「ふたりとも病院へ運ぼう。この男と話すのはあすですね」

救急車が走り去ると同時に一台の車がやってきて、帽子をかぶっていない若い男が跳びおりた。新聞記者だった。報道関係者にとっての好材料である謎めいた噂の底流を感じとって、現場に駆けつけたのだろう。記者はボーリングとサムを質問攻めにした。レーンが懸命に合図を送ったにもかかわらず、事件の詳細が明るみに出ることになった。〝フランス当局のお尋ね者〟であるエールズのこと、ドノヒューの波乱の物語、双子のセドラー兄弟の取りちがえ……。若い記者は勝利の笑みを満面に浮かべて走り去っていった。

「いまの判断は誤りでしたよ、警視さん」レーンは冷ややかに告げた。

サムは赤面した。そのとき、ボーリングのもとへひとりの警官が報告にやってきた。家のなかをくまなく調べたが、ふたりを閉じこめた犯人の身元を知る手がかりは発見できなかったという。

「タリータウンへ電話して、この家の持ち主と話をしました」警官は報告をつづけた。「だれかが住んでいるなどとは考えもしなかったそうです。三年間も空き家のままだとか」

一同は黙したまま、それぞれの車に乗りこんだ。ゆうに十分は経ってから、ゴードン・ロウがくたびれた様子で言った。「謎が多すぎる！」

27　三百年前の犯罪

「まずはっきりさせたいのは」サム警視がきびしい口調で言った。「あんたはだれかということです」

翌朝、一同はタリータウンの病院にいるイギリス人のベッドの脇に集まった。担当医師からの電話で、患者が話せる程度に回復したと知らされたからだ。じゅうぶんな栄養、鎮静剤、静かな一夜の睡眠がみごとに功を奏していた。無精ひげは剃《そ》られ、やせた頬にはわずかに赤みが差し、遠くを見る目からは知性がうかがえる。みなが病室にはいったときには、男はベッドの背にもたれかかり、毛布の上にたくさんの朝刊をひろげたまま、隣のベッドにいるドノヒューとにこやかに話をしていた。

イギリス人の砂色の眉《まゆ》があがった。「何かお疑いの点があるのですか。おっしゃっている意味がわかりません」胸に秘めた天秤《てんびん》にかけるかのように、一同をひとりずつ鋭い視線でとらえていく。その声は弱々しいものの、聞き覚えのある響きを含んでいた。「わたしはハムネット・セドラーです」

「そうですか」レーンが言った。「チョートさんがお喜びになるでしょう」

「チョート？　ああ、チョート館長ですか。あのかたにはご心配をおかけしてしまった」イギリス人はよどみなくつづけた。「ひどい目に遭いましたよ！　こちらのドノヒューさんは、わたしが青い帽子の男だと思っていたそうです。ははは！　たしかに、驚くほどそっくりです——でしたからね」きびしい顔になった。「あれはわたしの双子の弟でした」

「じゃあ、弟さんが亡くなったことはご存じなんですね」ペイシェンスが尋ねた。レーンがサムをちらりと見やり、サムは顔を真っ赤にした。

「けさはずっと記者に囲まれていましたからね。それに各紙の記事も見て——おかげですべてを知りました。検死医から聞いた遺体の特徴からしても、ウィリアムにちがいありません。弟は専門的な論文を書くときにエールズという筆名を使っていました」

「ふむ」サムが言った。「さて、セドラーさん。なんだか事件が解決したようにも見えますが、これで落着とするわけにはいきません。先ほども言ったとおり、あんたのこれまでの行動には——そして弟さんにも——腑《ふ》に落ちない点があり、われわれは真実を知りたいんです。弟さんが亡くなったのなら、もう隠す理由はないはずです」

セドラーはため息を漏らした。「そうかもしれません。わかりました、すべてをお話ししましょう」まぶたを閉じ、ひどく弱々しい声で言った。「みなさんや新聞が重要視していらっしゃるのは、わたしがアメリカに到着した日を偽ったことですね。事前に知らせた日付より前にこっそり入国したのは、ある不名誉な企みを阻止するためでした。ウィリアムの企みを」そこでことばを切る。だれも何も言わなかった。セドラーは目をあけた。「人払いできませんか」

唐突に言う。

「大丈夫ですよ、博士」ロウが言った。「ここにいるのは全員が内輪の関係者です。ドノヒューさんにしても――」

「わたしには耳も口も目もついてませんよ」アイルランド人はにやりとしてみせた。

セドラーはしぶしぶ話をはじめた。何年か前、イギリスで古書蒐集《しゅうしゅう》家の代理人をしていたウィリアム・セドラーは、愛書家として名高いジョン・ハンフリー＝ボンド卿《きょう》の知遇を得た。現存するジャガードの一五九九年版『情熱の巡礼』の三冊のうち、卿の所有していたものをサミュエル・サクソンが購入したとき、仲介役をつとめたのはウィリアムだった。それから数か月後、ウィリアムは自由に出入りを許されているハンフリー＝ボンド卿の巨大な図書室で、ある古い手稿を偶然発見した。手稿自体に価値はなく、愛書家の世界でもまったく知られていないものだったが、そこには一七五八年の日付がはいっており、かつてウィリアム・シェイクスピアが署名入りでしたためた内密の手紙に驚くべき秘密が記されていると述べていた。手稿はさらに、その手紙はあまりにも恐ろしい秘密にふれていたので、一五九九年版『情熱の巡礼』の裏表紙に隠されてしまった、とつづけていた。この発見に興奮したウィリアムは、ハンフリー＝ボンド卿が手稿を読んでいないことをたしかめると、蒐集欲が募るにまかせ、卿には内容を明かさずに手稿を買いとった。その秘密を当時ケンジントン博物館の館長だった兄のハムネットに打ち明け、手稿を見せたが、ハムネットは昔の絵空事だと一蹴《いっしゅう》した。それでもウィリアムは、手稿で言及された古《いにしえ》の手紙の途方もない歴史的、文学的、金銭的価値の虜《とりこ》となって、ひそかに探索をつづけたが、ジャガード版『情熱の巡礼』の初版本のほとんどが発行後三世紀のうちに消失し、現存するのは三冊のみであることも知っていた。三年に及ぶ探索のすえ、初版本三冊のうちの二冊には――二冊目はフランス人蒐集家のピエール・グレヴィルが所有していたものだが――問題の手紙が隠されていないことがわかった。フランスの警察の追跡を逃れ、失意のうちにアメリカ行きの船に乗ったものの、最後に残った三冊目――皮肉にも、かつてサミュエル・サクソンのためにみずから仲介の労をとった本――を調べたい気持ちはいっそう募った。ウィリアムはボルドーを離れる前に、兄へひそかに手紙を書き送った。

「グレヴィルを襲った事件の顚末《てんまつ》が書いてありました」セドラーは小さな声でつづけた。「それを読んで、その手紙に対する弟の思いがもはや妄執と化しているのがわかりました。折よくその少し前に、わたしはジェイムズ・ワイエス理事長のお誘いで渡米することが決まっていたものですから、この機会にウィリアムを捜し出して、できるものなら罪を重ねるのを阻みたいと考えたのです。そこで予定より早く船に乗り、ニューヨークに着くなり新聞の個人欄に広告を出しました。ウィリアムはすぐに連絡をよこし、わたしが仮宿として偽名で泊まっていた安ホテルで会うことになりました。弟は、エールズという変名を使ってウェストチェスターに家を借りていることや、サクソン書庫の『情熱の巡礼』を追っているが、運悪く遺言でほかの蔵書とともにブリタニック博物館へ寄贈されたために入手がむずかしくなったことを打ち明けました。また、ヴィラという名のこそ泥を雇い、サクソン邸に侵入させて本を盗み出させたけれど、なんの価値もない明らかな偽書をつかまされていたので、匿名で返送したという話もしていましたよ。ウィリアムは躍起になっていました。博物館は修復工事で休館中だが、ほかの寄贈本といっしょに『情熱の巡礼』も移されたのだから、なんとしても忍びこんでやる、とね。欲に取りつかれた弟を見て、わたしは説得を試みました。何しろ、わたし自身がその博物館の館長になるのですから、事態は深刻です。けれどもウィリアムは頑《かたく》なで、最初の話し合いは物別れに終わり、弟は帰っていきました」

「では、あなただったのですね」レーンがゆっくりと言った。「いつかの晩に、こっそりと弟さんの家を訪ねた人物――使用人の説明によると、顔を隠していた来客というのは」

「はい。しかし無駄骨でした。わたしは驚きと恐怖で取り乱していました。当然ながら、愉快な立場ではありませんでしたし」セドラーは深く息をついた。「ジャガード版が盗まれたとき、わたしはすぐに青い帽子の男がウィリアムだと確信しました。とはいえ、そんなことを口に出せるはずがありません。その夜、弟からひそかに連絡があり、サクソン氏の所有していたジャガード版の裏表紙から、あろうことか例の手紙がほんとうに出てきた、と大喜びで知らせてきました。そして、稀覯本《きこうぼん》そのものは用ずみなので博物館へ送り返す、と。自分はけちな泥棒ではないから、盗んだ本のかわりに、手持ちの一六〇六年版を――わたしはそれが現存するとは夢にも思っていませんでしたし、弟がどこで手に入れたのかも知りませんが――罪滅ぼしに置いてきたというのです。おそらく、盗難の発覚を遅らせるためでもあったのでしょう。一五九九年版にそっくりですから」

「でも、なぜあんたを監禁したんです」サムは低い声で尋ねた。「そういうことになったいきさつは？」

　セドラーは唇を嚙《か》んだ。「弟があそこまで悪党になれるとは思いもしませんでした。油断したところを襲われたのです。実の兄弟なのに！　……先週の金曜日にセネカ・ホテル宛に伝言が届いたんです。自宅ではない場所で内密に会いたいと書いてありました。ずいぶん秘密めいているとは感じましたが、特に怪しいとも思わず――」ことばが途切れ、瞳《ひとみ》が曇る。「とにかく土曜の朝、チョート館長と博物館で別れてから、約束の場所へ行きました。これは――少々つらい話です」

「ウィリアムに襲われたのですか」ボーリングが鋭く問いただす。

「はい」セドラーの唇が震えた。「誘拐されたも同然です――実の兄弟なのに！　弟はわたしを縛りあげて猿ぐつわをし、薄汚い部屋に閉じこめました……。あとはご存じのとおりです」

「それにしてもなぜだ」サムが言った。「そんなことをする意味がわからんな」

　セドラーは細い肩をすくめた。「密告されるのを恐れたのでしょうね。実のところ、わたしは警察に引き渡すと脅しつづけていましたから。自分が手紙を持って国外へ出るまで、邪魔にならないところへわたしを追いやりたかったのでしょう」

「いまや殺人と断定された事件が起こったあと、あんたの片眼鏡がエールズの家で見つかりました」サムが容赦なく尋ねた。「これをどう説明しますか」

「わたしの片眼鏡が？　ああ、なるほど」セドラーは片手を力なく振った。「新聞にそんなことが書いてありましたね。わたしには説明できません。ウィリアムが奪っていったのでしょう。

弟はあのとき――隠しておいた例の手紙をとりに自宅へもどると言っていました。それから高飛びするつもりだったようです。しかし、家で殺人犯と出くわして、何かの拍子にポケットから片眼鏡が落ち、争っているうちに壊れたのではないでしょうか。言うまでもなく、殺されたのは手紙を持っていたせいです」

「すると、手紙はいま、弟さんを殺した犯人が持っていると？」

「ほかに考えられません」

しばしの静寂があった。ドノヒューははばかることなく眠りこけ、小銃の立てる音のようないびきが、規則正しく静けさを破っている。やがてペイシェンスとロウが目を見交わし、立ちあがってベッドの両脇からセドラーに顔を近づけた。

「手紙の秘密とはなんでしょうか、セドラーさん」ロウが目をぎらつかせて尋ねた。

「どうかはぐらかさないでください」ペイシェンスが大声で言った。

ベッドの上のセドラーは笑顔でふたりを見た。「あなたがたも知りたいのですね」静かに言う。「どうやらその秘密とは……シェイクスピアの死にまつわることらしいのです」

「シェイクスピアの死！」

「なんだって？」ロウがかすれた声で言った。

「でも、どうやったら自分の死について書けるんですか」ペイシェンスは尋ねた。

「もっともな質問です」セドラーは小さく笑った。急にベッドの上で体を動かし、瞳を光らせる。「シェイクスピアの死因をご存じですか」

「だれにもわかりません」ロウが言った。「ただし、考察や、科学的診断が試みられた例はいくつかあります。以前《ランセット》誌に、シェイクスピアの死は途方もない数の要因が複雑にからみ合った結果だったという記事が載っていました――チフス、てんかん、動脈硬化、慢性アルコール中毒、ブライト病、脊髄癆《せきずいろう》など、覚えきれないほどでしたよ。全部で十三あったと思いますが」

「そうですか」セドラーは言った。「それは興味深い話です。例の古い手稿には」――そこで間を置く――「〝シェイクスピアは殺害された〟と書かれています」

驚き混じりの沈黙がひろがった。セドラーは不思議な微笑を漂わせて話をつづけた。「どうやらその手紙は、シェイクスピアがウィリアム・ハンフリーという人物に宛てて書いたものらしく――」

「ハンフリー？」ロウが小声で言った。「ウィリアム・ハンフリーだって？　シェイクスピアにまつわるハンフリーというと、オジアス・ハンフリーしか思いつきませんね。一七八三年にマローンから依頼を受けて、かの〝チャンドス肖像画〟をクレヨン画で模写した画家です。このハンフリーをご存じですか、レーンさん」

「いいえ」

「シェイクスピア研究家にとっても耳新しい名前なのですね」セドラーは言った。「この――」

「わかった！」ロウが目を大きく見開いて叫んだ。「W・Hだ！」

「W・Hですよ。シェイクスピアのソネットが捧《ささ》げられた、謎のW・H氏です！」

「なんですって？」

「興味深い考察ですね。可能性はありますが、この問題には明確な答が出ていません。ともあれ、いま確実にわかっているのは、ウィリアム・ハンフリーはジョン・ハンフリー－ボンド卿《きょう》の直系の先祖だということです」

「それでわかりました」ペイシェンスが感じ入ったように言った。「なぜハンフリー－ボンド家が手紙入りの本を所有していたのかが」

「ええ、たしかに。ハンフリーはシェイクスピアの親友だったようです」

「教えてください」ベッド脇のロウが興奮した声で言った。「その手紙の日付はいつでしたか。いつ出されたものですか」

「一六一六年の四月二十二日です」

「なんと！　シェイクスピアの死の前日じゃないか！　それで、あなたは――その手紙をご覧になったのですか」

「残念ながら実物は見ていません。弟から話を聞いたのです。だまっていられなかったらしくて」セドラーは深く息をついた。「妙な話だと思いませんか。シェイクスピアは友人であるウィリアム・ハンフリー宛の手紙にこう書いたのです。自分は〝急速に衰え〟て〝嘆かわしいほど容体が悪化〟している、だれかに少しずつ毒を盛られているにちがいない、と。そしてその翌日に――死去しました」

「なんてことだ」ロウは何度も繰り返し、ネクタイに締めつけられているかのように、首もとに手をやった。

「毒を盛る？」サムがかぶりを振って言った。「いったいだれがシェイクスピアを毒殺したって？」

ペイシェンスがぎこちなく言った。「大変なことになったわ。まずは三百年前の殺人を解決して、それから……」

「それからどうするのですか、ペイシェンス」レーンが奇妙な声で尋ねた。

ペイシェンスはかすかに身を震わせ、その視線を避けて顔をそむけた。

28　ベルの手がかり

ペイシェンスの様子が著しく変わった。サム警視はあからさまに心配していた。ペイシェンスは小鳥のように食が細り、睡眠をろくにとらず、やせこけた幽霊のような青白い顔で物思いに沈みながら、自宅のアパートメントと事務所を往復するだけの毎日を過ごしていた。頭痛を訴え、何時間も自分の部屋にこもりきりのときもある。部屋から出てきても、いつも疲れてもの憂げだった。

「何があったんだ」ある日、サムが機会をとらえて訊《き》いた。「例の野郎と喧嘩《けんか》でもしたのか」

「ゴードンと？　ばかなこと言わないで、お父さん。わたしたち――いい友達同士でしかないんだから。だいいち、近頃はブリタニック博物館の仕事が忙しいらしくて、あまり会ってないし」

サムは鼻を鳴らしながらも、心配そうに娘を見つめた。午後になると博物館に電話して、ゴードン・ロウと話をした。しかしロウはいつものとおり上の空だった。いえ、心あたりはありませんね――。電話を切ったサムは、ただの疲れ果てた父親にすぎなかった。そしてその日の残りは、秘書のブロディに当たり散らした。

タリータウンの病院での面会から一週間ほど経ったある日、ペイシェンスが新調の服を着て、少しだけ以前の自分を取りもどした様子で父親の事務所に顔を出した。「ちょっと出かけてくる」白い網目の手袋をはめながらそう告げた。「郊外のほうまで。いいでしょう？」

「もちろんさ！」サムはすかさず答えた。「楽しんでくるといい。ひとりで行くのか」

ペイシェンスは鏡で自分の顔を見つめていた。「当然よ。ひとりじゃだめなの？」

「いや、その——あのロウといっしょかと——パティ、あの男は近ごろ寄りつかないじゃないか」

「お父さん！　もちろんゴードンは——とても忙しいの。だいいち、わたしがあれこれ気にすることじゃないわ」ペイシェンスは父親のつぶれた鼻に軽くキスをして、事務所から颯爽《さっそう》と出ていった。サムは生意気なロウに向けて激しい呪いのことばをつぶやき、乱暴にブザーを押してブロディを呼んだ。

ペイシェンスの潑剌《はつらつ》としたさまは、ロードスターに跳び乗って、車を発進させたところで影をひそめた。何日も前から眉間《みけん》に刻まれたままの皺《しわ》がいっそう深くなる。五番街に差しかかっても、ブリタニック博物館には目もくれなかった。それでも、六十六丁目通りの角の赤信号で停まったときには、バックミラーをのぞかずにはいられなかった。むろん何も見えず、ため息とともに車をまた発進させた。

タリータウンへの道のりは長く孤独なひとり旅だった。手袋をはめた手でハンドルを握り、半ば無意識で車を操る。視線は道路の先を見据えていたが、心ははるか遠くにあった。

タリータウンの中心部にあるドラッグストアの前で車を停め、店内にはいって電話帳を調べたのち、店員に何か尋ねてから外へ出た。しばらく車を走らせ、細い路地で曲がって、番地を確認しながらゆっくりと進んでいく。五分後、目当ての家を見つけた——いまにも崩れそうな木造の平屋で、家の前には荒れた庭があり、倒れかけた塀には蔦《つた》がからまっていた。

ポーチへあがって呼び鈴を押すと、家のなかで濁った小さな音が響いた。くたびれた目をした中年女が玄関の網戸をあけた。皺くちゃの室内着姿で、真っ赤な両手は泡まみれだ。

「何？」ぞんざいに言い、卑屈な敵意めいたものをあらわにしてペイシェンスをねめつける。

「マクスウェルさんはご在宅ですか」

「どのマクスウェルだい」

「ほかにもいらっしゃるんですか。最近までエールズ博士のお宅で働いていらっしゃった男のかたです」

「ああ、あたしの義理の兄だ」女は鼻を鳴らした。「そこで待ってな。近くにいるか、見てくるから」

女が消えると、ペイシェンスは大きく息を吐いて、ほこりだらけの揺り椅子に腰かけた。すぐに、背の高い白髪頭のマクスウェルが現れた。汗まみれの肌着に上着といういでたちで、ごつごつした喉《のど》もとがむき出しだった。

「ペイシェンスさん！」うわずった声で呼びかけた。連れを探すかのように、充血した小さな目を通りへ向ける。「わたくしにご用ですか」

「こんにちは、マクスウェルさん」ペイシェンスはにこやかに言った。「わたしひとりよ。どうぞすわって」マクスウェルが日焼けした肌のようにざらついた革の椅子に腰をおろし、不安そうにペイシェンスを見つめる。「例の爆発事故の詳細をお聞きになったわね」

「ええ、聞きましたとも！　恐ろしいことです。弟夫婦とも話していたのですよ、自分はほんとうに運がよかったと。あの日、あなたがたが来てくださらなかったら――そして、あの家から連れ出してくださらなかったら、わたくしは木っ端微塵《みじん》になっていたはずですからね」落ち着かなげに身をよじる。「犯人は捕まったのですか――だれがあんなことを？」

「まだだと思います」ペイシェンスはきびしい目で相手を見据えた。「マクスウェルさん、わたしはこの事件について繰り返し考えてみました。特にあなたの話についてね。あなたにはまだ話していないことがある――そんな気がしてならないんです」

マクスウェルは目をまるくした。「とんでもない！　わたくしは真実をお話ししました。誓って――」

「嘘をついたという意味じゃないの。蜂がいるわ、気をつけて！　……わたしが言いたいのは、大事なことを話し忘れているんじゃないかということです」

マクスウェルは震える手で頭をなでた。「しかし……何も……」

「ねえ」ペイシェンスは軽快な動きで身を起こした。「みんな――わたし以外は――あることに気づいていないようなんです。覆面の男があなたを縛りつけて監禁した車庫は、壁がとても薄くて、母屋からほんの数フィートしか離れていなかった。しかも郊外の夜だから、どんな音もはっきり聞こえるはずね」前に乗り出して声をひそめる。「じゃあ、玄関扉についているベルの音は聞こえませんでしたか」

「そう、そう！」マクスウェルは息を呑《の》んで、ペイシェンスをじっと見た。「たしかに聞こえましたよ！」


ペイシェンスが父親の事務所に駆けこんで目にしたのは、最上等の椅子に脚を伸ばしてすわるドルリー・レーン氏と心配そうな父親の姿だった。窓辺にはゴードン・ロウが立っていて、浮かぬ顔でタイムズ・スクエアをながめていた。

「いったい――なんの集まり？」ペイシェンスは手袋をはずして尋ねた。新たな知らせに目が輝いている。

ロウが振り向いた。「パット」駆け寄ってくる。「警視さんから聞いて心配したよ。だいじょうぶかい」

「ええ、平気よ」ペイシェンスは冷たく言った。「わたし――」

「ぼくのほうは最悪でね」ロウは力なく言った。「すっかり行き詰まってしまったんだ。研究は大失敗だよ、パット」

「それはおもしろいわね」

「ひどいな」ロウはペイシェンスの向かいに腰をおろし、〈考える人〉の名高い姿勢をとった。「何もかもまちがってたんだ。たどった筋道がおかしくてね。シェイクスピアに関するわが壮大なる研究は一巻の終わりだ。ああ、神よ」悲しげに言う。「長き歳月はすべて水泡に……」

「まあ」ペイシェンスの表情が和らいだ。「ごめんなさい、ゴードン。ぜんぜん気づかなくて――お気の毒ね」

「くだらんおしゃべりはそこまでだ」サムが不機嫌そうに言った。「どこへ行ってたんだ。おまえを置いて出かけるところだったぞ」

「どこへ？」

「セドラーに会いにいく。レーンさんがあることを思いついて、ここにいらっしゃったんだ。あんたから話していただくのがよさそうですな、レーンさん」

レーンは眼光鋭くペイシェンスを見つめていた。「その前に、ペイシェンス、どうしましたか。何かよいことがあったのを押し隠しているように見えるのですが」

「わたしが？」ペイシェンスは不自然な笑い声をあげた。「相変わらず演技がへたくそね。実はさっき、ものすごい大発見をしたんです」ゆったりと煙草を取り出す。「マクスウェルさんに会ってきました」

「マクスウェルに？」サムは怪訝《けげん》な顔をした。「どうしてだ」

「最後に会ったとき、じゅうぶんに話を聞けなかったんだもの。だれもふれなかったことで、ひとつ気になっていたから……。殺人があった夜に、エールズの家に何人の来訪者があったのかを、マクスウェルは知ってるんじゃないかって！」

「なるほど」ひと呼吸置いてレーンが言った。「もしそうなら興味深いですね。どうでしたか」

「覆面の男に母屋が荒らされているあいだも、殺人がおこなわれたときも、マクスウェルは意識を失うこともなく、ずっと車庫に閉じこめられていたんです。ところで、母屋の玄関扉の上には、開閉のたびに鳴る昔ながらのベルの仕掛けがついていました」

「ああ、そうでしたね」

「マクスウェルはそのベルの音を聞いたはずだと思ったんです――あのとき鳴ったすべての音を！　それを尋ねたところ、やはり覚えていました。大事なことじゃないかもしれませんけど……」

「恐ろしいほど冴《さ》えていますね、ペイシェンス」レーンはつぶやいた。

「もっと早く気づけばよかったんですけど。とにかく、マクスウェルにあのときの記憶をたどってもらいました。覆面男に車庫に閉じこめられたあと――そしてその覆面男がマクスウェルの合鍵《あいかぎ》を奪って母屋へ引き返したあと――ベルが二回鳴ったのをはっきり聞いたそうです。つづけざまに、ほんの数秒の間隔で二回鳴った、と」

「二回？」サムが言った。「じゃあ、覆面男が玄関扉をあけたときと、家のなかにはいって扉が閉まったときだな」

「そのとおり。だとしたら、覆面男は家のなかでひとりだったことになります。その後しばらくは静かで――三十分以上だとマクスウェルは言っていましたが――やがてまたベルが二回鳴った。それからすぐ、また二回。その夜はそれで終わりだったそうです」

「それだけわかればじゅうぶんです」レーンが奇妙な調子で言った。

「すごいぞ、パット！」ロウが叫んだ。「答が出そうじゃないか。最初の二回のベルは、きみが言ったとおり、覆面男が母屋に引き返したときの音だ。つぎに鳴った二回は、第二の来訪者がはいったときの音。三度目のは、ふたりのどちらかが出ていったときのものだろう。その後ベルが鳴らなかったんだから、殺しがおこなわれたとき、あの家にはふたりの人間しかいなかったことになる——覆面男と第二の来訪者だけだ！」

「ゴードン、まさにそう」ペイシェンスが興奮気味に言った。「わたしもまったく同じ考えよ。覆面男が斧《おの》男と同一人物なのは、ふたつの時計の証拠から明らかだし、斧男が殺人者であることは遺体の腕時計と手首の傷の証拠からまちがいない。だとしたら、殺されて地下室に置き去りにされたのは第二の来訪者だと断定できるの！」

「ふたりに絞ることで」レーンが淡々と言った。「たしかに問題はわかりやすくなりますね、警視さん」

「ちょっと待ってくれ」サムはうなった。「そう結論を急ぐな、パティ。二度目のベルが第二の来訪者がはいったときの音だとなぜわかるんだ。覆面男が出て、い、っ、て家が空っぽになったときの音かもしれないじゃないか。それなら、三度目のベルが第二の人物が家にはいったときの音になり——」

「ちがうわ。それじゃ、つじつまが合わないもの」ペイシェンスが大声で言った。「その時間帯に家のなかで人がひとり殺されたことはたしかね。それはだれかしら。もし覆面男が去ったあとで第二の来訪者が現れたんだとしたら、どういうことになる？　犯人のいない他殺死体が残るのよ。被害者は第二の来訪者でまちがいない。この人物が家の外へ出なかったのは、玄関のベルがそれ以上鳴らなくて、ほかの扉や窓にすべて内側から鍵がかかっていたことからわかる。でも、もし被害者である第二の来訪者が家にひとりでいたとしたら、いったいだれに殺されたの？　そう、ゴードンの言うとおりなのよ。家から立ち去ったのが殺人者で、殺人者は覆面男だと言いきれる」

「だとしたら、何がわかるのですか」レーンがゆっくりと尋ねた。

「犯人の手がかりです」

「そうさ！」ロウが叫んだ。

「いまから説明します――ゴードン、口出ししないで！　あの晩、エールズ邸の母屋にはふたりの男がいました。そのうちのひとり、被害者となったほうはセドラー兄弟のどちらかです――遺体の特徴が完全に一致しますから。さて、あの家を訪れたふたりの一方は、手紙のありかを正確に知っていて、書斎の隠し戸棚へまっすぐ向かいました。もうひとりはありかを知らず、隠し場所を求めて斧で家じゅうを荒らしました。さて、隠し場所を知っ<ruby>て</ruby>いる可能性が最も高いのはだれでしょうか」

「自称エールズ――つまりウィリアム・セドラーだ」サムが答えた。

「正解よ、お父さん。何しろ、隠し戸棚を作って手紙を隠した本人ですもの。第二の来訪者は隠し場所を知っていて、先に現れた斧男は隠し場所を知らなかったんですから、エールズは第二の来訪者だったことになります。これは、あとから来た人物が難なく家にはいったことからも裏づけられます。あの玄関扉は自動で施錠される仕組みになっていて、マクスウェルの合鍵は斧男の手中にありました。にもかかわらず、第二の来訪者は家にはいることができたんです。エールズが持っている親鍵を使ったとしか考えられません」

「おまえは覆面男がだれだと思ってるんだ」サムは尋ねた。

「それがわかる証拠があるの。玄関広間で片眼鏡を見つけたでしょう？　今回の関係者で片眼鏡をかけているのはハムネット・セドラーだけよ。マクスウェルは、あの家で片眼鏡を見たことなど一度もないと言っていた。だとしたら、殺人のおこなわれた夜、あの家にハムネット・セドラーがいたと考えられる。もしあそこにハムネットがいたのなら、ふたりの来訪者のうち、一方がハムネットで、もう一方が弟のウィリアム、つまりエールズということになる。でも、さっき明らかにしたとおり、ウィリアムは被害者だから、ハムネットこそが弟殺しの犯人なのよ！」

「驚いたな」サムが言った。

「いや、ちがうな、ペイシェンス」ロウが勢いよく立った。「それだと――」

「待ってください、ゴードン」レーンが静かに言った。「ペイシェンス、あなたはどのような根拠でこの事件の主役がハムネット・セドラーだと判断したのですか」

「それは」ペイシェンスは挑むような視線をロウへ向けながら答えた。「ハムネットがシェイクスピアの手紙を狙っていたと思われる節がいくつかあるからです。第一に、ハムネットもまた愛書家であり、ウィリアムから例の手稿に関する話を聞かされたと言っていました。シェイクスピアによる本物の手紙を手に入れる機会をみすみす逃すなど、研究者の血が許すはずがありません。第二の根拠は、ハムネットがロンドンの博物館の館長という立場を突然投げ出し、軽蔑《けいべつ》していたアメリカで、収入を減らしてまでも同様の職に就いたという不思議な事実です。でも、そうすればサクソン氏のジャガード版に正々堂々と近づくことができるんですよ！　そして最後の根拠は、予定よりも早く、ひそかにニューヨークへ来ていたことです」

レーンは深く息をついた。「おみごとです、ペイシェンス」

「しかも」ペイシェンスは熱のこもった声でつづけた。「ハムネットが斧男だとする考え方は、兄弟ふたりのうち、ハムネットのほうが手紙の隠し場所を知らなかったこと、そして、だからこそ探す場合にはやみくもに動きまわらざるをえなかったはずで、それが斧男の実際にとった行動と一致することからも裏づけられます……。あの夜のセドラー兄弟の様子を想像するのはむずかしくありません。二階にあるウィリアムの寝室でハムネットが斧を振るっていたとき、ウィリアムが帰宅して、書斎の隠し場所から手紙を取り出した。しばらくして、ふたりは鉢合わせした。ハムネットは弟の持つ手紙に気づいて斧を振りおろし、腕時計と手首を傷つけた。揉《も》み合っているうちにハムネットの片眼鏡が落ちて割れた。ハムネットはウィリアムを銃で撃ち殺し、遺体を地下へ――」

「ちがう！」ロウが叫んだ。「ペイシェンス、だまってくれ。レーンさん、ぼくの考えを言いましょう。途中まではいまの説に賛成です――あの家にはウィリアムとハムネットがいて、手紙を取り出したのがウィリアムで、覆面の斧男がハムネットだというところまではね。でも、手紙を奪い合ったとき、ウィリアムがハムネットに殺されたんじゃなくて、ハムネットがウィリアムに殺されたんですよ！　焼け跡の遺体はふたりのどちらかでしょう。ぼくが思うに、例のあばら屋で〝餓死〟しかけていたところを発見され、みずからハムネットと称している男は、実はウィリアムなんです！」

「ゴードン」ペイシェンスが鋭く切り返した。「そんなの――ばかげてる。遺体から親鍵が見つかったのを忘れたの？　ウィリアムである何よりの証拠だわ」

「ああ、しかし、ペイシェンス」レーンはつぶやいた。「かならずしもそうではありませんよ。ゴードン、つづきをお願いします」

「人間の心理ですよ、レーンさん。その奇抜な説が正しいと考える理由を聞かせてください」

院にいる男が身元を偽ったと思っていますが、確固たる証拠が乏しいことは自分でも認めます。ぼくは病院にいる男が身元を偽ったと思っていますが、それは、もしウィリアム・セドラーと名乗ったら、フランスの警察から追われる立場にもどってしまうからです。生き残った側であるということは、例の手紙を手中におさめたはずで、それを処理するために行動の自由がほしいに決まっています。思い出してもらいたいんですが、あの男はわれわれが面会した時点で事件のいきさつを残らず承知していました。前の晩に警視さんが記者に漏らしたことがすべて新聞に書き立てられていましたし、ほかに記者たちから直接仕入れた情報もあったでしょう」

レーンは奇妙な笑みを浮かべた。「仮説ではありますが、犯行の動機は納得できるものですよ、ゴードン。すばらしい推理です。では、爆弾を仕掛けたのはだれなのでしょう」

ペイシェンスとロウは目を見交わした。すぐにふたりは、爆弾は殺人の二十四時間前に、まったくの第三者によって仕掛けられたということで合意した。理由はわからないが、そちらの犯人の狙いは文書を葬り去ることのみであり、爆弾を仕掛けると自分の仕事は終わったと考えて、舞台から消えたのだ、と。

レーンは納得のいかぬ様子で言った。「拉致《らち》についてはどうですか。ウィリアムなのかハムネットなのかはさておき、生き残ったほうは、なぜわざわざこみ入った筋書きにみずからを巻きこんで、瀕死《ひんし》の状態で警察に発見されるように仕組んだのでしょうか。わたしたちが見つけたときには、まちがいなく餓死寸前で憔悴《しょうすい》していたではありませんか」

「それは簡単です」ペイシェンスが応じた。「ウィリアムであろうとハムネットであろうと、目的は同じです。架空の誘拐事件の咎《とが》を死者になすりつけることで、陰謀者本人の無実をより強く訴えるためです」ロウがうなずいたものの、心もとない表情だった。

「ドノヒューについてはどうだ」サムが尋ねた。

「もし生き残ったのがハムネットだとしたら」ペイシェンスは答えた。「ドノヒューを拉致したのはハムネットだわ。エールズの家から出てきたドノヒューを見て、弟の仲間だと思ったのよ。拉致して手紙の隠し場所を聞き出すつもりだったんでしょうね——拷問するぞと脅して」

「逆に、生き残ったのがウィリアムだとしたら」ロウがすかさずつづけた。「ドノヒューを誘拐したのはウィリアムであり、尾行してきたドノヒューに計画をつぶされるのを恐れたからです」

「だとしたら、やはり」レーンが言った。「ハムネットとウィリアムのセドラー兄弟がこの事件にかかわっているという点で、ふたりの意見は一致しましたが、だれがだれを殺したかという肝心な点で対立していますね。実におもしろいではありませんか！」

「まったくです」サムが両目をむいて声を張りあげた。「まさによい頃合になりましたな」

「どういうこと、お父さん」

「実はな、パティ、おまえが帰ってくる前にレーンさんが教えてくれたんだよ。あのイギリス人は正体を偽っている可能性があるが、その真偽を見きわめる方法があるってな」

「見きわめる方法？」ペイシェンスは眉《まゆ》をひそめた。「そんなことが――」

「いたって単純な方法ですよ」レーンはそう言って立ちあがった。「そのためにはブリタニック博物館へ行かなくてはなりません。ゴードン、ハムネット・セドラーを名乗る人物はまだ館内にいますか」

「はい」

「よかった。では行きましょう。五分ほどで片がつくはずです」

29　視覚上の誤解

ハムネット・セドラーと称する男は、チョートとともに館長室で仕事をしていた。一同がはいっていくと、チョートはいくぶん驚いたようだったが、イギリス人はすぐさま立ちあがって、笑顔で進み出た。

「みなさんおそろいですね」セドラーは明るくにこやかに告げた。しかし、一同の険しい表情に気づいて笑みを消した。「何も不都合がないとよいのですが」

「その点は同感です」サムが低い声で言った。「チョート館長、少しのあいだセドラーさんと話をさせていただけませんが——われわれだけでね。少々内密を要することでして」

「内密?」机の前で立ちあがったチョートは、その場で全員の顔を順にながめていった。やがて視線を落とし、書類を数枚まさぐった。「ええ——かまいませんとも」山羊《やぎ》ひげのあたりから顔がゆっくりと紅潮していく。机の脇を通り、足早に部屋から出ていった。セドラーは身じろぎひとつしなかった。しばしの沈黙ののち、サムがレーンにうなずきかけ、レーンが前へ進み出た。サムの荒い息づかいだけが部屋に響き渡る。

「セドラーさん」レーンが無表情で呼びかけた。「ぜひお願いしたいことがありまして——いわば——科学的な興味から、あなたにごく簡単な検査を受けていただきたいのです……。ペイシェンス、ハンドバッグを貸してください」

「検査?」セドラーは顔に不快感をあらわにして、背広のポケットに両手を押しこんだ。

ペイシェンスはすばやくハンドバッグをレーンに渡した。レーンはバッグをあけて中を見やり、派手な色のハンカチを取り出してから、音を立ててハンドバッグを閉めた。「さて、セドラーさん」静かに言った。「このハンカチが何色に見えるか、お答えください」

ペイシェンスは息を呑《の》み、突如として事態を理解して目を瞠《みは》った。ほかの者は呆然《ぼうぜん》とこのやりとりを見守っていた。

セドラーは顔を赤くした。いくつもの感情が鷹《たか》のような顔に入り混じり、支配権をめぐってせめぎ合っている。わずかにあとずさる。「これほど人をばかにした話はありませんね」とげとげしく言う。「この子供じみた実験の目的をお聞かせ願えますか」

「よもや」レーンは言った。「ただの小さなハンカチの色を答えるくらい、どうということはありますまい」

静寂があった。しばらくしてイギリス人は顔も向けずに、抑揚のない声で答えた。「青です」

そのハンカチの色は緑と黄と白だった。

「では、このゴードンのネクタイはどうでしょうか、セドラーさん」レーンは顔つきを変えずにつづけた。

イギリス人は目に苦悩を浮かべ、ゆっくりと体の向きを変えた。「茶色です」

ネクタイの色は青緑だった。

「ありがとうございました」レーンはハンカチとバッグをペイシェンスへ返した。「警視さん、このかたはハムネット・セドラーさんではありません。ウィリアム・セドラー、ときにエールズ博士と名乗る人物です」

とたんにそのイギリス人は椅子に深く沈み、両手に顔をうずめた。

「いったいどうしてわかったんです」サムは目をまるくした。

レーンは大きく息を吐いた。「初歩ですよ、警視さん。五月六日にあなたの事務所を訪れて、封筒を預けていったのはエールズ博士、すなわちウィリアム・セドラーであり、ハムネット・セドラーではありえません。以前本人が説明したとおり、ハムネットは五月七日にはロンドンで自分の送別会に出席していたからです。さて、封筒を持ってきたエールズ博士は、むろん中の便箋《びんせん》に記号列を書いた人物でもあり、事務所を訪れた朝に自分自身で何度もあなたにそう伝えました。では、あの便箋と記号から何がわかるでしょうか」

「何って――その……さっぱりわかりませんな」サムは言った。

「あの便箋は」レーンは疲れた様子でつづけた。「くすんだ灰色のもので、上部には濃い灰色のインクで〈サクソン書庫〉というレターヘッドが印刷されていました。そのことと、例の記号列の書きこまれ方を結びつけたとき、わたしにはすぐにあることがひらめいたのです」

「なんの話です。われわれは便箋を上下逆さに見ていた。それだけのことでしょう。たまたまあんたは運よく正しい方向から見ましたけど」

「まさしくそこです。言い換えれば、ウィリアムは Wm SHε の記号列を逆さに書き入れたのです！　記号を正しく読もうとすると、便箋は上下逆となり、レターヘッドが下に来ます。これはきわめて重要なことでした。何かを書こうとしてレターヘッドつきの便箋を手にとるとき、わたしたちは無意識に便箋を正しい向きに――つまり、名前と住所の印字を上側に持っていきます。ところが、この記号列を書いた人物は、便箋を手にとって、逆さのまま使ったのです！　なぜでしょうか」レーンはそこでことばを切り、ハンカチを取り出して唇を軽くぬぐった。イギリス人は顔から両手をおろして、いまは椅子に沈んだまま苦い顔で床を見つめていた。

「わかった」ペイシェンスが吐息を漏らした。「ただの偶然でないとしたら、その人物は印刷された文字にまったく気づかなかったのよ！」

「そう、ペイシェンス、まさしくそのとおりです。ただし、にわかには信じられませんね。むしろ、あわてていたせいで、うっかり便箋の上下を逆にして記号列を書き入れてしまい、あとから見た者が混乱するなどとは考えもしなかった、というほうがはるかに脈がありそうです。とはいえ、もうひとつの可能性が論理的に成り立つからには、そちらを無視することもできませんでした。わたしはおのれに問いかけました。もしそれが真実だとしたら、どんな奇跡によってそのような現象が生じたのだろうか、と。なぜエールズ博士はサクソン書庫の便箋に印刷された濃い灰色の文字に気づかなかったのか。目が見えないのか。しかし、そんなはずはありません。警視さんの事務所を訪れた男は、視力にはなんの問題もなかったはずです。そこで、もうひとつ思い出したことがあり、たちどころに答がひらめきました……。顎ひげです」

イギリス人が苦渋に満ちた目をあげた。そこにはかすかな好奇の色が浮かんでいる。「顎《あご》ひげ?」小さな声で尋ねる。

「やはり」レーンは微笑んだ。「いまこの瞬間も、この人は自分がつけた偽の顎ひげのどこが奇妙だったのかに気づいていません。セドラーさん、あの日あなたが得意げにつけていらっしゃった顎ひげは、あまりにも奇怪な代物だったのです! 青やら緑やら、得体の知れぬ色やらが縞《しま》をなしていました」

セドラーはあんぐりと口をあけ、それから苦しげに言った。「なんということだ。あれを買ったのは舞台衣装の専門店でした。用途をはっきり伝えなかったので、仮装パーティーなどのばかばかしい催しに使うふざけたひげをほしがっていると店員が勘ちがいして……」

「不運でしたね」レーンはそっけなく言った。「ともあれ、顎ひげと便箋が互いの裏づけになりました。記号列を書いた人物に色覚がまったくない可能性が非常に高いとわたしは思ったのです。以前そのような例を耳にしたことがあったので、担当医のマーティーニ医師に意見を求めました。マーティーニ医師によると、色覚がまったくない例はきわめて稀《まれ》ながら存在し、その場合には、見るものすべてが鉛筆画のように濃淡のある灰色に目に映るそうです。また、色彩だけでなく色の濃淡がまったく見分けられない例もあるそうで、今回のように、便箋と印刷された文字の色が区別できず、印字が見えなかったという場合は、むしろそちらのほうが説明になるということでした。サクソン邸で実際の便箋を調べたマーティーニ医師は、あの記号列を書いた人物がそういった色覚の問題をかかえている可能性がきわめて高いとおっしゃっていました」

イギリス人が体を揺すった。「わたしは生まれてこのかた」かすれた声で言った。「色を見たことがないのです」

しばらくのあいだ、沈黙が立ちこめた。「そういういきさつで」レーンが大きく息を吐いてからつづけた。「わたしはエールズ博士に色覚がないことをほぼ確信しました。そして、先ほどあなたは、ご自分も同じ問題をかかえていることを実証なさいました。色の見分けがまったくつかないのですから、ペイシェンスのハンカチやゴードンのネクタイの色を尋ねられても、当て推量で答えるほかありません。さて、あなたはご自分がハムネット・セドラーだと主張なさっています。しかし、ハムネット・セドラーの色覚はまちがいなく正常なのです！　この博物館のサクソン展示室で最初にお会いした日、セドラー博士は一五九九年のジャガード版が盗まれたケースをのぞきこみ、いくつかの反対色ばかりでなく、同じ色の濃淡まで正確に区別なさいました。装丁のひとつを金茶色と表現しましたが、そのような微妙な区別は正常な色覚がなくてはできません。あなたはウィリアムかハムネットのどちらかである――ハムネットの色覚は正常であり、ウィリアムはそうではない――そしてあなたは色覚に問題がある――したがって、あなたはまちがいなくウィリアムです。単純な三段論法ですよ。先ほどの検査は、あなたが嘘をついているかどうかを見きわめるためのものでした。そして、あなたは嘘をついていた。病院で語ったことは多くが作り話だったのでしょうが、真実もいくらか含まれていたはずです。この場のみなさんに、どうか何もかも正直に話してください」

レーンは椅子に沈みこみ、ふたたび唇を軽くぬぐった。

「たしかに」イギリス人は小声で言った。「わたしはウィリアム・セドラーです」


ウィリアムはまずエールズ博士となってサム警視を訪ね、シェイクスピアの手紙を探すなかで身辺に事故が起こったときの手がかりとして、例の記号列を託したが、その時点ではまさかの事態としか考えていなかった。六月二十日に電話をしなかったのは、実のところできなかったからで、まさかの事態が訪れたからだった。そのときはまだ知らなかったが、兄のハムネットがブリタニック博物館の館長職を引き受けた唯一の理由は、サクソン氏が所有していたジャガードの一五九九年版に近づくことだった。ウィリアムは、一五九九年版を博物館から盗んだその夜、ハムネットに監禁された。それはドノヒューが追ってきた少しあとのことであり、ドノヒューもまた同じ夜のうちにハムネットに拘束されていたが、自分がどのくらい気を失っていたかは見当もつかず、時間の感覚がすっかり乱れていた。そのため、博物館で本を奪った日から、囚《とら》われていた小屋で警察に救出されるまでのあいだ、ウィリアムは抗《あらが》う力をすっかり奪われていた。

ハムネットがどれほど脅しても、ウィリアムは隠し場所を明かさなかった。ドノヒューのほうは手紙の存在すら知らないので、むろん何も話しようがない。ハムネットは素知らぬ顔で博物館へ通勤せざるをえなかったので、小屋へ出向けるのはときおりの短時間だけで、やがて自《や》棄《け》を起こした。ある日、ハムネットはウィリアムにこう告げた。手紙がウィリアムの家のどこかにあることはわかっているから、地下室に爆弾を仕掛けて家屋もろとも吹き飛ばしてやる、と。爆弾はすでにしかるべき筋に頼んで作ってあるという。そのときはじめて、ウィリアムは兄がシェイクスピアの手紙を追い求めている真の目的を知った。手に入れたいのではなく、消し去りたいのだ、と。

「でも、なぜです」ロウが両手のこぶしを握りしめて叫んだ。「それは——卑劣きわまりない芸術破壊行為だ！　いったいなぜ消し去ろうなんて？」

「正気を失っていたんですか」ペイシェンスは大声で尋ねた。

イギリス人は唇を引き結んだ。レーンをすばやく一瞥《いちべつ》したが、老優は静かに虚空をながめている。「わかりません」

ハムネットが二十四時間後に作動するよう時限爆弾を仕掛けた。このまま爆発すれば手紙が永遠に失われると感じたウィリアムは、ついに要求に屈した。何もしないよりは時間を稼げるだろうし、拘束を解かれて手紙を救い出せるかもしれない。そう考え、隠し戸棚の場所とあけ方をハムネットに教えた。ところがウィリアムは解放されず、ハムネットは笑みをたたえてこう叫んだ。これからおまえの家へ行き、この手でその手紙を処分する、時間はまだたっぷりあるからな、と。爆弾はあとで止めるつもりだったのだろう……。ハムネットはウィリアムの親鍵《かぎ》を持って出ていったが、それがウィリアムが生きている兄を見た最後だった。ドノヒューが脱出して警察が小屋へ助けにくるまで、ウィリアムはその後何が起こったのかをまったく知らなかった。病院で新聞を読み、記者たちの話を聞いた。そこでようやく、爆発事故のことや、焼け跡から兄弟の一方と目される遺体が発見されたことを知った。ウィリアムはすぐに事の顚《てん》末《まつ》を悟った。ハムネットはあの家で手紙を取り出しているとき、同じものを狙っていた第三の人物と運命の遭遇をしたのだろう。その手紙を奪うために第三の人物はハムネットを殺害し——地下に爆弾が仕掛けられていることは知りもせずに——その貴重な一枚の紙を持ち去ったにちがいない。ハムネットが死んで、爆弾のことを知っているのはウィリアムだけとなったが、そのウィリアムは小屋に監禁されて身動きできなかったため、予定どおり爆発が起こり、家は木っ端微《み》塵《じん》となった。

「すぐにわかりましたよ」イギリス人は怒りを含んだ声で言った。「同じ狙いを持つ第三の人物がいて、いまや手紙はその人物の手中にあるのだ、と。こちらは多くのものを犠牲にして——長い年月を費やして——あの自筆の手紙を追ってきたというのに……。ともあれ、一度は失われたものとあきらめましたが、無傷のまま現存していると確信できたのです。一から出なおして、兄を殺した犯人を見つけ出し、手紙を取り返さなくてはなりません。でも、自分をウィリアム・セドラーだと認めたら、この計画の命取りとなりかねません。わたしはボルドー警察から追われている身ですからね。フランスへ引き渡されて訴追を受けたら、もはや手紙は永遠に手の届かないところへ行ってしまうでしょう。だから、焼け跡の遺体が兄弟のどちらなのか警察が判別できずにいることや、兄とわたしがきわめてよく似た——声までもそっくりな——双子であることを利用して、ハムネットと名乗ることにしたのです。チョート館長は疑っていたはずです。この週はずっと薄氷を踏む思いでした」

　ウィリアムの話はさらにつづき、ハムレット荘へ向かうペイシェンスとロウを拳銃《けんじゅう》で脅したのがハムネットだったこともわかった。ハムネットはレーンを尾行して、ハムレット荘へ文書を持参するよう指示したサム警視宛の電報を読んだため、封筒の中身が貴重な手紙そのものだと思いこんだのだった。


　サムは唇を固く結び、ペイシェンスはすっかりふさぎこんでいた。ロウは眉《まゆ》をひそめて歩きまわっている。レーンだけが静かに腰かけていた。

「いいか」ついにサムが口を開いた。「おれはいまも信じていないからな。あんたがウィリアムであることは信じるにしても、事件当夜にあの家に現れた第二の人物じゃないとどうして言いきれる？　あんたが嘘をついてる可能性は大いにある。監禁されていた小屋から脱出し、兄を追って自宅へもどり、手紙を奪うために殺したとしても、ちっともおかしくないんだ。第三の人物がハムネットを殺して文書を持ち去ったなんて、とんだ戯言《たわごと》だよ――そんなやつがいたなんて信じられるものか！」

　ウィリアム・セドラーの顔が徐々に青ざめていく。「しかし、そう言われても――」震えた声で言いかける。

「いいえ、お父さん」ペイシェンスがもの憂げに口を開いた。「それはちがうわ。この人はお兄さんを殺していないし、証明もできる」

「ふむ」レーンがまばたきをして言った。「できるのですか、ペイシェンス」

「いまの話で、この人が弟のウィリアムなのはわかりました。そして、死んだのはセドラー兄弟のどちらかですから、遺体は兄のハムネットです。問題は、ハムネットが事件当夜にあの家を訪れた第一の人物なのか、第二の人物なのかということです。第一の訪問者は家にはいるために、車庫に閉じこめたマクスウェルから合鍵を奪いました。だとしたら、その人物は鍵を持たずに家にやってきたことになります。一方、ハムネットはあの家に来たとき、たしかに鍵を持っていました――それはウィリアムから取りあげた親鍵で、のちに遺体から発見されています。以上から、ハムネットは第二の訪問者にちがいありません。

したがって、第二の訪問者であるハムネットが第一の訪問者に殺害されたことになります。あの家にふたりしかいなかったことは、ベルの音に関するマクスウェルの証言からわかります。では、第一の訪問者である覆面の男はだれだったのか」ペイシェンスは熱っぽくつづける。

「第一の訪問者が斧《おの》で家を荒らした人物であることは、かなり前に証明しました。つまり、ハムネットはこの斧男に殺されたのです。父がさっき言ったように、ウィリアムが斧男だった可能性はあるでしょうか。それはありません。というのも、隠し戸棚の場所をだれよりもよく知っていたからです。どんな事情があろうと、斧を振りまわして家じゅうをめちゃくちゃにする必要はないんですよ。だから、ウィリアム・セドラーは斧男ではなく、だとしたら事件の夜にあの家にいたはずもなく、兄を殺してもいない。ですから、この事件にはたしかに第三の人物が存在するんです――すなわち、斧を振るった男であり、手紙のありかを知らなかった男であり、隠し戸棚から手紙を取り出したハムネットを殺して、遺体を地下室へ隠し、手紙を持ち去った男です！」

「すごい」ロウがすかさず言った。「だけど、そいつはだれなんだ」

「残念ながら、それは一から考えなおすしかないわね」ペイシェンスはそう言って肩をすくめた。そのままだまりこみ、眉間《みけん》に深く皺《しわ》を刻む。突然、くぐもった叫びをあげ、死人のように顔色を失った。「ああ！」声を漏らして呆然《ぼうぜん》と立ちあがる。体がわずかにぐらつき、驚いた顔のロウがすぐにかたわらへ寄った。

「パット、だいじょうぶか。どうしたんだ。いったい何が？」

サムが乱暴にロウを脇へ押しのけた。「パティ、気分でも悪いのか」

ペイシェンスは小さくうめいた。「わたし――その――ひどい心地がして。きっと――具合が悪いのね……」声が消え入り、ペイシェンスは足をよろめかせて父親の腕のなかへ倒れかかる。

レーンとイギリス人が同時に跳び出した。「警視さん！」レーンが鋭く叫んだ。「ペイシェンスが……危ない！」

ロウがすばやく前に出て、床へ崩れ落ちかけたペイシェンスの膝《ひざ》を抱き止めた。

軽い錯乱状態で異様なほど泣き濡《ぬ》れるペイシェンスを連れて、サムとロウがタクシーに乗りこみ、サムのアパートメントへ向かうと、館長室にはドルリー・レーン氏とウィリアム・セドラーのふたりだけが残った。

「暑さのせいでしょうね」ウィリアムがつぶやいた。「かわいそうに」

「そのようです」レーンは答えた。その立ち姿は頭に雪を頂いた松の木さながらだが、ふたつの瞳《ひとみ》は暗くて深い底なしの穴のようだった。

突然、セドラーが身を震わせた。「何もかも終わりですね。探求の旅もここまでだ」苦々しく言う。「どうなろうと、もう——」

「お気持ちはよくわかりますよ、セドラーさん」

「そうですか。おそらく、わたしを警察にお引き渡しに——」

レーンは謎めいたまなざしを向けた。「なぜそう思われるのですか。わたしは警察の人間ではなく、サム警視にしても、もはや警察とのつながりはありません。真実を知っているのはひと握りの者だけです。実のところ、あなたが問われる罪はありません。窃盗の代償はすでに払っていますし、殺人犯でもないのですから」イギリス人は憔悴《しょうすい》した目に希望の炎を宿してレーンを見つめる。「サム警視のお考えまでは代弁できませんが、ブリタニック博物館の理事のひとりとして申しあげるならば、できればすぐにジェイムズ・ワイエス理事長へ辞表を提出し、それから……」

やせた肩がゆっくりと落ちた。「わかっております。苦しい決断ですが……。自分のすべきことは承知していますよ、レーンさん」ため息が漏れる。「《ストラトフォード・クォータリー》誌で論戦を交わしていたころには思いもしませんでしたね。まさか——」

「これほど劇的な結末が待っていようとは？」レーンはしばし相手を見つめ、何やらつぶやいた。「では、失礼しますよ」帽子と杖《つえ》を手にとり、館長室をあとにした。

道路脇の車中でドロミオが辛抱強く待っていた。関節が疼《うず》くのか、レーンはぎこちない動きで後部座席に乗りこんだ。車が走り出す。すぐにまぶたを閉じて考えに沈んだレーンの姿は、急な眠りに吸いこまれたかのようだった。

30　ドルリー・レーン氏の解決

サム警視は繊細な神経の持ち主ではなく、搾ったレモンの果汁のように、おのれの感情を勢いにまかせて生のまま噴き出す。サムはこれまで、当惑と歓喜と不安が入り混じった感情とともに、父親であることを受け入れてきた。ペイシェンスを見るにつけ、愛しさが募るとともに、ますます理解できなくなっていく。それゆえ、娘に対してはつねに気を揉《も》むばかりだった。悲しいかな、どれだけ努力しても、娘のこの先の気分は予想できず、先刻まで何を思っていたのかも謎だった。

そんな惨めな思いに翻弄《ほんろう》されていたサムにとって、不可解な錯乱状態に陥った娘のなだめ役をゴードン・ロウに譲り渡せたことは、思いがけぬ安堵《あんど》の種となった。一方、これまで本しか愛してこなかったロウは、女性を愛することの意味を知って、やるせない嘆きの声を漏らしていた。

というのも、ロウにとってペイシェンスはいまだに謎そのもので、とらえることも解き明かすこともできなかったからだ。ひとしきり泣き、ロウの胸ポケットのハンカチで涙をぬぐうと、微笑を見せてから自室に閉じこもる。なだめてもすかしても無駄だった。帰ってよ、とロウには言う。医者なんて必要ないわ、どこも悪くないもの、ちょっと頭が痛いだけ、と。サムのわめき声には、返事ひとつよこさなかった。ゴードン・ロウは未来の岳父とさびしく見つめ合い、命令に従って帰っていった。

ペイシェンスは夕食にも出てこなかった。自室のドアをあけず、苦しげな声で「おやすみなさい」と言った。サムはその夜、老いた心臓が妙にとどろくのを感じ、ベッドから抜け出して娘の部屋の前へ行った。激しいすすり泣きが聞こえる。ドアを叩《たた》こうと手をあげたものの、むなしく下へおろした。ベッドへもどり、暗い壁を苦々しい思いで見つめながら、夜の残り半分を過ごした。

翌朝、サムは娘の部屋をのぞいた。ペイシェンスは眠っていた。頬に涙の跡があり、蜂蜜《はちみつ》色の髪は枕の上で波打っている。眠りながらも小刻みに体が動き、吐息が漏れている。サムはあわてて引き返し、ひとりきりで朝食をとって事務所へ出かけた。

サムは気乗りのしないまま、お決まりの仕事をこなした。ペイシェンスはいつまでも姿を現さない。四時三十分になると、サムは声高に毒づいて帽子をつかみあげ、ブロディを帰らせて自分もアパートメントに引き返した。

「パット!」玄関先から不安げに声をかけた。

娘の部屋から物音を聞きつけ、急いで居間を通り抜ける。青ざめたペイシェンスが尋常ではない様子で、自室の閉ざされたドアを背にして立っていた。地味なスーツを着て、巻き毛の上には小さなターバン型の帽子が載っている。

「出かけるのか」サムは低い声で尋ねてキスをした。

「ええ、お父さん」

「なぜそんなふうにドアを閉めたんだ」

「わたし――」ペイシェンスは唇を嚙《か》んだ。「お父さん、わたし、荷造りをしてるの」

サムの大きな顎《あご》ががくりと落ちた。「おい、パット！　何事だ。どこへ行くつもりだ」

ペイシェンスはゆっくりと部屋のドアをあけた。サムの急にかすんだ目に映ったのは、ベッドの上のふくらんだ旅行鞄《かばん》だった。「二、三日出かけてくる」震え声で告げる。「どうしても――行きたいの」

「だが、いったい――」

「お願い、お父さん」ペイシェンスは旅行鞄の蓋《ふた》を閉じて革紐《かわひも》を締めた。「どこへとか、どうしてとか訊《き》かないで。何も訊かずに、お願い。ほんの二、三日だから。わたし――どうしても……」

サムは居間の椅子に深く沈み、娘を見守るしかなかった。ペイシェンスは旅行鞄をつかみあげ、あわただしく居間を横切っていく。つぎの瞬間、小さな嗚咽《おえつ》を漏らして旅行鞄を床に落とすと、父親のもとへ駆け寄り、両手を首に巻きつけてキスをした。サムが驚きから覚めたとき、すでに娘の姿はなかった。

サムは空《から》になったアパートメントで力なくすわっていた。口にくわえた葉巻の火は消え、頭には帽子が載ったままだ。玄関扉の閉まる音が、いまも耳で響いている。気持ちが落ち着くと、いつもの注意深い流儀で事の次第に思いをめぐらせた。考えれば考えるほど不安が募る。犯罪者と警察官に長らく囲まれて暮らしていたおかげで、サムは人間の本質を見抜くある種の鋭い洞察力を具《そな》えていた。血のつながった娘であることをいったん忘れて考えると、ペイシェンスの行動は異常きわまりなかった。ペイシェンスは良識ある大人であり、女性によくある癇癪《かんしゃく》や気まぐれを起こす性質《たち》ではない。今回の行動はあまりにも奇妙だ。サムはしだいに暗くなる居間で、何時間も坐《ざ》したまま動かなかった。夜半になってようやく立ちあがり、明かりをつけて濃いコーヒーを淹《い》れた。それから重い足どりでベッドへ向かった。

耐えがたいほど緩慢に二日が過ぎた。ゴードン・ロウもやりきれぬ日々を送っていた。おかしな時間にサム探偵事務所へ電話をしたり、訪ねたりして、ヒルのように執拗《しつよう》にサムにまとわりついていた。ペイシェンスが数日間の〝骨休め〟に出かけたというサムの無愛想な説明には、少しも納得していないらしかった。

「だったらなぜ、ぼくに電話や便りなどがないんですか」

サムは肩をすくめた。「おまえさんを傷つけるつもりはないが、娘の何様のつもりだ」

ロウは顔を上気させた。「ペイシェンスはぼくを愛しています、ぜったいに！」

「どうだろうな」

だが、六日経ってもなんの音沙汰《おとさた》もなく、さすがのサムも参ってしまった。無理に平然と構えるのをやめ、人生ではじめての真の恐怖を味わいつづける。仕事を装う入念な演技も忘れて、震える足でたどたどしく事務所を歩きまわるばかりだったが、六日目にはついにこれ以上の心痛に耐えられなくなった。帽子をつかんで建物から跳び出す。ペイシェンスはロードスターで出かけなかったので、それは自宅の近くの公共駐車場にそのまま残っていた。サムは力なく車に乗りこみ、ウェストチェスターへと向かった。

ドルリー・レーンは、ハムレット荘の小さな美しい庭園で日光浴をしていた。サムは老優の姿をひと目見るなり、おのれの窮状を忘れるほどの衝撃を受けた。一週間も経たないうちに、レーンは信じがたいほど老いていた。肌は古い蠟《ろう》のように黄ばみ、崩れかけた石灰岩のように荒れている。寒気がするのか、日差しが照りつけるにもかかわらずインド毛布にくるまっている。全身が縮んだかのようで、サムはほんの数年前には驚くほどの活力と若々しい生気を保っていたレーンの姿を思い出して身震いし、目を合わせずに腰をおろした。

「おや、おや、警視さん」レーンはか細い消え入りそうな声で言った。「よく来てくださいました……。わたしの姿を見て気分が悪くなったのではありませんか」

「ああ――いえ、とんでもない」サムはあわてて言った。「お元気そうです」

レーンは微笑んだ。「嘘のへたなかたですね、警視さん。見た目は九十歳で、気分は百歳です。急に襲ってくるものですね。『シラノ・ド・ベルジュラック』の第五幕で、シラノが巨木の下にすわりこむ場面を覚えていらっしゃいますか。あのしなびた老人を幾度演じたかはわかりませんが、そのころはまだ、わが心臓が衣装の下で若く力強い鼓動を打っていました。いまでは……」しばし目を閉じる。「マーティーニ先生は大仰なまでに心配なさっていますよ。医者という連中ときたら！　セネカの言うとおり、老化とは不治の病だということを認めようとしないのですからね」目をあける。そして鋭く言った。「警視さん！　どうしたのです。何があったのですか」

サムは両手に顔をうずめていた。手をおろしたとき、その目は濡《ぬ》れたガラス玉のようだった。「パティが――パティが」小さな声で言った。「いなくなりました――レーンさん、お願いです、あの子を捜すのを手伝ってください！」

レーンの顔がいっそう青ざめた。ゆっくりと言う。「ペイシェンスが――失踪《しっそう》した？」

「はい。いや、ちがいます。自分から出ていったんです」サムは急いで説明した。その唇をじっと見つめるレーンの目のまわりに、無数の皺《しわ》が刻まれていく。「いったいどうしたらいいものか。わたしのせいです。何があったのか、いまになってわかりました」サムの声が大きくなった。「あの子は事件の手がかりをつかみ、何やらばかな考えを起こして無茶な追跡に出たんです。危ない目に遭っているかもしれません。かれこれ一週間近くになります。もしかしたら……」そこで言いよどみ、ことばを止めた。頭に漠然と浮かぶ恐ろしい不安を口にすることはできなかった。

「つまり、あなたはこうお考えなのですね」レーンは言った。「詳細はともあれ、ペイシェンスは危険なほど事件の真実に近づいた。そして、殺人犯である第三の人物の追跡に出かけた。もしかしたら、その人物がペイシェンスを襲うかもしれない……」

サムは無言でうなずいた。節くれ立った大きなこぶしを、丸太のベンチに一定の間を置いて叩きつけている。

長いあいだ、ふたりは黙したままだった。近くの枝に留まっていたコマドリが不意にさえずりだす。サムの耳に、庭師と揉《も》めるクエイシーの老いた不満げな声が背後のどこかから聞こえた。しかし、レーンの耳には何も聞こえず、ただ足もとの芝をじっと見つめてすわったままだった。やがてレーンはため息をつき、血管の浮き出た手をサムの手に重ねた。サムがすがるように見つめ返す。

「警視さん、どうお慰めしたらよいのでしょうか。ペイシェンスよ……かつてシェイクスピアはすばらしいことばを残しています。

ああ、この上なく美しき魔性よ！
だれが女心を知りうるものか！（『シンベリン』第五幕第五場）

あなたはあまりにも率直で、昔気質《かたぎ》の男であるために、ペイシェンスの身に何が起こったのか理解できないのでしょう。女というものは、男どもへの甘美なる拷問を果てしなく思いつく才能の持ち主なのですよ。しかも多くの場合、まったく悪気なしに」サムの疲れ果てた目がレーンの顔を食い入るように見つめる。「紙と鉛筆をお持ちですか」

「鉛筆――ええ、ありますよ」サムは焦《じ》れる思いでポケットを探り、頼まれたものを取り出した。

サムは真剣なまなざしでレーンを見つめた。レーンはなめらかに鉛筆を動かし、書き終えて顔をあげた。

「これを、ニューヨークじゅうの新聞の個人広告欄に載せてください」レーンは静かに言った。

「おそらく――断言はできませんが――効き目があるでしょう」

サムは呆然《ぼうぜん》とその紙を受けとった。

「何かあったら、すぐに知らせてください」

「ええ、もちろんです」サムの声はうわずった。「ありがとうございます、レーンさん」

一瞬、レーンの青ざめた顔が異様なほど苦しげに引きつった。それから唇がゆがみ、同じくらい異様な微笑が漂う。「どういたしまして」レーンはサムに手を差し出した。「さようなら」

「さようなら」サムは小声で答えた。しっかりと握手を交わす。サムは急に足を速めて車へと向かった。車を発進させる前に、レーンの書いたメモを読んだ。

〝パットへ。すべてわかっています。帰りなさい。D・L〟

サムは安堵《あんど》のため息を漏らして微笑み、エンジンをひとうなりさせると、手を振り、小石と砂ぼこりを蹴散《けち》らして走り去った。立ちあがっていたレーンは、奇妙な笑みで車を見送った。それからかすかに身を震わせてすわりなおし、先刻にも増してしっかりと毛布で体を包みこんだ。

翌日の午後、老若ふたりの男が憔悴《しょうすい》した面持ちで苛立《いらだ》たしげに向き合ってすわっていた。アパートメントは寒々として物音ひとつしない。互いの手もとにある灰皿は吸殻があふれ、ふたりのあいだの床には何紙もの朝刊が乱雑に積み重なっていた。

「ペイシェンスはほんとうに――」ロウがかすれた声で二十回目となる質問を繰り返した。

「わからん」

しばらくして、玄関扉の錠に鍵《かぎ》が差しこまれる音がした。ふたりは弾《はじ》かれたように立ちあがり、玄関へ駆けていった。扉が開く。そこにペイシェンスが立っていた。小さく叫び、サムの腕のなかへ飛びこむ。ロウはだまって見守っていた。ことばはなかった。サムは意味をなさないことばを口走り、ペイシェンスはすすり泣きをはじめた。思い悩み、疲れ果てた様子だ、その顔は耐え難い苦難を経てきたかのように、青ざめてやつれている。ほうり出されたままの旅行鞄《かばん》が、扉が閉まるのを阻んでいた。

ペイシェンスは顔をあげ、目を大きく見開いた。「ゴードン！」

「パット」

サムは背を向けて、居間へと歩いていった。

「パット。やっとわかったんだけど――」

「ええ、ゴードン」

「愛してるよ、ダーリン。ずっと耐えられなくて――」

「ああ、ゴードン」ペイシェンスはロウの両肩に手を置いた。「やさしい人ね。こんなことをするなんて、わたしはばかだった」やにわに強く抱き寄せられ、ペイシェンスは自分の胸にロウの鼓動を感じた。しばらくそのまま抱き合い、それからキスを交わした。

ほかに何も言わず、ふたりは居間へはいっていった。

サムが振り向いた。満面の笑みを浮かべて、新しい葉巻の煙を口から吐き出す。「すっかり仲なおりしたようだな」愉快そうに言った。「いいとも、大いにけっこうだ。ゴードン、よかったな。やれやれ、ようやく平和が――」

「お父さん」ペイシェンスが小声で呼びかけた。サムの動きが止まり、顔から喜びの輝きが消えていく。ロウが力の抜けたペイシェンスの手を握りしめる。その手をペイシェンスは弱々しく握り返した。「すべてわかっているって、ほんとうなの？」

「すべて？　だれが――ああ、レーンさんか！　そう、本人がそう言ったんだ、パティ」サムは前へ進み出て、猿のように長い両腕でペイシェンスを抱きしめた。「それがどうしたんだ。おまえは帰ってきた。それだけでおれは満足だよ」

ペイシェンスはやんわりと父親を押しのけた。「いいえ、ほかにも何か――」

「そう言えば」サムは眉間《みけん》に皺を寄せた。「おまえがもどったらすぐに知らせてくれと言われてたんだ。すぐに電話をしたほうが……」

「レーンさんがそんなことを？」ペイシェンスの青ざめた顔に、急に血の気が差した。目が急に熱を帯びる。ふたりの男はペイシェンスが正気を失ったと言いたげな目で見つめていた。

「いいえ、だめよ！　じかに会ってお話ししたいの。ああ、わたしったらなんてばかなの。泣き言や繰り言ばかりの道化だったなんて!」立ったまま下唇をきつく噛《か》みしめる。それから玄関へと駆け出した。「レーンさんが危ないの!」大声で言う。「行きましょう!」

「でも、パット——」ロウが異をはさんだ。

「行くのよ。気づくべきだった……。ああ、もう手遅れかもしれない!」ペイシェンスは部屋から跳び出した。突然の嵐を見守っていたサムとロウは、視線を見合わせ、それから帽子をつかんでペイシェンスのあとを追った。


三人はせまいロードスターに勢いよく乗りこみ、出発した。運転はロウがまかされた。明かりのもとでは穏やかな本の虫だが、ひとたびハンドルを握ると悪魔に転ずる。しばらくのあいだ——市街の混雑から抜け出すまで——だれも口をきかなかった。ロウは混み合う道路をまっすぐに見つめている。顔色を失ったペイシェンスの目には妙な色合いがあり、かすかに吐き気を覚えているのを伝えている。大柄なサムはスフィンクスのようにどっしり構えて周囲を見守っていた。

街なかを出て、前方に白いゴム紐《ひも》のような広い道路が延びていくあたりを走っているとき、サムが沈黙を破った。「パティ、しっかり説明してくれ」静かに言う。「レーンさんが窮地にあるらしいが、おまえの考えてることがさっぱりわからん。そろそろ説明を——」

「そうね」ペイシェンスがかすれた声で答えた。「何もかもわたしのせいなんだけど……お父さんが知らずにいるのはおかしいわよね、それにゴードン、あなたも。こうなったら、ふたりにも知ってもらわなくちゃいけないと思う。ゴードン、急いで！　この先で――血を見ることになるかもしれない」

ロウは唇を固く結んだ。ロードスターは追われるウサギのように突き進んでいく。

「事件の終わりごろ」ペイシェンスは奇妙に小鼻をうごめかせて話しだした。「――お父さんたちにも見えていたはずなのよ。わたしたちはセドラー兄弟のふたりが被害者と殺人者だと決めつけていた。兄弟の片方がもう片方をあの家で殺害した、とね。でも、その後様子が変わった。先週――博物館で――変わったのよ。廃墟《はいきょ》で発見された遺体はハムネットで、生き延びたのはウィリアムだったことがわかり、さらに、あの夜エールズ邸に現れたふたりの訪問者はどちらもウィリアムではありえないと判明した。親鍵と合鍵を手がかりにして、わたしが証明したのを覚えてるでしょう？　そんなわけで、わたしたちの当初の推論は打ち砕かれたってわけ。被害者のほうはハムネット・セドラーだと断定できたけれど、あの夜の第一の訪問者で、マクスウェルを縛りあげて、斧《おの》を振りまわした人物の正体はわからずじまいだった……。そのことを考えていたら、ほとんど忘れかけていたいくつかの事実を思い出したの。それが実際に起こったときや、自分の目で見たときには、じゅうぶんには意味をつかめなかったというのに。まるで――まるで稲妻のようにひらめいたの」

ペイシェンスは道の先をまっすぐ見据えていた。「あの家に最初に訪れた人物の正体がわかれば、すべての謎はおのずと解けていくのよ。では、何があった？　その男は、マクスウェルを縛りあげて猿ぐつわをかませ、車庫に閉じこめたあと、マクスウェルの合鍵を使って母屋に忍びこんだ。このとき、玄関扉はばね錠の仕掛けによって、自動で鍵がかかった。男は台所の工具箱から手斧を取り出し、書斎へ向かった。たぶん、目当ての手紙がいちばんありそうな場所だと踏んだからよ。書斎のどこにあるかは、まったく見当がつかなかった。そのことは、部屋じゅうのあらゆるものに見境なく襲いかかっていることからわかるわ。紙を隠すなら紙のなかということで、まずは並んでいた本を調べたんじゃないかしら。でも手紙は見つからず、つぎに斧で家具を叩《たた》き壊し——それから羽目板の張られた壁や、さらには床も探しまわった。時計の針が示していたとおり、夜中の十二時に床置き時計をばらばらにした。そこに隠されていることもありうると思ったんでしょうね。でも見こみははずれ、書斎に手紙はなかった。一階のほかの部屋にもなく、そこで二階へのぼり、つぎに可能性の高そうなウィリアムさんの寝室へ向かった」

「目新しい話はひとつもないぞ、パット」サムは怪訝《けげん》そうに娘を見て言った。

「いいから聞いて、お父さん……。男が十二時二十四分に寝室にいたことは、その場にあった壊れた時計からわかった。ところで、ハムネットがあの家で殺されたのは、腕時計の証拠から見て十二時二十六分だとわかってる——つまり、二階の寝室の時計を壊してからたった二分後よ。ここでひとつ疑問が出てくるの。ハムネットはいったい何時にやってきたのか。ハムネットは玄関の鍵をあけ、書斎へ行って惨状に気づき、書棚の上にある隠し戸棚まで梯子《はしご》でのぼり、手紙を取り出して梯子をおり、たぶん手紙をあらため、それから殺人者と鉢合わせし、揉《も》み合いとなって殺された。これには二分以上かかるはずよ！　だとしたら、ハムネットが家にはいってきたのは、まちがいなく斧男が家にいるさなかだったはずなの！」

「だとするとどうなんだ」サムが不満げに言った。

「もうすぐわかるから」ペイシェンスはもの憂げに言った。「ウィリアムの最後の話によると、ハムネットがあの手紙を追っていた目的は単に消し去ることだった。となると、書斎でついにそれを手にしたとき、どういう行動をとったかしら。きっとすぐに破棄しようとしたはずよ。でも、どうやって？　そう、いちばん確実で手っ取り早いのは燃やしてしまうことだわ。ハムネットはマッチを擦り、片手で手紙を持って炎を近づけた」そこで深く息をつく。「もちろんこれは推測でしかないけれど、ここでひとつのことがはっきりするの。ハムネットの腕時計と手首になぜ傷があったのかがわかるのよ。ハムネットが手紙にマッチを近づけていたとき、二階の寝室からおりてきた斧男がもしその光景を目のあたりにしたら、言うまでもなく斧男は――手紙を消し去るのではなく、救い出すことが目的なんだから――ハムネットに跳びかかって、焼けるのをなんとしても阻もうとするはずよ。そこで、手にしていた斧を一気にハムネットの手首へ振りおろしたところ、斧は手首と腕時計に命中し、たぶん手紙とマッチが床に落ちた。当然ながらハムネットも応戦したけれど、揉み合いのさなかに撃ち殺された。書斎に斧が落ちていたことから考えても、この格闘はおそらくそこではじまったはずよ。ふたりは争いながら玄関広間へと移動し、ハムネットはそこで片眼鏡を落とし、銃で撃たれて死んだというわけ……。斧男は爆弾が仕掛けられているとは知らずに、遺体を地下室まで引きずっていった。そして――もしも手紙が、ハムネットの手首が切りつけられる前に灰と化していなかったのであれば——それを持って家から立ち去った。ここで注目すべきなのは、斧男が何がなんでも——暴力行為や殺人さえも辞さずに——手紙を守ろうとしたことよ」

ハムレット荘が建つ崖《がけ》の頂上へ通じる急坂に差しかかり、ロウはすべての意識を運転に集中させた。ロウがロードスターを巧みにねじ伏せて急カーブを曲がるあいだ、ペイシェンスはだまりこくっていた。車は唐突にレーンの地所にはいり、小さな古めかしい橋を渡った。砂利敷きの道でタイヤがうなっている。

「まだわからない」ロウが眉《まゆ》をひそめて言う。「いまのがすべて真実だとして、その話はどこに行き着くんだい。いっこうに殺人犯に近づいていないじゃないか」

「そう思う？」ペイシェンスが大声で言った。まぶたを閉じて、苦い薬を飲んだ子供のように顔をしかめた。「何もかもが歴然としてるのよ——恐ろしいほどに！　その人物の特徴が——まぎれもない特徴がわかるのよ、ゴードン。あの家で起こっていたことがそれを物語ってるんだから」

サムとロウはぼんやりとペイシェンスを見つめた。車は正面の門をくぐり抜け、車寄せのカーブに沿ってなめらかに進んでいく。背中の曲がったクエイシーの地の精《ノーム》のような小柄な姿が、灌木《かんぼく》の植えこみから急に現れた。車をじっと見つめ、皺《しわ》くちゃな笑みを浮かべて手を振るや、道路へと走り出す。

ロウは車を停めた。「クエイシー！」ペイシェンスがふたりの男のあいだで腰を浮かせ、緊張した声で呼びかけた。「レーンさんは——ご無事？」

「こんにちは、ペイシェンスさん！」クエイシーが甲高く朗らかな声で言った。「きょうはいつもよりお元気です。ずいぶんとご機嫌もよろしいようで。警視さん、ちょうどあなた宛の手紙を出しにいくところだったんですよ」

「手紙だって？」サムが不思議そうに尋ね返した。「なんだろう。見せてくれ」クエイシーから大きな角封筒を受けとり、封の端を破った。

「手紙？」ペイシェンスがうつろな声をあげ、ふたりの男のあいだにすわりなおして青空を仰いだ。ぽつりとつぶやく。「よかった、ご無事で」

サムは無言のまま手紙に目を通した。やがて眉間《みけん》に深い皺を寄せて、こんどは声に出して読んだ。

親愛なるサム警視

ペイシェンスはつらい体験をものともせずに家路に就いたことでしょう。個人広告欄の記述が、彼女をあなたのもとへ無事にもどすはずです。それを待つあいだの気慰めとして、今回の事件の調査を混乱させた謎のいくつかについて、答を示させてください。

最大の謎は、ペイシェンスとゴードンの双方が指摘したとおり、以下の点でしょう――良識も知性も教養もあるハムネット・セドラーのような人物が、なぜあれほど稀少《きしょう》で重要でかけがえのない、まごうかたなきウィリアム・シェイクスピアの直筆による手紙を地上から消し去ろうとしたのか。わたしは自分なりに謎解きをしたので、その答をお教えしましょう。

その手紙は、シェイクスピアの親友だったと言われる、ジョン・ハンフリー＝ボンド卿《きょう》の祖先に宛てたものであり、手紙の主――シェイクスピア――は、自分が少しずつ毒を盛られているという疑念を訴えるばかりか、毒を盛っていると思われる者の名前までもその筆で明かしたのです……。この世には不思議なことがあるものです。シェイクスピアが毒殺者として告発した男の名前は、ハムネット・セドラーでした。このハムネット・セドラーの直系の子孫にあたるのが、ハムネットとウィリアムのセドラー兄弟なのですよ、警視さん。

不思議ではありませんか。ここでようやくわたしたちは、教養豊かな学究の徒であり、真摯《しんし》で見識深い古書蒐集《しゅうしゅう》家でもあるあの誇り高きイギリス人が、体得した知識と科学上の欲求が命じるすべてに逆らい、世界有数の至宝となりうるものを犠牲にしてまでも、あの手紙を世間の目にふれさせまいとした理由に納得できるのです。エイヴォンの大詩人と呼ばれ、カーライルから〝世界最高の知性〟と賞賛され、ベン・ジョンソンから〝一時代ではなく、あらゆる時代に通じる人物〟と評され、感受性豊かな人々から三世紀以上にわたって崇敬されてきた不滅のシェイクスピアが、自分の先祖に――こともあろうに、自分と同じ名を持つ先祖に殺されたというのですから！　ハムネットの情熱をある種の狂気ととらえる者もいれば、この話を信じない者もいるでしょう。しかし、家名を守る情熱は、老化と同じく、不治の病であり、冷たい炎によってわが身を焼きつくしてしまうものなのです。

弟のウィリアムはこの病に冒されていませんでした。その体内では科学的精神が凱歌《がいか》をあげていたからです。とはいえ、ウィリアムにも苦悩があり、それは俗物めいたものでした。子孫のためではなく、おのれの欲望のために手紙を欲したのです。そして第三の人物、すなわち、殺人のあった夜にはじめて登場し、その場かぎりの主役を演じた男は、人命をも奪う覚悟で、世界のためにあの手紙を救いました。

ペイシェンスとゴードン、そして関心をいだくであろうすべての人たちへお伝えください――真実はまもなく明らかになる、手紙の安否については心配無用である、と。あの手紙を法的にはイギリスの、精神的には全世界の財産とするために、わたしはそれが本来帰すべき地であるイギリスへ送付されるよう取り計らいました。手紙の法的所有者であった故ハンフリー－ボンド卿には子供も相続人もいなかったため、その財産はすでに王室にもどされています。わたしがこの返還作業に多少ともかかわれたのなら、わが友人たちは今後も久しくあたたかい目を向けてくれることでしょう。自愛心にかけてはわたしも世人と変わりはなく、人生の黄昏《たそがれ》を迎えたいまになっても、人の世にいくらかの貢献を果たしたと思いたいのです。

ペイシェンス、そしてゴードン。きわめて私的なことに年寄りが口を出させてもらえるのならば――あなたがたふたりは連れ添ってこそ幸福になるでしょう。関心事を共有する聡明《そうめい》な若者同士は、これからも互いを尊重し合っていくにちがいありません。ふたりに神の祝福のあらんことを。わたしはあなたがたのことをけっして忘れません。

親愛なる警視さん、わたしは老いて疲れ果て、どうやらもはや……まもなく退場のときを迎え、長い休息へと旅立つでしょう。そんな思いに促され、この長くとりとめのない手紙をしたためた次第です。言うなれば、退場は見送る者もなく、人知れずおこなわれるので、おのれに向けて輝かしい告別の辞を口ずさむのをどうかお許しください。

〝潔く去り、負い目もすべて償えりと聞く
されば神よ、その者とともにあらんことを！〟（『マクベス』第五幕第八場）

また会う日まで——

ドルリー・レーン

サムはつぶれた鼻に皺を寄せた。「どうもよく——」

ロウがすばやく周囲を見まわした。しかし、あたりは平和そのもので、ハムレット荘の尖塔《せんとう》と小塔が木々の梢《こずえ》の上に悠然とそびえている。

ペイシェンスがくぐもった声で言った。「レーンさんはどこ、クエイシー？」

クエイシーの両生類を思わせる小さな目が光った。「西の庭園で日光浴をなさっていますよ。みなさんを見たら驚かれるでしょう。きょうはご来客の予定がありませんでしたから」

男ふたりがロードスターから跳び出し、それからペイシェンスがややぎこちない動きで砂利の上におり立った。ふたりにはさまれ、クエイシーを静かに後ろにしたがえて、ペイシェンスは西の庭園へ向かって、ビロードのような芝の上をゆるやかに歩き出した。

「つまりね」ペイシェンスの声はあまりにも小さく、男たちは耳を澄まさなくてはならなかった。「斧《おの》男は自分の正体をさらけ出してしまったのよ。自分では失策を犯さず、犯したつもりもなかったけれど、運命の神が失策をもたらしたの。安っぽい目覚まし時計の姿をした運命の神が」

「目覚まし時計?」サムが言った。

「書斎を調べたとき、炉棚にマクスウェルの目覚まし時計が載ってるのに気づいたわね。それを見たら、アラームが鳴るように設定されたままだった。これがどういう意味かわかる? 前に設定された時刻に――つまり、前日の夜中の十二時に――アラームが鳴ったということよ(だって、わたしたちが目覚まし時計を調べたのは昼の十二時より前で、マクスウェルは前の晩の十二時より前に設定したんだから)。見たところ、小さなつまみが〝入〟のほうに倒れてたのを覚えてるでしょう? そっちに倒れていた以上は、アラームがまちがいなく鳴ったことになる。じゃあ、アラームが鳴ったことにどんな意味があるのか。夜中にアラームが鳴り、その後もつまみが〝入〟の側に倒れていたということは、自然に鳴りやむまで鳴りつづけたにちがいないのよ。もし鳴ってるときにだれかの手で止められていたとしたら、あとで見たときに、つまみが〝入〟ではなく〝切〟の側に倒れていたはずだもの。つまり、止めた者はいなかった。

それはひたすら鳴りつづけ、ばねがゆるみきってようやく鳴りやんだ。つまみは〝入〟の側に倒れたまま……」

「だけど、それで何がわかるというんだ、パティ」ロウが声高に尋ねた。

「何もかもよ。斧男は夜中の十二時ちょうどに書斎にいたわけだから、アラームが鳴りだしたときに書斎にいたはずなの。このことは、家じゅうの時計の時刻を正確に合わせていたというマクスウェルの証言と、床置き時計が十二時ちょうどに壊されていた事実と、ふたつの点で裏づけられるわ」

ロウは無言のまま、わずかにあとずさった。顔がひどく青ざめている。

「なるほど、そこまではわかった」サムは太い声で言った。「おまえの言う斧男は、なぜアラームが鳴りだしたときに止めなかったんだ。さぞ仰天したろうに！　他人の家をうろついてるさなかに鳴ったら、だれだって跳びあがって驚いて、すぐにアラームを止めるんじゃないか。その音を聞く者がほかにいようがいまいが」

一行はナラの老木の下で歩みを止め、ペイシェンスはざらついた幹へ無意識に手を伸ばした。「そのとおり」ささやき声で答えた。「事実はこうよ。まちがいなくその部屋にいて、すべての本能がアラームを止めろと訴えたはずなのに、男はそうしなかった。い、いえ、しなかった」

「ふん、おれにはお手あげだよ」サムはぼそりと言った。「さあ、行くぞ、ゴードン」大またでナラの木の前を通り過ぎる。ペイシェンスとロウはのろのろとあとを追った。いくらも歩かないうちに、背の低いイボタノキの生け垣の向こうに、丸木のベンチでこちらに背を向けて音もなく坐《ざ》するレーンの萎縮《いしゅく》した姿が見えた。

ペイシェンスが異様な声を小さく漏らし、サムがすばやく振り返った。目を凍りつかせたロウが前へ跳び出して、ペイシェンスの腰を抱きかかえる。

「どうかしたのか」サムはのんびりと尋ねた。

「お父さん、待って」ペイシェンスはすすり泣いた。「待ってよ。お父さんにはまだわかってない。まだ見えてない。なぜ斧男はハムネットの遺体を地下室へ運びこんだときに、そこで音を立てていた時限爆弾に気づかなかったの？　そもそも、なぜ書斎の壁を叩《たた》き壊したりしたの？　その人はおそらく壁の空洞を探していたのよ。ふつう空洞を探すにはどうする？　ふつうなら壁を叩くのよ、お父さん。でも、その人はなぜ羽目板を壊したりしたの？」

サムは困惑の表情を浮かべ、落ち着きなくふたりを交互に見た。「なぜなんだ」

ペイシェンスは震える手を父親の大きな腕に載せた。「お願い。あのかたに会う前に、最後まで聞いて。斧男は鳴りつづけるアラームを止めなかったし、地下で音を立てる時限爆弾に気づかなかったし、壁を叩きもしなかった──理由はすべて同じよ、お父さん。ねえ、わからない？　わたしにはその衝撃があまりにも大きくて、あまりにも残酷で、だから子供みたいにやみくもに逃げ出したの。とにかく逃げたかったのよ、どこへでもいいから……。その人にはアラームの音が聞、こ、え、な、か、っ、た、のよ。時限爆弾の音も聞、こ、え、な、か、っ、た。壁を叩いても空洞の音が聞、こ、え、な、か、っ、た。聴力を失っているから！」

小さな草地が静まり返った。サムの顎《あご》が鉄の格子戸のように落ちた。真実を知った恐怖が目に一気にひろがる。ロウは石のように硬直しながらも、ペイシェンスの震える体をしっかりと抱いていた。後ろをのんびりと歩いてきたクエイシーが、やにわに喉《のど》を詰まらせたような悲鳴をあげた。獣《けだもの》を思わせる叫びだ。そして、死者のように芝生の上に沈んだ。

サムはおぼつかない足どりで前へ進み、レーンの動かぬ肩に手をふれた。ペイシェンスは体を後ろへそむけて、ロウの上着に顔を押しつけ、心臓が破れんばかりに泣きじゃくった。

レーンの顔が胸に力なく沈んだ。サムがふれても返事がなかった。

サムはその重い巨軀《きょく》に見合わぬほど俊敏にベンチの横をまわりこみ、レーンの手を握った。

その手は氷のように冷たかった。染みのついた空の小瓶が、白い指から落ちて緑の芝の上に転がった。

訳者あとがき

最初にお願いしよう。いまこのページを開いたかたのほとんどは、ドルリー・レーン四部作のうち、少なくとも前三作『Ｘの悲劇』『Ｙの悲劇』『Ｚの悲劇』を読了なさっていると思うが、もしまだの場合は、できるものならその順にすべてお読みになったうえで、あらためてこの『レーン最後の事件』のもとへ帰ってきていただきたい。むろん、それぞれが独立した作品の体裁をとってはいるが、この完結編について言えば、ドルリー・レーン氏が過去に解決した三つの大事件をひとつ残らず読んでいないと、その魅力は半分も味わえないだろう。せっかくこの歴史に残る名シリーズを手にとってくださったのだから、最良の条件で堪能《たんのう》してもらうためにも、どうかいったんこの本を閉じて、まずはアルファベットではじまる三つの悲劇を味読していただきたい。

かく言うわたし自身にとっても、このシリーズとの出会いはけっして幸福な形ではなかった。最近はどうなのかよく事情を知らないが、数十年前には、翻訳ミステリーの傑作のメイントリックを集めたネタバレ満載の推理クイズ本が多くあり、小学校高学年でその手の本を何冊か読みあさっていたわたしは、いつの間にか、この四部作のうち『Ｚの悲劇』を除く三作の犯人を本編未読のまま知ることになった。迷惑な話ではあるけれど、仲間に自慢げに吹聴するためだけにそういうものに手を出していたのだから、いまとなっては自業自得と呼ぶべきなのかもしれない。レーン四部作はどれもが「犯人は〜である」と簡単に言いきれるため（それゆえ衝撃が大きいのだが）、ほかの作品より印象が強くなったのも事実で、数年後の中高生時代に翻訳ミステリーを手あたりしだいに読んだとき、不幸にもこのシリーズの記憶が最も鮮明だった。

ただ、真相の一部を事前に知っていたにもかかわらず、四部作の初読時には、やはり質量ともに、ほかの作家の作品とは桁《けた》ちがいの衝撃を受けたのも事実だ。とりわけ『Xの悲劇』では、推理クイズに書いてあったことがまちがいだったのではないかと首をひねりながら終盤まで読み進めていった記憶がある。それほどまでに、作者が全編に張りめぐらした謎の網はあまりにも巧緻《こうち》で、強固で、美しくさえあった。やがて、犯人がわかっていようといまいと、このシリーズは自分にとって特別な存在となり、何年かに一度はレーン氏のあの芸術的な推理の披瀝《ひれき》に無性に身を委《ゆだ》ねたくなって、四作すべてをゆっくり読み返しては、歳とともに混濁しつつある脳に活を入れるべくつとめたものだった。

このシリーズのマイベストワンがどれかはなかなか決めづらい。『X』の終盤で展開される怒濤《どとう》の推理の切れ味は何物にもまさるし、『Y』の全編に漂う憂愁は圧倒的な風格を具《そな》えている。『Z』のタイムリミットサスペンスの妙や消去法推理の鮮やかさも捨てがたく、『最後の事件』の結末は何度読んでも肌が粟立《あわだ》つ。そして何より、これらは四つがみごとな起承転結をなすひとつの超大作としか呼びようがなく、順位をつけること自体に意味がないようにも感じられる。

『Xの悲劇』の解説で有栖川有栖氏が言及なさっているとおり、レーンはこの作品の序盤で、犯罪の研究をはじめた理由として「これまでわたしは人形遣いの糸に操られてきましたが、いまはおのれの手でその糸を操りたい衝動を覚えています。作り物のドラマではなく、より偉大な創造主の手になる実社会のドラマのなかで」と述べている。そして実のところ、この四部作でレーンは、名探偵として明晰《めいせき》な推理を披露して事件を解決へと導くだけでなく、まさに人形遣いとして糸を手繰るかのように、ときには創造主の役割を担うかのように、大いに苦悩しつつも、いわば強烈な演出力をもって登場人物たちの運命そのものを動かしていく。『X』のダイイングメッセージも、『Y』の苦渋の決断も、『Z』の死刑囚の生死の選択も、そして言うまでもなく『最後の事件』の究極の解決も、すべてレーン自身が意図し、お膳立《ぜんだ》てし、ときにみずから行動した結果として生じたものだ。振り返ってみれば、最初から何もかもがレーンの掌《てのひら》の上でおこなわれていたのではないかとさえ勘ぐりたくなる。

『Zの悲劇』がシリーズ中唯一の一人称小説であることや、ペイシェンスの存在が『X』と『Y』ではまったくにおわされていないことなどを根拠として、当初『Z』がこのシリーズの構想に含まれていなかったのではないかとする仮説が、クイーンのファンのあいだではよく知られている。さらには、『Z』のプロットは元来国名シリーズのためのものだったとか、リーとダネイの共作者としての役割が『Z』でのみ異なっていたのではないかとか、シェイクスピアの四大悲劇と数を合わせたにちがいないとか、想像の翼をひろげていくのは本編の中身に劣らずおもしろい。わたし自身にはその真偽についてあれこれ言うだけの考えはないが、『Z』がペイシェンスを語り手とする一人称小説としていまの位置におさまったことは結果として大正解だったと思っている。ペイシェンスが『Z』においていったん胸の内をすべてさらし、いつかドルリア・レーンと改名したいとまで言いきったからこそ、三人称小説にもどった『最後の事件』においては、レーンからペイシェンスへの引き継ぎがあたかも既定事実であるかのようにおこなわれ、終盤におけるレーンの極端なまでの沈黙が読者にはさほど不自然に感じられない。四部作の要《かなめ》の役割を果たす作品として、いまとなってはこの形以外の『Zの悲劇』は想像もつかないほどだ。そんなことを考えるにつけても、四部作を順序どおり読む必要性がますます実感される。

角川書店から『Xの悲劇』新訳の話が来たのは二〇〇八年の夏だった。その時点ではまだほかの三作をどうするかは決まっていなかったが、少し作業をはじめた時点で、残りの三作もぜひこの機会に新訳すべきだと思い、わたしからそのように提言した。ひとつには、ここまで書いたことからお察しのとおり、新しい読者、若い読者にこの四作をレーンとペイシェンスを主役とするひとつづきの物語として楽しんでもらいたかったからだ。そしてもうひとつ、この四作をシリーズとして訳出する作業が最後におこなわれたのは実質的に三十年以上前のことで、そろそろ新訳を世に問うべき時期が来ていると判断したからでもある。

この三十年のあいだに、翻訳者にとっての調べ物の環境は大きく変わった。一九八〇年代あたりから俗語表現を満載した大辞典がいくつも刊行され、一九九〇年代の後半からはそれらがつぎつぎ電子化されて紙の辞書の少なくとも十倍の速さで検索できるようになった。さらに、インターネットの普及によって、画像検索やストリートビューなどまでが使えるようになり、ことばの説明だけでは視覚的にイメージしづらいものもいまではかなり楽に調べられる。

むろん、過去の訳書はその時点で提供できる最高の翻訳であったにちがいなく、大先輩がたの偉業に異を唱える気はまったくないが、二十一世紀のこの時代に、より原文にニュアンスの近い訳文を読者にお届けすることは、一翻訳者として果たすべき義務だと思っている。その意味で、このレーン四部作にかぎらず、古典の名作と呼ばれるものが最近徐々に新訳されているのは歓迎すべき事態であり、これからも各版元でぜひそのような試みが盛んにおこなわれることを祈っている。

ただ、新訳と言っても、原著が一九三〇年代に書かれたものを二十一世紀風に味つけした訳文に変える気はまったくなかった。わたしは翻訳学習の入門者向けの本に「翻訳とは、仮に原著者が日本語を知っていたらそう書くにちがいないような日本語にすること」だと記したことがあるが、古典新訳においてもその考えは変わらない。そう言えば、本書『レーン最後の事件』のなかにこんな一節がある。

「正直言って、魅力を感じませんわ、チョート館長」ペイシェンスは小さな鼻に皺を寄せて言った。「こんなふうに――必要以上に飾り立てるという考えにはね。シェイクスピアやジョンソンやマーロウの骨は、朽ちるがままにするほうがよほど敬愛の情を示すことになると思いますけど」

現代風に模様替えされつつあるブリタニック博物館の様子を評してペイシェンスが言ったことばだが、古典新訳も原則としてそれに近い姿勢でよいのではないかとわたしは考えている。「朽ちるがまま」はやや大げさにせよ、新訳の訳者のすべきことは錆《さ》び落としや煤払《すすはら》いであって、材質を変えてしまうことではない。このシリーズの訳出にあたっては、必要以上に手を加えず、原著の味わいをなるべく残すようにつとめたつもりだ。若い読者のかたがたがこれを機に新旧問わず翻訳ミステリーの諸作品を手にとってくれるようなら、訳者としてそれ以上の喜びはない。

こんなふうに淡々と書き進めてきたが、最後にひとつ告白しよう。この『レーン最後の事件』を訳しているさなか、終盤の十ページぐらいでは涙が止まらなかった。レーンからの手紙は歯を食いしばって訳した。このシリーズと別れなくてはならないのがつらくてたまらなかった。こんな経験をしたのは、もちろん翻訳者生活を通じてはじめてのことだ。そういう機会が自分に与えられたことに心から感謝するとともに、新しい読者がこのシリーズを同じような気持ちで読了してくれたらと願ってやまない。

エラリー・クイーンの作品については、しばらく準備期間をいただいたのち、二〇一二年から、『ローマ帽子の秘密』（仮題）を皮切りとする国名シリーズの新訳を同じ角川文庫から順次刊行していく予定である。ぜひそちらも併せてお楽しみいただきたい。

二〇一一年九月

越前敏弥

レーン最後《さいご》の事件《じけん》

エラリー・クイーン　越前敏弥《えちぜんとしや》＝訳

平成23年 9月25日　初版発行
令和7年 9月30日　31版発行

発行者●山下直久

発行●株式会社KADOKAWA
〒102-8177　東京都千代田区富士見2-13-3
電話　0570-002-301（ナビダイヤル）

角川文庫 17036

印刷所●株式会社KADOKAWA
製本所●株式会社KADOKAWA

表紙画●和田三造

●お問い合わせ
https://www.kadokawa.co.jp/（「お問い合わせ」へお進みください）
※内容によっては、お答えできない場合があります。
※サポートは日本国内のみとさせていただきます。
※Japanese text only

ISBN978-4-04-250718-5　C0197

◆◇◇

角川文庫発刊に際して

角川源義

第二次世界大戦の敗北は、軍事力の敗北であった以上に、私たちの若い文化力の敗退であった。私たちの文化が戦争に対して如何に無力であり、単なるあだ花に過ぎなかったかを、私たちは身を以て体験し痛感した。西洋近代文化の摂取にとって、明治以後八十年の歳月は決して短かすぎたとは言えない。にもかかわらず、近代文化の伝統を確立し、自由な批判と柔軟な良識に富む文化層として自らを形成することに私たちは失敗して来た。そしてこれは、各層への文化の普及滲透を任務とする出版人の責任でもあった。

一九四五年以来、私たちは再び振出しに戻り、第一歩から踏み出すことを余儀なくされた。これは大きな不幸ではあるが、反面、これまでの混沌・未熟・歪曲の中にあった我が国の文化に秩序と確たる基礎を齎らすためには絶好の機会でもある。角川書店は、このような祖国の文化的危機にあたり、微力をも顧みず再建の礎石たるべき抱負と決意とをもって出発したが、ここに創立以来の念願を果すべく角川文庫を発刊する。これまで刊行されたあらゆる全集叢書文庫類の長所と短所とを検討し、古今東西の不朽の典籍を、良心的編集のもとに、廉価に、そして書架にふさわしい美本として、多くのひとびとに提供しようとする。しかし私たちは徒らに百科全書的な知識のジレッタントを作ることを目的とせず、あくまで祖国の文化に秩序と再建への道を示し、この文庫を角川書店の栄ある事業として、今後永久に継続発展せしめ、学芸と教養との殿堂として大成せんことを期したい。多くの読書子の愛情ある忠言と支持とによって、この希望と抱負とを完遂せしめられんことを願う。

一九四九年五月三日

角川文庫海外作品

Xの悲劇

エラリー・クイーン
越前敏弥＝訳

結婚披露を終えたばかりの株式仲買人が満員電車の中で死亡。ポケットにはニコチンの塗られた無数の針が刺さったコルク玉が入っていた。元シェイクスピア俳優の名探偵レーンが事件に挑む。決定版新訳！

Yの悲劇

エラリー・クイーン
越前敏弥＝訳

大富豪ヨーク・ハッターの死体が港で発見される。毒物による自殺だと考えられたが、その後、異形のハッター一族に信じられない惨劇がふりかかる。ミステリ史上最高の傑作が、名翻訳家の最新訳で蘇る。

Zの悲劇

エラリー・クイーン
越前敏弥＝訳

黒い噂のある上院議員が刺殺され刑務所を出所したばかりの男に死刑判決が下されるが、彼は無実を訴える。サム元警視の娘で鋭い推理の冴えを見せるペイシェンスとレーンは、真犯人をあげることができるのか？

ローマ帽子の秘密

エラリー・クイーン
越前敏弥・青木　創＝訳

観客でごったがえすブロードウェイのローマ劇場で、非常事態が発生。劇の進行中に、NYきっての悪徳弁護士と噂される人物が、毒殺されたのだ。名探偵エラリー・クイーンの新たな一面が見られる決定的新訳！

フランス白粉の秘密

エラリー・クイーン
越前敏弥・下村純子＝訳

〈フレンチ百貨店〉のショーウィンドーの展示ベッドから女の死体が転がり出た。そこには膨大な手掛りが残されていたが、決定的な証拠はなく……難攻不落な都会の謎に名探偵エラリー・クイーンが華麗に挑む！

角川文庫海外作品

オランダ靴の秘密

エラリー・クイーン
越前敏弥・国弘喜美代＝訳

オランダ記念病院に搬送されてきた病院の創設者である大富豪。だが、手術台に横たえられた彼女は既に何者かによって絞殺されていた⁉ 名探偵エラリーの超絶技巧の推理が冴える〈国名〉シリーズ第3弾！

ギリシャ棺の秘密

エラリー・クイーン
越前敏弥・北田絵里子＝訳

急逝した盲目の老富豪の遺言状が消えた。捜索するも一向に見つからず、大学を卒業したてのエラリーは墓から棺を掘り返すことを主張する。だが出てきたのは第2の死体で……二転三転する事件の真相とは⁉

エジプト十字架の秘密

エラリー・クイーン
越前敏弥・佐藤　桂＝訳

ウェスト・ヴァージニアの田舎町でT字路にあるT字形の標識に磔にされた首なし死体が発見される。全てが〝T〟ずくめの奇怪な連続殺人事件の真相とは⁉ スリリングな展開に一気読み必至。不朽の名作！

アメリカ銃の秘密

エラリー・クイーン
越前敏弥・国弘喜美代＝訳

ニューヨークで2万人の大観衆を集めたロデオ・ショー。その最中にカウボーイの一人が殺された。衆人環視の中、凶行はどのようにして行われたのか⁉ そして再び同じ状況で殺人が起こり……。

シャム双子の秘密

エラリー・クイーン
越前敏弥・北田絵里子＝訳

休暇からの帰途、クイーン父子はティピー山地で山火事に遭う。身動きが取れないふたりは、不気味な屋敷を見付け避難することに。翌朝、手にスペードの6のカードを持った屋敷の主人の死体が発見される。

角川文庫海外作品

チャイナ蜜柑の秘密

エラリー・クイーン
越前敏弥・青木　創＝訳

出版社の経営者であり、切手収集家としても有名なカーク。彼が外からエラリーと連れ立って帰ると、1人の男が全て逆向きになった密室状態の待合室で死んでいた。謎だらけの事件をエラリーが鮮やかに解決する。

スペイン岬の秘密

エラリー・クイーン
越前敏弥・国弘喜美代＝訳

北大西洋に突き出したスペイン岬。その突端にあるゴドフリー家の別荘で、殺人事件が起きた。休暇中のマクリン判事のもとに遊びに来ていたエラリーはその捜査に付き合わされることに。国名シリーズ第9弾。

中途の家

エラリー・クイーン
越前敏弥・佐藤　桂＝訳

トレントンにあるあばら屋で、正体不明の男が殺された。しかし、その男の妻を名乗っているのは2人……男は重婚者で2つの都市で別々の人格として暮らしていたことが判明した。はたして犯人は……。

シャーロック・ホームズの冒険

コナン・ドイル
石田文子＝訳

世界中で愛される名探偵ホームズと、相棒ワトスン医師の名コンビの活躍が、最も読みやすい最新訳で蘇る！　女性翻訳家ならではの細やかな感情表現が光る「ボヘミア王のスキャンダル」を含む短編集全12編。

シャーロック・ホームズの回想

コナン・ドイル
駒月雅子＝訳

ホームズとモリアーティ教授との死闘を描いた問題作「最後の事件」を含む第2短編集。ホームズの若き日の冒険など、第1作を超える衝撃作が目白押し。発表当時に削除された「ボール箱」も収録。

角川文庫海外作品

緋色の研究
コナン・ドイル
駒月雅子＝訳

ロンドンで起こった殺人事件。それは時と場所を超えた悲劇の幕引きだった。クールでニヒルな若き日のホームズとワトスンの出会い、そしてコンビ誕生の秘話を描く記念碑的作品、決定版新訳！

四つの署名
コナン・ドイル
駒月雅子＝訳

シャーロック・ホームズのもとに現れた、美しい依頼人。彼女の悩みは、数年前から毎年同じ日に大粒の真珠が贈られ始め、なんと今年、その真珠の贈り主に呼び出されたという奇妙なもので……。

バスカヴィル家の犬
コナン・ドイル
駒月雅子＝訳

魔犬伝説により一族は不可解な死を遂げる——恐怖の呪いが伝わるバスカヴィル家。その当主がまたしても不審な最期を迎えた。遺体発見現場には猟犬の足跡が……謎に包まれた一族の呪いにホームズが挑む！

シャーロック・ホームズの帰還
コナン・ドイル
駒月雅子＝訳

宿敵モリアーティと滝壺に消えたホームズが驚くべき方法でワトスンと再会する「空き家の冒険」、華麗な暗号解読を披露する「踊る人形」、恐喝屋との対決を描いた「恐喝王ミルヴァートン」等、全13編を収録。

シャーロック・ホームズ最後の挨拶
コナン・ドイル
駒月雅子＝訳

引退したホームズが最後に手がけた、英国のための一仕事とは（表題作）。姿を見せない下宿人を巡る「赤い輪」、ホームズとワトソンの友情の深さが垣間見える「悪魔の足」や「瀕死の探偵」を含む必読の短編集。

角川文庫海外作品

恐怖の谷
コナン・ドイル
駒月雅子＝訳

ホームズの元に届いた暗号の手紙。解読するも、記されたサセックス州の小村にある館の主は前夜殺害されていた！　事件の背後にはモリアーティ教授の影。捜査に乗り出したホームズは、過去に事件の鍵を見出す。

シャーロック・ホームズの事件簿
コナン・ドイル
駒月雅子＝訳

橋のたもとで手紙を握ったまま銃殺された、金鉱王の妻。美しい家庭教師が罪に問われる中、ホームズが常識破りの推理を始める「ソア橋の事件」。短編全12編を収録。新訳シリーズ、堂々完結！

タイムマシン
H・G・ウェルズ
石川　年＝訳

タイム・トラベラーが冬の晩、暖炉を前に語りだしたことは、巧妙な嘘か、それともいまだ覚めやらぬ夢か。「私は80万年後の未来世界から帰ってきた」彼がその世界から持ちかえったのは奇妙な花だった……。

宇宙戦争
H・G・ウェルズ
小田麻紀＝訳

イギリスの片田舎に隕石らしきものが落下した。地上にあいた巨大な穴の中から現れたのは醜悪な生き物。それが火星人の地球侵略の始まりだった。SF史に燦然とかがやく名作中の名作。

1984
ジョージ・オーウェル
田内志文＝訳

ビッグ・ブラザーが監視する近未来世界。過去の捏造に従事するウィンストンは若いジュリアとの出会いをきっかけに密かに日記を密かに書き始めるが……人間の自由と尊厳を問うディストピア小説の名作。

角川文庫海外作品

角川文庫海外作品

新訳 ヴェニスの商人
シェイクスピア
河合祥一郎＝訳
アントーニオは友人のためにユダヤ商人シャイロックに借金を申し込む。「期限までに返せなかったらアントーニオの肉1ポンド」を要求するというのだが……人間の内面に肉薄する、シェイクスピアの最高傑作。

新訳 リチャード三世
シェイクスピア
河合祥一郎＝訳
醜悪な容姿と不自由な身体をもつリチャード。兄王の病死をきっかけに王位を奪い、すべての人間を嘲笑し返そうと屈折した野心を燃やす男の壮絶な人生を描く、シェイクスピア初期の傑作。

新訳 マクベス
シェイクスピア
河合祥一郎＝訳
武勇と忠義で王の信頼厚い、将軍マクベス。しかし荒野で出合った三人の魔女の予言は、マクベスの心の底に眠っていた野心を呼び覚ます。妻にもそそのかされたマクベスはついに王を暗殺するが……。

新訳 十二夜
シェイクスピア
河合祥一郎＝訳
オーシーノ公爵は伯爵家の女主人オリヴィアに思いを寄せるが、彼女は振り向いてくれない。それどころか、女性であることを隠し男装で公爵に仕えるヴァイオラになんと一目惚れしてしまい……。

新訳 夏の夜の夢
シェイクスピア
河合祥一郎＝訳
貴族の娘・ハーミアと恋人ライサンダー。そしてハーミアのことが好きなディミートリアスと彼に恋するヘレナ。妖精に惚れ薬を誤用された4人の若者の運命は？幻想的な月夜の晩に妖精と人間が織りなす傑作喜劇。

角川文庫海外作品

新訳　から騒ぎ
シェイクスピア
河合祥一郎＝訳

ドン・ペドロは策を練り友人クローディオとヒアローを婚約させた。続けて友人ベネディックとビアトリスもくっつけようとするが、思わぬ横やりが入る。思いこみの連続から繰り広げられる恋愛喜劇。新訳で登場。

新訳　まちがいの喜劇
シェイクスピア
河合祥一郎＝訳

アンティフォラスは生き別れた双子の弟を探しにエフェソスにやってきた。すると町の人々は、兄をもとからいる弟とすっかり勘違い。誤解が誤解を呼び、町は大混乱。そんなときとんでもない奇跡が起きる……。

新訳　オセロー
シェイクスピア
河合祥一郎＝訳

美しい貴族の娘デズデモーナを妻に迎えたヴェニスの黒人将軍オセロー。恨みを持つ旗手イアーゴーの巧みな策略により妻の姦通を疑い、信ずるべき者たちを手にかけてしまう。シェイクスピア四大悲劇の一作。

新訳　お気に召すまま
シェイクスピア
河合祥一郎＝訳

舞台はフランス。宮廷から追放され、男装して森に逃げる元公爵の娘ロザリンド。互いに一目惚れした青年オーランドーと森で再会するも目下男装中。正体を明かさないまま、二人の恋の駆け引きが始まる――。

新訳　アテネのタイモン
シェイクスピア
河合祥一郎＝訳

財産を気前よく友人や家来に与えるアテネの貴族タイモンは、膨れ上がった借金の返済に追われる。他の貴族に援助を求めるが、手の平を返したようにそっぽを向かれ、タイモンは森へ姿をくらましてしまい――。

角川文庫海外作品

新訳 リア王の悲劇
シェイクスピア
河合祥一郎＝訳

「これが最悪だ」と言えるうちはまだ最悪ではないのだ——。シェイクスピア四大悲劇で最も悲劇的な作品。最新研究に鑑み1623年のフォーリオ版の全訳に1608年のクォート版との異同等も収録する決定版！

新訳 ジキル博士とハイド氏
スティーヴンソン
田内志文＝訳

ロンドンに住むジキル博士の家に、ある時からハイドという男が出入りしている。彼の評判はすこぶる悪い。心配になった親友のアタスンがジキルの様子を窺いに行くと……。

前世を記憶する子どもたち
イアン・スティーヴンソン
笠原敏雄＝訳

別人の記憶を話す子、初めて会う人を見分ける子、教わらずに機械を修理できる子……世界各地から寄せられた2000を超す例を精神科教授の著者が徹底調査。世界的大反響を巻き起こした、第一級の検証報告。

ベイカー街の女たち
ミセス・ハドスンとメアリー・ワトスンの事件簿1
ミシェル・バークビイ
駒月雅子＝訳

ロンドンを震撼させる、既婚の女性を狙った恐喝事件。名探偵ホームズに依頼を断られ、意気消沈した女性を救うべく、ハドスン夫人とメアリーは調査に乗り出す！コナン・ドイル財団公認の本格パスティーシュ作品。

ベイカー街の女たちと幽霊少年団
ミセス・ハドスンとメアリー・ワトスンの事件簿2
ミシェル・バークビイ
駒月雅子＝訳

夜ごと病室で続く患者の不可解な死。ロンドンの街から突如、失踪した子供たちの秘密とは——。コナン・ドイル財団公認の本格パスティーシュ作品、待望の第2弾！

角川文庫海外作品

シャーロック・ホームズ 絹の家

アンソニー・ホロヴィッツ
駒月雅子＝訳

ホームズが捜査を手伝わせたベイカー街別働隊の少年が惨殺された。手がかりは、手首に巻き付けられた絹のリボンと「絹の家」という言葉。ワトソンが残した新たなホームズの活躍と、戦慄の事件の真相とは？

モリアーティ

アンソニー・ホロヴィッツ
駒月雅子＝訳

ホームズとモリアーティが滝壺に姿を消した。現場を訪れたアメリカの探偵とスコットランド・ヤードの刑事は、モリアーティに接触しようとしていたアメリカ裏社会の首領を共に追うことに――。衝撃的ミステリ！

007 逆襲のトリガー

アンソニー・ホロヴィッツ
駒月雅子＝訳

ゴールドフィンガー事件の後、ボンドは任務先でロケット開発に対するソ連の妨害行為を察知。スメルシュと接触する韓国人実業家のシンに目をつけ、米国の記者と名乗る美女・ジェパディと共に調査を開始する。

赤毛のアン

モンゴメリ
中村佐喜子＝訳

ふとした間違いでクスバード家に連れて来られた孤児のアンは、人参頭、緑色の眼、そばかすのある顔、よくおしゃべりする口を持つ空想力のある少女だった。作者の少女時代の夢から生まれた児童文学の名作。

もつれた蜘蛛の巣

モンゴメリ
谷口由美子＝訳

一族の誰もが欲しがる家宝の水差し。その相続を巡って、結婚や離婚、恋や駆け引きなど様々な思惑が複雑に交錯する。やがて水差しの魔力は一同をとんでもない事件へと導くが……モンゴメリ円熟期の傑作。